아리랑

조정래 대하소설

아리랑

9

제3부 어둠의 산하

해냄

차례

아리랑 제3부 어둠의 산하

9권

32

서러운 넋들

군산부두에는 포근한 햇살과 함께 봄바람이 하늘거리고 있었다. 4월인데도 배에 실릴 쌀가마니들은 여전히 줄을 잇대고 있었다. 노동자들은 쌀가마니를 하나씩 어깨에 올리고도 무거운 기색이라고는 느껴지지 않게 가뿐가뿐한 뜀질을 하고 있었다. 오히려 빈 몸으로 걷고 있는 노동자들의 어깨가 처져내리고 발걸음이 무거운 것 같았다. 그럴 수밖에 없는 것이 하역장에서 배까지 쌀짐을 떠메고 뜀질을 해댔으니 숨은 숨대로 차고 어깨는 뻑적지근하고 다리는 후들거렸다. 그러나 그들은 다시 어깨에 쌀가마니가 올려지면 언제 맥빠지게 걸었냐 싶게 또 몸 가벼운 뜀질을 시작했다. 그 뜀질은 그저 기운만으로 하는 것이 아니었다. 돌덩어리 무게인 쌀짐을 좀더 수월하게 옮기는 요령이었다. 보폭을 짧게 하여 발을 재게 놀리는 그 뜀질은 걷는 것보다 무거움을 한결 덜 느끼게 했다. 그리고 시간을 단축해 쌀가마니 무게에서 그만큼 빨리 벗어나는 동시에 운반표도 더 많이 챙길 수 있는 효과까지 있었다.

"차암, 알다가도 몰를 일이시."

한 남자가 오른쪽 어깨와 목에 댔던 포대를 왼손에 거머잡으며 고개를 갸웃거렸다.

"머시가?"

다른 남자가 소매로 이마의 땀을 훔치며 옆눈질했다.

"쩌그 저 원산부두 일 말이시."

"이잉, 심 파허는 일이제. 근디 그놈에 일도 큰애기 애 밴 곡절 겉은 것 아니겄능가."

"글씨, 그리 말허먼 더 헐 말이 없는디. 그려도 석 달썩이나 싸운 쌈 아니라고."

"아니여, 일이 안 될라고 그리 질어진 것이제. 말이 석 달이제, 석 달이먼 날품팔이 신세덜에 얼매나 진 세월이여."

"그렇게 헛고상 안 되게 끝꺼정 버티고 나갔어야제. 우리가 없는 돈에 동정금 걷어 보낸 것도 그런 뜻 아니었능감."

"그야 일러 멀혀. 산지사방서 동정금얼 보냈웅게 그리 석 달썩이나 버틴 것 아니겄능가. 근디 왜놈덜이 얼매나 독허니 잡도리혔으먼 그리 오래 버티고도 빈손 털었을 것잉가."

"허기사 그렇제. 그나저나 거그서 일이 씨언허니 풀렸어야 우리도 한바탕 뒤집고 나섰을 것인디……"

"보소, 왜놈덜이 그런 눈치 색경 덜에다보디끼 다 알고 거그 일얼 몰악시럽게 막아댄 것 아니겠능가."

"그려, 그렇기도 헐 것이여. 거그서 못 막아내면 사방천지서 들고 일어날 판이었응게."

"다 잊어불소. 그 사람덜언 우리보담 얼매나 더 심 파허고 속상허겠능가."

"그야 말혀 멀혀. 그리 빈손으로 주저앉자고 시작헌 일이 아닐 것잉게."

그들이 말하는 것은 원산 부두노동자들의 총파업 실패에 대한 것이었다. 1월 말에 일어난 그들의 총파업은 장장 3개월을 끌다가 결국 4월 초순에 실패로 끝나고 말았다. 그 소식을 들은 군산 부두 노동자들은 하나같이 민감한 반응을 나타냈다. 모두 뜻을 모아 동정금을 보낸 때문만이 아니었다. 그들의 실패는 바로 자신들의 실패였던 것이다. 동정금을 염출하면서 그들의 성공에 뒤따라 자신들도 들고일어날 생각을 품고 있었던 것이다.

쌀가마니들이 산더미를 이루고 있는 하역장에서부터 부두의 뱃머리까지는 노동자들이 두 줄을 이루고 있었다. 한 줄은 쌀짐을 옮기는 사람들이었고, 다른 한 줄은 쌀짐을 부리고 돌아오는 사람들이었다. 그 부산스런 움직임 속에서 여자들 몇이 잽싼 몸놀림으로 오락가락하고 있었다. 그 여자들은 빗자루와 쓰레받기를 든 낙미쓸이였다. 언뜻 보기에 그 여자들은 마음대로 움직이는 것 같았지만 그들 사이에 엄연히 구역이 정해져 있었다. 그럴 수밖에 없는 것이 그들은 자기 구역에 떨어진 쌀을 쓸어가는 대신 청소를 깨끗하게 해야 했다. 그런데 그 낙미쓸이도 쉬운 것이 아니었다. 자칫 잘못 어물거리다가 무거운 쌀가마니를 어깨에 올리고 뜀질을 하는 남자들 앞에서 가로거쳤다가는 생판 난리를 당했다. 그렇다고 일이 다 끝난 다음에 쌀을 쓸어모을 수도 없었다. 쌀짐이 무거운 데다가 뜀질까지 해대는 발길에 짓밟혀 쌀알들은 으깨지고 더러워져 있었던 것이다. 그러니까 요령껏 눈치껏 인부들의 사이를 피해다니며 쌀알을 쓸어담아야 했다. 쌀가마니에서 떨어지고 바람에 불려온 온갖 쓰레기와 함께 흙먼지와 잔돌까지 쓸어담은 쌀을 다시 골라내면 하루에 서너 홉이 될까 말까 했다.

낙미쓸이 여자 하나가 다른 여자들에 비해 유난히 비질을 열심히 하고 있었다. 그런데 아까부터 먼발치에서 십장이 그 여자를 유심히 노려보고 있었다. 그러다가 갑자기 소리치며 그 여자를 향해 달려갔다.

"거그, 거그, 4번 낙미쓸이! 그라고 그 앞에 가는 놈, 당장 거그 서!"

십장의 눈은 틀림이 없었다.

그 여자와 앞의 인부 사이에는 쌀알들이 마치 씨앗이라도 뿌리듯 연이어 떨어져 있었다. 그건 누가 보아도 자연스럽게 떨어진 것이 아니었다.

"요런 싸가지없는 연놈덜 잠 보소. 아조 한패럴 잘 짰구나. 당장 따라와!"

십장은 들고 있던 막대기로 남자의 배를 사정없이 찔렀다.

"아이쿠메!"

그때까지 쌀가마니를 어깨에 올리고 있던 남자의 허리가 꺾이며 쌀가마니가 나뒹굴어졌다.

"십장나리, 십장나리, 다 지가 잘못혔구만이라. 새끼덜이 그 독헌 감기럴 앓아 약값 댈라고 지가 강샌얼 졸랐구만이라. 강샌언 지럴 불쌍허니 생각허고 그런 것잉게 아무 잘못이 없구만요."

여자는 십장 앞에 손을 맞비비며 다급하게 실토하고 있었다. 남자는 배를 움켜쥔 채 쪼그리고 앉아 있었다. 오가는 인부들의 눈길이 모두 그들에게로 쏠리고 있었다.

"잡소리 말고 따라와!"

십장이 눈을 부라리며 돌아섰다.

여자는 울상이 되어 십장의 뒤를 따랐다. 그 남자도 겨우 몸을 일으켜 걸음을 옮겨놓기 시작했다.

"워째 저려?"

"뻔허제. 둘이 짜고 쌀얼 빼내다가 들킨 것이제."

"똑똑헌 귀신만도 못허시. 헐라면 야물딱지게 헐 것이제."

"빌어묵을, 십장 눈언 봉사간디."

빈 몸인 인부들이 언짢은 기색으로 혀를 찼다.

"여그다 다 털어놔!"

사무실로 들어선 십장은 막대기끝으로 바닥을 가리켰다.

"야아, 십장나리 강샌언 아무 죄가 없구만이라. 지가 졸라서……."

"어허, 잡소리 말엇!"

십장이 버럭 소리질렀다. 그리고 그는 남자에게 물었다.

"메칠 되았어?"

"사날 되았구만요."

"한 달이 아니고 사날이여!"

십장이 또 소리질렀다.

"아니, 맞구만이라. 오늘로 꼭 사흘이구만이라."

여자가 쓰레기를 털어내다 말고 다급하게 말했다. 여자의 눈에서는 눈물이 흐르고 있었다.

"되았어, 간조날 와서 계산 보고, 둘 다 당장 나가!"

"아이고메 십장나리, 지만 나가고 강샌언 그냥 눈감어 주시게라우. 우리 새끼덜이 불쌍히서 강샌이 못헐 일 헌 것이랑게라. 존 일헌다고 한분만 살펴주시씨요. 나가 어찌 낯 들고 살으라고……."

여자가 십장 앞에 무릎을 꿇으며 매달렸다.

"요런 뻔뻔헌 예펜네 보소. 썩 나가, 안 나갈 것이여!"

십장이 곧 후려칠 듯 막대기를 치켜들었다.

"그만 가봅시다."

그 남자가 맥이 다 빠진 소리로 말하며 먼저 사무실을 나갔다. 여자도 어쩔 수 없다는 듯이 몸을 일으키며 손등으로 눈물을 닦았다.

창고의 쌀이 다 나가 서류 정리를 하려고 사무실에 와 있던 손판석은 그들의 모습을 물끄러미 바라보고 있었다. 보나마나 남자가 쌀가마니에 손가락으로 틈을 내 쌀을 흘려주다가 들킨 사고였다. 그런 일은 전부터 가끔 벌어졌다.

"빌어묵을 년, 새끼덜이 감기 안 걸리게 미리미리 단속얼 잘헐 것이제 칠칠맞게 감기 앓게 해놓고넌 쌀 빼내 약값 헐 못된 궁리넌 어디서 배와묵은 것이여. 시방 감기 앓는 인종이 어디 한둘이여. 고런 심뽀로 약값 대자면 여그 쌀 하나또 안 남어나겄다."

자기가 한 일을 사무실 사람들에게 과시하듯 말하며 십장이 밖으로 나갔다.

사무실에 있는 예닐곱 사람은 아무도 입을 열지 않았다. 혹시 그 여자에게 동정이 간다 하더라도 그런 마음을 한마디도 나타낼 수가 없었다. 쌀을 빼돌리는 것이 가장 큰 죄가 되는 곳이었다.

"아, 쌀의 군산! 쌀로 웃고 쌀로 우는구나!"

누군가가 신파연극의 대사조로 말했다. 그 가락이 십장을 야유하는 것도 같고, 그저 장난을 하는 것도 같았다. 서너 사람이 허허대고 웃었다. 그 웃음은 '아, 쌀의 군산!'이란 말 때문인 것이 분명했다. 그건 다른 사람 아닌 사이토 총독이 터뜨린 감탄이었다. 사이토 총독은 3년 전인 1926년 6월 25일에 군산항의 대대적인 항만시설 기공식에 참석했던 것이다. 총독을 맞이하는 군산 시가지가 온갖 모양으로 치장을 하고 온통 들뜬 것은 더 말할 것이 없었다. 그런데 사이토가 부두에 쌓인 쌀더미들을 보고 놀라며 터뜨린 감탄이 '아, 쌀의 군산!'이었다. 연중 쌀이 가장 적게 쌓이는 6월의 쌀더미를 보고 그리 감탄했으니 추수철 직후인 초겨울의 쌀더미들을 보았다면 '아, 아, 아……' 하다가 까무러쳤을 것이라는 뒷말이 떠돌기도 했다. 그 뒤로 걸핏하면 사람들은 '아, 쌀의 군산!'이란 말을 써먹고는 했다. 그리고 그 말이 군산의 별명이 되어가고 있었다.

"그나저나 삼동도 아닌디 무신 놈에 돌림감기가 똑 호열자 퍼지 디끼 허고 염병이까."

한 사람이 걱정스런 어조로 말했다.

"무신 소리여? 본시 감기야 절기 바뀜스로 지철 만내는 것 아니 드라고."

"그려 맞네. 근디 요분 감기가 사람덜얼 막 잡아가게 지독시럽담 스로?"

"그려 글씨. 노인네덜허고 아그덜이 걸리면 위태허다드랑게."

"어허, 태평시런 소리 말어. 위태헌 것이 아니고 발써 저승가매 탄 사람덜이 많다는 것이여. 우리 동네서도 노인이 둘이나 떴어."

"감기로 사람이 다 죽다니. 참 살다가 벨일 다 보겄네."

"궁게 감기럴 만병에 근원이라고 안 허드라고."

"참 지랄 겉은 시절이시."

그런 말들을 더 듣고 있기가 심란스럽고 불길해서 손판석은 슬그머니 밖으로 나왔다. 끝에 아이들 둘이가 벌써 며칠째 독감을 앓고 있었던 것이다. 돈을 빌려다가 한약을 달여 먹였지만 아무런 차도가 없었다. 서무룡이를 통해서 병원에 데리고 갔지만 역시 아무 효과가 없었다. 두 아이는 밤이면 몸이 불덩어리가 되어 헛소리를 하고는 했다. 더 안타까운 것은 밥을 넘기지 못하는 것이었다. 어떻게 된 놈의 감기가 입맛을 가시게 할 뿐만 아니라 무엇이고 목을 넘어가면 되밀어내는지 모를 일이었다. 처음에는 그런 증세도 모르고 아이들만 나무랐던 것이다. 뒤늦게 그런 것을 알게 되어 맘먹고 쌀밥을 해주었다. 그러나 쌀밥이라고 순조롭게 넘어가지 않았다.

"엄니, 나 쌀밥 묵고 잡어, 쌀밥……."

제가 토한 쌀밥을 내려다보고 울면서 막내가 한 말이었다. 평소에 그리도 먹고 싶어했던 쌀밥을 눈앞에 두고도 못 먹게 된 것이었다.

두 아이는 묽은 죽이나 겨우 몇 숟가락씩 넘길 뿐이었다. 그러니 몸은 하루가 다르게 축나가고 있었다. 애가 타는 아내는 징징거리고 다니며 콩에 생파를 넣어 달인다, 구릿대뿌리를 구해다 달인다, 칡뿌리즙에 된장을 풀어 달인다, 온갖 정성을 다했다. 그러나 아이들의 병세는 자꾸 심해져 갈 뿐이었다.

손판석은 창고 앞의 등받이 없는 걸상에 주저앉으며 뭉텅이진 한숨을 토해냈다. 무릎을 꿇고 애걸하던 아까 그 여자의 모습이 눈에 선했다.

"빌어묵을 놈!"

조끼주머니에서 담배쌈지를 꺼내며 손판석은 그 십장에게 욕을 내뱉었다. 제놈도 자식을 키우는 놈이 해도 너무했던 것이다.

"지놈이 무신 충신이라고……."

손판석은 담배를 거칠게 빨아대며 그 십장을 연상 욕하고 있었다. 자기 자식들에 대한 걱정이 역정으로 바뀌고 있었다. 애비로서 속수무책인 안타까움과 함께 평소에 잘 먹이지 못해 그런 병이 걸렸다는 회한이 가슴 가득 차고 있었다.

손판석은 일이 끝나자마자 집으로 들어갔다.

"삼월이년 고비럴 넘긴 것 겉으요. 지가 밥얼 찾고, 토허지도 않는구만이라."

집에 들어서자 오랜만에 낯꽃이 풀려 아내가 한 말이었다.

"그려! 칠성님이 살피시는갑네."

손판석은 자신도 모르게 칠성님을 찾고 있었다.

아내의 말대로 딸아이는 밤에도 열이 오르지 않았다. 그러나 사내인 막내는 더 심해진 것 같았다. 며칠 사이에 삐쩍 말라 몸을 가누지 못했다. 밤에는 열이 올라 헛소리도 더 심하게 했다.

다음날 밤이었다. 열에 들떠 숨을 할딱거리고 있던 막내가 갑자기 눈을 뜨더니 말했다.

"엄니, 밥…… 쌀밥 줘, 쌀밥……."

"잉, 그려. 니도 인자 고비 넘기능갑다. 쬐깨 기둘려라, 얼렁 해올 것잉게."

부안댁이 환성을 질렀다.

큰딸들을 앞세워 부랴부랴 밥을 지었다.

"아가, 아가, 막둥아, 밥이다, 쌀밥 여그 있다, 쌀밥."

부안댁은 막내아들을 흔들었다.

입술이 파삭 탄 아이는 힘겨웁게 눈을 떴다.

"막둥아, 쌀밥 여그 있다. 물보톰 묵고 밥 묵자."

부안댁이 막내아들을 안아 일으켰다. 아이는 쌀밥을 보더니 느닷없이 밥그릇을 잡아채듯 해서 끌어안았다.

"아이고, 아무도 안 뺏어묵을 것이여. 다 니 것잉게 찬찬히 꼭꼭

씹어서 묵어.”

부안댁은 막내아들의 입에다 물을 한 숟가락 떠넣었다. 그러나 아이는 물을 되뱉어냈다. 부안댁은 얼른 밥을 떴다. 그런데 아이의 고개가 옆으로 픽 기울어졌다.

“아가, 막둥아, 워째 이려!”

부안댁이 당황한 목소리로 품에 안긴 아이를 흔들었다.

“머시여, 엉?”

손판석이 다급하게 다가앉았다.

그러나 아이는 이미 숨이 끊어져 있었다.

“아이고메 시상에나!”

부안댁이 통곡을 터뜨리며 방바닥을 쳤다.

“이눔아, 이눔아, 이눔아…….”

쌀밥그릇을 끌어안은 채 숨이 끊어진 일곱 살 막내아들의 그 어디를 붙들지 몰라 허둥거리며 손판석의 목소리는 잠겨들고 있었다.

손판석은 이튿날 야산자락에다 봉분 없는 아기무덤을 썼다. 막내아들이 끌어안은 쌀밥그릇과 함께.

묘를 쓰고 있는 야산은 한두 군데가 아니었다. 유행성 독감은 사람들을 마구 잡아가고 있었다. 손판석은 그런 모습들을 보면서도 가슴 가득 찬 슬픔을 조금도 덜어낼 수가 없었다. 겨우 일곱 해를 살고 쌀밥 한 그릇을 달랑 가지고 저승으로 떠난 막내자식이 가슴에 박은 못은 너무나 크고 굵었다.

손판석은 막내아들의 묘 옆에 앉아 하늘을 하염없이 바라보고 있었다. 아들의 넋인 양 조각구름이 흘러가고 있었다.

　지게를 진 김장섭은 아침안개를 헤치며 고샅을 돌아섰다.
　"아이고 참, 누가 춘삼월 호시절 아니라고 헐성불러 염병덜 허고
자빠졌디."
　김장섭이 같잖다는 웃음을 흘리며 혀를 찼다. 그의 눈길이 머문
곳에는 개 두 마리가 엉덩이를 맞대고 있었다.
　"지랄, 안개밭 속에서 운치할라 조웃쿠나!"
　김장섭은 침을 내뱉었다.
　땅에 짙게 깔린 안개밭 속에서 개의 다리는 거의 감추어져 있었
다. 그런 모습은 어찌 보면 김장섭의 말마따나 운치가 있는 것 같
기도 했고, 또 어찌 보면 몸체가 다 드러난 것보다 더 흉해 보이기
도 했다.
　"저 잡녀러 것덜언 어쩨 흘레릴 붙어도 밤 다 두고 꼭 아칙에 저
지랄이여, 재수대가리 없이!"
　김장섭은 지겟작대기를 치켜들어 사정없이 개를 후려쳤다.
　깨갱 깽깽…….
　지겟작대기에 얻어맞은 개가 비명을 지르며 펄쩍 뛰었다. 그리고
달아나려고 했다. 그런데 붙은 엉덩이는 떨어지지 않고 다른 개가
뒷걸음질로 느리게 끌려가고 있었다.
　"개씹 한나절에 안 미치는 과부 없다등마, 어디 누가 이기나 보자."
　김장섭은 또 지겟작대기를 휘둘러 다른 개를 내리쳤다.

깨갱 깽깽깽…….

개의 비명이 자지러졌다. 그리고 두 마리가 서로 반대쪽으로 뛰는 바람에 엉덩이가 떨어졌다. 개들은 안개 속으로 줄행랑을 치고 있었다.

"그려, 그리돼야제."

김장섭은 그제야 만족스럽게 손바닥을 털었다.

그는 흘레붙은 개를 보는 순간 재수 없다는 생각이 문득 들었던 것이다. 집을 나서서 첫 번째로 본 것이 흘레붙은 개새끼라니…….꼭 무슨 액운이 끼치는 것 같았다. 일단 그 생각이 들자 개새끼들을 떼어놓지 않고는 그냥 지나갈 수가 없었다. 닥치는 액운을 깨부수는 심정으로 지겟작대기를 휘둘렀던 것이다.

김장섭은 괜히 그런 생각이 든 것이 아니었다. 일을 나가기 전에 남상명을 문병 가는 길이었다. 남상명의 병세가 심상치 않아 자꾸 마음이 쓰이는 판에 첫 대면한 것이 하필 흘레붙은 개였던 것이다.

김장섭은 남상명의 집으로 들어서며 인기척을 냈다. 죽림댁이 부엌에서 달려나왔다.

"멀라고 또 요리 일찍 온가. 일이 된디 한숨이라도 더 자제."

죽림댁은 웃으려고 애쓰며 이렇게 고마움을 표했다. 그러나 근심기 가득한 죽림댁의 얼굴은 웃는 것이 아니라 찌푸려지고 있었다.

"잠 으쩌신게라?"

김장섭의 눈길은 방 쪽으로 갔다.

"무신 놈에 감기가 그리 독헌지……."

고개를 젓는 죽림댁의 목소리에 금방 물기가 묻어났다.

"참말로 탈이시…… 약언 어찌 되았능게라?"

약 달이는 냄새가 나지 않아 김장섭은 마음이 쓰였다.

"다 떨어졌는디…… 어찌야 좋을랑가 몰르겄네."

죽림댁이 한숨을 푹 내쉬었다.

"앞뒤 볼 것 머 있간디요. 병자헌티야 약이 심잉게라."

김장섭은 무지르듯이 말했다. 죽림댁의 말뜻을 모르는 것이 아니었다. 약을 써도 효력은 없고, 또 약을 대자면 이자 높은 빚이 느는 것이었다.

"그렇제 이, 천금얼 줘도 존게 묵고 나슬 약만 있으면 좋겄네."

입술을 무는 죽림댁의 주름살 많은 얼굴이 씰그러지고 있었다. 그 주름살마다 애타는 울음이 번지고 있었다.

"참, 요런 때 만표, 만기 성님덜이 딱 들이닥쳐야 허는 것인디……."

"아이고, 누가 아니랴. 그 삼시랑덜이 10년 넘게 어디럴 떠돌아댕김서 애비럴 이리 고적허니 맹그는지 몰르겄단 말이시. 그간에 그놈덜 이야기 입도 뻥긋 안 허든 양반이 요새 자꼬 입에 올려쌌단게로. 자다가 헛소리로 불르기도 허고……."

"그렇겄제라. 얼매나 보고 잡으시겄소."

"다 나 말 안 들어서 말년이 이리 심난시럽게 되딜 안혔겄나. 돈 벌이고 지랄이고 꽉 틀어잡고 있었음사 진작에 신간 편해졌을 것 아니여."

죽림댁은 또 가슴 무너져내리는 한숨을 토했다.

"아니구만이라, 그때야 농토 다 뺏개불고 자석덜 소작질시킬 판이었응게 돈벌이 가겄다고 나스는 자석덜 못 붙든 것이야 당연지사 아니였능감요. 아재도 나이 덜 잡쉈던 때고, 돈벌이 가는 사람도 이삼 년이면 돈 벌어갖고 올 생각이었고라."

"근디 말이시, 요것이 어쩌크름 된 일이겄능가. 금년으로 발써 10년 허고도 3년짼디, 혹여……."

죽림댁은 스스로 놀라 그만 입을 다물었다. 그동안 마음속으로는 골백번도 더 걱정하고 염려해 왔지만 입 밖에는 낼 수 없는 말이었다. 말이 씨 되더라고 말을 잘못했다가는 정말 두 아들한테 액운이 끼칠 것만 같았던 것이다.

"아이고, 아무 걱정 마시써요. 혼자도 아니고 둘인디 무신 일 있당가요. 인자 곧 논 한 50마지기 살 돈 짊어지고 올 것이구만이라. 10년언 예사고, 15년 만에 온 사람도 있는디요 머."

김장섭은 자신 있게 말했다. 그러나 그건 참말이 아니었다. 죽림댁의 마음을 달래느라고 얼렁뚱땅 꾸며낸 거였다.

"아이고, 돈언 바래지도 않네. 그저 몸만 성히서 얼렁 돌아오면 좋겄네. 속터지는 애비 소원풀이나 허게."

죽림댁의 목이 메었다.

"아재 지무시능게라?"

거북한 말을 그만 피하려고 김장섭은 지게를 벗으며 방으로 들어갈 기색을 보였다.

"그리 잠이나 푹푹 잤으면 좋겄어. 잠얼 통 못 잔게 사람이 더 축나고 병얼 못 이기는 것 아니겄능가."

김장섭은 죽림댁의 말을 등뒤로 들으며 벌써 토방으로 올라서고 있었다.

사람이 들어서도 남상명은 인기척을 느끼지 못했다. 입을 헤벌린 채 쉬는 숨소리가 거칠고 답답했다. 살이라고는 없이 쪼글쪼글 말라버린 얼굴 색깔이 검푸르렀다. 앓아누운 지 열흘 사이에 딴사람처럼 변해 있었다. 김장섭은 암담한 마음으로 그런 남상명을 물끄러미 내려다보고 있었다. 남상명 아저씨는 오래 살아야 했다. 여지껏 믿고 의지해 왔고, 빼앗긴 땅을 찾아야 했다. 아저씨는 그동안에도 농사일에 틈이 생기면 땅을 찾으려고 면사무소며 군청 걸음을 지치지 않고 계속했던 것이다. 그때마다 그쪽에서 하는 대답은, 심사 중이니 기다리라는 것이었다. 그래도 아저씨는 화내는 일이 한 번도 없었다. 자신이 욕을 해대고 화를 내면 아저씨는 등을 두들겨주며 말하고는 했었다. 성질 급하게 화내면 진다고. 아저씨가 아니면 그 일을 할 사람이 없었다. 그런데 왠지 불길한 생각을 떼칠 수가 없었다.

"아재, 아재, 장섭이구만이라."

김장섭은 남상명을 가만가만 흔들었다.

"……이, 멀라고 또 왔능가……."

남상명의 눈은 안개가 낀 듯 흐리고 맥이라고는 없이 풀려 있었다.

"몸 잠 으떠신게라?"

"이, 그만허시. 자네가 우리 논얼 갈았담스로? 나가 부실혀서…… 자네헌티 짐만 되고…….”

남상명의 눈에 눈물이 번졌다.

“아이고메, 아재넌 뻴말씸 다 허시고 그려요 잉. 얼렁 기운 채려 낫기나 허시써요. 지가 술 너댓 말 살랑게.”

“그러세, 일어나야제…….”

그러나 남상명의 목소리에는 기운이 하나도 없었다.

“글면 지넌 일 나가볼라요. 입맛 없어도 진지 많이 잡숫고 기운 채리써요 잉.”

“그려, 그려…….”

김장섭이 자리를 뜨기도 전에 남상명의 눈꺼풀이 무겁게 내리덮이고 있었다.

죽림댁은 남편이 눈치채지 못하게 또 농감 한씨를 찾아가려고 집을 나섰다. 한씨에게 빚진 돈이 벌써 20원이었다. 큰딸을 시집보내느라고 빌린 돈 10원이 이자를 못 내 15원으로 불어나 있었고, 이번에 남편 약값으로 빌린 돈이 5원이었다. 그런데 얼마나 독한 감기면 5원을 다 잡아먹고도 물러갈 줄을 몰랐다.

“머시여! 5원얼 또 빌래도라고?”

한씨는 눈째 고약하게 죽림댁을 꼬나보았다.

“야아, 애아범이 다 낫덜 안히서…… 요분에 약얼 더 쓰먼 다 낫겄구만이라.”

몸을 움츠린 죽림댁은 그저 머리를 조아렸다.

“빚이 얼맨지나 알어?”

한씨는 치부책을 꺼내 착착착착 넘겨갔다.

"야아, 25원이구만이라우."

죽림댁은 꼬투리를 안 잡히려고 먼저 말했다

"머시가 25원이여! 그간에 이자 안 낸 것이 2원이 또 붙어 27원이 되았어, 27원!"

한씨는 상대방에게 똑똑히 주입시키려는 듯 27원을 소리 높여 반복했다.

"야아, 알겄구만이라우. 27원……."

죽림댁은 울렁거리는 가슴으로 27원을 복창했다.

"기왕에 빚진 돈도 이자 못 갚은 게 날로 달로 불어나는 판에 무신 돈얼 또 빌래도란 것이여."

한씨는 치부책을 탁 덮었다.

"아이고메, 애아범이 일어나면 착실허니 갚어나갈 것잉마요. 요분에 약얼 와짝 더 묵으면 깨끔허니 낫게 생겼는디요."

죽림댁은 몸이 달아 자기도 모르게 두 손을 가슴께에 모으고 있었다.

"자석이 모다 몇이여?"

그 갑작스러운 물음에 죽림댁은 잠시 어리둥절하다가 곧 입을 열었다.

"야아, 아덜 싯에 딸 넛인디, 우로 아덜 둘언 도회지로 돈벌이 나갔고, 우로 시 딸언 시집보냈응게 시방 딜고 있는 것언 딸 하나, 아덜 한나구만이라."

"두 아덜이 돈벌이럴 갔다아……, 근디 딸이 멫 살이여?"

"열아홉이구만요."

"아덜언 그 밑이고?"

"야아……."

왜 그런 것을 따져묻는 것인지 죽림댁은 종잡을 수가 없었다.

"에에 또, 5원얼 더 빌래가면 이자가 더 크게 는다는 것얼 알기나 혀?"

"야아, 아는구만이라."

"그려, 아픈 사람얼 낫게 히조야제."

한씨는 아주 선심을 쓰듯 말했다.

죽림댁은 돌아오는 길에 한약방에 들렀다. 한약방에는 사람들이 바글거릴 정도로 많았다. 모두가 독감 때문에 온 사람들이었다.

죽림댁은 딸에게 맡기지 않고 약 달이기에 정성을 다했다. 짓는 정성, 달이는 정성, 먹는 정성이 합해져야 병이 낫는다는 것을 굳게 믿고 있었다. 화로 옆에 붙어앉아 죽림댁은 줄곧 빌고 있었다. 부처님부터 시작해서 산신령님, 칠성님, 성황님, 터줏대감님, 조상님까지 생각나는 것은 모조리 붙들고 빌었다.

그러나 이틀이 지나 남상명은 끝내 숨을 거두었다.

"따앙…… 우리 따앙…… 따앙얼 기연시…… 기연시 차, 차……."

열다섯 살 난 막내아들 만석이의 손을 붙들고 남상명이 마지막 남긴 말이었다.

초상을 치르고 며칠이 지나 농감 한씨가 죽림댁의 집으로 찾아들었다.

"남샌이 죽었응게 소작 떨어진 것이야 알겄제."

한씨가 마당 가운데 뒷짐을 지고 서서 내뱉은 말이었다.

"야아?"

죽림댁은 소스라치게 놀라 입이 딱 벌어졌다. 그때까지 죽림댁은 남편을 잃은 허망감에 빠져 제정신이 아니었던 것이다.

"멀 그리 놀래고 그려?"

그럴 줄 몰랐냐는 듯 한씨가 코웃음을 흘렸다.

"아니 농감 어런, 우리 손으로도 농새 다 질 수 있구만이라우. 딸도 기운이 시고 아덜도 다 컸응게라."

울상이 된 죽림댁은 손을 맞비비며 애가 타고 있었다.

"잔소리 말어! 빽따구도 덜 여문 열다섯 살짜리헌티 소작 맽기는 미친놈덜이 이 시상에 워딨어." 한씨는 눈을 부라리며 소리치고는, "인자 빚 갚기넌 다 글른 것이제? 여러 말 말고 딸 내놔." 그는 한 발 앞으로 다가서며 얼굴이 험악해졌다.

"야아……? 글면…… 글면 농감 어런이 소실 삼으실라고라?"

죽림댁은 너무 놀라 어지러움에 휘둘리고 있었다.

"허, 눈치 빨릉게 좋네."

"저어 머시냐, 쬐깨 생각헐 틈얼 줏씨요. 정신이 하나또 없구만이라."

"그려, 모레꺼정 기둘리제."

한씨는 어험, 험! 헛기침을 하며 돌아섰다.

죽림댁은 저녁을 먹는 둥 마는 둥 하고 김장섭을 찾아갔다. 그 이야기를 대충 듣고 난 김장섭이 말했다.

"안 되겄소. 기팔이 아재허고 의논해야제."

그래서 한기팔이까지 세 사람이 모여앉았다.

"별수가 없네. 여그럴 떠야제."

한동안 담배만 빨고 있던 한기팔이 내놓은 의견이었다.

"가먼 어디로 가야 쓰겄소?"

김장섭이 고개를 끄덕이며 물었다.

"목포 건식이럴 찾어가야제."

"이, 그것 좋겄소. 건식이 성님이랑 아재넌 집안끼리 가찹기도 형게요."

김장섭이 반색을 했다.

"아짐씨 생각언 으떠시요?"

한기팔이 죽림댁에게 물었다.

"야아, 건식이 그 사람이먼 의지헐 만허제라."

죽림댁이 근심 가득한 얼굴로 고개를 끄덕였다.

"글먼 은제 떠야 헐께라? 모레꺼정이먼 낼 저녁에넌 떠야 되덜 안컸소?"

김장섭이 한기팔을 쳐다보았다.

"아니시, 기왕 뜰라먼 당장 오늘 밤에 떠야제. 그 한가놈도 닳고 닳은 백여신디, 낼보톰 누구럴 시켜 파수럴 보게 헐란지도 몰르네.

그리되면 죽도 밥도 아니시."

"야아, 한가놈이 능히 그럴 놈이구만이라. 그놈도 못되기로 이동만이 찜쪄묵을 놈잉게요."

"아짐씨, 이 드런놈에 갯땅에 무신 정붙은 것도 아니겄고, 닐 하로 더 있어 무신 금뎅이 생길 일도 없응게 당장 뜨는 것이 상책이겄구만이라. 건식이 찾어가면 농새 지묵을 것도 아닝게 다 내뿔고 밥그럭허고 옷이나 챙게갖고 얼렁 뜨시씨요."

한기팔이 내린 결정이었다.

"야아, 살질언 그 질밖에 없겄소."

죽림댁이 더디게 몸을 일으켰다.

"저어, 이따가 밤이 더 짚어지면 떠야 헝게 차근허니 짐 챙기씨요. 우리넌 쬐깨 더 있다가 갈랑게요."

한기팔이 침통하게 말했다.

짐을 이고 진 죽림댁의 세 식구는 밤 깊은 어둠 속으로 나섰다. 그들은 숨소리도 죽이고 발소리도 죽이며 동네를 벗어났다.

"우리 만표허고 만기가 여그로 찾어오면 질얼 잘 잠 갤차주씨요 이."

죽림댁이 울먹이며 말했다.

"하면이라, 하면이라."

"건식이 성님헌티 안부 전허씨요 이."

한기팔과 김장섭은 어둠 속에서 죽림댁과 작별했다.

죽림댁과 두 자식의 모습은 곧 어둠 속에서 지워졌다.

"참, 죽림댁 한평상도……."

"빌어묵을 놈에 시상이요."

한기팔과 김장섭은 긴 한숨을 쉬며 움직일 줄을 몰랐다.

4월이 지나면서 유행성 독감의 기세는 수그러들었다. 신문들은 평안남도와 전라북도에 창궐한 유행성 독감으로 한 달 동안에 1,100여 명이 사망했다고 보도하고 있었다.

날씨가 더워지기 시작하고 있었다. 더위를 못 참겠다는 듯 한 남자가 벌거벗은 채 길을 걸어가고 있었다. 그 남자가 걸음을 옮겨놓을 때마다 굽 높은 게다짝이 딸그락거리는 소리는 요란했고, 그 소리에 맞추어 율동하듯 살찐 양쪽 엉덩이가 씰룩씰룩 흔들리고 있었다. 그러나 조금 눈여겨보면 그 남자의 허리와 양쪽 엉덩이 사이로 가느다란 끈이 연결되어 있었다.

그 남자가 길을 돌아서면서 앞모습이 드러났다. 불룩한 배 아래 생식기만 아슬아슬하게 가린 헝겊조각이 붙어 있었다. 소위 일본 남자들의 훈도시 차림이었다. 그 꼴은 영락없이 발가벗은 것이나 마찬가지였다. 그나마 목에 걸쳐진 수건이 그 흉한 꼴을 조금은 감해주고 있었다.

"우지마 상, 어디 가세요?"

가게 앞에서 물건을 정리하던 여자가 그 남자에게 알은체를 했다. 그런데 그 여자는 아무렇지도 않은 기색이었다.

"예, 목간 갑니다."

"목간이 늦었군요. 간밤에 재미가 좋았던 모양이지요?"

여자는 핼끗 눈짓까지 했다.

"재미야 뭐, 호호호호······."

남자의 능글맞은 웃음에 따라 불룩한 배가 출렁거렸다.

머릿수건을 쓴 채 빈 함지박을 들고 걸어오던 조선여자가 그 남자를 발견하고는 질겁을 해서 되돌아섰다. 그리고 마구 달아나기 시작했다.

가겟집 여자와 그 남자는 그런 조선여자가 구경거리라는 듯 손가락질을 해대며 웃고 있었다.

"조센징들은 개화가 되려면 아직 멀었소."

남자가 씨부렁거렸다.

"그러게 말이에요. 정조란 걸 신주단지 모시듯 하면서 목매 죽고, 물에 빠져 죽고 하는 사람들이니까요."

여자가 맞장구를 치며 웃었다.

여자와 헤어진 그 남자는 휘파람을 불며 건들건들 다시 걷기 시작했다.

"저, 저, 저런 불쌍놈이 있나!"

"이래저래 시상 다 망쳐지는구만."

의관을 단정하게 차려입은 두 노인이 마주 걸어오다가 그 남자를 보고는 마구 혀를 차댔다. 얼굴이 잔뜩 일그러지고 화가 돋은 두 노인은 고개를 딱 틀어돌려 외면을 한 채 그 남자를 지나쳐갔다.

"저런 쌍시런 놈덜, 또 여름이 되았는갑다."

마침 길을 건너고 있던 서무룡이가 그 남자 쪽을 향해 침을 내뱉었다. 그는 흰 양복을 날아갈 듯이 빼입고 있었다. 구두도 양복에 맞추어 백구두였다.

일본남자들은 여름만 되었다 하면 그 훈도시 바람으로 거침없이 나돌아다녔다. 그러기를 벌써 여러 해가 되었지만 조선사람들은 그 누구도 그 꼴을 그냥 보아넘기지 못했다.

서무룡은 어느 상점으로 들어갔다. 상점 안에는 노래 〈타향살이〉가 울려퍼지고 있었다.

"하이고, 성님이 어쩐 행차라요?"

반갑게 서무룡을 맞이한 건 양치성의 동생 양효남이었다. 땟국 흐르는 바지저고리를 입었던 때와는 달리 그는 전혀 다른 모습으로 변해 있었다. 옷만 달라진 것이 아니라 얼굴도 허여멀쑥하게 살이 오른 것이 말끔하게 꾸며진 상점과 함께 돈냄새를 물씬 풍기고 있었다.

"허, 상점이 나날이 번창이시?"

서무룡은 담배를 빼들며 상점 안을 둘러보았다. 상점 안에 진열된 물건들은 유성기며 재봉틀 같은 것으로 모두가 값비싼 것들이었다.

"번창언 머시가 번창이어라. 여름이 닥쳤응게 포리만 날리게 생겼소."

양효남은 장사꾼답게 눙치고 들었다.

"그려? 부자덜만 상대허는 장시에도 여름 타는 법이 있을랑가아?"

서무룡은 한술 더 떠서 양효남의 음침한 속을 홀딱 뒤집고 있었다.

"허, 한나만 알고 둘언 몰르요 이. 부자도 여름에넌 돈이 딸리는 법이오. 봄 됨서 장리다 머시다 히서 곳간 다 비우고, 그도 모지래 돈꺼정 빚놀이로 풀어멕이고 여름으로 들어슨단 말이오. 그러니 누가 맘놓고 큰돈 쓸라고 허겄소."

양효남은 곧바로 반격을 가했다. 이놈이 나한테도 돈을 뜯으러 왔나 하는 의구심이 생기고 있었던 것이다.

서무룡은 그만 말문이 막히고 말았다.

"그야 그렇고. 나가 유성기럴 한나 볼라고 왔는디, 어떤 것이 존 가?"

그는 슬쩍 말을 돌렸다.

"성님도 인자 유성기 놀리고 살라고라? 하먼이라, 진작에 그랬어야제. 이 하이칼라 멋쟁이가 인자 제격에 맞게 되았소."

양효남은 화들짝 반색을 하며 능란하게 장사꾼 너스레를 떨었다.

"그것이 아니시. 나가 요분에 장개럴 가게 되았네."

서무룡이 비식이 웃으며 담배연기를 한쪽 입꼬리로 내뿜었다.

"아이고메, 잘되았소. 나가 이문 하나또 안 묵고 유성기럴 본전에 디리겄소."

양효남은 손뼉을 찰싹 치며 큰 선심 쓰듯 말했다.

"머 그럴 것 있겄다고. 물건이나 존 놈으로 내놓소."

말은 이렇게 하고 있었지만 서무룡의 속마음은 비꼬이고 있었다.

요런 느자구 반푼어치도 없는 놈 보소. 이문 하나또 안 묵고 본

전에 줘? 유성기 한나럴 꽁짜로 바쳐도 션찮을 놈이!

　서무룡은 양치성이 때문에 그동안 양효남의 장사를 털끝 하나 다치지 않았을 뿐만 아니라 일본주먹패들이 건드리지도 못하게 보호해 주었던 것이다. 양효남이가 시시한 잡화상에서부터 이런 고급 상점으로 둔갑하기까지는 그의 상술로만 된 것이 아니었다. 양치성이가 권세를 이용해 계속 작용을 했고, 서무룡이의 힘도 한몫 거들었던 것이다. 서무룡이는 좋아서 양효남의 장사를 거들어주었던 것이 아니었다. 양치성이가 불러 제 동생을 소개하며 뒤를 잘 봐주라고 명령했던 것이다. 서무룡은 그야말로 울며 겨자 먹기로 양효남을 감싸고 돌 수밖에 없었던 것이다.

　"유성기야 콜롬비아허고 빅타가 있는디, 빅타가 콜롬비아럴 못 당허제라. 콜롬비아가 소리도 더 잘 나고 모양새도 더 근사형게라. 헌다허는 사람덜이 다 콜롬비아럴 딜에가능마요. 성님도 콜롬비아럴 착 딜에놓씨요. 글먼 나가 새로 나온 노래판얼 몇 장 선사헐랑 게라."

　양효남은 숨도 안 쉬는 것처럼 빠르고 매끈하게 말을 해치웠다. 형 양치성을 닮은 그의 눈은 반들반들 빛나고 있었다.

　"그려, 그러면 콜롬비아로 허제."

　서무룡은 거만스럽게 고개를 끄덕였다.

　"그라고, 각시 맞어디릴람사 재봉틀이 있어얄 것 아니겠소?"

　양효남은 헤헤 웃으며 장사꾼 특유의 기민성을 발휘하고 있었다.

　요런 좆겉은 놈, 나럴 홍어좆으로 알고 돈 벌자고 뎀비는 것 보소, 요거!

서무룡은 울컥 화가 치밀어올랐다. 그 순간 양치성의 얼굴이 떠올랐다. 머지않아 군산으로 올 거라고 했다. 그는 화를 꾹 눌러 참았다.

"일없네. 재봉틀인지 자방틀인지야 각시가 해오기로 돼야 있응게."

서무룡은 냉정하게 무질러버렸다.

"야아? 글먼 각시 집이 부잔갑제라?"

양효남의 눈이 휘둥그레졌다.

재봉틀이라는 새로 나온 물건은 바느질을 해야 하는 여자들로서는 하나도 빼지 않고 갖기를 간절하게 바라는 물건이었다. 남학생들이 자전거 갖기를 바라는 것보다 더했으면 더했지 덜하지 않았다. 그러나 재봉틀은 값이 워낙 비싸서 가난한 사람들로서는 엄두를 낼 수 없는 물건이었다.

"그려, 밥술이나 뜨고 산다고 헐 수가 있제."

서무룡은 새 담배에 불을 붙이며 거드름을 피웠다.

"와따, 장개 잘 드시요 이."

"장개 잘 들기넌. 늦장개 감스로 그만헌 집언 골라야제."

"멀허는 집안인디라?"

"멀허기넌. 땅 지닌 익산 고씨 집안이제."

"야아? 익산 고씨먼 양반 아닌게라?"

양효남은 소스라치게 놀랐다. 그 놀라움에는, 너 같은 주먹패 상놈이 어떻게 그런 양반 집안에 장가를 드느냐는 뜻이 노골적으로 드러나 있었다.

"워째, 나 겉은 상놈허고넌 안 어울린다 그것이여?"

서무룡이 정면으로 대지르며 눈을 치떴다. 그냥 있어도 불량기 흐르는 툭 불거진 눈두덩에 성깔이 돋자 더없이 사나워 보였다.

"아니구만이라, 아니어라. 나넌 쫄쫄이 가난헌 집구석서 마누래 딜고 온 팔자라 부러와 그렁마요. 처가 덕언 안 보드라도 처가에 뺏기지나 않고 사는 팔자가 얼매나 상팔자라고라. 성님이 바로 그 상팔자란 말이제라 이."

양효남은 얼렁뚱땅 발라맞추고 들었다.

"어먼 디로 꼬랑지 빼덜 말어. 인자 돈이 양반 맨들고, 일본권세가 양반 정허는 시상잉게. 무신 말인지 알아묵어?"

주먹으로 면상을 내지르듯 서무룡은 양효남의 얼굴에다 담배연기를 확 내뿜었다.

양효남은 담배연기와 함께 끼쳐오는 서무룡의 독기를 느끼며 가슴이 섬뜩해졌다. 형님 때문에 제놈이 어쩌지 못할 것을 알면서도 그의 감정을 잘못 건드린 것이 당장은 켕기지 않을 수 없었다.

"아이고, 무룡이 성님언 어찌 그리 우리 성님이 허는 말허고 똑 겉은 말얼 헌다요? 우리 성님도 원산서 헌다허는 양반집 딸허고 혼인 안 혔소. 양반집 딸에다가 여고보꺼정 나온 유식헌 신여성이단 말이오."

양효남은 서무룡이에게 가장 신효한 형을 끌어다댔다.

"머시여? 성님이 장개럴 들었다고?"

서무룡은 금방 얼굴이 부드러워졌다.

"야아, 한 반년 되았소."

"근디 어찌서 알리도 않고."

서무룡은 모르고 지난 것이 돈 굳었다 싶으면서도 서운한 척 말 뗌질을 하고 있었다.

"여그 사람덜헌티년 폐 된다고 성님이 못 알리게 혔소. 근디 요분에 성님이 또 승진혔다고 편지험서 무룡이 성님 안부도 물었드만요."

양효남은 또 한번 서무룡의 기를 꺾고 들었다.

"머시여? 또 승진을 혔어?"

서무룡이는 놀라는 만큼 기가 꺾이고 있었다. 그런 서무룡이를 보며 양효남이는 박하사탕 씹는 맛을 화하게 느끼고 있었다. 그러나 제 형이 서무룡의 안부를 물었다는 것은 새빨간 거짓말이었다.

"그까진 계장 된 것 갖고야 당아 멀었제라. 우리 성님이야 경찰서 장꺼정 올라갈 작정잉게라."

양효남이는 이제 서무룡이를 완전히 짓밟고 있었다.

"그려…… 그려……."

눈길을 떨군 서무룡이는 힘없이 고개를 주억거리고 있었다. 서무룡이는 또 밤바다에 내던져지던 기억에 휘말리고 있었다. 양치성이만 생각하면 그때의 기억이 떠오르면서 전신에 맥이 빠지는 것이었다. 아무리 그 기억을 잊으려고 해도 뜻대로 되지 않았다. 양치성이가 현직에 있는 한 될 일이 아니었다. 그리고 양치성이가 경찰서장까지 해먹으려는 것도 허풍이 아니라고 생각했다. 양치성이는 꼭 그렇게 될 수 있을 것 같은 생각이 들었다.

"근디 말이오, 성님. 나가 한나 부탁이 있는디요 이."

양효남은 서무룡이 옆으로 다가서며 비위 좋게 말했다.

"부탁? 이, 머신디……?"

서무룡은 미처 감정을 수습하지 못하고 어색스럽게 양효남을 쳐다보았다.

"거 머시냐, 기왕에 처갓집서 재봉틀얼 살라먼 우리 상점에 소개 잠 히주먼 어쩌겠소."

양효남은 마침내 노림수를 던졌다. 이 목적을 달성하기 위해 형의 한 매듭, 한 매듭을 풀어놓았던 것이다.

"이 그려. 그것 존 생각이구마."

어쩔 수 없이 대꾸는 이렇게 하면서도 서무룡의 속은 뒤집히고 있었다.

요런 씨부랄 눔이 못허는 소리가 없네. 요것이 돈에 환장헌 거머리새끼 아니여. 성질대로 허먼 확 조사부러야 쓰겄는디.

"성님, 나가 성님 체면 스게 질로 존 놈으로 아조 싸게 허겠구만이라."

양효남은 자기의 수법에 더없이 만족하며 마지막 마무리를 하고 있었다.

"알겄어. 나 갈랑게 유성기나 얼렁 배달허소."

서무룡은 담배꽁초를 상점 바닥에 던지고 발끝으로 비비 틀었다.

"야아, 당장 배달시키제라."

양효남은 손을 맞잡고 연상 웃어대며 돈 받을 준비를 하고 있었다.

"돈언 외상이시. 혼인 축의금 들어오면 갚을 것잉게 그리 알어."

서무룡은 이 말을 내던지고 돌아섰다. 그 말은, 너도 축의금을 톡톡히 낼 준비를 하라는 뜻이었다.

"아, 아, ……."

당황한 양효남은 곧 서무룡이를 붙들 것처럼 팔을 뻗치며 걸음을 옮기려다가 그만두었다. 형이 있는 한 외상값을 떼어먹을 도리가 없었고, 그동안 눈에 안 보이게 장사를 도와준 것을 생각하면 얼마간 외상을 주어도 손해는 아니라고 생각했던 것이다.

"머시여? 돈이 양반 맨글고 일본권세가 양반 정허는 시상이라고? 야, 이 좆겉은 놈아, 주먹패 오야붕이 일본권세라면 계장님 되신 우리 성님언 머시겄냐. 우리 집안언 양반 중에 양반이 된 것이로구나. 무식헌 놈이 주딩이넌 잘 까네."

양효남은 큰소리로 지껄여대며 유성기의 바늘을 옮겨놓았다. 다시 〈타향살이〉의 반주가 울리기 시작했다. 그 노래는 올해 들어 새로 유행하기 시작한 것이었다. 노래가 시작되자 양효남은 따라 부르기 시작했다.

타향살이 몇 해던가
손꼽아 헤어보니
고향 떠난 십여 년에
청춘만 늙어…….

33

무너진 집안

박정애는 송가원과 함께 낙원동 골목골목을 헤매며 술집 간판들을 훑기에 바빴다. 박정애는 꽃무리가 현란하게 그려진 일본산 작은 쥘부채를 연상 할랑거리면서도 다른 손에 든 가제손수건으로는 콧등이며 이마의 땀을 찍어내고 있었다. 박정애의 뒤를 따르고 있는 송가원도 땀을 흘리고 있었다.

"아휴, 무슨 술집이 이렇게 많담. 한양남자들은 그저 술만 마시고 사나 봐."

박정애의 말에 짜증이 섞여 있었다.

송가원은 손등으로 이마의 땀을 문질러가며 공책 서너 배 크기의 그만그만한 간판들을 빠른 눈길로 더듬어나갔다.

"송가원 씨!"

박정애가 톡 쏘듯이 불렀다.

"예에……."

송가원이 눈길을 돌리며 주춤했다.

"무슨 대꾸나 좀 해요. 날은 덥고, 집은 찾기 어렵고, 나 짜증 나서 미칠 것 같은 기분이니까."

"아, 예에……."

송가원은 멋쩍게 웃으며 어물거렸다.

"생김은 형하고 다른데 말 잘 안 하는 건 어찌 그리 닮았죠?"

박정애가 몸을 돌이키며 말했다.

"아니, 뭐 그렇지도 않은데요. 많이 더우신 모양인데 어디 얼음과자집도 없고……."

송가원이 박정애의 눈길을 피하며 손등으로 이마의 땀을 씩 문질렀다. 그리고 그 손등을 바지 뒤에다 닦았다. 그런 모습을 보고 박정애는 그만 쿡 웃음이 터졌다. 그 선 굵은 생김과 건장한 체구에 어울리게 야성적이기도 했고, 위생을 따져야 하는 의과대학생으로서는 전혀 안 어울리는 비위생적인 행동이기도 했던 것이다. 박정애는 핸드백에 든 여벌 손수건을 꺼내줄까 하다가 그만두었다. 그럴 만큼 아직 친밀한 사이가 아니었고, 자칫 손수건을 갖지 않은 것을 흠잡는 것처럼 오해되어 상대방을 무색하게 만들거나 기분 상하게 할 수 있었던 것이다.

"맞아요, 저쪽 큰길로 나가면 단성사지요? 그쪽에 얼음과자집이 서너 개 있어요. 가서 땀부터 들이고 나서 다시 찾도록 해요."

박정애가 밝게 웃었다.

"예, 늦었다고 뭐라고 허지넌 안컸지요?"

송가원이 씨익 웃으며 말했다. 그가 하는 말은 서울말과 전라도 말의 얼치기였다.

"그건 염려 말아요. 허탁 씬 지금 그늘에서 편히 쉬고 있을 테니까요. 피신을 해도 하필이면 이런 델 골랐는지 모르겠어요."

"아니, 좋은데요. 골목도 많고, 우리가 찾기 힘든 것처럼 그놈들도 찾기 힘들 거니까요."

"그렇기는 하네요. 매냥 피해다니면서 사람 고생만 시키고……."

박정애는 무심결에 흘러나온 뒷말에 스스로 놀라 입을 다물었다.

"이번에는 무슨 일로 그럽니까?"

"지난달 6월에 일어난 사건 있잖아요. 공산당을 재건하려다가 50여 명이 체포된 거 말이에요."

"예, 그렇군요. 헌데 이번으로 몇 번째 검건가요?"

"다섯 번째라나 봐요. 하여튼 경찰들도 끈덕지지만 공산주의자들도 끈질겨요. 계속 잡혀 들어가는데도 어쩜 그리 계속 재건인지 모르겠어요. 공산주의자들이 많기도 해요."

"그거 가지고 뭘 그러세요. 대학생들에 고보 학생들까지 합치면 얼마가 될지 모르는데요. 앞으로 백 번도 더 재건할 수 있을 겁니다."

"고보 학생들도 심한가요?"

"예, 근년 이삼 년 동안에 전국 각지 고보에서 동맹휴학 치열하게 일어나는 것 보십시오. 그게 다 그거지요."

"어머, 그럼 송가원 씨도 벌써 고보 시절부터 그 물을 먹은 거예요?"

"예, 그런 셈이지요."

"그 물이 그렇게 달아요?"

"허허허…… 일본유학까지 하셨으면서 아직 안 마셔보셨어요?"

송가원이 이상하다는 듯 박정애를 쳐다보았다.

"왜요, 마셔봤지요. 근데 내 입에는 별로 달지 않던데. 난 조선사람으로도, 인간으로도 자격미달인가 보죠?"

"글쎄요, 꼭 그걸로 기준을 삼을 수야 있겠습니까. 친일을 하지 않는 바에야."

"어쨌든 우리 조선은 앞길이 양양해요. 경찰에서 그렇게 혹독하게 다루고 철저하게 감시를 해대는데도 젊은 사람들이 두려워하지 않고 독립의 길을 찾아나서고 있으니 말이에요."

"저기 얼음과자집이 있습니다."

얼음과자집이란 양과자 상점이었다. 양과자 상점들은 여름이 되면 얼음과자를 만들어 팔았다.

"몇 개나 먹을 수 있어요?"

자리잡고 앉으며 박정애가 장난스럽게 웃었다.

"글쎄요, 돈이 비싸서 그렇지 수십 개라도 먹지요 뭐."

송가원도 장난스럽게 대꾸했다.

"어머, 수십 개? 돈은 걱정 말고 실컷 먹어요. 많이 시키면 녹으니까 다섯 개씩 시키구요."

박정애는 신바람을 냈다.

얼음과자는 노랑색 파란색 주황색 흰색 가지가지였다. 설탕물에 색깔을 타서 동그랗고 긴 양철홈통에 얼려낸 것이었다. 그런데 얼음덩어리에 손잡이로 나무젓가락 한 쪽씩이 박혀 있었다.

　"이거 말고 특제로 주세요."

　박정애가 목청을 높였다. 얼음과자 만드는 기계 돌아가는 소리가 꽤 소란스러웠던 것이다.

　"에이, 진작 말했어야지요. 기계에서 빼기 전에."

　종업원 남자가 신경질을 부렸다.

　"아니, 됐어요. 이것 먹고 또 시키면 돼요."

　송가원은 얼음과자를 집어들며 얼른 말했다.

　그리 속넓고 여유 있게 대처하는 송가원을 박정애는 호감 어린 눈길로 바라보고 있었다. 박정애가 말하는 특제란 물감을 탄 것이 아니라 삶은 팥을 설탕에 버무려넣은 것이었다.

　"허탁 씨한테 사다 줬으면 좋겠는데 집을 못 찾았으니……."

　박정애가 얼음과자를 집어들며 아쉬운 표정을 지었다.

　"하하하하……."

　얼음과자를 으석으석 씹고 있던 송가원이 입을 가리고 마구 웃었다.

　"아니, 왜 그래요?"

　박정애의 얼굴이 싹 굳어졌다. 박정애는 순간적으로 오해하고 있었다. 자기가 허탁을 좋아하는 것을 비웃는 것으로.

　"예, 제 얘기 좀 들어보세요. 재작년인가 그랬어요. 전주에 얼음과자집이 생겼는데, 어떤 노인이 전주에 나와서 그 희한한 물건을 첨 본 겁니다. 여름에 얼음이 있는 것도 희한한데 그걸 먹어보니 시원하고도 달단 말입니다. 그 맛있는 걸 집안식구들한테 사다 주고 싶은 마음이 동했지요. 그래 돈 아까운 줄 모르고 스무 개를 사서 신문지에 잘 싸가지고 망태에 걸머졌지요. 20리를 부지런히 걸어 집에 당도하자마자 기세 좋게 신문지를 펼쳤지요. 그런데……."

"어머, 저걸 어째!"

박정애는 눈치 빠르게 안쓰러운 표정을 짓더니 곧 웃음을 터뜨렸다.

"그런데 그 노인이 나무젓가락 스무 개를 멍하니 내려다보며 뭐랬는지 아세요? 얼라, 요상허시. 시상에 녹아 없어지는 과자도 다 있네그랴!"

박정애는 다시 웃음을 터뜨렸다.

"지방에도 얼음과자집이 생긴 모양이지요?"

"예, 전주나 군산 같은 도회지에는 이삼 년 전부터 생겼습니다."

"참, 왜놈들 상술은 경찰력만큼 무서워요."

이 말에 송가원은 박정애를 새삼스럽게 쳐다보았다. 그건 아무나 하기 어려운 속 깊은 생각이었던 것이다.

"그래, 형님은 좀 어떠세요?"

박정애는 계속 궁금했던 물음을 꺼내놓았다.

"글쎄요, 그게 좀……."

송가원의 얼굴에서 금세 웃음기가 걷혔다.

"별 차도가 없는 모양이지요?"

"예…… 그게 그러니까, 몸이 상한 데만 문제가 있는 게 아닌 것도 같고…… 뭐 그렇습니다."

어눌하게 느껴질 만큼 송가원의 말은 신중했다.

"그게 무슨 뜻인가요? 정신적으로도 무슨 문제가 있다는 뜻인가요?"

박정애는 얼음과자를 더 가져오라고 접시를 들어 보였다.

"글쎄요…… 뭐 아직 확실하게는 모르겠습니다만…… 계속 우울하고, 사람은 아무도 만나려고 하지 않고, 또오…… 무언가 공포에 질려 있는 것 같고…… 하여튼 좋지가 않습니다."

"그건 그럴 수 있잖아요. 고문을 너무 심하게 당해 정신적 충격이나 상처를 입었을 가능성 말이에요."

"예, 바로 그 점이 문제지요."

"이건 순전히 내 짐작일 뿐이지만 말이에요, 또 이유가 있을 것 같아요. 어머님은 돌아가셨지요, 동생인 가원 씨는 학교를 다니기 어렵게 가산은 기울었지요, 그런 게 장남으로서 괴로움이 되는 것 아니겠어요?"

"……예에……."

송가원은 무겁게 고개를 끄덕였다.

"괜히 내가 미리 얘길 꺼냈군요. 이런 우울한 얘긴 이따가 허탁 씨하고 함께 해요. 어서 많이 드세요, 그런 건 다 해결하면 되니까."

박정애는 다시 접시를 종업원에게 들어 보이고는, "난 참 재수가 없는 여자예요. 왜 그런지 알아요?" 쾌활한 목소리로 말하며 송가원을 빤히 쳐다보았다.

송가원은 그저 웃음지었다.

"왜냐면 말이에요, 내가 쓸 만하다고 생각하는 남자들한테는 다 장애가 있어요. 허탁 씨 송중원 씨는 동경서 만났을 때 벌써 기혼자였지요, 이제 또 송가원 씨는 연하의 남성 아니냔 말이에요. 이러니 시집가기는 다 틀린 거 아니에요?"

박정애는 송가원의 기분을 전환시킬 겸 해서 이런 말을 거침없이 했다.

"저 같은 놈도 쓸 만한 남자 축에 드나요?"

송가원이 쑥스럽게 웃었다.

"무슨 겸손에 말씀을. 형님한테는 좀 미안한 얘기지만, 여성들은 형님 같은 남자보다는 가원 씨 같은 남자를 더 좋아한다구요."

"원 별말씀을……."

송가원의 얼굴이 붉어졌다.

"아까 시집가기 다 틀렸다고 한 말 있지요? 거기엔 나한테도 문제가 있어요. 아 글쎄, 양반입네 젠체하는 건 딱 싫어하면서도 정작 관심을 쓰는 건 양반 출신 남자들이라니까요. 신여성이라고 자처하면서 양반 좋아하는 건 뭐며, 중인 주제에 양반 넘보는 건 뭔지, 내 심뽀를 나도 잘 모르겠어요. 그게 아마 골수에 박힌 중인 근성이겠지요?"

박정애는 구김살 없이 웃었다.

"글쎄요, 너무 솔직하게 말씀하시니까 뭐라고 할 말이 없군요. 그런 문제가 남자들 사이에서도 과히 좋지 않게 말썽을 일으키곤 하는데, 저는 족보 내세우고 따지고 하는 건 근본적으로 잘못된 일이라고 생각합니다. 아, 이젠 이빨이 시리군요."

송가원은 마지막 나무젓가락을 접시에 놓았다.

"몇 개나 먹었어요?"

"열세 갭니다."

"더 먹어요."

"아니, 됐습니다."

"멋져요. 내가 알기로 제일 많이 먹은 사람이에요."

"멋지긴요, 미련하지요."

박정애가 쿡쿡 웃으며 일어섰다.

그들은 한참을 더 헤매다가 술집 설죽정을 찾아냈다. 부엌데기 여자가 그들을 뒷집으로 안내했다. 허탁은 조그마한 한옥의 대청에 누워 신문을 보고 있었다.

"어쩜, 신선놀이하고 계시군요."

박정애가 쏘아붙이듯 했다.

"허, 감옥이 선계(仙界)로 보이니 다행이오. 어서 오게, 가원이."

허탁이 벌떡 일어나며 송가원에게 손을 내밀었다.

"안녕하세요, 오래 못 뵈었습니다."

송가원이 악수를 하며 인사했다.

"집 찾기 힘들었소?"

허탁이 송가원에게 자리를 권하고는 박정애를 보고 웃음지었다.

"잘 아시네요. 어쩜 이런 데 앉아서 사람을 그리 애를 먹이죠?"

박정애가 빠르게 부채질을 하며 눈을 흘겼다.

"박정애 씨 애먹이려고 일부러 그런 건데 뭘."

"그런 줄 알았어요. 어서 가원 씨 일이나 얘기해요."

박정애는 앉음새를 고쳤다.

허탁은 담배를 송가원에게 권하고 자기도 빼들었다. 송가원이 성냥을 켜서 허탁에게 내밀었다. 허탁은 담배를 두어 모금 빨고는 입을 열었다.

"그 집은 마음에 안 들었던가 보지?"

가정교사로 들어가 있던 집을 말하는 것이었다.

"아닙니다, 제가 적응을 잘 못해서……."

송가원은 그 집을 소개해 준 홍명준의 입장을 생각해서 이렇게 얼버무렸다.

"알 만해요. 작위를 받으시고 일본귀족이 되신 분이니 그 집안 꼴이 어련했겠어요. 소개를 해도 꼭 그런 집이나 하지 별수 있겠어요."

박정애는 또 홍명준에게 발톱을 세우고 들었다.

"그래, 말하기 곤란한 문제들이 있을 수 있지. 어떤가, 딴 집에 들어가는 것이?"

"글쎄요, 공부에 지장도 많고, 남을 가르친다는 게 부담도 되고, 그냥 휴학을 했으면 합니다."

"휴학? 휴학을 한 다음에 학업을 다시 계속할 수 있는 무슨 수가 생긴단 말인가? 자네 혹시 딴생각을 하고 있는 건 아닌가?"

허탁은 정색을 하고 송가원을 응시했다.

"아닙니다, 심정도 좀 복잡하고 해서……."

송가원은 가슴이 뜨끔했다. 마음 한쪽에는 의학공부에 대한 회의도 없지 않았고, 아버지를 찾아가고 싶은 유혹이 끈질기게 박여 있었던 것이다.

"휴학은 안 돼요. 가원 씨가 휴학을 하고 내려가면 형님의 괴로움이 얼마나 더 커지겠어요. 병이 더 악화될 것 아니에요. 허탁 씨, 아까 잠깐 얘기 들으니까 송중원 씨 병이 육체적인 것만이 아닌 모양이에요. 정신적인 것도 큰 것 같아요."

박정애의 태도가 단호했다.

"나도 짐작은 하고 있소."

허탁의 대꾸가 침울했다.

"가원 씨, 아무 생각 말고 공부나 열심히 하세요. 학비는 내가 대겠어요."

박정애의 갑작스런 말이었다.

"그건 싫습니다."

송가원이 지체없이 거부했다.

"아니, 내 말 다 듣고 말해요. 그냥 공짜로 주겠다는 게 아니에요. 우선 마음 편하게 빌려쓰고, 졸업한 담에 갚는 거예요. 우리 아버지 식으로 하자면 이자를 꼬박꼬박 쳐서 받아야 하지만, 나야 어디 그럴 수 있나요. 허탁 씨가 형님이면 나는 누나 아니에요? 누나가 그 정도의 혜택은 베풀어줘야지요. 내 생각이 어때요, 허탁 씨."

박정애는 기민하게 대응하면서 허탁의 응원을 청하고 있었다.

"그거 나쁜 생각 아니오." 허탁은 고개를 끄덕이고는, "어떤가, 이 호의를 받아들이게. 아마 형님도 기뻐할걸세." 그는 송가원을 다독거리는 눈길로 바라보았다.

"예, 좀 생각해 보겠습니다."

"아니야, 생각하고 말고 할 것 없어. 내가 그렇게 한다고 해도 생각해 보겠나? 내가 돕는 것이나 마찬가지니까 그냥 결정지어."

허탁은 마구잡이로 밀어붙였다.

"됐어요, 결정났어요."

박정애는 손바닥으로 마룻장을 탕 탕 탕 세 번 두들겼다.

"이거 차암……."

송가원은 너무 고맙기도 하고 너무 뜻밖이기도 해서 어찌할 바를 모르고 있었다.

"아까 뭘 그리 열심히 읽었어요? 또 무슨 사건 터졌어요?"

박정애는 재빨리 다른 이야깃거리를 찾아 말을 바꾸었다.

"응, 홍명희의 임꺽정을 읽고 있었소."

허탁이 신문을 끌어당겼다.

"아, 그 소설 너무 재미있지요? 근데 한 가지 불만이 있어요. 너무 짧아 감질나서 못 읽겠어요."

"그렇기는 하지만 그 맛에 또 연재소설 읽는 것 아니오?"

"오나가나 그 얘기들이니까 나두 소설 쓰구 싶어져요."

박정애는 입을 가리며 히히 하고 웃었다.

"하고 싶은 것도 많소. 이태리도 가고 싶고, 음악단도 꾸미고 싶고, 김정하하고 영화도 만들고 싶고, 소설 다음엔 뭐가 또 하고 싶을지 원."

허탁이 눈을 흘기며 실소했다.

"그래도 딱 한 가지 하기 싫은 게 있다구요."

"설마……."

"공산주의는 하기 싫어요."

허탁이 푹 웃음을 터쳤다.

"근데 말이에요, 김정하가 아주 큰 병에 걸렸어요."

"김정하 씨가?"

"예, 불치병이에요."

"아니, 무슨 병인데 그래요?"

"아 글쎄, 나운규 씨가 묘령의 여인하고 열렬한 연애에 빠졌지 뭐예요. 그러니 나운규를 사모하고 또 사모한 김정하가 병이 안 날 수 있겠어요."

"아아, 그것 참 안됐소. 그건 죽어야 고치는 병인데."

허탁은 얼굴만큼 심각한 어조로 말했다.

"아니, 뭐, 뭐라구요?"

박정애는 한숨 늦게 그 말뜻을 알아듣고 주먹을 치켜들었고, 그때까지 침울한 듯 앉아 있던 송가원도 쿡쿡대고 웃기 시작했다.

"야 이놈아, 니가 공부럴 허능 것이냐 염불얼 허능 것이냐! 정신얼 어디다가 폴고 있으면 또 낙방이냔 말이여, 낙방이. 이 애비가 체면 안 스고 넘세시러서 까물쳐 죽을 일이다. 니 정신이 딴 디 가 있지야? 글안허고야 그 잘허든 공부로 이리 해마동 낙방허기도 에로운 일 아니냔 말이여. 니놈도 혹여 그 못된 공산주의에 물든 것 아니여?"

이동만은 치솟는 화를 걷잡지 못하고 소리를 질러댔다. 그도 그럴 것이 자기를 괄시한 놈들에게 앙갚음을 하고, 세상 모든 사람들에게 뻐기고 싶었던 꿈이 또 물거품이 된 것이었다.

이경욱은 고개를 반쯤 숙이고 앉아 있었다. 그런데 그의 옆얼굴에는 야단맞는 사람 같지 않게 노기가 뭉쳐져 있었다. 특히 옆턱에는 어금니를 얼마나 굳게 맞물었는지 이뿌리의 근육이 나란히 드러나고 있었다.

"아이고 보시씨요, 불낸 아그덜헌티 떡 해믹인단 말 듣지도 못허셨능게라. 불낸 미운 자석도 죄럴 안 따지고 겁묵은 맘보톰 그리 다독기려 풀어주는디, 그 애써 공부혀 갖고 뜻 못 이룬 지 속언 얼매나 씨리고 아플 것인디 아든 정 보든 정 없이 이래싼다요, 금메. 떡 아니라 소럴 잡아서라도 그 씨리고 아픈 속 풀어주고 기운 돋과 쥐얄 것 아니겄능게라."

이동만의 아내 박씨는 울상이 되어 남편에게 하소연 겸 타박을 하고 나섰다.

"어허, 어디 나가 그런 것얼 몰간디. 저놈이 젖 묵든 심꺼정 다 안 쓰고 어째 눈치가 요상시럽고 야리꾸리헝게 허는 소리랑게로."

이동만이 아내에게 벌컥 화를 냈다.

이경욱은 아버지의 말에 가슴이 뜨끔했다. 그러나 이내 안심했다. 그건 눈치 빠른 아버지의 짐작일 뿐 무슨 근거가 있는 것은 아니었다.

"어러신, 어러신, 손님 오셨구만이라우. 사금(砂金) 일로……."

밖에서 들려온 말이었다.

"알었다. 사랑으로 뫼셔라." 이동만은 몸을 일으키며 밖에다 이르고는, "니 오늘 당장 절로 들어가그라." 아들에게 내질렀다.

"아이고 참, 인정머리 없기년." 박씨는 남편이 사라진 문 쪽에다 눈을 희게 흘겨대고는, "경욱아, 섭허니 생각지년 말그라 잉. 다 니 잘되라고 그러시는 것잉게." 아들 옆으로 다가앉으며 다정하고 나긋하게 말했다.

"……."

이경욱은 비로소 고개를 똑바로 하며 한숨을 내쉬었다.

"그려, 니도 얼매나 심이 들고 애가 타겄냐. 아부지가 저러시능 것언 우리 집안얼 더 여봐란디끼 일으키자는 맴이신 것이여. 느그 아부지가 부모헌티 땡전 한 닢 받은 것도 없이 근근이 삼스로 느그덜 배곯리는 것이 한이 되야 넘덜보담 눈치 빨르게 나서서 이리 자수성가허시기꺼정……."

"엄니, 다 알고 있구만요. 절에 갈라면 급허구만이라."

예의가 아닌 줄 알면서도 이경욱은 몸을 일으켰다. 어머니의 한

정도 없는 그 이야기는 고보 시절부터 골백번도 더 들어온 것이었다. 아버지의 자수성가 내력은 계속될수록 부끄럽고 수치스러운 것일 뿐 자랑스러운 대목이라고는 한 군데도 없었다. 그런데 어머니는 어쩌면 그렇게도 용케 이야기 순서 하나 틀리지 않고, 어느 해 어느 계절 어느 장소까지 틀리는 일이라곤 없이 반복할 수 있는 것인지 놀랍기만 했다. 춘향전이나 심청전 같은 그 긴 이야기들이 어떻게 구전되어 내려올 수 있었는지를 어머니는 충분히 이해시켜 주었던 것이다.

"야아야 경욱아, 아부지가 사금에 손대실라고 저 야단이단다. 나가 생각키로넌 전답얼 사는 것이 질인디, 사금얼 허면 금광보담 더 쉽게 큰돈얼 벌 수 있담서 나 말언 영 안 들으신다 와. 니 생각에넌 으쩌냐?"

박씨는 아들을 올려다보며 걱정스럽게 물었다.

"아부지가 다 잘 알어서 허겄제라."

식구들 앞에서는 서울말을 쓰지 않는 이경욱의 말은 퉁명스러웠다.

"그려, 아부지넌 실수허신 적이 없으싱게. 경욱아, 심들드라도 참고 잘히주라 잉!"

박씨는 말끝에 힘을 넣으며 아들의 등을 다독거렸다.

이경욱은 자기 방으로 갔다.

"우리 옥녀 신세럴 망쳐논 것이 누군지 아시오? 바로 당신 아부지요. 당신 아부지가 다 짜서 나럴 잡어가두고, 옥녀럴 사찰과장헌티 바치고 헌 것이란 말이오. 당신네 집안허고 우리넌 웬수지간이 란 것이나 아씨요.”

옥비의 오빠가 부들부들 떨며 한 말이었다. 그의 눈에서는 증오가 이글거리고 있었다.

“야아, 진작 알기야 혔지만 지 입으로 어쩌크름 어려신 뒷이얘기럴……”

머슴의 실토로 모든 것은 자명해졌던 것이다. 아버지에 대한 경멸과 분노를 삭일 도리가 없었다. 옥비와 옥비의 오빠에 대한 죄의식과 안타까움도 이겨낼 길이 없었다. 머슴이 옥비의 지리산 거처를 알아왔지만 찾아갈 용기는 완전히 가시고 말았다. 그러면서도 옥비는 더욱 사무치는 그리움이 되고 있었다. 밤이면 옥비를 찾아가 아버지의 잘못을 빌리라고 작정했다. 그러나 날이 밝으면 밤에 일었던 용기는 흔적도 없이 사라지고는 했다. 그런 번민 속에서 공부가 될 리 없었다. 낙서만 끝없이 하다가 방을 뛰쳐나와 절 뒷산을 헤매다니다가 하며 나날을 소모했던 것이다. 누구를 찾아가 도움을 청하고도 싶었다. 그러나 고서완 선생은 감옥살이를 하고 있었다.

이경욱은 옷을 갈아입고 방을 나섰다. 아버지한테 이렇게 억압당하지 말고 돈을 훔쳐가지고 어디로 떠나버릴까 하는 충동에 또 사로잡혔다. 그러나 고서완 선생이 앞을 가로막았다. 개인의 그릇된 출세가 아니라 일을 위해서 고등고시에 합격해야 한다고 했던 것이다. 그 필요 앞에서 자신의 방황이 또다른 괴로움이 되고 있었다.

"되련님, 되련님."

대문 앞에 서 있던 머슴이 숨죽인 소리로 빠르게 불렀다.

"그 옥비 명창이 말이어라, 한성으로 올라갔다드만이라."

"한성은 왜요?"

이경욱의 가슴은 쿵 울리고 있었다.

"큰 명창 될라고……."

"거처는 알았소?"

이경욱은 머슴의 말허리를 잘랐다.

"그것언 몰르드만이라."

"곧 거처를 알아내시오."

이경욱은 돈을 꺼내 머슴의 손에 쥐여주었다.

어쩌자는 것인지 이경욱은 자신의 심정을 알 수가 없었다. 어찌 되었든 옥비가 어디 있는지를 알아야 한다는 생각이 앞섰던 것이다. 더 이상한 것은 옥비가 몸을 버렸다는 것을 알면서도 전혀 정이 멀어지거나 추하다는 생각이 들지 않는 것이었다.

이동만은 사랑방에서 이제 경욱이의 일은 까맣게 잊어버리고 있었다. 그는 오로지 앞에 앉아 있는 일본인 우노사와를 탐색하기에 몰두해 있었다.

군대식 작업복을 입고 상고머리를 한 우노사와는 마흔대여섯 살쯤 되어 보였다. 좁장한 얼굴은 햇볕에 그을려 있었고, 눈이 또릿또릿했다.

"우노사와 상은 금 찾아내는 기술이 아주 귀신같다고 소문이 나 있습니다. 예, 열다섯 살 때부터 배운 기술이라니까요. 뭐 믿고 안심하셔도 될 겁니다."

거간꾼은 우노사와가 들으라는 듯 일본말로 말했다.

"그럼, 몇 년이나 된 거요?"

이동만도 그 유창한 일본말로 우노사와에게 직접 물었다.

"예, 한 30년 됐습니다."

우노사와가 약간 웃으며 대답했다.

30년? 줄창 금을 뒤지고 다녀서 얼굴이 그리 검게 탔구나.

이동만은 나름대로 판단하고 있었다.

"왜 단독으로 하지 않고 물주를 구하는 거요?"

"그동안 고용살이를 해서 식구들을 먹여살리느라고 어디 돈을 모을 수가 있어야 말이지요."

"아니, 삼……."

이동만은 깜짝 놀라 곧 쏟아지려는 말을 다급하게 삼켰다.

"무슨 말씀이신지요?"

우노사와가 긴장한 기색으로 물었다.

"아니, 아무것도 아니오."

이동만은 어물거리며 담뱃갑을 집어들었다. 그러면서 속으로 큰일날 뻔했다고 안도하고 있었다.

아니, 30년 동안이나 금밭에서 산 사람이 한밑천을 못 챙겼단 말이오?

하마터면 이 말을 쏟아놓을 뻔했던 것이다. 자기가 농장 고용살이 이십사오 년 만에 한밑천 정도가 아니라 치부하게 된 것에 취해 저지를 뻔한 실수였다. 그 말을 했더라면 그건 앞으로 나와 일하면서 도둑질해 먹으라고 가르쳐주는 격이었던 것이다.

한 판에 금을 한 주먹씩만 외봉쳤더라도 30년 세월이면 부자가 되었을 것 아닌가. 저게 재주 있게 생긴 것에 비해 양심이 있는 모양인가? 아니, 금 찾아내는 기술만 지녔지 세상 살아가는 요령을 모르는 쑥인 거라, 쑥. 그래, 쑥일수록 좋지.

이동만은 담배에 불을 붙이며 두 번째 판단을 내리고 있었다.

"그럼 이번에 물주를 구해 한몫 보겠다 그런 뜻인가요?"

이동만은 우노사와에게 마음이 쏠리며 이렇게 물었다.

"예, 언제까지 고용살이로 살 수는 없으니까요."

우노사와는 아주 겸손한 태도로 고개를 숙여 보였다.

"그거 생각하긴 잘 생각한 거요. 헌데, 재미 볼 만큼 금이 있긴 있겠소?"

"예, 금산을 필두로 해서 금산리·금구리·금평리, 쇠 금 자 붙은 부락들이 얼마나 넓습니까. 그러니까 금산면과 금구면 일대에 금맥이 쫙 퍼져 있는 겁니다."

"허나, 한발 늦지 않았소? 벌써 일본사람들이 시작했는데."

"아닙니다, 이제 시작이지요. 조선사람들이 옛날에 쇠 금 자를 앞세워 부락이름을 붙였던 것은 눈에 보이는 금만 골라냈던 시절이지요. 이젠 땅을 파헤쳐 금을 건져올리는 단계입니다. 생각해 보십시오. 금산에서 수천 년 동안 빗물에 씻겨서 흙과 돌들이 아래로 흘러 내려와 쌓이고 쌓였습니다. 그때 금도 함께 쓸려 내려와 쌓이고 쌓인 것입니다. 그럼 겉으로 드러난 게 많겠습니까, 땅속에 묻힌 게 많겠습니까? 당연히 땅속에 묻혀 있는 게 많을 것 아닙니까."

"그야 그렇소만……, 이제 금바람이 불기 시작했으니 앞으로는 어중이떠중이 몰려들 것 아니겠소?"

이동만은 한편에서 자꾸 흔들리는 마음을 다잡으며, 돌다리도 두들겨보고 건너야 한다고 스스로에게 경고하고 있었다.

"예, 물론이지요. 허지만 많이 몰려든다고 무서울 것 하나도 없습니다. 보는 눈이 다 다르니까요. 이런 일이 있습니다. 어떤 사람이 10년 동안 금광을 파 들어갔습니다. 그러나 금이 나오지 않았습니다. 그 사람은 돈만 없애고 폐광시키고 말았습니다. 그런데 딴사람이 그걸 사들였습니다. 1년 파 들어가서 금맥을 만나 떼부자가 되었습니다. 그런데 금광에 대해 아무것도 모르는 세상사람들은 그런 일을 보고 그저 재수니 운수소관이니 합니다. 그러나 그건 그렇지가 않습니다. 어디까지나 금맥을 볼 줄 아는 기술자에 달린 문젭니다. 앞의 사람은 기술자를 잘못 만난 것이고, 뒤의 사람은 기술자를 제대로 만난 차이입니다."

"그러니 그런 기막힌 기술자를 어디서 만나느냔 말이오."

"아이고 어르신, 등하불명이라더니 바로 앞에다 두고 그런 말씀을 하십니까. 바로 우노사와 상이 1년 만에 금맥을 찾아낸 당자란 말입니다."

거간꾼이 잽싸게 끼어들었다.

"아니, 그래요!"

이동만은 엉덩방아를 찧을 만큼 놀라고 감격했다. 그의 마음은 흔들리다 못해 와르르 무너져내리고 있었다.

저게, 저게 바로 보물단지로구나. 어쩐지 눈이 또릿또릿하더라니. 눈에 저리 총기가 있어야 땅속을 잘 볼 것 아닌가.

이동만은 세 번째 판단을 내리고 있었다. 그건 곧 동업을 하자는 결정이었다. 그러나 그는 출렁이는 감정을 감추려고 애쓰며 입을 열었다.

"에에 또, 우리가 동업을 한다 치면…… 그러면 분배는 얼마씩으로 할 거요?"

이동만은 거간꾼에게 눈길을 돌렸다.

"예, 그야 반타작 5·5제지요."

기다렸다는 듯 거간꾼이 잽싸게 대답했다.

"뭐야? 5·5제씩이나 해?"

이동만이 놀라며 얼굴이 구겨졌다.

"아니, 왜 그러십니까? 그게 다 공정가격인데요."

"뭐, 공정가격? 이게 뭐 총독부에서 정한 물건값이야? 공정가격 이게."

이동만은 말트집을 잡고 들었다.

"아 예, 그게 아니고 동업자들은 모두 그렇게 한다 그거지요."

거간꾼이 변명하는 옆에서 우노사와는 담배만 빨고 있었다.

"이거 봐, 돈은 이쪽에서 전부 다 대고 소작만도 못해서야 말이 되는가? 여러 말 할 것 없이 소작제에 맞춰서 6·4제로 하세."

"아니 어르신, 금광이 어디 농사하고 같습니까. 농사야 1년에 한 번 추수하면 그만 아닙니까. 허나 금광이야 금이 쏟아졌다 하면 박은 돈에 몇십 배 몇백 배로 벌어들이는 것 아닙니까. 또, 소작인하고 금광 기술자가 어디 똑같습니까. 돈 아무리 가지고 있으면 뭘합니까. 기술자 없이는 백날 가도 금 구경은 못하는 것 아닙니까. 손바닥도 맞때려야 소리가 나더라고, 돈하고 기술이 똑같이 합해져야 금이 캐지는 것 아니겠어요?"

거간꾼이 입술에 침을 축였다.

"뭐 구구하게 여러 말 하지 마시오."

우노사와는 거간꾼을 제지하고는, "난 별로 생각 없으니 딴사람을 구해보십시오." 그는 이동만에게 이렇게 말하며 몸을 일으켰다.

"아니……."

이동만은 그만 당황했다.

"아니 우노사와 상, 왜 이러십니까. 아직 이상 말을 안 들었잖습니까. 우선 이상 대답이나 들어보고 어찌합시다."

거간꾼이 우노사와를 붙들었다.

이동만은 마음이 조마조마했다. 투자한 돈의 몇십 배 몇백 배로 벌 수 있는 기회가 깨지려 하고 있었다.

"아, 앉으세요, 우노사와 상."

거간꾼이 우노사와를 잡아끌었다.

"앉을 것 없소!"

우노사와가 내쏘았다.

거간꾼이 재빨리 이동만을 쳐다보았다.

이동만은 끄으응 된소리를 내며 앉음새를 고쳤다.

방 안에 침묵이 흘렀다. 서로 배짱을 앞세운 버티기였다. 그러나 이미 이동만은 우노사와의 적수가 아니었다. 몇십 배 몇백 배로 돈벌이를 하고 싶은 욕심에 눌려 스스로 허물어지고 있었다.

"좋소, 그리합시다."

마침내 이동만이 백기를 들었다.

"예, 5·5제로 결정됐습니다. 자아, 앉으세요, 우노사와 상."

거간꾼이 5·5제라는 것을 못을 박았다.

"아 참, 우노사와 상 고집도 어지간하시오."

이동만이 악수를 청했다.

"고집이 아니라 상례가 그렇습니다."

우노사와가 앉으며 이동만의 손을 잡았다.

"앞으로 잘해봅시다."

"예, 아무 염려 마십시오."

두 사람은 밝은 웃음을 피워내며 마주 잡은 손을 마구 흔들어 댔다.

"두 분 다 돈 많이 버십시오. 제가 성사시켜 번창하지 않은 일이 없습니다."

거간꾼은 거간비를 많이 받아낼 욕심으로 귀에 단말을 풀어내고 있었다.

"그럼 언제부터 일을 시작하는 거요?"

이동만이 새로운 각오를 하듯 진지한 얼굴로 물었다.

"당장 내일부터 일을 시작해야지요. 미리 봐둔 맥이 있으니까 시급한 것이 땅 확봅니다."

우노사와의 태도도 진지했다.

다음날부터 이동만은 조랑말이 끄는 수레를 타고 여기저기로 바삐 돌아치기 시작했다. 관청에 사금채취 신고를 하랴, 금맥 예정지의 땅임자들을 만나랴 할 일이 많았던 것이다.

그러나 이동만의 아내 박씨는 남편이 일을 저지르고 나서자 불만이 이만저만이 아니었다. 면전에서는 말을 못하고 뒤에서 투덜거리고 구시렁거렸다.

"나이가 몇 살인디 그런 일얼 허고 나서 글씨. 쉰만 되았어도 또 몰라. 예순으로 찌운 나이에 이 무신 난리판굿이여. 바다넌 메워도 사람 욕심언 못 메운다등마 딱 그 짱이여. 그 나이에 맘 편케 묵고 살아도 재산이야 불고 또 불게 되야 있는디 돈얼 얼매나 더 벌어야 직성이 풀릴랑가 몰라. 아이고 그 욕심, 몸서리 무서리야."

박씨는 돈이 싫은 것이 아니었다. 늘그막에 마음 편안하게 살고 싶었고, 혹시나 일이 잘못되지 않을까 걱정이었던 것이다. 금광을 해서 흥한 사람보다는 망한 사람이 더 많다는 것은 흔한 소문이었다.

이동만은 날마다 땅임자들을 만나러 다녔다. 그러나 땅을 빌리는 문제는 쉽게 풀려가지 않았다. 금산면과 금구면 일대에 불어닥친 금바람으로 임대료는 날마다 치솟고 있었던 것이다. 일본사람들이 신식기계를 들이대서 시작한 사금채취가 톡톡한 재미를 본다는 소문이 퍼지면서 금바람이 일기 시작했고, 사람들이 많이 몰려드는 만큼 땅임자들은 임대료를 마음대로 올려 불렀던 것이다.

사금의 금맥 찾기란 바로 없어진 물줄기 찾기였다. 오랜 세월 전에 저 산에서 흘러내렸던 물줄기들은 논을 일구면서 방향이 달라지고 덮이고 한 것이었다. 그 물줄기들을 찾아내는 것이 금맥을 찾는 일이었다. 일단 예상지역이 정해지면 그 다음부터는 그 지역의 논들을 파헤쳐야 했다. 그런 논들은 물론 농사철에는 농사를 지을 수가 없게 되었다. 그래서 초기의 임대료는 계절을 따지지 않고 한 해 수확량의 두 배 정도를 지불했다. 한 해 수확을 변상해 주고, 그 땅에서 나오는 금값의 일부를 쳐준다는 계산이었다. 만약 금이 많이 나오면 그만큼 광주는 이익을 보는 것이었고, 금이 하나도 나오지 않으면 광주는 고스란히 손해를 볼 수밖에 없었다.

그런 조건으로 땅을 빌려주는 것은 땅임자들로서는 아주 알찬 수입이 되었다. 두 배 중에 절반이 횡재인 것은 더 말할 것도 없었고, 나머지 절반도 농사짓는 것보다 수입이 컸던 것이다. 왜냐하면 지주인 경우에는 농사를 짓지 않았으니 소작인들에게 나갈 것이 없었고, 자작농인 경우에는 농사짓는 고생을 안 하고도 한해살이가 해결된 것이었다. 그리고 또 부수입이 있었다. 논을 한 길 이상 파뒤집는 바람에 속의 기름진 땅이 위로 올라오게 되어 객토한 것보다 훨씬 더 논이 걸어지는 것이었다.

그런 잇속을 빤히 알고 있는 이동만은 임대료를 세 배, 네 배 불러대는 땅임자들을 향해 분통을 터뜨렸다.

"저놈덜이 바로 칼 안 든 강도덜이시. 에레기 순 숭악헌 놈덜아."

그러나 몸이 다는 건 금을 탐하는 사람일 뿐이었다.

"목타는 놈이 시암 파는 것 아니드라고?"

땅임자들은 먼산바라기를 하면서 콧방귀를 뀌었다.

흙을 걸러낸 기계에서 금 박힌 돌들이 나오는 것을 보면서 임대료가 비싸다고 금욕심을 버릴 사람은 없었다. 이동만도 아린 속을 달래가며 비싼 임대료를 물 수밖에 없었다. 괜히 어물거리다가는 그나마도 다른 사람에게 빼앗길 판이었던 것이다.

이동만은 은행에 맡겨두고 있던 돈부터 찾기 시작해서 빚놀이를 하고 있던 돈까지 거둬들이기 시작했다. 땅을 빌리는 돈은 아무것도 아니었다. 일이 본격적으로 시작되면서 돈은 걷잡을 수 없이 들어갔다. 작업장을 짓고, 기계를 사들이고, 수십 명 인부들의 일당을 지불해야 했던 것이다.

땅을 파고 흙을 나르고 하는 인부들은 바로 그 땅을 소작 부치고 있었던 농부들이었다. 농사를 못 짓게 된 소작인들은 임시노동자가 되어 생계를 꾸려나갈 수밖에 없었다.

이동만은 수중에서 돈이 나갈 때마다 마음이 조마조마했고 가슴이 쿵쿵 울렸다. 만약에 잘못되면 어쩌나 하는 초조와 불안감이 들끓고 있었던 것이다. 그러나, 일본인 누구는 투자액의 50배를 벌었고, 또 누구는 100배를 벌고 했다는 소문에 귀기울이며 새 용기로 돈뭉치를 내밀고는 했다.

"와아, 금이다, 금!"

일을 시작한 지 한 달이 가까워 이동만은 마침내 환성을 지르며 춤을 덩실덩실 추었다. 샛노란 금이 박힌 돌들을 처음 보게 된 것이었다.

34

바람이 불어야 나무가 흔들린다

가지들이 휘도록 주렁주렁 달린 새빨간 석류껍질들이 쩍쩍 벌어지고 있었다. 그 벌어진 사이로 해맑은 분홍빛 석류알들이 곧 쏟아질 것처럼 촘촘하게 박혀 있었다. 석류알들은 마치 영롱한 보석처럼 그 색깔이 곱고 탐스러웠다.

억세게 돋은 긴 가시들 사이에서 유난히 동글동글한 탱자들도 황금색으로 물들어 있었다. 잎들과 함께 진초록색일 때는 별로 눈에 띄지 않던 탱자들이 잎이 지면서 황금색으로 변하면 마치 꽃같은 화사함을 드러냈다.

석류는 다산(多産)과 자손을 번영케 하고, 모든 악귀를 쫓는다고 했다. 탱자나무도 온갖 악귀와 질병을 몰아낸다고 했다. 그런 석류와 탱자에 가을이 무르익고 있었다.

그러나 가을은 들녘에서 더 풍요로운 자태를 드리우고 있었다.

들녘에는 투명하게 높아진 하늘빛과 대비를 이룬 황금빛이 넘치고 있었다. 그 묵직한 황금빛은 보는 것만으로도 넉넉하고 듬직하고 흡족하고 배부르고 화평스러움을 자아냈다. 그런 느낌은 석류나 탱자 같은 것은 전혀 지닐 수 없는 느낌이었다. 그건 나락만이 지니고 있는 특이하고 고유한 느낌이었다.

그런데 들녘 가운데서 그런 느낌을 깨는 외침들이 울려퍼지고 있었다.

"소작료를 인하하라!"

"수리조합비를 면제하라!"

"소작권 이동 결사반대!"

헤아릴 수 없이 많은 사람들이 운집해 외쳐대고 있었다. 다함께 목소리를 맞춘 그 외침은 우렁차고 우람한 울림으로 들녘을 흔들고 있었다.

그건 김제군의 동척 소작인 1천여 명이 동척 사무실을 에워싸고 벌이는 소작쟁의였다. 그들은 푸른 대나무에 꽂은 현수막들을 높이 들고 있었다. 그 현수막에는 그들이 외치고 있는 구호들이 크게 적혀 있었다.

"해산하라! 해산하라!"

책상을 끌어내다 그 위에 올라선 경찰이 양철나팔통을 대고 소리쳤다.

"소작료를 인하하라!"

소작인들이 일제히 보낸 응답이었다. 소작인들의 외침은 그냥 이루어지는 것이 아니었다. '소작료를 인하하라'고 쓴 현수막이 쑥 올라감과 동시에 외침이 터졌다.

"해산하라! 거역하면 발포한다!"

다시 경찰이 소리쳤다.

"수리조합비를 면제하라!"

소작인들의 우렁찬 외침이 경찰의 소리를 흔적도 없이 쓸어버렸다.

"경고한다! 빨리 해산하라!"

경찰이 니뿐도를 획 뽑아들었다.

"소작권 이동 결사반대!"

소작인들의 외침은 더욱 커졌고, 그 우람한 소리의 파도 앞에서 니뿐도 한 자루는 초라할 뿐이었다.

"정말 해산 못하겠나! 마지막으로 경고한다. 해산하라!"

너무 소리를 질러대 목소리가 파이는 경찰이 니뿐도를 내리쳤다.

"소작료를 인하하라!"

내려치는 니뿐도에 분노하듯 소작인들의 외침이 더욱더 커졌다.

탕!

총소리가 진동했다. 책상 위에 올라선 경찰의 뻗쳐올린 오른손에 권총이 들려 있었다. 공포를 쏜 것이었다.

그것을 신호로 앞에 늘어서 있던 경찰들이 개머리판을 휘두르기 시작했다.

"어이쿠!"

"아이고메!"

사람들의 비명이 터졌고

"저놈덜이 사람 잡네!"

"저놈덜 쥑이자아!"

앞쪽이 왁자하게 소란해지면서 이런 외침이 터지고 있었다.

"피허덜 말어!"

"저놈덜 몰아붙여!"

"그려, 몰아붙여 불어!"

"자아, 몰아붙이드라고!"

"우우우—."

"와아아—."

앞쪽에서 함성이 일어났다. 그 함성에 맞춰 뒤쪽에서도 함성이 일어났다.

"몰아붙여라아!"

"와아아—."

함성이 하나가 되면서 소작인들의 물결이 경찰들을 향해 밀려갔다. 총을 들기는 했지만 총이 몽둥이 구실밖에 하지 않는 한 그 많은 사람들의 힘을 당할 도리는 없었다. 30여 명의 경찰들은 금방 동척 안으로 밀리고 말았다.

"저것 막아야겄소."

"예, 경찰덜이 다치면 덤테기 쓰제라."

멀찍이 떨어져 쟁의를 지켜보고 있던 네댓 사람이 다급하게 말했다.

"이보게, 청년부장헌티 얼렁 가서 막으라고 혀."

한 사람이 젊은이에게 지시했다.

그들은 신간회 김제군 간부들이었다. 그들 중에 신세호도 들어 있었다. 신세호는 공허의 권유로 신간회에 가입했던 것이다. 그런데 뜻하지 않게 간부자리까지 맡게 되었다. 지난날 서당 사건과 최근의 송수익 사건으로 두 차례 경찰서에서 당한 것이 경력으로 작용했던 것이다. 그는 간부자리를 완강하게 사양했지만 젊은이들의 뜻은 더욱 완강했던 것이다.

"고것이 다 신 선상님이 쌓으신 공덕 아닌게라. 요새 젊은 사람덜이 얼매나 똑똑헌디, 자기가 허고 잪다고 나슨다고 아무나 그리 받들어주간디라. 신간회가 잘만 됨사 아조 큰 심이 될 것이구만요. 독립운동허는 큰 세력 둘이 한나로 뭉친 것인디, 인자 일이 지대로 잠 될 것 같구만요."

공허까지 이렇게 말하는 바람에 피할 수 없게 된 것이었다. 공허는 신간회에 대해서 거는 기대가 아주 컸다. 자신을 돌보지 않고 헌신하는 공허의 그 기대를 저버릴 수가 없기도 했다.

소작인들은 다시 제자리를 잡았다. 그리고 경찰들을 밀어붙인 승리를 과시하기라도 하듯 다시 구호를 외치기 시작했다. 무엇을 숙의하는지 경찰들은 모습을 보이지 않고 있었다.

"저놈덜이 일 저질를라고 저러고 있는 것 아닐랑가요?"

한 간부가 걱정스럽게 말했다.

"글씨요, 기분이 잠 안 좋기넌 헌디……."

"아니, 그리 못헐 거구만요. 소작쟁의넌 3·1운동 겉은 것이 아니기도 허고, 저놈덜 법으로 따져도 동척이 다 잘못헌 것잉게요. 그간에 소작쟁의가 그리 많이 일어났어도 주모자럴 잡아딜이는 경우넌 있었어도 총질헌 일언 없었구만요. 총질이 짚덤불에 불질르는 짓이란 것얼 지놈덜이 더 잘 알고 있응게요."

신세호의 말이었다.

경찰들이 다시 줄지어 나오기 시작했다. 그런데 달라진 것이 있었다. 총에 착검을 한 것이었다. 그들은 칼 꽂은 총을 시위자들을 향해 꼬나들고는 동척 출입문을 중심으로 늘어섰다. 한눈에 동척 진입을 막겠다는 뜻이 드러났다. 더 이상 해산하라고 떠드는 경찰도 없었다. 지구전으로 작전을 변경한 것이었다.

시위자들은 즉각 경찰의 작전에 맞대응하고 나섰다. 그들은 모두 땅바닥에 주저앉았다. 똑같이 지구전을 하자는 것이었다. 시위자들은 지구전이 하나도 몸달 것이 없었다. 농사는 다 지어났겠다, 남은 일이라고는 벼베기밖에 없었다. 추수가 늦어져 몸다는 것은 쌀장사하는 동척이었고, 시위자들은 어디서 쉬나 마찬가지라 마음들이 느긋했다. 대부분의 소작쟁의가 일손 바쁜 농번기를 피해 가을걷이 직전에 일어나는 것은 다 그런 까닭이었다.

그러나 시위자들은 앉아서 그저 노닥거리는 것이 아니었다. 한숨씩 돌려가며 계속 구호를 외치고 있었다.

서너 시간의 대치가 계속되고 있었다. 해가 기울고 있었다. 그러나 시위자들은 지치지 않고 구호를 외쳐댔다. 마침내 동척에서 사람이 나왔다. 경찰이 그를 호위하고 있었다. 그는 책상 위로 올라섰다. 일순간 시위자들은 조용해졌다.

"이런 부당행위를 하지 말고 전원 해산하라. 말을 듣지 않으면 내년 소작권을 전원 박탈한다!"

양철나팔통에서 나온 말이었다.

"우·우·우—."

앞에서 터져나온 야유였다.

뒤에서는 무슨 영문인지 모르고 있었다. 그 내용이 빠르게 뒤로 전해지고 있었다. 잠시 후에 뒤에서도 야유가 터져나왔다.

"워어어—."

그런데 책상 위에 선 사람은 그 요란하고 열기 묻어나는 야유에 눌리지 않고 다시 양철나팔통을 입으로 가져갔다.

"당장 해산하라. 해산하지 않으면 내년 소작권을 전원 박탈한다!"

"우와아아—."

이번에는 시위자들이 한꺼번에 야유를 터뜨렸다. 그 분노에 찬 소리는 거칠은 파도가 되어 동척 건물에 가서 부딪혔다.

야유가 가라앉자 시위대 앞에서 한 사람이 벌떡 일어섰다.

"우리는 소작료 불납동맹을 결의한다!"

그 남자가 팔을 치뻗어올리며 외쳤다.

"우리는 소작료 불납동맹을 결의한다!"

시위자들이 일제히 복창했다.

그 남자의 외침은 너무 갑작스러웠다. 그런데 시위자들은 금방 따라서 복창했던 것이다. 그게 미리 준비되었던 것임을 알기는 어렵지 않았다. 동척의 강경책에 맞선 소작인들의 강경책이었다.

"우리는 소작료 불납동맹을 결의한다!"

그 남자는 다시 한 번 외쳤다.

"우리는 소작료 불납동맹을 결의한다!"

시위자들이 힘차게 복창했다.

"우리는 소작료 불납동맹을 결의한다!"

그 남자가 세 번째로 외쳤다.

"우리는 소작료 불납동맹을 결의한다!"

시위자들이 더 우렁차게 복창했다.

앞에 현수막을 들고 있던 사람들이 와아 소리치며 일어났다. 그에 따라 모든 시위자들이 일제히 몸을 일으키며 함성을 터뜨렸다.

"와아아―."

경찰들이 반사적으로 몸을 사리며 총을 겨누었다.

그러나 시위대는 동척 건물로 접근하지 않았다. 오히려 현수막들은 그와 반대로 방향을 틀었고, 시위자들은 현수막을 따라 차례로 움직이기 시작했다. 시위자들은 소작료 불납동맹을 결의하는 동시에 동척에 통고까지 했으니 더 이상 그 자리에 있을 필요가 없었던 것이다. 협박을 하다가 무참해진 것은 동척이었고, 잔뜩 긴장하고 있다가 허망해진 것은 경찰이었다.

시위대의 중간쯤에서 노래가 시작되었다.

아리랑 아리랑 아라리요

그 노래는 앞뒤로 번지기 시작했다.

아리랑 고개로 넘어간다

노래는 이내 합창으로 어우러졌다.

나를 버리고 가시는 님은
십 리도 못 가서 발병난다

대열이 군산으로 뻗은 신작로에 이를 때까지 아리랑은 반복되었다. 1천여 명이 합창하는 아리랑은 슬프면서도 장중했고 서러우면서도 장엄했다. 시위대를 구경하는 길가의 사람들도 아리랑을 따라 불렀고, 아이들도 시위대를 따라 걸으며 아리랑을 불렀다.

그런데 그 시위대만 아리랑을 부르는 것이 아니었다. 언제부터인지 모르게 여기저기서 소작쟁의가 일어날 때마다 아리랑을 합창하고는 했던 것이다. 그러다 보니 어느덧 아리랑은 소작쟁의에서 빼놓아서는 안 되는 소중한 것이 되고 말았다. 물론 아리랑은 농부들의 소작쟁의에서만 부르는 것이 아니었다. 노동자들이 일으키는 노동쟁의에서도 합창되었다. 군산의 부두노동자들도 합창했고, 이리의 철도노동자들도 합창했고, 논산의 성냥공장 노동자들도 합창했다.

그런데 또 한 가지 이상한 것이 있었다. 전라도땅에는 지방마다 가사와 가락이 조금씩 다른 전라도아리랑이 많았다. 그런데도 어디에서나 합창하는 것은 새 아리랑이었다. 활동사진 〈아리랑〉이 지나가면서 끼친 영향이었다. 어쩌면 쟁의에 나선 모든 사람들은 자기 자신이 활동사진 속의 주인공 영진이라고 생각하는지도 모를 일이었다.

시위대는 해산했다. 해가 뉘엿뉘엿 지고 있었다. 석양의 붉은 햇살을 받고 들녘의 황금색은 더욱 눈부시게 현란했다. 새들이 둥지를 찾아 날아가고 있었고, 먼 들마을에서는 저녁연기들이 푸르스름하게 피어오르고 있었다. 시위에 참가했던 사람들은 동네별로 흩어져 가고 있었다.

"오늘은 이만허면 잘되았지요?"

신간회 간부 한 사람이 말했다.

"예, 그만허면 미리 대비헌 대로 아조 잘해낸 것이구만요."

다른 간부가 말을 받았다.

"그 담이 어찌 될란지. 딴 왜놈덜 농장도 아니고 동척이라……."

또다른 간부의 신중한 말이었다.

"일이야 인자보틈이 시작 아니겠능가요. 불납동맹얼 그냥 앉어서 당헐 동척이 아닌게요."

신세호의 말도 신중했다.

그때 현수막을 말아든 청년들 예닐곱이 간부들 앞으로 다가왔다. 그들은 신간회 소속 청년회의 회원들이었다. 그들 중에 차득보도 끼여 있었다.

"자네덜 애 많이 썼네."

"아조 자알덜 혔네."

간부들이 치하를 보냈다.

그들 청년회원들은 시위대 사이사이에 섞여 시위를 유도해 나갔던 것이다. 그리고 전체적인 시위준비도 그들이 맡았던 것이다.

"인자보톰 일이 시작잉게 방심덜 말고 더 단단허니 대비럴 혀얄 것이네."

한 간부가 그들을 둘러보며 당부했다.

"야아, 명념허겄구만요."

"야아, 잘혀보겄구만요."

서너 청년이 대답했고, 다른 청년들은 머리 숙여 예를 갖추었다.

들녘에는 햇살이 걷히고 하늘에만 햇살이 남아 있었다. 높이 뜬 조개구름들이 햇살을 받아 순백색으로 맑게 빛나고 있었다.

신세호는 들길을 빠른 걸음으로 걷고 있었다. 그 뒤를 차득보가 따르고 있었다. 집이 같은 쪽이라 차득보가 신세호를 모시고 가는 셈이었다. 차득보는 신세호 선생을 만나는 것이 어렵고도 괴로웠다. 자신에게 공부를 가르쳐준 스승이라 어려웠고, 월엽이의 아버지라 괴로웠다. 신 선생의 집을 나온 뒤로 한 번도 만난 적이 없었다. 그런데 신간회에 가입하면서부터 안 만날래야 안 만날 수가 없게 되었다.

차득보는 처음에 신간회에 가입하지 않으려고 했었다.

"유 선상님얼 잽혀 들어가게 헌 지가 무신 사람이간디라. 유 선상님만 생각허먼 똑 죽고 잡은디라."

유승현이란 이름을 어느 순간에 댔는지 기억해 낼 수가 없었다. 바늘로 손등이며 목을 찔러대면서 잠은 재우지 않고, 사방에서 숨넘어가는 비명소리들은 들려오고, 죽인다고 줄기차게 협박을 해대면서 위의 조직을 대라고 하고, 머리가 깨질 것처럼 아프면서 정신을 차릴 수 없도록 어지럽고, 미칠 것같이 잠은 퍼부어대고……. 그런 속에서 유승현의 이름을 대고 말았던 것이다. 유승현은 2년 형을 언도받고 징역살이를 하고 있었다. 그런데 자신은 동생 신세를 망쳐놓고 그냥 풀려났던 것이다. 동생한테는 동생한테대로 면목이 말이 아니었고, 유 선생한테는 유 선생한테대로 죄의식을 씻을 길이 없었다.

"이놈아, 사내자석이 그리 심약혀서 어디다 써묵어. 니가 유 선상님헌티 죄진 맘 갖는 것언 사람으로 참된 도리여. 그렇다고 그 생각에 빠져서 혀야 헐 일얼 못허는 것언 물짜디물짠 쫌팽이나 허는 짓이여. 사람언 누구나 첨으로 그런 곤궁에 처허먼 그리 허물어지는 법이여. 그리 당험스로 맘이 여물어지고 강단지게 되는 것이제. 니가 유 선상님헌티 죄진 것 갚을라먼 전보담 더 열성으로 일얼 허는 것뿐이여. 글먼 유 선상님이 니럴 이해허시고 전보담 더 믿으실 거이다. 글고 니헌티넌 인자 왜놈딜이 느그 아부지 엄니 웬수만이 아니다 잉! 니 동상얼 망친 웬수여. 그런디도 물짠 소리만 허고 앉었을 것이냐? 그려, 어쩔 심판이냐? 딱 뿌러지게 말혀라."

옴짝달싹 못하게 만드는 공허 스님의 공박이었다. 그리고 자신을 믿어주는 공허 스님이 그렇게 고마울 수가 없었다.

차득보는 신간회에 가입한 것을 참 잘했다고 생각하고 있었다. 뜻을 같이하는 젊은 사람들이 많았고, 하는 일도 보람스러웠던 것이다. 군 단위로 조직된 신간회에서 하는 가장 중요한 일은 군내에서 일어나는 소작쟁의들을 돕는 것이었다. 청년회에서는 그 일을 전담하다시피 했다. 청년들은 소작쟁의가 효과적으로 추진될 수 있도록 은밀하게 도왔고, 위의 간부들은 소작쟁의를 원만하게 해결하려고 나섰다. 그래서 거의 모든 지주들은 신간회를 영 못마땅해했다. 병 주고 약 주는 것들이라는 것이었다. 그러나 신간회 지부와 회원들은 갈수록 불어나고 있었다. 금년 들어 지부는 전국적으로 140개가 넘었고, 회원들도 3만 5천 명을 넘었다는 것이었다.

그 다음으로 청년회가 하는 중요한 일은 고보 학생들을 조직화하는 것이었다. 독서회 향학회 같은 이름으로 은밀하게 소조직을 짜나갔다. 그리고 그들을 대상으로 독립정신 고취와 사상교육을 실시했다.

무엇이 옷 앞섶에 푸드득 날아들었다. 메뚜기였다. 그런데 그건 한 마리가 아니었다. 조금 몸집 작은 놈이 등에 업혀 있었다. 그건 메뚜기들이 무슨 장난을 하고 있는 것이 아니었다. 한 해에 불과한 일생을 거의 다 산 메뚜기들이 세상 떠날 준비로 자손을 남기려고 교미를 하는 중이었다. 차득보의 머릿속에 문득 떠오르는 것이 있었다. 대밭에서 월엽이 위에 포개졌던 기억이었다.

빌어묵을, 해필허고…….

차득보는 메뚜기를 사정없이 내쳤다. 그 일은 지금까지도 꿈에 선하니 나타나고는 했다. 그러나 신세호 선생과 함께 있는 데서 메뚜기가 그 기억을 떠오르게 하자 당황스럽기도 하고 화도 났던 것이다. 그때 만약 월엽이를 범했더라면 어찌 되었을 것인가. 그래도 신세호 선생은 혼인을 반대했을 것인가? 아마 어쩔 수 없었을 것이다. 아니 그 고집에 딸을 멀리 내쫓았을지도 모른다. 둘 중에 어찌되었거나 월엽이와 살 수는 있었다. 그러나 공허 스님과 옥녀 때문에 월엽이를 고이 두었던 것이다. 아니, 월엽이를 갖고 싶은 간절함 앞에서 공허 스님의 말 같은 것은 얼마든지 외면해 버릴 수 있었다. 월엽이를 범하고 함께 어딘가로 도망을 가서 숨어살면 동생 옥녀와는 영영 생이별을 해야 했던 것이다. 월엽이가 아무리 애타게 좋아도 차마 그 짓은 할 수가 없었다.

"자네, 올해 농사넌 잘되았나?"

전혀 입을 열 것 같지 않던 신세호의 물음이었다.

"야아, 그작저작 되았구만요."

차득보는 황급히 신세호의 왼쪽 한 발짝 뒤쯤으로 다가서며 대답했다. 아랫사람으로서 행보예절을 깍듯이 지키는 것이었다.

"으음, 논이 늘었담서 머심언 됐나?"

"아, 아니구만요. 놉 사고 험서 지 혼자 그냥…….."

"그려, 젊어서 그리 야물게 혀야 후제 자석덜 지대로 공부시키제."

"야아…….."

"여동상이 명창이람서?"

"야아, 넘덜이 그리 말허능구만이라우."

"그려, 두루 잘된 일이시."

신세호의 말은 여기서 끝났다.

차득보는 신세호 선생에게 생각지 못했던 고마움을 느꼈다. 그분이 자신의 집안 사정을 그렇게 소상하게 알고 있는 것은 이상할 것이 없었다. 공허 스님을 통해서 들었을 거였다. 그런데 그런 것들을 다 기억했다가 자상하게 마음써 챙겨주는 것이 고마웠고, 특히나 자식들을 제대로 공부시키라는 충고는 한층 더 고마웠다. 그동안 마음 한구석에 응어리져 있었던 서운함이 풀리는 기분이기도 했다.

"저어…… 선상님 몸이 안직 덜 좋아 뵈는디요."

차득보는 자신도 예를 갖추어야 된다고 생각했다.

"음, 이만허먼 많이 좋아진 셈이시. 어채피 늙어가는 삭신잉게……."

차득보는 더 예를 갖출 말이 없었다. 보약이라도 한 재 지어다 드려야 되겠다는 생각이 떠오르고 있었다.

이튿날 아침나절에 신세호는 긴급 간부회의 소집을 통고받았다. 간밤에 경찰이 40여 명의 소작인들을 주동자로 체포했다는 것이었다. 신세호는 놀라지 않았다. 그건 다만 예상이 적중한 것뿐이었다.

회의에서는 두 가지 사항을 결정했다. 첫째는 체포된 사람들의 석방을 요구하는 시위를 벌이자는 것이었다. 둘째는 신간회 간부들이 나서서 사건 해결을 도모하자는 것이었다.

다음날 경찰서와 동척 앞에서 대대적인 시위가 벌어졌다. 양쪽 다 1천여 명씩이 운집한 것이었다. 청년회에서는 집집마다 주부들을 동원했던 것이다. 청년회에서는 소작인들의 힘을 과시할 필요를 느꼈고, 여자들은 같은 소작인들이 잡혀 들어가자 발 벗고 나섰던 것이다. 한꺼번에 2천여 명이 몰려든 김제는 사람들로 가득 찰 지경이 되고 말았다.

"죄 없는 사람들을 석방하라!"

"경찰은 공평하게 처신하라!"

경찰서 앞에서 터져오르는 구호였다.

"동척은 기만행위를 중단하라!"

"동척은 소작료를 인하하라!"

동척 앞에서 울려퍼지는 구호였다.

카랑카랑한 여자들의 외침이 섞여 구호는 한층 탄력적이고 자극적이었다. 여자들은 남자들보다 더 생기가 넘치고 있었다.

"당신들이 뭔데 나서고 이래. 신간회는 불법단체니까 당신들은 나설 자격이 없어."

경찰서장은 한마디로 신간회 간부들을 묵살했다.

"말이 좀 지나치십니다. 우리가 불법단체라면 왜 총독부에서 한성의 본부를 그대로 두고 있습니까. 우리는 불법단체가 아니라 조선인의 정당한 권익을 옹호하는 합법단쳅니다."

신세호가 점잖게 공박했다.

"뭐라고? 젊은 놈들은 거의 다 공산주의 사상에 물든 놈들인데 그게 불법단체가 아니라고!"

경찰서장은 눈을 부릅떴다.

"그건 총독부 경무국에서 판단할 문제겠지요."

신세호는 계속 총독부를 내세워 경찰서장을 공략했다.

"말이 많아. 당장 나가! 어디 두고 봐. 네놈들이 불법단체라는 걸 꼭 보여줄 테니까. 나가, 당장 나가!"

경찰서장은 팔을 내뻗치며 나가라고 소리쳤다.

간부들은 경찰들에게 떠밀려 경찰서를 나설 수밖에 없었다.

사실 지난 7월에 열린 신간회의 제2차 전체대표회의에서 사회주의자인 허헌이 중앙집행위원장에 선출되어 실권을 장악한 것처럼 김제지부의 젊은 회원들도 거의가 사회주의 성향을 띠고 있었다. 그건 모든 지부들이 다 똑같은 양상이었다.

"흥, 우리 땅 가지고 우리 맘대로 하는데 간섭하지 마시오."

동척 지사장도 싸늘하게 코웃음 쳤다.

"아니, 동척에서 물어야 될 수리조합비를 소작인들한테 떠넘겨 소작료를 올린다는 게 말이나 되는 소리요?"

한 간부가 정면으로 찌르고 들었다.

"말이 안 되면 우리 회사 땅 소작 안 지으면 될 거 아니오. 더 듣기 싫으니 나가시오."

"자아, 무작정 그런 도리에 안 맞는 말을 하지 말고 양심적으로 한번 생각해 보시오. 소작인들한테도 수리조합비가 다 배당되어 있소. 그런데 회사에서 또 수리조합비를 떠넘겨 소작료를 인상하면 소작인들은 한 가지 세를 이중으로 물게 되는데 세상에 이런 부당한 일이 어디 또 있겠소. 사장님이 이런 일을 당하면 어찌하시겠소?"

신세호는 부드러운 설득조로 말했다.

"우리만 그러는 게 아니라 조선지주들도 다 그렇게 하지 않소. 어쨌든 더 듣기 싫으니까 다 나가란 말이오!"

지사장은 버럭 소리를 질렀다.

그것이 신호이기라도 한 것처럼 서너 명의 사원들이 밀려들었다. 경찰서에서처럼 그들에게 떠밀려나올 수밖에 없었다.

해가 뉘엿거리고 있었다. 그때까지도 시위대는 양쪽에 진을 치고 있었다. 그들은 다 점심을 굶은 채 하루종일 구호를 외쳐댔던 것이다. 그들 옆에는 군데군데 나무물통이나 항아리들이 놓여 있었다. 주변의 조선사람들이 떠다 준 물이었다. 내일 다시 시위를 계속하기로 하고 시위대는 해산했다. 소작인들이 틀어쥐고 있는 것은 불납동맹과 함께 추수를 하지 않는 것이었다. 다 익은 나락을 적기에 베지 않고 논에 그대로 세워둔다는 것은 투쟁무기치고는 꽤나 강한 무기였다.

그런데 밤새 또 새로운 일이 벌어졌다. 경찰에서는 신간회 청년 회원들 10여 명을 체포해 간 것이었다. 어제 경찰서장이, 네놈들이 불법단체라는 걸 꼭 보여주겠다던 말을 실천에 옮긴 셈이었다.

다시 긴급하게 열린 간부회의에서는 중앙본부에 도움을 청하기로 결정했다. 본부에서는 지회의 힘으로 해결할 수 없는 어려운 문제나 사건이 발생하면 언제든지 연락하여 본부의 협조를 받도록 하고 있었다.

편지는 너무 늦고, 전보는 내용을 자세히 설명할 수 없으니 간부 한 사람이 직접 서울로 가기로 했다. 간부들은 신세호를 지목했다. 그러나 신세호는 줄곧 허리가 불편해서 먼 길을 뜨기가 어려웠다. 고문을 당한 후유증이었다.

본부에서 세 사람의 간부가 내려오기까지 엿새 동안 소작인들은 줄기차게 시위를 벌였다. 점심으로 고구마며 개떡 같은 것을 준비했으니 쉽게 지칠 리가 없었다. 오히려 경찰서와 동척에서 넌덜머리를 내고 있었다. 그럴 수밖에 없는 것이 양쪽에 1천여 명씩이 날마다 몰려들어 구호를 외쳐대니 업무는 마비상태에 빠졌고, 그렇다고 그 많은 사람들을 어찌할 방법도 없었던 것이다. 그뿐만 아니라 군내의 여기저기에서 잇따라 소작쟁의가 일어나고 있어서 경찰서에서는 병력 부족으로 정신을 못 차리고 있었다. 일본인 농장에 병력을 우선적으로 배치하다 보면 조선지주들의 항의가 쏟아졌고, 조선지주들 쪽으로 병력을 분배시키면 일본농장에서 펄펄 뛰었던 것이다.

본부에서 내려온 세 사람 중에 두 사람은 현직 변호사였다. 역시 변호사들의 위력은 컸다. 그들은 하루 만에 일을 해결해 냈다. 동척은 소작료 인상을 철회한 것이었다. 그 문제가 해결되니 경찰에서는 못 이기는 척 잡아들였던 사람들을 모두 내보냈다.

"와따메, 인자 봉게 신간회 심이 영 무섭네 잉."

"글씨 말이여, 저 구름에 비 들었을랴다냐 허는디 쏘내기 쏟아지 드라고, 신간회 벌로 볼 것이 아니랑게."

"긍게 우리가 살아나가자면 우아래 없이 똘똘 뭉쳐져야 허능 것 이여."

"어이, 공자님 말씸이시."

시위대가 해산하여 집으로 돌아가는 남자들이 흥겨웁게 나누는 대화였다.

"음마, 음마, 신간회가 이름 그대로 사람 신간 편케 맨글어주네 이?"

"얼랴, 꿈보담 해몽이 좋네그랴."

"근디 그 한성서 내래온 사람덜 말이시, 변호사가 무섭기넌 무섭 드마. 왜놈덜이 쩔쩔매고."

"긍게 사람언 갤쳐야 사람값 지대로 헌다고 안 혀."

"근디 그 양반덜 인물도 얼매나 잘났등가. 남자가 그리넌 생게야제."

"아이고, 한 사람언 체신이 쬐간헌 것이 그저 그렇등마."

"이사람아, 체신 큰 것이야 농사판에서나 써묵제 암디서나 써! 왜 놈덜이 체신 커서 우리 눌르고 산가? 작은 꼬치가 맵드라고 그 양 반 관상얼 봐. 점잔험스로도 엄허고, 아당참스로도 선허덜 안혀."

"아이고메, 관상쟁이 한나 모지래드랑게. 근디, 그 양반이 여그 사람이람서?"

"이, 그러타드랑게."

그 체신 작다는 사람은 김병로를 말하는 것이었다.

여자들도 신바람이 나서 이렇게 이야기들을 주고받으며 석양빛 물든 들길을 걸어 집으로 돌아가고 있었다.

청년부에서는 며칠에 걸쳐 새로운 시위를 계획했다. 그건 수리조합 반대운동이었다. 수리조합 반대운동은 동척의 소작쟁의 같은 것과는 그 성격이나 규모가 전혀 달랐다. 소작쟁의들이 각 지주들과 소작인들 사이의 문제이고, 따라서 규모도 작다면 수리조합 반대운동은 대지주들을 제외한 중소지주들과 자작농 그리고 소작인들에 걸치는 모든 농민들의 문제였고, 따라서 규모가 클 수밖에 없었다. 다시 말해 빈번하게 일어나고 있는 소작쟁의들은 바로 수리조합 문제에서 비롯되고 있었고, 수리조합 문제를 해결하면 소작쟁의는 일으킬 필요가 없었던 것이다.

총독부에서는 3년 전인 1926년부터 제2차 산미증식계획을 시작했다. 1차 때에도 그랬듯이 2차계획이 시작되면서 대대적으로 추진된 것이 수리사업이었다. 도처에 저수지를 만들고 수로를 뚫고 해서 가뭄이나 홍수 피해를 막고 농사를 잘 짓게 한다는 것은 하등 나쁠 것이 없었다. 그런데 거기에는 두 가지 큰 문제점이 있었다. 첫째는 그 막대한 수리사업비를 농민 전체가 부담해야 하는 것이었다. 둘째는 수로를 일본인들의 대농장이나 조선 대지주들 농토에 유리하도록 뚫었던 것이다.

첫 번째의 문제는 가난한 소작인들한테까지 수리사업비를 물리는 데 있었다. 재산세가 그렇듯 수리사업비도 당연히 땅의 소유주가 부담해야 할 돈이었다. 땅의 소유권이라고는 전혀 없는 소작인들이 수리사업비를 내는 것은 세 든 사람이 집주인에게 집세를 내는 것은 물론이고 집주인의 재산세 일부까지 물어야 하는 격이었다. 세 든 사람이 집세만 내면 되듯 소작인들도 지주에게 소작료를 내는 것으로 임무는 끝나는 것이었다. 그런데도 총독부에서는 소작인들한테까지 수리사업비를 물리는 강압을 자행했다. 그건 뚜렷한 이유가 있었다. 첫째, 모든 일본인 농장들의 부담을 줄여주자는 보호책이었다. 둘째, 조선 대지주들에게 똑같은 혜택을 주어 총독부 아래 굴종시키자는 지배책이었다.

그런데 문제는 거기서 끝나지 않았다. 동척을 비롯한 일본의 대소농장주들과 조선지주들은 자기들에게 부과된 수리사업비마저 소작인들에게 떠넘기기 위해 소작료를 올려대기 시작했던 것이다. 소작인들은 착취에 착취를 거듭 당하게 된 것이었다. 그래서 소작인들은 소작쟁의를 일으킬 수밖에 없었다.

두 번째의 문제는 중소지주들과 자작농들의 무시와, 자작농들의 수리사업비 부담에 있었다. 중소지주들은 대지주들과 마찬가지로 수리사업비를 내면서도 수로시설에서 무시당하게 되자 불만이 이만저만이 아니었다. 그런데 더 큰 문제는 자작농과 소지주들에게 있었다. 논 몇 마지기로 손수 농사를 지어먹고 사는 자작농이나 소작인 서넛에게 논을 내주고 있는 소지주들에게는 수리사업비가 부담이 아닐 수 없었다. 논을 팔아서 돈을 내야 할 형편인 그들은 차마 논을 팔지는 못하고 대지주들에게 빚을 내게 되었다. 그런데 우선 먹기는 곶감이 달아 그 고리대금은 불어나고 불어나 결국 논을 대지주에게 빼앗기게 되고 말았다.

이런 형편들이라 중소지주에서부터 소작인들까지 수리조합을 반대하는 마음은 다 똑같았다. 청년부에서는 벼베기가 시작되기 전에 군 단위 반대운동을 한바탕 벌일 작정이었다. 소작쟁의와는 달리 그 운동은 바로 회원들 자신들의 문제이기도 했던 것이다.

차득보도 동척의 소작쟁의보다는 수리조합 반대운동에 자연히 더 열이 오르고 있었다. 그 자신도 논을 처분할 수가 없어서 빚을 내서 수리조합비를 낸 처지였던 것이다. 자칫 잘못하다가는 논 서너 마지기를 빼앗기게 될 판이었다. 그 꼴을 당하지 않으려고 혼자서 기를 쓰고 농사를 지어댔다. 한푼이라도 더 모아 빚을 꺼야 했던 것이다. 여동생이 애써서 장만해 준 논을 한 마지기라도 빼앗긴다는 것은 말이 안 되는 일이었다.

수리조합 반대운동은 역시 호응이 대단했다. 군민 전체가 들고일어나다시피 했다. 면단위로 한날한시에 일어난 반대운동은 경찰의 제지 같은 것도 받지 않았다. 사람들의 기세에 눌린 경찰들은 그저 면사무소를 지키기에 급급했다.

"수리사업 중단하라!"

"수리조합 해체하라!"

시위대들이 외친 구호였다.

그런데 자기 농장에서는 소작쟁의가 한 번도 일어나지 못하게 단속해 온 하시모토도 그 반대운동만큼은 막지 못했다. 군대식 조직을 단단히 짜놓았지만 그 조직책임자들마저 수리조합비 징수에 불만을 품고 반대운동에 가담해 버린 것이었다. 그러나 하시모토는 그들이 자신을 속였다고 화를 내거나 무슨 조처를 하려고 하지 않았다. 소작쟁의와 달리 그 반대운동은 자신에게 아무런 손해가 없었던 것이다. 조직책임자들이 시위에 가담한 것도 그런 점을 미리 다 계산했을 거라고 그는 짐작하고 있었다. 그는 먼발치에서 면민들의 시위를 구경하고 있었다.

가만있자, 저걸 어떤 놈들이 사주한 거지. 아주 조직적인데 내가 죽산면을 다 차지했을 때 저런 식으로 소작쟁의가 일어나면 곤란하잖아. 저걸 사주한 놈들은 어서 뿌리를 뽑아야 해. 내 농장 소작인들도 저런 맛을 자꾸 보면 안 되지. 암, 안 되구말구.

하시모토는 슬그머니 두려움을 느끼고 있었다.

수리조합 반대운동은 그 규모가 큰 것처럼 총독부와의 싸움이었다. 그러므로 소작쟁의처럼 결말이 빨리 나기가 어려운 문제였다. 그 싸움은 그야말로 장기전을 각오하지 않으면 안 되었다. 청년부에서는 시위를 일단 사흘 동안으로 마무리지었다. 그전부터 계속되어 온 반대운동과 연결되어 농민들의 뜻을 표출시키는 효과는 충분했고, 가을걷이가 눈앞에 닥쳐와 있었던 것이다. 우선 추수부터 해놓고 수리조합비 납부 거부 쪽으로 진전시켜 시위를 얼마든지 다시 벌일 수 있었다.

차득보는 먼동이 트자 바지게를 지고 집을 나섰다. 혼자 힘으로 짓는 농사라 언제나 해뜨기 전에 집을 나서는 부지런을 떨어야 했다. 그래도 일손은 늘 바쁘고 달렸다. 아내가 다부지고 부지런해서 그나마 큰 다행이었다. 가난한 집에서 태어나 어려서 업저지로 남의집살이를 시작한 아내는 자작논을 지녔다는 것을 한량없이 좋아했다. 그 복을 더 키우려고 아내는 몸을 사리지 않고 농사일을 도왔다.

"지가 이리 부자로 살지년 몰랐구만이라. 다 공허 시님 덕이제라."

아내가 이불 속에서 무시로 하는 말이었다. 그래서 공허 스님을 끔찍이 받들었다. 그리고 그 논들이 시누이 힘으로 장만된 것을 알아 시누이 대하는 것도 공허 스님 받드는 것에 못지않았다.

차득보는 그런 아내가 기특하고 사랑스러웠다. 월엽이로 하여 텅 비었던 가슴을 채우는 데 모자람이 없었다. 그러면서도 월엽이에 대한 그리움은 영영 지워지지 않는 무슨 흔적처럼 아련하게 남아 있었다.

안개가 잠푹하게 서린 논길을 차득보는 마구 활개질 치며 빠르게 걷고 있었다. 그 발길에 놀란 개구리나 메뚜기들이 툭툭 뛰고 날았다. 벼베기가 끝나가면서 시나브로 자취를 감출 것들이었다.

"이거 정말 무슨 말씀을 드려야 할지…… 참, 이거 어찌해야 할지…… 저는 그런 줄을 꿈에도 몰랐습니다. 제 아버지가 큰 잘못을 저질렀습니다."

또 불쑥 이경욱이란 사람이 떠올랐다. 차득보는 부르르 몸서리를 쳤다. 이동만과 사찰과장을 죽여없애고 싶은 충동이었다. 그런데 그 아들 이경욱은 거짓말을 하는 것 같지는 않았다.

"이놈아, 정신 똑똑허니 채래라. 사내자석이 웬수럴 갚어도 크게 갚어야제 고런 짜잔헌 놈 둘 죽이고 느그 집안 다 망칠 참이냐. 맘 얼 크게 묵고 눈얼 크게 떠!"

공허 스님의 엄한 말이었다.

그런데 정작 옥녀는 그놈들에 대해서 말 한마디가 없었다. 입을 딱 다물어버린 옥녀의 그 마음에 무슨 생각이 도사리고 있는지 짐작하기는 어렵지 않았다.

차득보는 눈을 찔끈 감으며 한숨을 내쉬었다. 그 일은 아무때나 불쑥불쑥 떠올라 마음을 괴롭혔다. 그놈들에 대한 적개심도 적개심이었지만 여동생에 대한 죄스러움은 무어라 형용하기 어렵게 크고 무거웠다. 자신이 옥녀에게 너무 짐만 되고 있는 것 같아 그 괴로움 또한 컸다.

논에 다다른 차득보는 담배부터 한 대 말았다. 막 해가 떠오르고 있었다. 차득보는 익숙한 솜씨로 부싯돌을 쳤다. 여지껏 성냥을 사본 일이 없었다. 편리하다고는 하지만 돈이 아까웠고, 왜놈들 물건이었던 것이다. 왜놈들 물건이라는 것은 될 수 있는 대로 안 사기로 작정하고 있었다. 집 안에 왜놈물건이라고는 석유 빼놓고는 거의 찾을 수가 없었다. 몇 년 전부터 안살림하는 여자들 사이에 고무신처럼 유행바람을 일으킨 양잿물이라는 것도 한 번도 산 일이 없었다. 양잿물을 풀어 빨래를 삶으면 손으로 애써 주물러빨 것 없이 묵은 때까지 말끔하게 빠진다고 여자들은 호들갑이었다. 그래서 장날 집으로 돌아오는 남자들의 지겟다리에는 크고 작은 양잿물덩이들이 새끼줄에 매달려 대롱거렸다. 그러나 아내는 양잿물 사다 달라는 말을 한 번도 꺼낸 일이 없었다. 언제나 옛날 식대로 시루에 재를 담아 물을 붓고 또 부어 잿물을 받쳐 썼다.

"아니구만이라. 때가 그리 잘 가시면 옷감도 그맨치 잘 삭을 것 아니겠능게라. 고것이 얼매나 독허면 사람이 묵고 죽었소. 돈 없애고, 옷 쉬 상허고, 이중으로 손해구만요. 옷에 묵은 때 찌게 빨래허기 싫어허는 게을른 예펜네덜이나 양잿물 환장허제 나야 싫구만이라."

아이 데리고 힘드는데 양잿물을 사다 주랴고 물었을 때 아내가 한 대답이었다.

차득보는 떠오르는 해를 바라보며 담배를 깊이 피웠다. 참 이상한 일이었다. 해가 막 떠오르는 순간 바람결이 휘익 스치고 지나갔다. 그 문득 스치는 바람결을 한두 번 느낀 것이 아니었다. 햇살이 쫙 비치면서 일순간 일어났다가 사라지는 바람이었다. 그건 해가 내뿜는 힘이었다. 누구에게 들은 말이 아니었다. 스스로 그런 생각이 들었다. 농사를 지어갈수록 해가 얼마나 오묘하고 큰 힘을 지녔는지 깊이 깨달을 수 있었던 것이다. 농사는 사람의 힘으로 지어지는 것이 아니었다. 거의가 해의 힘으로 지어졌다. 사람의 힘은 그저 잔일을 거들 뿐이었다. 해와 땅과 물, 그것들이 어우러져 벼를 키우고, 꽃을 피우고, 이삭을 맺게 했다. 그것을 한문으로 하면 火·土·水였다. 신세호 선생 앞에서 늦공부를 하며 그 세 가지가 이 세상 만상의 근원이라고 배웠다. 그러나 그때는 무슨 뜻인지 잘 몰랐었다. 그런데 농사짓는 세월이 쌓이면서 그 뜻을 확연히 깨닫게 되었다.

햇살이 퍼지면서 또 한 가지 변화가 신기하게 일어나고 있었다. 잠푹하게 가라앉아 있던 안개의 요동이었다. 잔잔하던 안개밭은 햇빛을 받으면서 갑작스럽게 꿈틀거리고 출렁이면서 수없이 많은 안개발들이 일어나고, 그 안개발들은 서로 뒤엉키고 휘감기고 몸부림해 대면서 연한 연기보다도 더 빠르게 어디론가 스러져가고 있었다. 해뜨자 안개 걷힌다는 말은 바로 그것이었다.

안개는 담배를 다 피우기도 전에 말끔히 걷혔다. 차득보는 비로소 논으로 들어설 채비를 하며 꽁초를 풀섶에 껐다. 안개가 끼었을 때는 논에 들어서는 법이 아니었다. 뱀이며 독충 같은 것들이 아직 몸을 피하지 않아 해를 입기가 쉬웠다. 그런 것들도 안개가 걷히고 햇살이 완전히 퍼지면서 어딘가로 숨어드는 것이었다.

차득보는 바지게에서 낫과 숫돌을 꺼냈다. 숫돌을 논두렁 옆에다 푹 찔러박고, 손바닥에 침을 튕겨 낫을 잡았다. 온몸에 힘이 뻗쳤다.

"어허, 어! 어어허, 훠어어!"

큰소리를 지르고 논으로 들어서며 차득보는 낫으로 나락을 휘저었다. 다시 인기척을 내어 뱀이며 독충 같은 것을 쫓는 것이었다. 그런 것들은 살이 오른 만큼 독도 세게 올라 있었던 것이다.

차득보는 벼포기를 잡고 첫 낫질을 했다. 그러면서 말했다.

"고맙구만이라우."

두 번째 낫질을 했다.

"고맙구만이라우."

세 번째 낫질을 했다.

"고맙구만이라우."

그리고 그 세 포기의 나락을 조심스럽게 논두렁 비탈에다 놓았다. 어떤 특별한 의미는 없었다. 알곡을 거둘 때마다 마음이 숙연해서 그렇게 하는 것이었다. 그러나 세 번 표시한 고마움이 대상이 없는 것은 아니었다. 첫 번째는 천지신명께, 두 번째는 조상께, 세 번째는 아버지 어머니께 올리는 고마움이었다. 그저 혼자 정한 격식이었다.

차득보의 낫질은 점점 빨라지며 그 동작에 맞추어 노래가 흘러나오고 있었다. 그런데 그건 무슨 격을 갖춘 노래가 아니라 장타령이었다. 그는 혼자 일을 할 때면 자신도 모르게 장타령을 흥얼거리고는 했다. 그건 그 어떤 노래보다 좋았고, 제일 자신 있게 부를 수 있는 것이었다. 그리고 지난날의 슬픔과 그리움이 절절히 느껴져서 좋았다.

차득보는 또 장타령을 가르쳐주었던 그 할아버지를 생각하고 있었다. 그 영감님이 보고 싶을 때가 많았다. 그 영감님 덕에 동냥질이 한결 수월해졌던 것이다. 그 엄하고 정이 많던 영감님은 이미 이세상 사람일 것 같지가 않았다. 그 영감님께 쌀밥을 고봉으로 한 상 대접하고 싶은 간절함이 또 떠오르고 있었다.

차득보가 두 마지기째를 거의 마쳐가고 있을 때 아내인 연희네가 광주리를 이고 당도했다.

"연희 아부지, 아침밥 드시씨요오!"

바지게 옆에 광주리를 내린 연희네가 목청을 뽑았다. 얼마나 서둘러 걸어왔는지 연희네의 숨결이 가빴다.

"어허, 자네 왔능가? 찬찬허니 와도 되는디 멀라고 이리 일찍 나왔능가."

차득보가 허리를 펴며 연희네처럼 목청 크게 말했다. 들녘에 나오면 누구나 목소리가 커지는 데다, 두 사람 사이는 멀찍했던 것이다.

"빈속에 일허시면 몸 상허제라. 얼렁 오시씨요, 국 다 식는디."

"어이, 금강산도 식후경잉게."

차득보가 논을 가로지르며 뛰어왔다.

연희네는 광주리를 덮은 상보를 벗기고 숟가락을 챙겼다.

"아니, 딸년언 어디나 내뿔었능가?"

차득보가 논두렁으로 올라서며 물었다.

"야아, 오늘 떡순이가 봐주기로 혔구만이라."

"떡순이가? 갸가 안 다치게 잘 딜고 놀랑가?"

"하먼이라. 아아가 실허고 철이 들었응게라. 연희도 커서 인자 업고 댕기기가 심이 가푸요."

"그려, 그러겄제. 근디 요것언 머시여?"

숟가락을 들던 차득보는 광주리가에 기대진 낫을 쳐다보았다.

"지도 일헐라고라."

연희네가 남편의 눈치를 힐끔 보며 대답했다.

"아니, 머시여? 자네가 무신 낫질얼 헐지 안다고 그려?"

차득보의 기색이 변했다.

"헐지 아는구만이라. 그간에 텃밭농새험서 많이 혔응게요."

연희네는 뾰로통해서 남편을 쳐다보았다.

"허, 이사람 보소. 풀 쪼께썩 쳐내는 것허고 나락 비는 것허고 같으간디? 딴맘 묵덜 말고 가서 연희나 잘 보소. 그것이 부조허는 것이시."

"위째 그러시요, 백지장도 맞들면 낫다는디. 넘 여자덜도 다 허는 일인디. 일헐라고 나 밥도 내왔단 말이오."

"그려? 우선 밥언 묵소."

차득보는 어이없어하는 웃음을 흘리면서 국을 떴다.

"넘 여자덜언 다 벗어부치고 무신 일이고 다 허는디 나만 흘룽할룽 놀면 욕묵는단 말이오. 당신이 놉얼 쓰는 것도 아니고 혼자 일허는디. 나도 일허게 혀주씨요 잉?"

연희네는 남편을 바라보며 곱게 웃었다.

"참 벨난 사람이여. 넘덜언 일이 허기 싫여 야단인디. 얼렁 밥보톰 묵소."

"야아."

연희네는 환하게 웃으며 숟가락을 집어들었다.

연희네의 낫질 솜씨는 영 어설프고 서툴렀다. 차득보는 두 포기를 잡고 한번 낫질로 베나가면서 팔까지 이용해 왼손에는 열 포기 이상을 몰아잡은 다음 논바닥에 뉘었다. 그런데 연희네는 한 포기를 베어 논바닥에 누이고 또 한 포기를 베어 논바닥에 뉘었다. 그러다 보니 차득보가 열 줄을 베는 동안 연희네는 겨우 한 줄을 벨

정도였다.

그 일하는 모습이 하품 나오면서도 차득보는 못 본 척했다. 일보다는 그 마음이 기특하고 고마웠던 것이다. 그리고 아내가 옆에 있으니까 적적함이 없어져 좋았다. 자신이 제일 싫어하는 것이 세 가지가 있었다. 배고픔, 추위, 외로움이었다. 그건 여동생 옥녀를 찾아 헤매는 세월 동안 너무 지긋지긋하게 겪어서 다시는 겪고 싶지 않은 일들이었다. 그래서 끼니를 거르지 않고 세끼 밥은 꼭꼭 챙겨먹었고, 겨울에는 무작정 옷을 두껍게 입었으며, 누구하고든 함께 있어야 마음이 편안해졌다.

연희네는 벼베기를 하다가 해를 보고 다시 광주리를 이었다. 샛밥을 하러 가는 것이었다.

차득보는 아내의 낫을 갈아주고, 낫질을 가르쳐주고, 볏단묶기도 시범을 보이면서 나흘 만에 벼베기를 다 마쳤다. 들녘에는 벼베기가 한창이고, 여기저기서 일손을 가볍게 하는 타령들이 휘늘어지고 있었다. 한창 일손이 바쁜 여름철에 그렇듯이 벼베기가 시작되면서 소작쟁의는 잠들었다 추수가 끝나갈 임시부터 또 시작될 것이었다. 그즈음에 마음이 돌변하는 지주들이 많았던 것이다.

한 사날 볏단을 서로 맞세워 줄가리해 놓은 동안에 차득보는 타작준비를 서둘렀다. 모자라는 멍석을 빌리고, 타작기를 꺼내 손질했다. 그런데 굴통 탈곡기를 헛간에서 꺼내면서 차득보는 또 울화가 치밀고 있었다. 그 탈곡기값이 아직 남아 있었던 것이다. 굴통 탈곡기는 둥근 나무통에 철사를 구부려 한 줄씩 엇지게 촘촘히

이를 해박고, 발로 굴대를 밟아 나무통을 돌리면서 거기에 이삭을 대어 나락을 떠는 농기구였다. 쇠홀태에 비해 일은 한결 수월하고 빨랐다. 그러나 그 값이 엄청나게 비쌌다. 쇠홀태로도 타작을 아무 불편 없이 해내는데 작년에 그 비싼 굴통 탈곡기를 울며 겨자 먹기로 사지 않을 수가 없었다.

"요것이 일손 덜어주고 편허고 얼매나 존가. 자작농이 안 사면 누가 살 것이여. 소작농덜도 열 집 묶어 하나꼴로 사딜이는 판인디. 모난 돌이 채이드라고 너무 표식내덜 말어. 시상살이 존 것이 존 것 아니드라고."

이장이 은근히 협박까지 하며 어거지로 떠맡겼던 것이다.

그 탈곡기는 일본인 회사에서 만든 것으로 다른 물건들처럼 시장에 내놓고 팔아야 될 상품이었다. 그런데도 이장이 나서서 강매를 했던 것이다. 이장 뒤에는 면사무소가 있었고, 면사무소 뒤에는 군청이 있었고, 군청 뒤에는 도청이 있었고, 도청 뒤에는 총독부가 있었다. 총독부에서는 일본 재벌회사들의 장사를 비호하고 있었던 것이다. 강매하는 농기구는 그것뿐이 아니었다. 양수기, 풍구, 바람개비 따위로 모두 값비싼 것들이었다. 그런데 그 비싼 값에 두세 해로 나눠 갚는 이자가 다 포함되었다는 것도, 총독부가 일본회사들을 장사시켜 주고 있다는 내막도 모르는 농민들은 하나도 없었다. 그 불만들이 모아져 소작쟁의는 더 심해지고 있었다.

타작을 끝낸 차득보는 느긋한 마음으로 나락을 말리고 있었다. 그런데 타작이 끝나기를 기다리기라도 했다는 듯 달갑잖은 사람이

가죽손가방을 흔들며 찾아들었다. 차득보는 그만 기분이 잡쳐 억지로 가래를 돋우어 내뱉었다. 그 사람은 비료대 수금원이었다.

"여, 이거 비료 덕에 농새가 아조 자알되았소 잉."

수금원은 멍석에 널린 나락을 집어 깨물며 비위짱 좋게 말을 걸고 들었다.

"말이나 못험사 밉지나 않제."

차득보는 쌈지를 끌어당기며 내쏘았다.

"참, 위째 나가 그리 미우요? 오나가나 욕묵고 미움받어 천년 살게 될랑가 큰 걱정이요."

자리를 권하지도 않았는데 수금원은 마루에 걸터앉으며 유들유들 받아넘겼다.

"그 짓거리 평상 해묵음시로 만년 살아보드라고."

차득보는 더 세게 오금을 박았다.

"와따 너무 그래쌓지 말고 돈이나 얼렁 줏씨요. 나도 처자석 믹에살리니라고 어찌헐지 할 수 없어 허는 짓이제 좋아서 허는 일이 아니오."

수금원은 가방에서 영수증뭉치를 꺼냈다.

"아, 앞 못 보는 심봉사요? 나락 몰리고 있는 것 다 봄스로 무신새 날아가는 소리요 시방."

차득보는 벌컥 화를 내며 담배연기를 내뿜었다.

"우에서넌 얼렁 받어오라고 잡져대제 아래서넌 이리 포악이제, 새중간서 볿히고 채이는 것이 홍어좆 아니겄어." 수금원은 영수증

뭉치를 가방 속에 떡 치듯 하고는, "사날 뒤에 또 봅시다" 하며 몸을 일으켰다.

차득보는 담배만 빨아대며 수금원을 거들떠도 보지 않았다. 가장 꼴보기 싫은 인종들 중의 하나가 비료대 수금원이었다.

비료야말로 강매였다. 봄에 배급을 하듯이 해놓고는 가을에 돈을 걷어갔다. 농사를 쉽게 짓고, 수확을 올리며, 곡식을 깨끗하게 하기 위해서 금비를 써야 한다는 것이었다. 그러다 보니 퇴비를 쓰던 농부들은 비료마저 꼬박꼬박 돈을 내고 사쓰는 형편에 처했다.

그런데 그 비료정책이야말로 노골적인 착취였다. 2년 전인 1927년 5월에 흥남에 질소비료공장이 섰고, 총독부는 9월에 조선비료취체령을 내렸던 것이다. 화학비료를 사용하게 되면서 가장 피해를 입는 것은 두말할 것 없이 소작인들이었다. 소작인들은 비료값까지 뜯기게 되니 생활이 더욱 어려워졌던 것이다. 비료값은 전액 소작인들의 부담이라 지주들만 그저 신바람이 났다. 이 불만이 또한 소작쟁의를 일으키는 요인의 하나가 되고 있었다.

35

광주, 그리고 젊은 피들

그 소문은 벌써 11월 5일에 서울 장안에 퍼져나가기 시작했다. 전라남도 광주에서 11월 3일에 조선학생들과 일본학생들이 집단적으로 싸움을 벌였다는 것이었다. 그건 사소하거나 우발적인 패싸움이 아니라 민족감정의 충돌이라고 했다. 나주에서 일본학생들이 조선여학생들의 빨간 댕기를 잡아채고 끌어당기며 희롱했고, 그것을 본 조선학생과 일본학생들 사이에 싸움이 벌어졌고, 그 싸움은 다음날 통학열차에서 더 큰 싸움으로 번졌고, 그 사실이 광주고보 학생들에게 알려지면서 집단투쟁으로 확대된 것이라고 했다.

11월 6일에 잇따라 퍼진 소문은 한층 더 심각해져 있었다. 체육 선생들까지 합세한 일본학생들이 죽도와 몽둥이로 무장했고, 조선학생들은 광주고보만이 아니라 농업학교 사범학교 여고보 학생들까지 합세했으며, 경찰 측에서는 경찰은 물론이고 소방대까지 동원해서 조선학생들을 진압·체포하고 있다는 것이었다. 또한 조선학생들은 단순히 일본학생들과 싸움만 하는 것이 아니라 '조선독립만세'를 외쳐대고 운동가를 부르며 조직적인 항일시위를 감행하고 있다는 것이었다.

그런데 그런 사실들은 그 어느 신문에건 단 한 줄도 보도되지 않았다. 총독부의 보도통제에 모든 신문들이 굴복한 때문이었다. 그런데도 천리 밖의 일이 그렇게 빨리 서울까지 전해지고 있는 것은 기차 덕이라면 덕이었다. 기차는 날마다 사람들을 실어날랐고, 총독부는 신문들을 막을 수는 있었지만 사람들의 입을 일일이 막지는 못했던 것이다.

11월 7일날 서울에 퍼진 소문은 더더욱 사태가 확대되고 있음을 보여주고 있었다. 광주중학교와 광주고보에 휴교령이 내려진 상태에서 광주고보 학생들은 시위투쟁을 계속 벌이고 있으며, 사범학교와 농업학교 여고보는 완전통제상태에서 학생들이 담을 뛰어넘어 시위에 가담하고 있고, 가두의 시민들이 호응을 보내는 속에서 경찰들은 시위대를 쫓으며 마구 체포하고 있다는 것이었다. 그리고 일본상점들은 거의가 문을 닫은 상태라고 했다.

그런데 광주의 여러 학교 학생들이 그렇게 연대투쟁에 나선 것은 조선여학생이 희롱당한 것에 대한 감상적인 민족감정의 발로거나 충동적인 젊은 혈기의 폭발이 아니었다. 3·1운동 이후부터 전국의 수많은 학교들은 끊임없이 동맹휴학을 일으켜왔다. 어느 학교에서나 학생들이 내세운 맹휴의 이유는 거의 동일했다. 일인 교사나 일인 교장의 배척, 식민지 노예교육의 철폐, 조선어 교육의 강화, 조선인 교사들의 확대 같은 것을 내세웠다. 그건 단순한 교내문제가 아니라 학생의 입장에서 전개한 항일투쟁이고 독립투쟁인 것은 두말할 것이 없었다. 그런데 학생들의 맹휴투쟁은 사회주의 물결이 거세지면서 차츰 빈번해지고 격렬해졌던 것이다. 그건 결코 우연한 일이 아니었다. 사회주의 비밀조직이 배후에서 학생들을 지도하고 있었던 것이다.

사회주의 물결을 타고 농민운동과 노동운동이 체계적이고 실질적으로 진행되고 있던 1926년에 광주고보 학생들은 농업학교 학생들과 함께 성진회를 조직했다. 그리고 성진회는 2년 뒤의 광주고보와 농업학교의 맹휴를 지도했다. 그 맹휴 사건은 16명의 학생들이 실형을 받고, 54명이 퇴학을 당하는 것으로 4개월 만에 끝났다. 그러나 그것은 경찰력이 동원된 강압적 미봉책이었을 뿐 학생들의 가슴에는 감정의 응어리와 분노의 불씨가 그대로 남아 있었다. 왜냐하면 학생들의 요구조건은 전면 묵살된 채 학생들의 희생만 너무나 컸던 것이다. 그런 상처가 잠재되어 오고 있던 상태에서 여학생 희롱 사건이 터진 것이었다.

그런데 11월 8일 마침내 경성제국대학 조선학생들이 독립만세를 외치며 가두시위를 시작했다. 잇따라 서울의 고보 학생들 전체가 시위를 일으키며 거리로 터져나왔다.

"조선독립만세에에!"

"조선독립만세에에!"

광화문을 향해 집결하고 있는 학생들이 목터지게 외쳐대는 만세 소리는 장안을 흔들며 모든 사람들의 발길을 멈추게 했다.

"총독부는 억압통치를 즉각 중단하라!"

"총독부와 일본인은 즉각 물러가라!"

학생들이 만세 사이사이에 외쳐대는 구호였다.

학생들이 한날 그렇게 일어난 것은 평소에도 학생조직이 얼마나 긴밀하게 연결되어 있는가를 입증하는 것이었으며, 총독부의 신문보도 통제가 얼마나 단순하고 어리석은 강압시책인지를 증명하는 것이었고, 그런 시책에 맹종한 모든 신문사들의 굴복이 얼마나 비겁하고 기회주의적인 행위인지를 유감없이 보여주는 것이었다.

"조선독립만세에에!"

"조선독립만세에에!"

학생들은 거리거리에서 만세를 외쳐댔고, 서울의 경찰들은 총동원되었다. 그 상황은 3·1운동 때를 방불케 했다.

송가원은 줄곧 대열의 앞으로 나서고 싶은 마음을 억누르며 구호를 외치고 있었다.

"넌 제발 좀 참고 공부 먼저 끝내. 너까지 무슨 일 당하면 집안이 뭐가 되겠니. 그건 춘부장께서도 원하는 게 아니야."

신간회 가입을 막으면서 허탁이 한 말이었다. 허탁은 학생사상단체에도 관계를 갖지 말라고 했다. 송가원은 그 진심을 충분히 이해했다. 그러나 그 말을 전적으로 따르지는 않았다. 운동에 가담하는 것은 보류하더라도 알고 싶은 것은 알아야 했다. 그래서 학생사상 단체에 끈을 댔고, 고보 시절에 미처 다 습득하지 못했던 사회주의에 대해서 거의 다 인식을 갖추게 되었다. 자신이 시위대에 섞인 것을 알면 허탁은 또 질겁을 할 거였다. 그러나 이번 일은 방관자로 뒤처져 있을 수가 없었다. 자신보다 나이 어린 고보 학생들이 투쟁을 벌이고 있었다. 일을 주동하는 것을 피했으면 됐지 시위까지 피하는 것은 아무리 생각해도 비겁이고 기만이었다. 모두가 힘을 합쳐야 할 때 가장 옳은 것은 힘을 합치는 것이었다.

시위대는 탑골공원 앞에서 멈추었다.

"3·1운동 그때를 상기합시다!"

학생 대표가 팔을 치뻗어올리며 외쳤다.

"와아아 —."

학생들이 다함께 함성을 질렀다.

수백 명의 우렁찬 함성은 시가를 뒤흔들었고, 상점 사람들이며 행인들이 열렬하게 박수를 치고 있었다.

"우리 다 같이 만세 삼창을 합시다!"

"와아아 —."

학생들이 다시 함성으로 호응했다.

"조선독립만세에!"

"조선독립만세에에!"

학생들의 우렁찬 외침과 함께 무수한 팔들이 일제히 뻗쳐올랐다. 검정교복끝의 무수한 손들이 푸른 하늘을 배경으로 유난히 두드러져 보였다. 하늘을 향하고 있는 그 많은 손들에는 조국의 독립을 원하는 젊은이들의 소망이 슬프도록 진하게 담겨 있었다.

"조선독립만세에!"

"조선독립만세에에!"

길가에 모여든 사람들도 학생들을 따라 만세를 부르고 있었다.

그때 낙원동 쪽에서 호루라기소리가 날카롭게 울리면서 말발굽소리들이 요란하게 들려왔다. 악명 높은 기마경찰대가 기습해 오고 있었다.

기마경찰들은 곧 모습을 드러냈다. 그들은 달려온 기세 그대로 학생들을 향해 말을 몰아댔다. 학생들은 달려드는 말을 피해야 했고, 대열이 무너지기 시작했다. 기마경찰들은 혼란에 빠진 학생들 사이로 말을 거칠게 몰아대며 채찍을 마구 휘둘러대고 있었다. 채찍에 얼굴을 얻어맞은 학생들이 비명을 지르거나 얼굴을 감싸고 주저앉았다.

"일단 피하라!"

"종각에서 재집결한다!"

"빨리빨리 피해라!"

"종각으로 다시 모인다!"

주동자들이 여기저기서 외쳐댔다.

학생들이 사방으로 뛰기 시작했다. 채찍에 맞은 동료들을 붙들고 뛰는 학생들도 있었다.

"자, 갑시다!"

송가원도 얼굴을 감싸고 주저앉아 있는 한 학생을 붙들어 일으켰다.

"아니, 아니……."

그 학생은 얼굴을 감싼 채 몸을 가누지 못했다.

"어디 많이 다쳤소?"

송가원은 학생을 부축했다.

"눈이, 눈이……."

"나만 따라오시오. 여기서 붙들리면 큰일이니까."

송가원은 그 학생을 끌고 청계천 쪽 상점골목으로 뛰었다.

기마경찰 몇 명은 말에서 뛰어내려 니뽄도를 휘두르며 학생들을 몰이하고 있었다. 앞쪽에 서 있던 학생들이 니뽄도의 울타리 안에 갇히고 있었다. 칼날 위에 머리카락을 걸쳐놓고 입으로 훅 불면 그 머리카락이 고스란히 잘린다고 소문난 니뽄도 앞에서 학생들은 도 망갈 것을 포기한 것이었다. 길바닥에는 사각모자며 구두 운동화 들이 어지럽게 나뒹굴어져 있었다.

그 학생은 비척거리고 끌려오며 계속 신음소리를 냈다. 송가원은 청계천가에 다 나와서 뛰기를 멈추었다.

"어디 좀 봅시다. 난 아무것도 모르긴 하지만, 의예과생이오."

송가원은 그 학생을 어느 집의 벽에 기대세우며 말했다.

"아니, 의예과요……?"

그 학생의 어조는 의예과 학생이 다 이런 시위에 가담했느냐는 뜻을 풍기고 있었다.

학생은 오른쪽 눈을 가리고 있던 손을 뗐다. 이마에서부터 광대

뼈까지 채찍에 얻어맞은 흔적이 사선을 그으며 분명히 나타나 있었다. 그 사선은 핏발이 돋은 채 부어올라 있었다.

"어디 봅시다."

송가원은 조심스럽게 눈꺼풀을 까뒤집었다.

"아앗! 아아……."

학생은 어깨를 떨며 아픈 소리를 냈다.

흰자위에는 온통 핏발이 성성했다. 송가원은 가슴이 섬찟했다. 눈이 상하지 않았을까 싶었던 것이다. 그러나 검은자위가 상처를 입었는지 어쩐지는 식별할 수가 없었다.

"자아, 아프더라도 좀 참고 눈을 떠서 앞을 한번 보세요."

그 학생은 얼굴을 일그러뜨리며 오른쪽 눈을 가까스로 떴다. 눈꺼풀이 파르르 떨리고 있었다.

"앞에 뭐가 뵙니까?"

송가원은 학생의 왼쪽 눈을 가리면서 물었다.

"아니! 아무것도 안 뵈요. 이거 어떻게 된 거죠?"

학생이 부르짖듯 말했다.

"예, 너무 걱정하진 마시오. 갑작스런 충격으로 일어나는 일시적 현상일 수 있으니까. 갑시다, 병원으로."

송가원은 주변에 있는 병원을 생각하며 학생을 부축했다.

"형씨가 괜히 저 때문에……."

학생이 어물거리며 인사를 차렸다.

"아니 괜찮소. 이게 더 급한 일이니까."

안국동 쪽으로 가면 안과병원이 있다는 것을 송가원은 생각해냈다. 그러나 곧 고개를 저었다. 거기는 종로경찰서와 너무나 가까웠던 것이다. 아까 그 기마대도 종로경찰서 쪽에서 온 것이었다. 종로경찰서는 의열단이 폭탄을 투척할 정도로 악명이 자자했다. 독립운동 관계로 잡혀 들어가면 누구나 병신을 만들어놓는다는 곳이었다. 형도 종로경찰서에 붙들려 들어가 그렇게 된 것인지도 모른다고 생각했다. 형은 폐병에다가 정신불안증까지 걸려 있었다. 형을 생각하자 또 마음이 우울하고 착잡해졌다.

송가원은 원남동 쪽 종로에 있는 안과병원으로 가기로 했다. 아직도 기마경찰들이 있을지 몰라 청계천변을 따라 걸었다.

"아니야, 차라리 눈병신이 되는 게 나아……."

학생이 갑작스럽게 중얼거렸다.

"아니, 그게 무슨 소리요?"

송가원이 놀라서 물었다.

"아니오, 아무것도 아니오."

학생은 어떤 보여서는 안 될 것을 감추기라도 하듯 황급히 말했다.

송가원은 더 묻지 않았다. 그러나 그의 말이 되씹혔다. 차라리 눈병신이 되는 게 낫다니…… 그게 무슨 뜻인가. 무슨 오기도 아니고……, 누구에 대한 복수심인가? 글쎄…… 송가원은 종잡을 수가 없는 채 그 말이 아주 인상적인 것을 느꼈다.

학생을 병원까지 데려다준 송가원은 곧 돌아섰다.

"아니, 가시게요?"

"예, 다시 모이는 장소로 가야지요."

"저어, 성함을 좀……."

"예, 송가원이라고 합니다."

"저는 영문과 민동환이라고 합니다."

둘이는 악수를 나누었다.

"오늘 너무 감사했습니다. 꼭 한번 찾아뵙겠습니다."

"아니, 무슨 말씀을…… 치료 잘하십시오."

평범한 생김이면서 이상하게 해사한 그 학생의 얼굴을 쳐다보며 송가원은 웃음지었다.

시간을 너무 많이 빼앗긴 것을 의식하며 송가원은 뛰듯이 빨리 걸었다. 진작 전차가 끊긴 종로의 분위기는 뒤숭숭해 보였다. 사람들이 네댓 명씩 모여서 밀담하듯 쑥덕거리고 있었다.

다시 탑골공원 앞에 이르러 송가원은 발길을 멈추어야 했다. 종각 쪽에서 고보 학생들이 기마대에 쫓겨오고 있었던 것이다. 학생들이 총독부 가까이 접근하지 못하도록 기마경찰들이 길목길목에서 시위대를 공격하며 대열을 와해시키고 있었다. 그런데 어느 골목에 숨어 있다가 튀어나온 것인지 총을 든 경찰들이 학생들 앞을 가로막았다. 포위상태에 빠진 학생들이 우왕좌왕하고 있었다. 경찰들은 개머리판을 마구 휘두르며 학생들을 몰아붙이고 있었다.

송가원은 어찌해야 좋을지를 몰랐다. 학생들은 무더기로 잡혀들어갈 위기에 처해 있었다. 그들에게 합세하자니 때가 너무 늦었고, 그냥 몸을 피하자니 차마 발이 떨어지질 않았다.

"왜 이러고 있소. 빨리 피하잖고."

한 남자가 송가원의 어깨를 치며 길을 건너갔다.

송가원은 어쩔 수 없이 다시 청계천 쪽으로 빠졌다. 어느덧 점심때가 훨씬 지나 있었다. 종각 쪽으로 빨리 걸었다. 그런데 열댓 명의 학생들이 다급하게 뛰어오고 있었다. 그들은 경성제대 학생들과 고보 학생들이 뒤섞여 있었다.

"어떻게 된 거요?"

송가원이 먼저 물었다.

"이제사 어딜 가는 거요?"

경성제대생이 의심하는 듯한 눈길로 맞물었다. 경찰 끄나풀로 생각할지 모른다고 송가원은 직감했다.

"부상자를 안과병원에 데려다 놓고 종각 쪽으로 가는 길이오."

"아, 그래요. 갑시다, 거기서 해산당해 다시 탑골공원 앞에 집결하기로 했소."

그 학생이 웃음지으며 말했다.

"광화문 쪽으로는 진출 안 합니까?"

송가원은 되돌아서 걷기 시작했다.

"그쪽은 경계가 삼엄하답니다. 총독부가 코앞이니 오죽하겠어요."

학생들은 처음처럼 만세만 부르는 데 열중하지 않았다. 사방에 파수를 세워 망을 보게 하다가 먼발치에서 기마대가 나타나면 미리 피해버렸다. 그렇게 숨바꼭질시위를 해가며 송가원네 시위대가 경성역에 모였을 때는 해가 지고 있었다. 어두워지면 기마경찰들이 칼을 휘두를지도 모를 위험 때문에 시위를 끝내기로 했다.

송가원은 골목만 타고 걸었다.

경성제대를 비롯한 서울의 모든 고보들은 다음날부터 동맹휴학을 단행했다.

서울 학생들의 시위 소식이 다시 기차에 실려 각 지방으로 빠르게 퍼져나갔다. 그 소문은 광주의 소문과 한덩어리로 뭉쳐지면서 지방 학생들의 궐기를 자극하고 충동질하기 시작했다.

군산의 오삼봉네 학교에서도 마침내 시위가 폭발했다. 오삼봉은 주동자들 중의 한 사람으로 시위대에 앞장섰다. 그는 동기생들보다 나이가 네댓 살 많을 뿐만 아니라 어머니를 따라 고향에 다녀온 다음부터 생각이 완전히 달라졌던 것이다. 막연히 생각해 왔던 독립운동이라는 것이 확실하게 마음에 자리잡히게 되었다. 독립운동을 하는 것이 할아버지의 뜻이고, 아버지의 뜻이고, 어머니의 뜻이라고 생각했다. 그렇지 않고서야 어머니가 굳이 고향에 데려가 할아버지와 아버지 이야기를 했을 리가 없었다.

독립운동가가 되기로 단단히 작심한 오삼봉은 독서회에 가입했다. 그래서 사회주의를 공부했다. 그리고 신간회 학생조직에도 가입했다. 체력단련과 호신술을 익히기 위해 공부만큼 운동도 열심히 했다. 1주일에 나흘은 유도를 배웠고, 사흘은 검도를 배웠다. 독서회 회원 서너 명도 도장을 함께 다녔다. 처음에는 그 운동을 반대하는 의견도 있었다. 일본운동이기 때문이었다. 그러나 일본운동을 배워 일본놈들을 치자는 데로 의견이 모아졌다. 그렇게 된 데는 그 운동을 돈 안 들이고 공짜로 배울 수 있다는 이점이 있었던 것이다. 도장에서는 자기네들의 운동을 보급시키기 위해서 조선학생들에게는 공짜로 가르쳐주었던 것이다.

오삼봉네 학교 학생들이 만세를 외치며 거리로 나오자 경찰들은 무서운 기세로 진압에 나섰다. 학생들의 시위가 전국화하는 것을 보고 총독부 경무국에서는 벌써 강력단속 명령을 하달했던 것이다. 학생들의 시위가 민간인들에게 번져 3·1운동처럼 되는 것을 사전에 차단하려는 것이었다.

학생들 100여 명이 경찰서에 붙들려 들어갔다. 부모들이 경찰서로 몰려들었다. 보름이도 그들 속에 섞여 있었다. 서너 시간이 지나 경찰에서는 40여 명을 풀어주었다. 단순가담자들이라는 것이었다. 그리고 또 네댓 시간이 지난 밤중에 30여 명을 풀어주었다.

"나머지 놈들은 주동자니까 다 콩밥을 먹어야 돼. 여기 있어봤자 소용없으니까 다들 돌아가!"

경찰 간부가 남아 있는 부모들에게 내쏘았다.

보름이는 그만 눈앞이 캄캄해졌다.

삼봉이가 징역살이를 해야 하다니. 어쩌자고 주동자가 된 것일까…….

그러나 그건 순간적으로 부딪힌 생각일 뿐이었다. 삼봉이가 왜 주동자가 되었는지를 보름이는 금방 깨달았다. 자기 자신이 그렇게 만든 것이었다. 할아버지와 아버지가 그렇게 돌아가셨다는 이야기를 듣고도 이런 일에 앞장서지 않았다면 그건 사내자식도 아니었다. 아들이 더없이 장해 보이고 가슴 뿌듯했다.

그러나 마음 한쪽은 여전히 캄캄하고 답답했다. 조사를 받으면서 매질은 얼마나 당할 것이며, 감옥살이는 또 얼마나 고생스러울 것인가. 감옥살이를 할 만큼 죄를 지었으면 학교는 어찌 될 것인가. 주동은 하지 말고 그냥 만세만 부를 것이지. 아들을 원망하는 마음이 생기기도 했다.

한쪽 가슴에는 아들이 장하다는 마음이 자리잡았고, 또 한쪽 가슴에는 아들이 원망스러운 마음이 자리잡았다. 그 두 마음은 팽팽하게 맞서 있었다. 보름이는 그 두 마음을 안고 밤새도록 뒤척였다. 아들을 징역살이시키지 않을 방도를 생각하고 또 생각해 보았다. 그 일을 부탁하고 매달릴 사람은 서무룡이뿐이었다. 그러나 서무룡이를 찾아가야 할지 어쩔지 저울질이 되지 않았다. 에미의 마음으로서는 당장 찾아가야 했다. 그러나 여자의 마음이 그것을 방해했다. 또 서무룡이가 일을 보아줄지 어쩔지도 잘 짐작이 되지 않았다. 서무룡이가 퇴짜를 놓아버린다면 안 찾아가느니만 못할 일이었다. 어떻게 마음을 정할 도리가 없었다.

보름이는 새벽녘에 깜빡 잠이 들었다. 그런데 곧 소스라쳐 잠을 깼다. 아들 꿈을 꾸었던 것이다. 아들은 비명을 지르고 있었다. 고문을 당하는 것이었다. 온몸은 피투성이였다.

꿈이 너무 끔찍스러워 보름이는 부들부들 떨었다. 그러면서 마음을 정했다. 서무룡이를 찾아가야만 했다. 되든 안 되든 찾아가 부탁이나 해보아야지 앉아서 당할 수만은 없는 일이었다.

"허 참, 세월이 유수 같기넌 허시. 쬐깐허든 그놈이 발써 커서 고런 재앙도 떨고 말이시. 알었응게 가보드라고."

서무룡은 발을 까딱거리며 픽 웃었다.

일을 보아주겠다는 것인지 건성으로 들어넘기는 것인지 보름이는 종잡을 수가 없었다.

"갸가 나헌티넌 한나뿐인 아덜인디⋯⋯."

"어허, 다 알고 있응게 가서 두 다리 쭉 뻗고 편허니 잠이나 자랑게."

서무룡은 보름이의 말을 무질러버렸다.

"글먼⋯⋯."

보름이는 황급히 돌아서며 비로소 안도의 숨을 내쉬고 있었다.

하루가 지나고 이틀이 지나도 아들은 풀려나지 않았고, 서무룡이한테서도 아무 소식이 없었다. 보름이는 다시 불안해지기 시작했다. 서무룡이가 괜히 큰소리만 친 것도 같았고, 서무룡의 힘으로는 일이 안 되는 것도 같았고, 마음을 잡을 수가 없었다.

"삼봉이 엄니가 아덜 한나넌 걸물로 뒀드만그랴."

사흘 만에 점방으로 찾아온 서무룡이가 대뜸 한 말이었다.

"무신 소리다요⋯⋯?"

서무룡이가 직접 찾아온 것이 뜻밖이고, 그 말이 비아냥거림이 분명해 보름이는 가슴이 철렁했다.

"아, 그 자석이 그냥 주모자만이 아니고 주모자 중에서도 상질이여, 상질."

서무룡이가 담배를 뽑으며 혀를 찼다.

"아이고메! 글먼 어찌 된다요?"

보름이는 가슴이 쿵 내려앉으면서도 성냥통을 얼른 집어 서무룡
에게 내밀었다.

"요것 팔아묵어야 될 물건 아니라고."

서무룡은 성냥통을 밀어내고는 자기 주머니에서 작은 성냥갑을
꺼냈다. 그는 느릿느릿 성냥개비를 꺼내고, 성냥을 그어대고, 담배
에 불을 붙였다. 그리고 연기를 후욱 뿜어대고는 불쑥 말했다.

"징역살이 한 5년 히얄 것이여."

"아이고메 엄니!"

그때까지 잔뜩 긴장해 있던 보름이는 쪽마루에 철썩 주저앉고
말았다.

"옹구 깨지고 낙담허먼 멀혀. 평소에 닦달얼 잘 힜어야제."

서무룡이가 담배연기를 또 소리내서 훅 내뿜었다.

얼굴이 창백해진 보름이는 멍하니 앉아 있었다.

"그려서 나가 하찌리 주모자로 맨글어놓기넌 힜어."

"야아? 글먼 어찌 되는디요?"

보름이는 몸을 벌떡 일으켰다.

"글씨이…… 아무리 짤라도 1년언 살어야 될 것잉마."

"글먼 핵교넌 어찌 된다요?"

"그야 두말허먼 잔소리 아니여? 그냥 풀려난 놈덜 중에서도 퇴

학이다 무기정학이다 당허는 판인디 죄인이 무신 핵교넌 핵교여."

"아이고 삼봉아……."

보름이는 절박하게 아들의 이름을 부르며 두 손으로 얼굴을 감쌌다.

"머 그리 서운해헐 것 없구마. 생각 그리 삐딱허니 돌아간 놈이 핵교 지대로 나온다고 면서기럴 해묵어지겄어 수리조합서기럴 해묵어지겄어. 징역살이 끝내고 나오면 나헌티 보내. 그만허면 체신도 크담허겄다, 배움도 있겄다, 나 밑자리 한나 맹글어줄팅게."

서무룡이는 농담인지 진담인지 모를 말을 느물느물 지껄이고 있었다.

보름이는 울컥 화가 나서 얼굴에서 손을 뗐다. 그러나 탓할 말이 아니라고 생각했다.

"더는 어찌 잠 안 되겄소?"

보름이는 애원하는 눈길로 서무룡이를 쳐다보았다.

"그 맘언 아는디 더 욕심내덜 말어. 이놈에 시상서 질로 큰 죄가 만세 불르고 독립운동허는 죄 아니여? 글고, 그냥 풀려나면 자석 참말로 빙신 맹그는 것이여. 그냥 풀려나도 퇴학 못 면허는 디다가, 즈 그 친구덜헌티 경찰 앞잽이였다고 오해 사서 꼬라지 못쓰게 될 것잉게 말이시. 그리되면 자네가 아덜헌티 큰 원망 듣게 될 것잉마."

서무룡이 정색을 하고 말했다.

보름이는 그때서야 새로운 사실을 깨달았다. 그저 아들만 무사하게 만들려고 미처 생각하지 못했던 일이었다.

"글먼 징역살이 작게 허는 것도 말썽이 되고 의심 사덜 안컸능 게라?"

"그야 판검사가 허는 일이 된게 벨일 없을 것잉마."

보름이는 소리 죽여가며 한숨을 길게 내쉬었다. 그 정도로 체념 할 도리밖에 없었다.

"어쩨, 요 상점으로 묵고살아지기넌 형가?"

서무룡이가 가게 안을 휘둘러보았다.

"야아, 그작저작……."

"참, 독허기도 허고 용허기도 허시. 자석이 에미 고상허는 것 생각히서 그냥 눈 딱 감고 한시상 살 것이제."

서무룡이는 쯧쯧쯧 혀를 찼다.

"근디 저어…… 비용이 들었을 것인디……."

"워메, 고마운 거. 비용꺼정 주실라고라? 얼매나 주실라요? 기왕 주실람사 한 천 원 주시씨요."

서무룡이는 어처구니없는 웃음을 흘렸다.

"미안시러서……."

"베룩에 간얼 빼묵제. 그려도 사람이 옛정이 있는 것 아니여?"

보름이는 눈길을 떨구었다.

"참, 안직 몰르고 있겄제? 나 장개들었구만."

"음마, 잘허셨소. 글안해도 늦었는디."

보름이는 얼른 인사를 차렸다. 그런데 가슴에 찬바람 한줄기가 선뜻 스쳐갔다.

"너무 상심 말드라고. 삼봉이놈이 사내새끼로 지정신 갖고 사는 것인지도 몰릉게."

서무룡이는 이 말을 남기고 가게를 나섰다.

보름이는 멀어지는 서무룡의 모습을 하염없이 바라보고 있었다. 어느 때라고 한번 정을 느껴본 적이 없는 사람이었다. 그런데도 막상 장가를 들었다는 말을 듣는 순간 가슴에 찬바람이 스쳤던 것이다. 그 찬바람은 서운함이었다. 왜 한순간이나마 서운한 생각이 드는 것인지 스스로도 모를 얄궂은 심사였다.

보름이는 그런 실없는 마음을 떼치고 돌아섰다. 삼봉이의 얼굴이 밀려들었다.

아부님, 요 일얼 어찌야 좋겄능게라우. 삼봉이 전정이 어찌 돼야 잘되는 것인지 몰르겄구만이라.

보름이는 쪽마루에 어깨를 옴츠리고 쪼그려앉으며 시아버지에게 하소연했다. 삼봉이의 앞날이 어찌 될 것인지 암담하기만 했다. 그동안 기를 쓰고 돈을 모으면서 오로지 생각한 것은 삼봉이를 잘 가르치는 것이었다. 잘 가르쳐놓으면 앞날이 순탄하게 풀리고 장하게 되리라고 생각했었다. 그러나 이제 와서 생각해 보니 그건 너무 막연하게 꾼 꿈이었다. 그러나 그 막연한 꿈 속에 한 가지 분명한 것은 있었다. 평생 남의 땅이나 파면서 고생고생하는 소작살이로 살리지는 않겠다는 것이었다.

그런데 이번 일을 당하고 곰곰이 생각해 보니 배운 사람들이 살아갈 길은 뜻밖에도 많지가 않았다. 그건 크게 가르면 두 가지뿐이었다. 하나는 일본사람들 발밑에 들어가 배운 것을 풀어먹는 것이고, 다른 하나는 삼봉이처럼 일본사람들에게 맞서고 드는 것이었다.

그런데 삼봉이는 할아버지와 아버지의 원수를 갚을 겸해 그 길로 나서기를 작정한 것일까? 삼봉이한테 할아버지와 아버지 이야기를 해준 것이 잘못이 아니었을까? 그럼 나는 삼봉이가 왜놈들 발밑에 들어가 신간만 편케 살기를 바라는 것인가? 아니, 그건 아닌데. 그 이야기를 하면서 분명 원수 갚기를 바라는 마음이 있었는데. 말은 못했지만 내 원수까지 갚아주기를 바라지 않았던가. 그렇다면 삼봉이가 길을 제대로 잡은 것 아닌가. 그런데 이제 와서 왜 이러는가. 막내동생 대근이를 보고 얼마나 장하게 생각했던가. 삼봉이가 대근이처럼 살겠다고 나서면 어쩔 것인가. 대근이는 장하고 자랑스럽게 보였으면서 왜 삼봉이를 놓고는 겁이 나고 싫은 생각이 드는 것일까. 한 치 건너 두 치라고 동생과 자식 차이인가.

보름이는 정신이 혼란스럽고 자기 마음을 스스로도 알 수가 없었다.

판석이 아저씨를 찾아가 볼까 생각했다. 그러나 그 생각을 곧 지웠다. 서무룡이에게 도움받은 것이 드러나는 게 싫었고, 그분도 뾰족한 수가 없을 것 같았던 것이다.

박동화는 유달산 꼭대기에 시름없이 앉아 있었다. 퇴학당한 것이 걱정이 아니라 아버지 어머니 앞에 그 말을 꺼내놓을 것이 걱정이었다. 특히 어머니는 이만저만 낙담하지 않을 거였다.

그리고 앞으로 어떻게 해야 할 것인지도 걱정이기는 했다. 어떤 친구들은 상해나 만주로 떠나겠다고 했다. 또 어떤 친구들은 취직 자리를 구해보겠다고도 했다. 그리고 한두 명은 서울로 올라가 조선사람이 하는 학교에 들어가서 공부를 계속하겠다고 했다. 그들은 집이 부자였다.

목포 시가지와 수많은 섬들이 떠 있는 바다가 한눈에 내려다보였다. 다도해, 이름 그대로 바다에는 섬들이 많고 많았다. 날씨가 맑은 데다 초겨울의 냉기까지 서려 바다색깔은 투명하게 푸르렀고, 수평선은 까마득하게 멀었다. 가지각색의 모양을 한 크고 작은 섬들도 그 윤곽을 선명하게 드러내며 바다를 신비스러운 아름다움으로 꾸미고 있었다.

가끔 볼 때마다 저절로 감탄이 터져나오곤 했던 그 바다에서 박동화는 아무것도 느끼지 못하고 있었다. 아니 그 아름다운 풍광이 슬픔이 되고 있었다.

시위를 시작하기 전에 이것저것 많이 생각했었다. 그러나 결국 주동자의 일원이 되었다. 박동화는 평소에 듣고 또 들었던 땅 빼앗긴 이야기와 할아버지가 옥사한 이야기가 가슴에 만들어온 분노를 폭발시킬 때라고 생각했던 것이다.

"목상 최고다!"

"목상 잘헌다!"

박동화는 이런 외침을 다시 듣고 있었다. 시위대가 길거리를 행진할 때 사람들이 박수와 함께 보내준 격려였다. '목상'이란 목포상

고를 줄인 이름이었다.

그날의 감격과 보람을 잊을 수가 없었다. 목이 쉬도록 맘껏 만세를 부르면서 독립이라는 것이 눈물나게 절실해지는 것을 처음 느꼈고, 수많은 사람들의 박수갈채와 격려를 받으면서 모두가 바라는 것이 어떤 일인지 깨달았던 것이다. 아버지가 왜 3·1운동 때 활동했던 이야기를 언제나 새로운 것처럼 되풀이했는지도 이해할 수 있었다.

바다가 석양햇살을 받아 붉어지고 있었다. 섬들 사이로 크고 작은 배들이 떠나가고 또 들어오고 있었다. 그건 거의가 일본배들이었다. 목화와 쌀을 실어가는 배들이었다.

"개잡녀러 새끼덜!"

박동화는 침을 내뱉으며 일어섰다. 어쨌거나 집에는 들어가야 했다.

박동화는 그나마 감옥살이 안 하게 된 것을 위안으로 삼기로 했다. 아니 자신의 위안이 아니라 어머니 아버지의 위안이었다. 경찰서에는 아직 일곱 명이 갇혀 있었다. 그들은 감옥살이를 하게 될 거라고 했다.

"동화야, 어찌 되았냐?"

사립을 들어서자 어머니가 부엌에서 뛰쳐나오며 물었다.

"아부지넌 오셨능게라?"

박동화는 어머니의 눈길을 피해 자기 방 쪽으로 가며 물었다.

"하매 오실 때 안 되았냐."

"아부지 오시면 항께 말씸디리겠소."

반월댁은 그만 눈앞이 아뜩해졌다. 아들의 기색도 그렇고, 일이 잘 풀렸다면 그리 말할 리 없었던 것이다. 그러나 반월댁은 더 묻지도 못했다. 아들이 나이들면서 어렵기가 남편 못지않았던 것이고, 요즈음 아들은 아무하고도 말을 하려고 하지 않았다.

반월댁은 제발 퇴학만 당하지 않았기를 빌며 부엌으로 들어섰다. 만약 퇴학을 당한다면 그거야말로 십년공부 도로아미타불이었던 것이다. 큰아들 동화를 상급학교까지 보내느라고 남편과 자신이 얼마나 고생을 했는지 몰랐다. 그리고 동화 저도 신문배달을 하느라고 고생을 할 대로 다했던 것이다.

"퇴학처분당했구만요."

박동화의 말은 무뚝뚝했다.

"아이고메 어쩌끄나!"

반월댁은 울컥 울음을 터뜨리듯 하며 엉덩방아를 찧었다.

박건식은 담배만 빨며 굳은 듯 앉아 있었다.

"그간에 씨리고 애리게 디린 공이 공염불이 되야부렀구나. 다 된 잔치에 코 빠치드라고 졸업 1년 냉게놓고 요것이 무신 날베락이냐. 그렇게 넘보담 앞장스지 말고 그냥 시늉만 힜어야제 어찌 그리 눈치코치 없이 일얼 철썩 저질러분다냐 와."

반월댁은 눈물을 뚝뚝 떨구며 아들을 정면으로 타박하고 들었다.

"어허, 자석 앞서서 그것도 헐 소리라고 허고 앉았어!"

박건식이 버럭 역정을 냈다.

"음마, 머시럴 못헐 소리 혔소. 우리가 요런 꼬라지 보자고 그 징헌 고상얼 쌔빠지게 혔습디여? 지가 넘보담 공부럴 많이 혔음사 그맨치 눈치도 싸얄 것 아니겄소. 근디 무식쟁이 이 에미만도 못허니 그 공부 어디다 써묵겄소."

반월댁은 너무 억울하고 서운해 남편의 눈치 같은 것은 볼 겨를이 없었다.

"어허, 참말로 무식헌 소리 혼자 다 허고 앉었네. 동화 공부럴 왜 시킨지 알어? 요분 겉은 일이 옳고 그른지럴 식별허라고 시킨 것이여. 넘보담 공부 많이 헌 대가리 써서 요분 일에 꼬랑댕이 뒤로 살살 뺐음사 고것이 어디 사람에 새끼여? 요분에 동화가 앞장슨 것언 아조 잘헌 일이여. 동화야, 할아부님이 옥중서 돌아가신 것에 비허먼 니 퇴학맞은 것언 암것도 아니다. 아무 걱정 말고 심내그라."

박건식이 어기차게 말했다.

"아이고, 애비가 저러니 자석이 멀 뽄보겄소. 공부가 도로아미타불 되야부렀으니 인자 중도 속도 아닌디 심언 무신 놈에 심얼 내라."

반월댁은 울음을 터뜨렸다.

"참말로 자석 앞이서 말 되나캐나 헐 것이여? 나가 동화헌티 도적질얼 갤친 것이여, 주색잡기럴 갤친 것이여? 동화가 헌 일언 요새 시상서 질로 허기 에로운 일얼 헌 것잉게 장헌 아덜 둔지나 알어. 아덜 덕에 장헌 엄니 된 것잉게 일 나가서도 사람덜 앞에서 아덜 자랑이나 배가 터지게 혀. 글고 졸업 못헌 것언 아무 걱정 헐 것이 없어. 1년 남은 것이야 벨 것이 아니고 지금꺼정 배울 것언 거지

반 다 배웠응게 넘 주는 것이 아니여. 주판 잘 튕기겄다, 장부 잘 꾸미겄다, 은행 수산조합 아니라도 이 목포바닥에 취직자리야 얼매든지 있어. 왜놈덜이 어찌서 백여시맨치 목포다 여수다 허는 항구에넌 상업핵교럴 짓고, 광주다 전주다 허는 땅 넓은 디넌 농업핵교럴 진지 알어? 항구로 우리 물자 빼가고 즈그놈덜 물자 실어옴스로 계산 볼 일이 태산 같은게 그런 것이여. 글고 땅 넓은 디넌 농새 잘 짓게 혀서 더 많이 뺏어갈라고 농업핵교 세운 것이고. 여그 목포바닥에 느느니 회사고 도매상덜 아니여? 거그서 주판 잘 놓고 장부 잘 꾸미는 젊은 사람덜 찾니라고 눈이 시뻘거니 퇴깽이 눈덜 되야 있는 것 몰르제? 아무 걱정헐 것이 없는 일이다 그것이여. 졸업장 없는 것이 쬐께 서운허기넌 혀도 만세 불른 것으로 볼충이 되았응게 하나또 서운해헐 것도 없는 일이란 말이시. 나가 곧 존 자리 구해낼 것잉게 당신언 맘 푹 놓고 있어." 박건식은 아내에게 자신 있는 눈길을 보내고는, "동화야, 니도 아무 걱정 말고 남치기 1년 공부럴 독학으로 다 따서 엄니 씨린 가심얼 풀어줘야 쓰겄는디, 니 그리헐 수 있겄냐, 없겄냐?" 그는 아들을 응시했다.

"야아, 꼭 그리허겄구만요."

박동화는 마음이 시원하게 풀리는 것을 느끼며 힘있게 대답했다. 오늘 따라 아버지가 더 크고 높게 보였다.

"그려, 니넌 헐 것이여. 니럴 믿겄다."

박건식이 입을 꾹 다물며 고개를 끄덕였다.

"아이고 문딩이……."

울음 묻은 반월댁의 목소리에는 밝은 기색이 내비쳤다.

여러 지방에서 학생들이 계속적으로 시위를 일으키고 있다는 소문들이 겨울바람을 타고 전해져 오고 있었다. 그런 분위기 속에서 경찰은 12월 13일 신간회 본부를 습격하여 간부 44명을 체포하고, 여성자매단체인 근우회 간부 47명까지 검거했다. 왜냐하면 신간회에서 광주학생운동의 진상보고 겸 민중대회를 계획했기 때문이었다.

그리고 총독부에서는 노래 아리랑을 부르지 못하도록 전면 금지령을 내렸다. 이미 검열을 거친 노래를 뒤늦게 금지시킨 것은 최초의 일이었다.

학생들의 시위는 저 위쪽 함경북도에서도 일어나면서 1930년 3월까지 계속되었다. 5개월에 걸친 학생운동에 참가한 학교들은 전국적으로 194개교였고, 시위를 벌인 학생들은 5만 4천여 명이었으며, 투옥된 학생들이 580여 명에, 퇴학과 무기정학을 당한 학생들이 2,330여 명에 이르렀다.

36

여러 개의 강

길림에서 북경에 도착할 때까지 송수익은 줄곧 신채호 선생만을 생각했다. 그분이 꼭 2년 전인 1928년 5월에 체포된 이후로 그분을 잊어본 적이 없었다. 무시로 그분 생각이 떠올라 마음이 괴롭고는 했었다. 그러나 이번처럼 연이틀 동안이나 줄기차게 그분 생각에만 빠져 있지는 못했었다. 이번에 그분 생각에만 골몰할 수 있었던 것은 무정부주의자 회의에 참석하면서 모처럼 다른 일에 방해받지 않은 혼자 시간을 가졌기 때문이었다.

이번 북경에서 열리는 조선무정부주의자 전체회의는 신흥무관학교를 세운 이회영 선생이 소집한 것이었다. 그분은 신채호 선생과 함께 재중국조선무정부주의자연맹을 조직했었다. 송수익은 신채호 선생을 생각할 때마다 해결되지 않는 두 가지 감정에 사로잡히고는 했다. 하나는 그분이 어째서 체포되었을까 하는 안타까움이었고, 또 하나는 그분처럼 중대한 인물이 일의 최일선에 나선 것에 대한 놀라움이었다.

신채호 선생은 무정부주의 투쟁자금을 마련하기 위해 위조한 대량의 유가증권을 옮기다가 대만의 기륭항에서 일본경찰에게 체포되고 말았다. 송수익은 경찰이 소지품 검사에서 유가증권이 위조된 것을 알아보고 그분을 체포한 것이라고 생각하지 않았다. 밀정이 그분과 함께 배를 타고 있었거나, 그분이 배를 타고 중국땅을 떠날 때 벌써 밀정에 의해 대만경찰에 연락이 되었을 거였다. 왜냐하면 무정부주의 단체에서 유가증권 위조를 아무나 식별할 수 있도록 허술하게 했을 리가 없고, 범인을 잡거나 고문하는 데는 이골이 났을지 몰라도 돈이나 유가증권 감식 전문가가 아닌 경찰이 유가증권 위조 여부를 금방 알아낸다는 것은 가능한 일이 아니었던 것이다.

그런데 더 문제는 그분이 일의 최일선에 나선 것이었다. 물론 자금조달이란 문제가 그만큼 중대하니까 그랬을 수도 있었다. 거기에 그분의 남다른 열정이 합해진 것일 수도 있었다. 그러나 총독부에서 일찍부터 노리고 노려왔다는 것을 명심했어야 했다. 저 멀리 몽고에까지 밀정들이 퍼져 있는 판에 북경과 상해를 오가는 그분 뒤에 밀정의 그림자가 안 붙어다녔을 리 없었다. 다만 일본경찰의 손이 미치지 못해 체포를 못한 것뿐이었을 것이다. 그런데 그분은 이미 일본의 손아귀에 장악되어 있는 대만이라는 호랑이 소굴로 들어간 것이었다.

너무 허망하고 안타깝게 변을 당한 그분은 10년형을 언도받고 여순감옥에 갇혀 있었다. 더욱 많은 일을 해야 할 큰 인물이 그런 일로 영어의 몸이 되었다는 것을 생각하면 생각할수록 송수익은 기가 찰 따름이었다.

그놈의 돈 때문에…….

송수익은 언제나 이 결론에 부딪히며 어금니를 꽉 맞물고는 했다.

"지주고 부자놈덜? 돈이냐 목심이냐 허먼 목심 내놓을 놈덜 아닌게라우. 그놈덜 지독시런 것이야 앉은 자리에 풀도 안 나제라. 아니, 말이 꺼꿀로 되았구만요. 그놈덜이 원체로 지독헝게 그리덜 부자가 되았겠제라. 근디 더 고약헌 것이 은행이란 흉물이 자꼬 생겨나는 것이구만요. 그놈덜이 살살 은행맛얼 딜이게 된게 집얼 털어도 아무 소양이 없게 되야부렀어라."

공허가 벌써 몇 년 전에 한 말이었다. 독립운동 자금이 차츰차츰 고갈되어 삼사 년 전부터는 거의 압록강을 건너오지 않게 되었던 것이다. 지주나 부자들은 이래저래 충직한 친일파 노릇을 하고 있었다.

송수익은 두 가지 일을 계기로 완전히 무정부주의 투쟁을 하기로 결심했던 것이다. 첫 번째 사건이 삼부통합 실패였다. 1927년 4월부터 5월 말까지 두 달에 걸쳐 계속된 회의는 통합 결렬로 끝나고 말았다. 삼부통합에 걸었던 기대가 컸던 만큼 실망도 컸다. 삼부가 통합되면 그 다음 단계로 시도되어야 할 것이 사회주의 단체와의 연합이었다. 그것이 이루어지면 만주에서도 국내의 신간회와 같은 조직이 탄생하는 것이었다. 그러면 신간회와 통일체를 형성해서 독립투쟁을 더 활력 있게 전개하고 효과적으로 추진할 수 있었다. 그런데 일은 첫 단계에서부터 무산되고 말았다. 그 이유는 고질적인 분파의식과 주도권 다툼이었다. 참고 기다려왔던 기대가 깨졌으니 당연히 가야 할 길은 그동안 보류시켜 왔던 무정부주의였다.

그리고 두 번째가 신채호 선생의 체포 사건이었다. 그 충격을 이기는 길은 그분만큼 치열하게 무정부주의 투쟁을 하는 것뿐이었다. 그분의 언행에는 경이로운 것이 한두 가지가 아니었다. 마흔아홉이라는 나이에 전혀 구애됨이 없이 투쟁의 최일선에 나선 용기는 그저 놀랍기만 했다. 그리고 재판정에서의 기개는 더욱 우러러 보이는 것이었다.

"나는 무산계급에 의한 폭력혁명을 수행하는 무정부주의자다."

그분이 법정에서 아무 거리낌 없이 주장한 말이었다. 그 발언이 재판에 얼마나 결정적인 악영향을 미치는지를 전혀 아랑곳하지 않은 것이었다. 일본 정부와 총독부에서는 무정부주의자들을 공산주의자들과 똑같이 취급했던 것이다.

또한 그분은 어느 때 한번 파당을 짓거나 자리에 연연한 적이 없었다. 조국의 독립이라는 대의명분과 지상 과제에 입각해 모두가 한마음 한뜻으로 뭉칠 것을 역설했고, 모든 분파와 주도권 다툼에 대해서 언제나 날카로운 비판의 글을 썼다. 그런 순수한 마음과 진정한 실천의 본보기가 바로 기륭항의 비극이었다. 그분은 능력에서나 영향력에서나 그 어떤 독립운동 단체의 대표보다 우월했고 투철했다. 그런데도 아무런 권위의식 없이 일의 중대성만을 생각해서 유가증권 운반에 나선 것이었다.

송수익은 지금도 독립투쟁의 가장 효과적인 방략은 모든 세력들이 화합적으로 뭉치는 것이라고 믿고 있었다. 그러나 그 가능성은 희박했다. 만주의 삼부는 1929년 3월에 제2차 통합회의를 개최하여 다행스럽게 자치기관으로 국민부를 조직했다. 그런데 7월에 신민부의 군정파를 이루고 있는 김좌진이 다시 한족총연합회라는 것을 만들어 분리되어 나갔다. 또 통합체의 한쪽이 허물어진 상태가 된 것이었다. 국내에서 발족된 신간회의 영향으로 만주에서 일어난 민족유일당 결성 운동은 그 상태로 끝나고, 사회주의 단체들과의 연합이란 막연한 일로 남겨지고 말았다. 그리고 만주와 같은 시기에 한국유일독립당촉진회를 만들었던 상해임정은 아무런 성과도 얻지 못한 채 여전히 동떨어져 있었다.

북경의 4월은 길림지역과는 다르게 봄기운이 완연했다. 햇살도 포근했고 길가의 나무들에도 유록색 잎들이 싱그럽게 돋아나고 있었다. 송수익은 비로소 한 해가 또 바뀌었다는 것을 실감하고 있었다. 봄을 느끼고서야 해가 바뀌었다는 실감을 하게 되는 것은 겨울이 긴 만주생활에서 얻게 된 습관이었다.

북경은 역시 황도(皇都)답게 길들이 넓고 곧았으며, 기와 올린 집들은 고풍스러우면서도 컸다. 송수익은 몇 년 전에 왔을 때보다 많이 늘어난 서양식 건물들을 눈여겨보았다. 그건 중국 깊숙이 파고든 서양세력들의 위세였던 것이다. 돌로 지은 서양식 건물들은 중국식 건물들 속에서 이상스럽게 돌출되고 거만스럽게 보였다.

북경에는 서양식 건물들만 많이 불어난 것이 아니었다. 머리모양도 많이 변해 있었다. 남자들은 거의가 서양식 단발이었다. 그리고 양복쟁이들도 많이 보였다. 북경에도 서양바람이 거세게 불어닥치고 있었다.

송수익은 이미 익숙해진 중국옷을 펄럭이며 약속된 장소로 찾아갔다. 번화가에 있는 절 옆의 잡화상점이었다. 거기서 청년을 따라 어느 평범한 중국식 집으로 들어갔다. 비밀회의를 하기에는 아주 안성맞춤의 장소였다.

"아, 송 동지 어서 오시오. 원로에 얼마나 수고가 많으시었소."

송수익을 반갑게 맞이한 사람은 이회영이었다.

"그간 무고하시었습니까."

송수익도 반가움과 함께 정중하게 인사했다.

"예, 염려지덕으로 이리 건재합니다."

이회영은 밝게 웃으며 자리를 권했다.

우당 이회영의 음성은 여전히 탄력을 지니고 있었다. 그러나 몇 년 사이에 많이 늙은 모습이었다. 송수익은 우당 선생의 나이가 예순서넛일 거라고 짚고 있었다. 그분의 나이에 비하면 이제 쉰에 다다라 있는 자신은 아직 청년이라고 생각했다. 일찍이 신흥무관학교를 세워 3천여 명의 졸업생을 배출시켰고, 그들은 만주에서 중국 관내에 이르기까지 도처에서 독립투쟁의 중추세력으로 활약하고 있었다. 우당 선생은 그것만으로도 그 누구도 따를 수 없는 큰

업적을 세운 것이었다. 그러나 거기에 만족하지 않고 예순 넘은 노구를 이끌고 신채호 선생 없는 무정부주의 운동을 추진하고 있었다. 그 열정 앞에 송수익은 그저 머리가 수그러들 따름이었다.

"단재 선생의 근황은 듣고 계신지요?"

송수익은 신채호의 소식부터 물었다.

"예, 그런대로 집필을 하시며 지내신다 하더이다."

이회영은 열 살도 더 연하인 신채호에 대해 깍듯이 존대를 쓰고 있었다. 그런데 그 말은 간접화법이었다.

"면회를 가뵐 수가 없어서……."

송수익의 말끝이 흐려졌다.

"그러게 말이외다. 우리가 다같은 처지이니 단재께서 얼마나 고적하시겠어요. 면회 오는 이 없는 옥살이란 형벌 중에 형벌인걸요."

이회영의 얼굴에 그늘이 드리웠다.

"몸이 약하신데 집필이 괜찮을지 모르겠습니다."

"그도 걱정 안 되는 바 아니지요. 허나 고적감 이기면서 감옥세월 쉽게 보내기야 그보다 더 좋은 게 없을 거외다. 그렇지만 그 즐기던 담배를 못 피우니 글인들 제대로 되는지 원……."

뒷말을 중얼거리듯 하는 이회영의 눈시울이 붉어졌다.

담배 이야기에 눈시울이 붉어지는 이회영 선생의 흉중을 송수익은 익히 헤아리고 있었다. 평소에도 담배를 즐긴 단재는 특히 글쓸때는 줄담배를 피우는 것으로 유명했다. 내외분이 중매를 서 단재 선생을 재혼시킬 정도로 가깝게 지낸 우당 선생은 담배 이야기로 남다른 정리의 그리움이 촉발된 것일 터였다.

"가십시다, 회의장으로."

이회영이 자리에서 일어났다.

밖으로 나와 이회영을 따라 걸으며 어쩐지 그 집이 규모가 작고 사람들의 모습이 보이지 않았던 것을 송수익은 되짚고 있었다. 그곳은 중간 연락처인 것이었다.

다음날까지 모인 사람들은 20여 명이었다. 곧 회의가 시작되었다.

"우리는 그동안 2단계의 사업을 해왔습니다. 제1단계는 무정부주의에 대한 이해·습득과 동지들의 규합이었습니다. 제2단계가 국내의 신간회 발족을 계기로 우리의 활동에 더욱 박차를 가하기 위해 재중국조선무정부주의자연맹을 28년에 상해에서 결성했고, 뒤이어 동방무정부주의자연맹을 결성하여 동방 제국의 동지들과 결속을 강화한 것입니다. 우리는 이제 제3단계 사업을 전개할 시점에 와 있다고 판단되어 그 계획을 수립하고 추진하기 위해 본 회의를 개최하게 된 것입니다. 먼저 제가 향후 사업에 대하여 한 가지 의견을 제안하고자 합니다. 주지하다시피 우리의 투쟁노선은 무산계급을 중추로 한 폭력혁명입니다. 그 목적을 달성하기 위해서는 무산계급이 많은 곳으로 찾아가야 합니다. 그곳이 바로 만주입니다. 만주는 우리의 적인 왜놈들과도 가깝습니다. 그러하므로 앞으로 만주에 우리의 총력을 집중하여 조직을 확대하고 투쟁을 전개하는 것이 어떨까 합니다. 여러분들께서도 고견들을 많이 내주시기 바랍니다."

회의를 주재하는 이회영의 말이었다.

　"예, 옳으신 의견이십니다."

　"그렇습니다. 관내에는 동포들의 수가 너무 적고 또한 분산되어 있어서 힘을 결집시키기도 어렵고, 결집이 된다 해도 그 힘이 크지를 못합니다. 만주에 총력을 집중하는 것에 찬성합니다."

　"헌데 한 가지 우려되는 바가 있습니다. 지금 만주는 민족주의 세력과 공산주의 세력이 대립되고 있습니다. 그리고 중국공산당의 만주 세력도 강화일로에 있습니다. 그런데 그 세력들과 우리도 대립하고 충돌할 위험이 다분합니다. 이 문제는 어떻게 생각하십니까?"

　"예, 좋은 의견이십니다. 사실 만주에서는 그 두 세력의 대립이 날로 심해져 가고 있습니다. 그러나 우리는 그 세력들과 대립하고 충돌할 것이 아니라 협조하고 화합하려고 노력해 나가면 별문제가 없으리라고 사료됩니다. 목적은 다 똑같이 독립 하나고, 다만 그 방법에 차이가 있을 뿐입니다. 대립과 충돌이란 어느 일방의 문제가 아니라 쌍방의 문제 아니겠습니까."

　송수익은 만주 출신답게 의견을 개진했다.

　"예, 그것도 좋은 방법인 것 같습니다."

　"난점들은 그때 가서 해결하도록 하고 만주에 총력을 집중해야 한다는 원칙에 찬성합니다."

　이렇게 되어 이회영의 의견은 쉽게 만장일치의 결정을 보았다.

　그 다음으로 논의한 것이 조직의 문제였다. 이미 본부는 만주로 정해진 것이고, 북경·상해·복건에 연락원을 두기로 결정했다. 그리고 조직원의 강화와 자금조달 문제를 협의했다. 조직원은 젊은 층들을 확보하는 데 주력하기로 하고, 자금조달은 이회영을 중심으로 추진하도록 했다. 신채호의 구출 문제가 논의되었지만 탈옥이 불가능하다는 결론에 따라 일단 보류하기로 했다. 그리고 중국을 비롯한 다른 나라 단체들과의 협조는 이회영이 맡기로 결정했다.

이틀 동안의 회의를 마치고 송수익은 곧 떠날 채비를 갖추었다.

"기왕 먼 길 오셨는데 며칠 북경 구경이나 하시며 노독을 풀고 떠나시지요."

"예, 그거 좋은 생각입니다. 그동안 우리와 함께 회포도 푸시구요."

대원들의 말이었고, 이회영도 그러라고 권했다.

"예, 전에 대충 구경을 했습니다. 또, 저쪽에 급한 일이 좀 있습니다."

송수익은 다음날 바로 북경을 등졌다. 구경이래야 자금성이며 이화원 같은 거죽을 보는 것뿐인데, 또 볼 필요가 없었던 것이다. 조선왕궁의 열 배도 넘을 것 같은 자금성의 규모는 어마어마했는데, 놀랍고 경탄스럽기보다는 불쾌하고 언짢기만 했었다. 조공을 바치러 온 조선의 사신들이 그 엄청난 규모에 짓눌려 얼마나 주눅이 들었을까 싶은 생각이 자꾸 떠올랐던 것이다.

그런데 바로 이튿날 그들의 거처는 중국군들에게 기습당했다. 아직 남아 있던 10여 명은 꼼짝없이 체포되고 말았다. 이회영은 마침 천진에 일을 보러 떠나서 그 위기를 모면하게 되었다. 그 사건은 일본정보기관에서 북경위수사령부를 조정하여 벌인 것임을 뒤늦게 알게 되었다.

5월 30일에 일어나기 시작한 만주의 반일폭동은 날이 갈수록 여러 곳으로 불붙으며 심해져 가고 있다는 소문이 북경까지 퍼져오고 있었다. 폭동에 참가한 군중들은 거의가 조선사람들이고, 그들은 가게고 상점들을 마구 공격한다는 것이었다. 그건 그야말로 '반일'의 '폭동'이었다. 만주땅에서 일본사람들이 가게며 상점들을 벌여놓고 모여사는 곳은 모두 도회지였다. 그리고 그런 곳은 으레껏 일본경찰들이 치안을 유지하며 자기네 국민을 보호하고 있었다. 그런데 그런 곳마다 조선사람들이 폭동을 일으키고 있다는 것은 예삿일이 아니었다. 그런데 소문이 자꾸 퍼져오면서 그 내막도 밝혀졌다. 그건 다름 아니라 중국공산당 만주성위원회의 지시에 따라 조선인 당원들이 주도하고 있는 것이었다. 그러니까 그건 중국공산당 만주성위원회가 최초로 벌이는 공개투쟁인 동시에 최초로 스스로의 존재를 드러내고 과시하는 것이기도 했다.

여기저기서 폭동을 일으키고 있는 군중들의 수도 수천을 헤아리지만 그에 맞서는 중국과 일본 경찰들의 무력도 무서워 사람들이 수없이 잡혀 들어가고 있다고 했다. 그런데도 폭동은 연일 일어나면서 자꾸 넓게 퍼지고 있다는 것이었다. 그건 조선공산당원들이 얼마나 조직적으로 군중들을 동원하고 이끌고 있는지를 잘 보여주고 있었다.

그 소문은 북경이나 상해 등지에 있는 조선공산주의자들을 흥분시키고 있었다. 그런데 그 소문을 단숨에 덮어버릴 만한 조처가 취해졌다.

만주의 조선공산주의자 각 단체들은 중국공산당 휘하에 속한다!

그건 중국공산당의 횡포나 월권이 아니었다. 국제공산당의 1국1당주의 원칙에 따른 것이었다. 한 나라에 하나의 당, 이 원칙에 의하면 조선공산주의자들이 조선공산당이 해체당한 뒤에 각 분파별로 만주에 총국을 세우고 있었던 것은 엄연히 잘못된 것이었다. 그런데 그동안 묵인되었던 것은 중국공산당에서 만주지역의 당조직을 완료하지 못한 까닭이었다. 그러나 반일폭동을 조직적으로 일으킬 만큼 당조직을 완료하자 중국공산당에서는 1국1당 원칙을 적용한 것이었다. 그 조처는 곧 조선공산주의자 단체들의 해체명령인 동시에 조선공산주의자들의 중국공산당 가입 명령이었다. 그것을 거부하려면 중국땅을 떠나야 했다.

그 조처는 조선공산주의자들에게 충격이고 고민이 아닐 수 없었다. 북경에 이동해 있던 의열단원들도 그 문제를 놓고 난상토론을 벌이게 되었다. 왜냐하면 의열단은 1928년 10월 창단 9주년을 기점으로 하여 사회주의 수용을 공식화했고, 다음해 12월에는 북경에서 제3차 조선공산당의 핵심세력이었던 ML파와 조선공산당재건동맹을 조직했던 것이다.

"1국1당 원칙을 조선공산주의자들에게 적용하는 것은 말이 안됩니다. 1국1당 원칙이란 한 나라에 두 개의 당이 세워져 서로 다

투고 싸우는 것을 막기 위해서 만들어진 원칙이지 우리처럼 별개의 나라가 피치 못해서 망명을 와 있는 것인데 그 원칙을 적용한다는 건 억집니다."

"아, 그 말 맞습니다. 그건 바로 장개석의 국민당에서 상해임정을 해산하고 국민당에 입당하라는 것이나 마찬가지 아닙니까?"

"아 예, 그 말 듣고 보니 그렇군요. 그 점을 명백히 지적해서 중국공산당에 그 조처의 취소를 요구하는 게 어떻겠습니까?"

"글쎄요, 그건 해석의 차이일 수도 있습니다. 중국공산당에서는 중국땅에 자기네 당 이외에는 그 어떤 공산당이나 공산주의 단체도 용납할 수 없다고 할 것입니다. 그만한 대비 없이 그런 조처를 취했겠습니까?"

"예, 일리 있는 말입니다. 이 상태에서 그 조처를 취소시킨다는 것은 불가능할 것입니다. 그 문제보다는 우리가 어떻게 해야 할 것인가를 의논하는 게 현명할 것 같습니다."

"그런데 우리 앞날도 문제지만, 그보다 먼저 문제 삼아야 할 게 있습니다. 그게 뭔가 하면, 중국에 있는 모든 조선공산주의자들이 중국공산당에 입당하면 도대체 조선의 독립은 어떻게 되는 겁니까?"

"그야 계속하는 것 아닙니까."

"그게 무슨 말입니까? 중국공산당원이 되면 꼼짝없이 중국공산당의 지시에 따라야 하는데, 그렇게 되면 중국혁명투쟁에 골빠지게 동원되고 우리의 독립투쟁은 못하게 된다 그겁니다."

"맞습니다. 그렇게 될 염려가 있습니다."

"아니, 그건 심각한 문제로군요. 우리가 조선의 독립을 위해서 여기 왔지 중국혁명을 위해서 온 게 아니지 않습니까. 그리되면 주객전도 아닙니까."

"헌데, 그걸 꼭 그렇게 협소하게만 생각하지 말고 좀더 대국적으로 생각해 볼 필요도 있지 않겠습니까? 여러분도 다 아시는 일입니다만, 벌써 사오 년 전에 중국공산당에 입당한 사람들이 더러 있습니다. 그게 이상해서 한 사람한테 그 이유를 물어본 적이 있습니다. 그랬더니 그 사람은 조선독립을 위해서 중국공산당에 입당했노라고 당당하게 대답했습니다. 무슨 말인고 하면, 먼저 중국혁명을 도와주고 그 다음에 중국의 도움을 받아 조선독립을 이룩한다는 것이었습니다. 지금까지 싸워봤지만 우리 단독의 힘으로는 어려우니까 공산주의 국제연대에 입각해서 중국공산당을 동지로 삼는다는 것입니다. 그 말이 전혀 허황되게 들리지 않았습니다. 그러니까 이번 기회에 수많은 조선사람들이 중국공산당에 입당해서 중국혁명을 도와주면 중국공산당도 우리의 독립을 도와줄 것은 그만큼 확실해진다고 생각할 수도 있지 않겠습니까?"

"그야 중국혁명이 꼭 이루어져야만 가능한 일인데, 만약 중국혁명이 성공하지 못한다면 우리만 헛고생하고 허송세월하는 것 아닙니까?"

"예, 그거 일리 있는 말입니다. 광동코뮌 실패 이후 중국공산당은 계속 국민당군에게 밀리고 있습니다. 이렇게 나가다간 그 전도가 밝지 못합니다."

"그건 그렇게 속단할 문제가 아닙니다. 중국공산당은 아직 대중조직을 완전히 구축하지 못한 초창기에 불과합니다. 우리가 주지하다시피 국민당군의 부패와 타락은 인민들의 원성을 사고 있고, 중국공산당은 대중조직에 박차를 가하고 있습니다. 그리고 중국공산당의 전도를 말하기 전에 우리의 입장을 생각해 볼 필요가 있습니다. 우리는 우리의 독립이 가망 없다고 단정하면서도 이렇게 싸우고 있는 것입니까? 그게 아니지 않습니까. 언젠가는 반드시 독립을 쟁취할 수 있다는 신념과 확신을 가지고 있는 것 아닙니까. 그럼 우리만 그렇겠습니까? 아닙니다. 중국공산주의자들도 그런 신념과 확신을 가지고 투쟁하고 있습니다. 중국공산당의 전도는 어려움이 많겠지만 그렇게 어둡지만은 않습니다. 왜냐하면 인민들은 국민당군에게 원성을 보내는 만큼 공산당에게 기대를 걸고 있기 때문입니다."

"그러면 우리가 다 중국공산당에 입당한다고 칩시다. 그럼 의열단이고 뭐고 다 없어져 버리는 것 아닙니까?"

"그럴 수야 없지요. 의열단이야 우리의 본체고, 중국공산당 입당이야 임시방편인데요."

"그건 우리의 마음일 뿐이고, 중국공산당에서 딴 조직들을 모두 해산시키면 당하지 별수 있겠습니까."

"예, 여러분들의 고견 잘 들었습니다. 여러 가지 문제들이 논의됐고, 또 어떤 문제들은 논의과정에서 답이 나오기도 한 것 같습니다. 이제 총정리를 해야 할 단계에 온 것이 아닌가 합니다."

그때까지 묵묵히 듣고만 있었던 단장 김원봉이 입을 열었다. 강건하고 냉정하게 생긴 미남이었다.

자세를 바로잡은 단원들의 눈길이 모두 단장에게로 쏠렸다.

"우리는 이 시점에 우리 의열단의 정신과 목표를 재차 확인할 필요가 있을 것입니다. 우리 앞에 놓인 최고 최대의 대의는 조선의 독립입니다. 그건 우리의 유일한 길이며 최후의 길입니다. 우리는 그 목적을 쟁취하기 위하여 결속했고, 투쟁해 왔고, 앞으로도 투쟁해 나아가야 합니다. 우리는 그 투쟁과정에서 상해임정과 협조했고, 중국공산당을 도와 광동코뮌에서 싸웠고, 조선공산당 재건운동에도 동참했습니다. 그건 우리의 최우선의 목표인 독립을 성취시키기 위해 모든 세력과 협조하고 연합하자는 우리 의열단의 투쟁 방법을 실천한 것이었습니다. 우린 독립을 위하여 어린아이들의 힘까지 빌려야 할 처지입니다. 그러므로 우리는 앞으로도 모든 항일 세력들과 연합하고 결속하고 통일체를 이루는 노력을 변함없이 경주해야 할 것입니다. 그런 관점에서 볼 때 중국공산당의 입당은 하등의 문제가 될 것이 없지 않을까 합니다. 다만 강압적일 필요는 없고 자율적으로 선택하면 될 것입니다. 왜냐하면 우리는 어디까지나 의열단이며, 그 문제로 하여 우리 의열단은 추호의 변동도 있을 수 없기 때문입니다. 우리가 사회주의 사상을 수용하는 것은 인민대중과 결속하여 투쟁을 확대해 나가는 방법과 인민존중의 사상에 공감하는 것이지 의열단의 근본 정신과 목표를 훼손하자는 것이 절대 아닙니다. 그 좋은 일례가 광동코뮌에서 싸우는 동시에 변절자가 된 박용만을 제거한 것 아닙니까. 여러분들은 이 기회에 의열단원의 임무와 사명을 다시 한 번 확인하고 그 문제에 현명하게 대처하기 바랍니다."

김원봉이 총괄적으로 입장을 정리하고 단원들을 휘둘러보았다. 넓으면서 준수한 이마, 굵으면서 날카롭게 각을 이루며 뻗친 눈썹, 크면서도 저미는 듯 예리한 눈, 높고 곧은 코, 크고 윤곽 뚜렷하면서 꽉 다물린 입, 그 기름한 얼굴은 빼어난 미남이었다. 그러나 그 얼굴에서는 견고한 기백과 서늘한 냉정이 뻗쳐나고 있었다. 상해의 조선여자들 사이에서 그 명망과 함께 선망의 대상이 될 만한 인물이었다.

단원들은 모두가 단장의 말에 수긍하는 태도를 보였다. 김원봉의 말은 새로울 것은 없었다. 그가 변함없이 실천하려고 하는 모든 항일세력과의 화합통일을 다시 강조하면서 중국공산당의 입당 문제를 덧붙인 것이었다. 그 어떤 사상이나 주장에 구애받지 않고 항일민족세력을 한덩어리로 뭉치게 하려는 것은 그의 남다른 신념이었고, 단원들도 다 같은 생각을 가지고 있었다.

김원봉이 언급한 박용만은 바로 하와이에서 건너온 박용만이었다. 그는 변절한 밀정으로 판명되어 2년 전에 의열단원에게 살해되었다. 그러나 그의 변절에 대해서는 지금까지도 구구하게 말이 많았다. 그 말들을 간추리면 변절했다, 아니다, 하는 엇갈린 주장이었다. 그것은 박용만이 그만큼 지명인사이기 때문이었고, 변절자로 죽어간 그의 죽음이 또 그만큼 충격적이었기 때문이다. 그러나 정작 그는 죽고 없었다. 어쨌거나 의열단에서는 그만한 인물을 죽이기로 결정하기까지는 확실한 근거를 확보했던 것이고, 박용만의 죽음은 실망스러운 슬픔이 아닐 수 없었다.

회의장을 나오면서 윤주협이 방대근의 옷깃을 잡아끌었다. 방대근은 투박진 손으로 담배를 뽑으며 말없이 따라갔다.

"큰일났네."

윤주협이 나무그늘 아래 주저앉으며 한숨을 푹 쉬었다.

"또 편지 왔능가?"

성냥을 긋는 방대근의 얼굴에 웃음이 떠올랐다.

"귀신이군."

윤주협도 담뱃갑을 꺼냈다.

"머시라고 혔간디 큰일나?"

방대근이 돌 위에 자리잡고 앉았다.

"아 글쎄 결혼하잔다니까."

"결혼? 그거 잘되았네."

방대근이 푹 소리내 웃었다.

"아니 자네, 누구 화 지르나?"

윤주협이 발끈했다.

"어허, 똥싼 놈이 큰 체시?"

방대근이 빙글빙글 웃었다.

"똥을 누가 쌌다고 그래?"

윤주협은 정말 화가 나는지 성냥을 신경질적으로 그어댔다.

"똥이나 쌌으면 말도 안 허제. 시악씨 배불르게 맨글어놓고도 죄럴 몰라?"

방대근이 어이없어했다.

"빌어먹을, 간호원이란 여자가 왜 그리 멍청해. 어쩌자고 덜컥 임신을 해가지고 덤비나그래."

윤주협은 담배연기를 거칠게 내뿜었다.

"처녀야 뜸물에도 애 슨다는 말 못 들었어? 근디 처녀 총각이 한 이불 속에서 하로이틀 놀아난 것도 아닌디 애 안 들어스먼 그것이 요상허제."

"쏘냐는 그런 일 없이 잠잠하잖아."

"그런 소리 말드라고. 나야 자네맨치로 그리 정신없이 쏘냐헌티 뎀비덜 안혔응게. 사람이 요령 없이 원."

방대근이 눈총을 쏘았다.

"이보게, 이거 농담만 할 일이 아니네. 이 일을 어째야 좋겠나?"

윤주협이 진지한 표정으로 물었다.

"자네, 민수희 씨럴 진정으로 연모험담서?"

"……."

윤주협은 뚱한 얼굴로 대꾸가 없었다.

"아니여?"

"글쎄, 그런 줄 알았는데 임신했다, 결혼하자, 해대니까 애정이 식은 것도 같고 어쩌고…… 내 맘을 나도 잘 모르겠네."

"허! 그것이 바로 남자덜 도적놈 심뽀라는 것 아니여. 손바닥도 맞때래야 소리가 나는 법잉게 그 여자만 타박허고, 맘 변허고 허먼 안 될 일이제. 여러 말 말고 그 여자허고 혼인허소."

방대근은 자르듯이 말했다.

"아니 이사람아, 정신이 있나 없나. 지금이 어느 때라고 혼인을 해?"

윤주협이 눈을 치떴다.

"어느 때넌 어느 때여. 장개들기 질 존 때제."

"어허, 농담 말라니까."

"아니여, 농헐 때가 따로 있제. 우리도 인자 투쟁방법이 달라져 밀정 제거허고 대중조직에 치중허제 폭탄 갖고 조선땅으로 침투허는 것언 중단허덜 안혔어. 고것이 얼매나 안전해진 것잉가. 긍게 장개들기 딱 좋단 말 아니여."

"글쎄…… 정말 농담 아닌가?"

"이사람이 어째 이려?"

방대근이 정색을 했다.

"허나 장가를 들면 무슨 재주로 먹여살리나?"

"그야 민수희 씨가 간호원 일로 돈벌이럴 허면 될 것 아니여?"

"그게 그런데 결혼한 여자는 안 되는 것 아닌가?"

윤주협의 얼굴은 줄곧 어두웠다.

"글씨, 병원마동 간호원덜이 모지래서 야단이란 말얼 들었는디. 중국여자덜이 신식공부럴 못혀서 말이시."

"그럼 그걸 어떻게 알아보나?"

"사람 참 걱정도 팔자시. 단장님헌티 의논허먼 일이 쫙 풀리덜 안컸어."

"아니야, 아니야, 그건 곤란해. 투쟁 중에 연애나 했다고 광고하는 꼴 아닌가."

윤주협이 당황스럽게 손을 저었다.

"아이고, 그래도 체면언 또 채리겄다고. 글먼 장개도 단장님 몰르게 들 챔이여?"

"허, 그것 참 고약하네."

윤주협이 쓴 입맛을 다셨다.

"걱정 말어. 단장님언 우리 속 다 알고 있응게. 자네가 말 꺼내기 난처허먼 나가 다리 놔줄팅게."

방대근이 윤주협의 어깨를 쳤다.

"아이고, 어쩌다가 정조 곧은 조선처녀한테 걸려가지고."

윤주협이 탄식하듯 하며 고개를 젖혔다.

중국공산당의 1국1당 조처를 계기로 의열단은 활동을 변동시키는 단원재편을 실시했다. 조선공산당을 재건하기 위한 ML파와의 동맹도 자연히 무산되었고, 의열단원들은 더 이상 북경에 몰려 있을 필요가 없었던 것이다. 인민대중을 조직화하는 사업을 위해 동포들이 많은 만주가 중요시되었다. 상당수의 단원들이 만주 각처에서 활동거점을 확보하기로 조처가 취해졌다.

방대근과 이광민도 만주로 가게 되었다. 윤주협도 가고 싶어했지만 결혼이 결정되어 신부가 곧 북경으로 올 거라서 그는 발이 묶였다.

"빌어먹을, 내 신세가 이 꼴이 될 줄 알았다니까."

윤주협은 투덜거렸다.

"얼매나 잘된 일이여. 자기 앞질 딱딱 열어가는 그리 똑똑헌 각시 얻었는디. 나넌 부러와 죽겄구마."

방대근은 느물느물 웃었다.

그 말은 다름이 아니라, 윤주협이가 이쪽에서 직장을 알아보고 있는데 잘될지 의문이라는 편지를 보내자, 이쪽 병원에서 소개장을 가지고 가니 그런 걱정은 하지 않아도 된다는 답장이 곧바로 날아왔던 것이다.

만주로 떠나기 전에 방대근과 가까운 네댓 명은 따로 송별회를 했다. 돈을 아끼느라고 음식점에 가지 않고 집 안으로 술을 사들인 가난한 송별회였다. 그러나 술잔이 오가고, 술들이 취하면서 송별회는 풍성해졌다.

"어이 말술, 의리 없이 나를 버리고 가다니. 이 술잔 받고 노래나 하나 불러."

술에 취해 눈이 풀린 윤주협이 방대근에게 잔을 내밀었다. 방대근은 주량이 커서 술자리의 별명이 '말술'이었다.

"노래넌 무신 노래여?"

"내 결혼식도 안 보고 가는 벌로 불르라구. 거 타향살이 잘 부르잖아."

"좋소, 좋소."

"타향살이 좋지."

다른 사람들까지 덩달아 바람을 일으키자 방대근은 노래를 안 부를 수가 없게 되었다.

타향살이 몇 해던가
손꼽아 헤어보니
고향 떠난 십여 년에
청춘만 늙어…….

어느덧 노래는 합창이 되었다. 그들의 술취한 얼굴에는 슬픔과 그리움이 절절하게 배어나고 있었다. 술에 많이 취한 윤주협이 꺼이꺼이 울기 시작했다.

노래 〈타향살이〉는 누가 권한 것인지 북경의 조선사람들 사이에서 아리랑만큼 애창되고 있었다. 의열단원들은 특히나 좋아했다.

방대근은 길림으로 가는 기차를 타고서야 수국이 누나를 생각했다. 혼자 늙어가는 누나의 신세가 가슴을 쓰라리게 했다. 누나를 위해 아무것도 할 수 없는 것이 어머니께 너무 죄스러웠다. 조선에 다녀온 뒤로 수국이 누나를 큰누나에게 보낼까 하는 생각도 몇 번 해보았었다. 그러나 수국이 누나의 외로움은 덜어질 수 있을지 모르나 어렵게 살아가는 큰누나에게 짐이 될 것 같았던 것이다. 그리고 괜히 군산에 갔다가 옛날의 상처가 도지는 것도 좋을 것이 없었고, 또 수국이 누나의 신세를 망쳐놓았던 그놈에게 무슨 해코지를 당할지 몰랐던 것이다.

방대근과 동행하고 있는 이광민도 오랜만에 윤선숙의 회상에 젖어들고 있었다. 블라디보스토크를 떠나온 지도 어느덧 4년이었다. 그런데도 윤선숙의 모습은 꼭 엊그제 헤어진 것처럼 생생하고 선명했다. 기억의 착각이란 세월의 흐름을 정지시키기도 하고, 또 세월의 순서를 뒤죽박죽 바꾸어놓기도 했다. 윤선숙과의 이별 앞에서 세월은 정지상태였다. 그리고 윤선숙과 헤어진 다음에 겪은 여러 가지 일들 중에서 어떤 것들은 까마득하게 멀리 느껴지는데도 광동의 폭동과 윤선숙은 언제나 시차 없이 현실로 다가드는 것이었다. 그만큼 그 두 가지 일이 마음 깊이 아로새겨진 때문일 거였다.

광동코뮌이라 불리는 중국공산당의 폭동봉기는 그럴 만도 했다. 참가인원과 무장화력이 엄청났던 것이고, 다 이긴 싸움이었는데 느닷없이 영국군과 일본군의 반격을 받아 패한 억울하고 안타까운 싸움이었던 것이다. 또한 자신은 수류탄 파편에 오른팔을 부상당해 고생깨나 했던 것이다. 비록 실패로 끝나기는 했지만 중국공산당이 보여준 폭발력은 엄청난 충격이었고, 국민당군에 쫓기면서 곪아가는 상처의 고통은 몹시도 견디기 어려웠었다.

그런데 윤선숙과의 일에서는 그런 식의 충격도 고통도 없었던 것이다. 그런데도 윤선숙은 잊지 못할 그리움으로 마음 저 깊은 속에서 살아 생동하고 있었다. 스스로도 알 수 없는 감정이었다. 연해주로 돌아가지 않기로 했을 때만 해도 윤선숙을 쉽게 잊을 줄 알았던 것이다. 그런데 갈수록 그리움은 깊어지고 간절해지는 것이었다. 내가 윤선숙을 그리도 사랑했었나……, 스스로의 감정을 되짚어보며 그 연유를 캐보려고 한 것이 한두 번이 아니었다. 그런데 따지고 보면 윤선숙과의 관계에서도 충격과 고통이 없었던 것이 아니었다. 전혀 예기치 못하게 잠자리를 함께했던 것이 충격이었고, 그리고 바로 다음날 떠나오게 된 이별이 고통이었던 것이다. 다만 광동코뮌의 충격이 시각적 충격이라면 윤선숙과의 충격은 심상적 충격이었고, 상처의 아픔이 육체적 고통이라면 이별의 아픔은 정신적 고통이라는 차이가 있을 뿐이었다.

육체를 섞게 된 그 충격…… 그렇다면 그 일 없이 헤어졌다면 그리움이 그리 절실하지 않을 것인가 하는 의문이 생겼다. 아니라는 부정보다는 아마 그럴지도 모른다는 긍정 쪽으로 감정이 기울었다. 왜냐하면 잠자리를 하고 난 다음에 대한 윤선숙은 전혀 색다르게 느껴졌던 것이고, 꿈에 보이는 모습도 바다에 발을 담근 것이 아니라 눈물 그렁거렸던 헤어질 때의 모습이었다. 사랑의 완성이란 육체의 결합까지라는 진부한 말이 새삼스럽고 새롭게 느껴지고는 했었다.

올해 들어 북경에 머물게 되자 시간 여유가 생겨서 윤철훈에게 편지를 썼던 것이다. 마음과는 달리 윤선숙의 안부는 묻지도 못하고 말았다. 그런데 뜻밖에도 윤선숙이한테서 답장이 왔던 것이다.

찾아가려고 했었다. 그러나 오빠가 끝내 있는 곳을 가르쳐주지 않았다. 어찌할 수가 없어서 그전부터 사랑을 고백해 왔던 조강섭과 작년에 결혼했다. 지금은 우수리스크 옆 조선인 집단촌인 육성동에서 부부교사로 일하고 있다. 광민 씨를 원망하지도 않고, 광민 씨와의 사랑을 후회하지도 않는다. 한 혁명투사와의 사랑을 아름다운 추억으로 영원히 간직하겠다.

이런 내용이었다.

아, 조강섭과…….

이광민은 충격 속에서 신음을 씹었다. 그러나 윤선숙이 왜 그 이야기를 굳이 썼는지를 다시 생각했다. 그 편지는 자기의 심정을 마지막으로 토로하는 것이면서 이쪽과의 관계를 완전히 정리하는 것이었다. 그런데 얄궂은 것은 윤선숙이 더 그리워지고 조강섭이 미워지는 것이었다.

이광민은 기차의 창밖을 하염없이 내다보며 윤선숙의 그 재치 넘치던 말들을 듣고 있었다. 눈물 그렁거리던 마지막 모습과 함께.

방대근은 집에 도착한 지 나흘 만에 송수익 선생을 만나게 되었다. 송수익이 집을 비우고 없었던 것이다.

"선생님, 이광민이라고 의열단서 함께 일헌 동지구만요."

송수익 앞에 큰절을 올리고 난 방대근이 이광민을 소개했다.

"으음."

송수익이 느릿하게 고개를 끄덕이며 이광민을 훑었다. 온화한 얼굴에 비해 그 눈초리는 차고 매서웠다.

"나가 전에 말혔던 선생님이시오. 절 올리시오."

방대근이 이광민에게 일렀다.

그때까지 손을 모아잡고 서 있던 이광민이 공손하게 큰절을 올렸다.

"저어, 이 동지도 고향이 전라도고, 집이 전주로구만요."

방대근이 송수익에게 설명을 올렸다.

"아, 그러신가!"

송수익이 금방 반색을 했다.

"이 동지닝게 허는 말인디, 혹시 송 자, 수 자, 익 자, 의병대장님 얼 아시오?"

방대근이 이광민을 쳐다보았다.

"예, 잘 알지요."

"그분이 바로 이 선생님이시오."

"예에?"

이광민은 소스라치며 딱 굳어졌다. 눈이 휘둥그레졌을 뿐만 아니라 입까지 헤벌어져 있었다. 그럴 수밖에 없는 것이 가장 친했던 후배이며 동지인 송중원의 아버지였고, 이미 20여 년 전에 전사한 것으로 알고 있었던 것이다.

"서, 서, 선생님, 중원이하고는 전주고보 1년 선후배 사이고, 3·1만세를 함께 주도했었습니다."

이광민의 더듬거리는 목소리가 떨렸다.

"아니, 뭐, 뭐라고? 중원이하고……?"

놀란 송수익의 목소리도 떨렸다.

"예, 그 일로 저는 상해로……."

"반가우이, 이사람!"

송수익이 두 손을 내밀었다. 이광민이 주저하며 두 손을 내밀었다. 송수익이 다가앉으며 이광민의 손을 덥석 싸잡았다.

"그때 집을 떠나왔으면 그간에 얼마나 고생이 많았겠나. 장하이, 장해. 이리 건재하니 장해……."

송수익은 이광민의 손등을 쓸고 또 쓸었다. 그 눈시울이 붉어져 있었다.

방대근과 이광민은 송수익 선생을 모시고 열흘이 넘게 여러 가지 의견을 나누고 있었다. 그런데 좋지 않은 소식이 전해져 왔다. 국민부의 조선혁명당 중앙위원회가 열렸는데 국민부파와 공산당파로 분열되었다는 것이었다. 그건 중국공산당이 시행하는 1국1당 주의 정책과 무관하지 않았다. 그 분열은 단순한 분파작용이 아니라 시대변동에 따른 독립운동의 양상변화를 뜻하는 것이었다.

37

폭우

"병구 아부지이, 밥 왔소, 밥!"

"창배 아부지이, 얼렁 나오씨요, 얼렁!"

광주리를 인 두 여자가 논두렁에 서서 번갈아가며 목청을 뽑고 있었다. 그들의 얼굴에서는 땀이 뚝뚝 떨어지고 있었고, 풀죽은 삼 베저고리의 등판은 땀에 흠뻑 젖어 있었다.

불볕은 살이 따갑게 내리쪼이고, 볏잎 하나 까딱하지 않도록 바람기라고는 없었다. 논두렁의 잡풀들이 불볕을 이기지 못해 시든 듯 맥이 풀려 있었고, 논마다 물이 잡혀 있는데도 뜨거운 기가 후 끈거리며 끼쳐왔다. 더위를 피해 모두 어느 그늘로 피했는지 메뚜 기며 개구리 한 마리 튀지 않았다. 불볕은 줄기차게 내리쪼이고, 지 열은 후끈거리며 솟기고, 들녘은 그야말로 숨이 컥컥 막히는 가마 솥더위로 끓고 있었다.

"와따, 이 더운디 부지런 떨었구마."

논두렁을 앞서 걸어오며 한기팔이 목에 걸친 수건으로 얼굴의 땀을 훔쳤다.

"어허, 배꼽시계가 열두 점얼 딱 치자말자 기맥히게 맞춰 오네 잉."

김장섭이 시장기 동하는 단 입맛을 다셨다.

'배꼽시계'라는 말은 '불알시계'라는 말과 함께 몇 년 사이에 유행하고 있는 말이었다. 추가 달린 일본제 벽시계가 부잣집이나 지주네집의 대청마루의 벽에 걸리기 시작하면서부터 생겨난 말이었다. 자전거 유성기와 함께 불알시계는 부자와 지주들이 체면을 세우고 위세를 부리기 위해 다투듯 장만하는 물건들이었다. 여자들은 거기다가 재봉틀을 덧붙이는 것을 잊지 않았다.

"아이고, 얼매나 배고프시오? 욜로 앉으씨요, 욜로."

한기팔의 아내 월전댁이 남편한테 호미를 받아들며 자리를 권했다.

"아이고메, 쬐깨 기둘리씨요, 쬐깨."

김장섭의 아내 송산댁이 서두르는 몸짓으로 남편을 막아서며 허리를 굽혔다.

"머시여?"

"요런 잡놈에 거마리가!"

송산댁이 진흙 묻은 남편의 종아리를 찰싹 쳤다. 송산댁은 진흙과 함께 잘 구분이 안 되는 거머리를 어느새 발견한 것이었다.

기다랗던 거머리가 땅에 떨어지면서 거의 둥그스름한 형태로 변했다. 그런데 거머리는 피를 얼마나 빨았는지 탱탱했다.

"워메, 여그 또 붙었네."

송산댁이 소리치며 남편의 다른 종아리를 또 찰싹 쳤다.

"와따메, 열녀가 따로 없당게. 워디 당신도 잠 봅씨다."

월전댁이 자리잡고 앉은 남편에게로 다가들었다.

"나넌 발써 시 마리 띠내고 왔네."

한기팔이 손을 저었다.

"그 자리에 담뱃가리 볼랐소?"

"피울 담배도 모지래시."

"음마, 피 한 방울이 어디 헌디 그냥 둬라? 글고 피 안 막으면 피 냄새 맡고 또 딴 놈이 달라붙는단 말이오. 쌈지 이리 주시게라."

"어허, 배고프구마."

"아재, 아짐 말이 맞으요."

김장섭이 거머리가 뜯은 자리에 담뱃가루를 바르며 쌈지를 내밀었다.

"누가 몰라서 그러간디."

한기팔이 귀찮다는 얼굴이었다.

"에라이 잡것! 니가 또 논으로 기들어갈라고? 헹, 그리넌 못혀."

그 사이에 몸을 길게 늘이고 꿈지럭거리기 시작한 거머리를 송산댁은 짚신발로 사정없이 짓밟았다. 그 동작은 그냥 짓밟는 것이 아니었다. 발뒤꿈치로 짓밟아선 획 비틀었다. 그 힘차고 빠른 동작은 거머리를 짓이기는 것이었다. 두 번의 그런 동작으로 거머리 두 마리는 딱딱한 논두렁 위에서 검붉은 피와 함께 터져 죽었다.

"워메, 아까운 거. 저 피가 보리밥 한두 그럭으로 맨글어지겠어."

송산댁이 부르르 몸서리를 쳤다.

"참말로 징헌 놈에 물건이여. 일도 되디된디 피할라 뽑아대고 지랄이여, 지랄이. 하느님언 멀라고 저런 쓰잘디없는 것도 맨글어내고 그러신고."

월전댁도 남편의 다리에 흘러내린 피를 보며 진저리를 쳤다.

"사람헌티야 소양없제 저것덜도 다 지각각 한 목심이시."

한기팔이 광주리 앞으로 다가앉았다.

두 사람은 아내들이 따라주는 막걸리부터 한 사발씩 받았다.

"염병, 갈수록 맹물이여."

술사발을 단숨에 비운 김장섭이 이렇게 내뱉으며 풋고추를 된장에 푹 찍었다.

"술도가 놈덜이 돈독이 올라 물얼 자꼬 더 많이 타닝게라."

송산댁이 남편을 편들 듯 말했다.

"오살헐 놈덜, 돈얼 삼태기로 긁어딜임스로도 더 벌겄다고."

월전댁의 목소리가 표독스러웠다.

"어이, 자네도 함께 묵세."

한기팔이 숟가락을 들며 아내에게 말했다.

"아니구만이라, 나 묵고 나왔소."

월전댁이 얼른 물러나 앉았다.

"그려, 자네도 함께 묵드라고."

김장섭도 아내에게 말했다.

"아이고, 아그덜 믹임서 다 묵었소."

송산댁도 물러나 앉으며 손을 저었다.

"묵기넌 머시럴 묵어."

한기팔이 아내를 잡아끌려고 했다.

"참말로 묵었당게라. 얼렁 많이 드시씨요. 어이, 콩이나 손보세."

월전댁이 몸을 일으켜버렸다.

"야아, 그러제라."

송산댁도 몸을 발딱 일으켰다.

그때서야 한기팔과 김장섭은 어쩔 수 없다는 듯 고봉으로 솟은 보리밥에 숟가락을 찔렀다. 쌀이라고는 찾아볼 수 없는 보리밥에는 그래도 큼직큼직한 완두콩이 섞여 있었다. 울타리농사에서 따 넣은 것이었다.

월전댁과 송산댁은 자기네 논두렁을 찾아가 콩나무 둘레의 잡풀들을 뜯기 시작했다. 콩은 따로 비료를 주거나 무슨 품이 들지 않고 저절로 되다시피 하는 농사였다. 그러나 둘레에 잡풀들이 너무 많으면 땅기운을 빼앗겨 콩깍지가 한결 덜 맺혔다. 콩농사는 저절로 된다 해서 내버려두었다간 가을에 낭패를 보기가 십상이었다. 메주 쑬 콩이 모자라게 되면 그건 소박감이었다. 간장 된장은 1년 내내 떨어져서는 안 되는 물건이고, 간장맛 된장맛이 그 집안의 음식맛을 좌우하는 것이고, 안주인만이 만들고 간수하고 쓰는 유일한 것이 간장과 된장이었다. 그 전적인 책임은 논두렁농사에서부터 시작되었다. 텃밭농사가 그렇듯 논두렁에 콩을 박는 것에서부터 거두는 것까지 남자는 전혀 도와주는 법이 없었다. 그리고 아무리 인심 사납고 몰인정한 지주라 하더라도 논두렁의 콩농사에 눈독 들이는 사람은 없었다. 그건 오랜 세월 동안 이어져 내려온 범할 수 없는 풍습이었다. 아이들도 보리나 밀 서리는 눈치껏 해대지만 논두렁의 콩은 절대 손대지 않았다.

"어이, 밥 다 묵었구마."

월전댁과 송산댁은 잡풀을 뜯다 말고 머릿수건을 벗어 손에 묻은 흙을 닦았다. 손가락들 끝에는 푸르스름하게 풀물이 들어 있었다.

"이동만이놈 소문 들으셨소?"

월전댁이 상보로 광주리를 덮으며 남편에게 물었다.

"무신 소문?"

담배를 맛있게 빠는 한기팔의 반응은 심드렁했다.

"이, 아까 들은 것인디 왜놈허고 새가 찌그럭째그럭헌다등마요."

"어째 그런당게라?"

김장섭이 관심을 드러냈다.

"왜놈기술자가 금얼 빼돌리는 눈치라 이동만이놈이 난리당마요."

송산댁이 얼른 대답했다.

"햐 고놈, 꼬시게 잘되았다."

김장섭의 목소리가 시원하게 터져나왔다.

"요시다놈이 뜨고 그놈이 없어져도 나아진 것언 하나또 없으니 원."

한기팔이 혀를 찼다.

"고놈이 찰싹 망해부러야 허는디."

김장섭이 짭짭 입맛을 다셨다.

"그리되기야 어디 쉽겄능가. 그놈이 얼매나 백여시라고." 한기팔이 고개를 젓고는, "아이고, 허리야, 아이고메⋯⋯." 그는 앉음새를 고치며 주먹으로 등을 픽픽 두들겼다.

"어디 봅씨다, 어디."

월전댁이 잽싸게 남편의 등뒤로 옮겨앉았다.

송산댁도 슬그머니 자리를 옮겨 남편의 등을 쿵쿵 두들기기 시작했다.

한기팔과 김장섭의 군살 박인 손발은 희멀건하게 물에 팅팅 불어 있었다. 불볕을 받아 보글보글 물거품이 솟길 정도로 더워진 논물에 벌써 이삼 일째 손발을 담그고 있으니 당연한 것이었다. 남자들의 논매기는 여자들의 밭매기만큼이나 고된 농사일이었다. 무논에 발은 빠지지, 허리는 반으로 접히지, 불볕은 등판을 태우지, 볏잎끝들은 눈이고 얼굴을 찔러대지, 더워진 논물에서 훈김은 솟지, 거머리들은 달라붙지, 피는 얼굴로 쏠리지, 허리는 아프지, 땀은 쉴새없이 흐르지, 논매기는 어지간한 장정이 아니고서는 이겨낼 수 없는 일이었다. 그래서 논매기 10년에 허리 무너져 내려앉고, 밭매기 10년에 엉치 절단난다는 말이 생겨났는지도 몰랐다.

한기팔과 김장섭은 손발만 불어터진 것이 아니었다. 너무 오래 머리를 밑으로 숙이고 있어서 눈에는 핏발이 성성했고, 얼굴은 부석부석했다.

"아이고, 되았네, 되았네. 그만허소." 한기팔은 미안한 생각이 들어 앉은 자리를 약간 피하고는, "어째 날이 요상허덜 안혀? 비가 올라능가?" 그는 미간을 좁히며 하늘을 둘러보았다.

"금메 말이오……, 어째 꿉꿉허기도 헌 것 겉기도 허고……, 벨라 좋덜 않은디요."

김장섭이도 하늘을 둘러보며 느리게 대꾸하고 있었다.

"비가 안 와도 되겠는디……."

한기팔이 곰방대를 쌈지 안으로 디밀며 중얼거렸다.

"하먼이라. 요새 비 오면 안 되제라. 이대로 가면 풍년 들겄는디."

김장섭이 목젖이 다 보이도록 크게 하품을 했다.

"한숨 눈 붙이씨요. 우리 갈랑게."

송산댁이 눈치 빠르게 몸을 일으켰다.

"요놈에 가마니때기 그늘이 손바닥만히서……."

월전댁이 대나무에 걸어놓은 배 터진 가마니때기를 돌리려고 했다.

"어이, 냅두소. 그늘이야 우리가 맨글 것잉게."

한기팔이 손을 내저었다.

대나무줄기 두 개를 논둑에 박고 거기에 배 가른 가마니때기를 하나씩 걸어놓은 것은 나무그늘이라고는 없는 들판에서 그늘을 얻자는 것이었다. 점심을 먹고 나서 낮잠 한숨을 자려면 불볕 막을 그런 그늘이나마 있어야 했다. 해가 중천에 있어도 댓줄기를 엇비스듬하게 박으면 몸 하나 누일 그늘은 만들어졌던 것이다.

"어이, 그 발치에 담뱃가리나 잠 뿌리소."

한기팔이 김장섭에게 쌈지를 던졌다.

"무신 소리다요. 그늘은 나가 맨글라요."

김장섭이 몸을 벌떡 일으켰다.

한기팔이 굼뜨게 몸을 움직여 쌈지에서 집어낸 담뱃가루를 발 뻘칠 만한 풀섶에다 뿌리고, 김장섭은 댓줄기를 뽑아 엇비스듬하게 다시 박고 있었다. 담뱃가루를 뿌리는 것은 뱀의 접근을 막기 위해서였다. 지네와 닭이 상극이듯 담배와 뱀도 상극이었다. 아무리 독한 독사도 담배연기를 세 번만 쐬면 꼼짝을 못하고 비실비실 죽어갔다.

월전댁과 송산댁은 그늘이 커지는 것을 보면서 광주리를 이었다. 광주리가 가벼워졌는데도 그들의 걸음은 올 때에 비해 한결 느렸다. 남편들이 기다리지 않는 탓만이 아니었다. 점심을 굶은 빈속에 차츰 허기가 심해지고 있었던 것이다. 집에 다다를 때까지 그들은 말이 없었다. 허기가 질 때는 말을 하면 더 기운이 파했던 것이다.

월전댁은 광주리를 부뚜막에 내려놓기 바쁘게 바가지에 반나마 물을 떴다. 그리고 장독대로 나갔다. 장독에 띄워놓은 쪽박으로 간장을 떠서 바가지물에 부었다. 손가락으로 휘저어 물을 마시기 시작했다. 점심 대용이었다. 간장 한 종지쯤 탄 물은 땀 많이 흘린 허기를 면하게 해주었다. 간장이 땀으로 빠져나간 염기를 벌충해 주었고, 물은 빈속을 달래주었던 것이다. 긴 여름해에 점심을 거르는 여자들이 으레껏 하는 보신책이었다.

해가 기울면서 습한 바람결이 땅을 훑기 시작했다. 시원한 느낌 이라고는 전혀 없는 눅눅하고 무거운 바람결에 흙먼지가 자욱하게 일어나고, 잎 달린 것들은 모두 어지럽게 흔들리기 시작했다. 바다 쪽 하늘끝이 어둠침침하게 가라앉아 있었고, 구름이 끼지 않은 하늘도 이상하게 충충해져 있었다.

"비가 오겄제라?"

송산댁이 다급하게 사립을 들어서며 물었다.

"이, 와도 큰비가 오겄는디."

벌써 비설거지를 하고 있던 월전댁이 대꾸했다.

"비서러지허시능게라?"

"어이, 자네도 얼렁 가서 허소."

"야아, 그래야겄구만이라."

쥐들이 찍찍거리며 툇마루 아래서 소란을 피웠다.

"보소, 서생원덜도 피난짐 싸니라고 야단났네."

"금메 말이오. 저것덜 설레발치는 것 봉게 참말로 큰비 올랑갑는 디라."

송산댁이 머릿수건에 손을 얹고 달려나가며 말했다.

개미떼가 어디론가 줄을 잇고, 쥐들이 다급하게 집을 벗어나고, 구렁이가 나무를 타고 오르면 큰비가 올 징조였다.

"닌장맞을, 메칠 헛일헜구마. 장마 지내놓고 무신 놈에 비가 또 올라고……"

한기팔이가 사립을 들어서며 투덜거렸다. 밀짚모자를 썼지만 그의 얼굴은 검붉게 익어 있었다.

"아부지, 인자 오시는게라."

월전댁에 앞서 큰딸이 아버지를 맞이했다.

어둠살이 퍼지면서 바람은 더 거칠어졌다. 시커먼 구름도 어느새 하늘을 절반 가까이 가리고 있었다. 반딧불이도 날지 않았고, 모기의 기척도 들리지 않았다.

한기팔은 툇마루에서 저녁상을 받았다. 양념된장에 풋고추와 상추쌈이 먹음직스러웠지만 한기팔은 자꾸 하늘에 신경이 쓰여 입이 달지를 않았다.

저녁을 마치고 나자 날은 완전히 어두워졌다. 하늘을 뒤덮은 구름 탓이었다. 한기팔은 툇마루 기둥에 기대 담배를 피우며 마땅찮은 된소리를 흘리고 있었다. 7월 중순이 넘어 오는 큰비는 아무짝에도 쓸모가 없었던 것이다.

저 멀리서 푸른 불빛이 언뜻 스치는 것 같았다. 그리고 조금 있다가 쇳덩어리 구르는 소리가 감감하게 울려왔다.

"밥 묵었으면 자빠져 자그라!"

한기팔은 느닷없이 소리를 질렀다. 윗방문 앞에서 키득거리던 두 딸의 웃음소리가 뚝 멎었다.

어둠 속에서 바람은 더욱 거칠게 몰아치고 있었다. 어느 집에선가 질그릇이 나뒹굴어 깨지는 소리가 요란하게 울렸다. 월전댁은 큰딸을 데리고 비설거지를 더 야무지게 하느라고 어둠 속을 부산스레 오가고 있었다.

푸른 불빛이 아까보다 훨씬 가깝게 번쩍 스쳤다. 그리고 잠시의
여유도 없이 쇳덩어리 구르는 소리가 확연하게 들려왔다. 번개 치
고 천둥 울리는 것이 그리 간격 없이 맞붙어서는 비가 와도 예사
큰비가 아니라는 것을 알리는 것이었다.

"어째 요상허제라?"

월전댁이 툇마루에 걸터앉으며 불안한 기색을 드러냈다.

"영 지랄 겉구마."

한기팔이 혀를 차고 한숨을 내쉬었다.

후둑, 툭툭, 후두둑…….

울타리의 호박잎이며, 헛간의 박잎, 텃밭의 남새잎에 빗방울들이
떨어지는 소리가 들렸다. 그리고 각을 이룬 여러 갈래의 푸른 불빛
이 번쩍했다. 그 순간적인 불빛에 옆사람의 모습이 환히 보일 정도
로 가까운 거리였다.

꽈당, 우과르쿵당당…….

하늘이 깨지는 듯 크고 요란한 천둥소리가 터지며 머리 위로 쇳
덩어리들이 굴러가고 있었다.

"에그마 엄니!"

딸 하나가 비명을 질렀다.

"아, 끼대들어가 자랑게!"

한기팔이 버럭 소리질렀다.

"이놈으 가시네덜아, 속채려."

월전댁이 급히 토방을 밟고 가며 억누른 소리로 딸들을 꾸짖었다.

쏴아 ─ .

비가 쏟아지기 시작했다. 그 소리만으로도 얼마나 거칠게 쏟아지는 빗줄기인지 알 수 있었다.

아무것도 보이지 않는 짙은 어둠 속에서 바람은 줄기차게 불어대고, 번갯불과 천둥은 연달아 하늘을 뒤흔들어댔다. 그럴수록 비는 더욱 세차게 퍼부어댔다. 잔 물방울들이 툇마루까지 들이치고 있었다. 한기팔은 그 물보라를 맞으며 담배만 뻑뻑 빨고 있었다. 비가 쏟아지기 시작하면서 더위가 밀려가고 있었다.

밤이 깊어가도록 비는 줄기차게 내리고 있었다. 조금 빗줄기가 약해지는 듯했다가도 번개가 치고 천둥이 울리면 빗줄기는 또다시 거칠어져 좍좍 쏟아졌다.

"곤헌디 눈 잠 붙이씨요. 이러고 앉었다고 끄칠 비도 아닌디."

월전댁이 조심스럽게 말했다.

"⋯⋯지랄, 다 된 농새 망쳐뿌네."

한기팔이 한숨을 쉬며 일어났다.

논들이 물에 잠기고 있었다. 벼들이 흙탕물에 휩쓸리고 있었다. 아물아물 잠으로 빠져들며 한기팔은 꿈도 아니고 생시도 아닌 상태로 그런 광경을 보고 있었다.

그런데 요란한 빗소리 속에서 종소리와 사람들의 외침이 울리고 있었다.

"한샘, 한샘!"

어떤 사람이 한기팔을 불러댔다.

"한샌, 한샌, 얼렁 나와! 방죽 터져!"

외침이 더 커졌고, 딸랑거리는 종소리가 이쪽으로 가까워지고 있었다.

"누, 누구여!"

한기팔은 놀라서 밖으로 나섰다.

"나 장샌이여. 방죽 터지는디 얼렁 나오소!"

"이, 알겠네."

한기팔은 그때서야 사태를 알아차리고 토방으로 뛰어내렸다. 짚신을 발에 꿰던 그는 소스라치게 놀랐다. 토방에까지 물이 차오르고 있었던 것이다. 마당에 물이 찰 정도면 논들은 이미 물에 잠겨 버린 것이었다.

"어이, 어이! 일어나소, 집에 물 차네."

한기팔은 방에다 대고 소리쳐 아내를 깨웠다.

"무, 무신 소리다요?"

잠 덜 깬 월전댁의 소리였다.

"집에 물 차올릉게 정신 채리란 말이여. 방죽 터져 나넌 나간게."

"워메, 방죽이 터져라!"

월전댁이 마루로 뛰쳐나왔다. 그러나 한기팔은 벌써 비 쏟아지는 마당을 가로질러 가고 있었다.

집집마다 나선 남자들이 어둠 속의 빗줄기를 뚫고 고샅을 빠져나가고 있었다. 고샅은 무릎에 가깝도록 물이 차 있었다.

"어떤 방죽이 터진다는 것이여?"

"몰르겄어."

"요리 억수로 퍼붓는 비에 어떤 것 한나만 터지겄어?"

"둘 다 터지면 어쩌라고."

사람들은 빗소리를 이기려고 목소리들을 한껏 높이고 있었다.

방죽은 어느 것도 터지면 안 되었다. 간척지 가운데 자리잡고 있는 저수지 방죽이 터지면 그 물이 간척지 전체를 뒤덮는 것은 물론이고 집들까지 다 떠내려 보내고 말 거였다. 그런데 바다를 막은 방죽이 터지면 더 큰일이었다. 바닷물이 밀어닥치는 날에는 간척지 전체가 다시 바다가 되어버리는 것이었다. 한 해 농사만 망치는 것이 아니라 농토를 전부 잃게 되었다.

간척농장의 모든 소작인들은 총동원되어 두 패로 갈라졌다. 한 패는 저수지에 배치되었고, 다른 패는 바다방죽에 배치되었다. 방죽이 터진 것이 아니고 만일의 사태에 대비하자는 것이었다. 비가 줄기차게 퍼부어대는 어둠 속에서 소작인들은 서로 손을 잡을 수 있는 간격으로 늘어섰다. 그렇게 되기까지는 사무원과 농감들이 종을 흔들어대고 소리를 질러대고 하는 시끌벅적한 북새통을 거쳐야 했다. 불이라고는 밝힐 수 없는 캄캄한 어둠 속에서도 그만큼 일이 처리된 것은 소작인들이 솔선해서 몸과 마음을 한덩어리로 뭉친 때문이었다.

모든 소작인들은 계속 번개가 치고 천둥이 울리면서 비가 쏟아지는 어둠 속에서 자기 앞의 방죽에 이상이 생기나 어쩌나를 줄곧 살펴야 했다. 그들은 논에 대한 걱정은 진작 접어버렸다. 논길을 타고 방죽으로 오는 동안에 벌써 논들이 물에 잠겨버린 것을 확인했던 것이다.

그런데 시간이 흐를수록 그들은 새로운 걱정이 생기기 시작했다. 물이 자꾸 차올라 방죽의 비탈로 조금씩 밀려 올라가면서 떠오른 것이 집생각이었다. 간척지 전체에 그리 물이 불어나면 집들이 무사할 리 없었던 것이다. 잠시도 그칠 새 없이 퍼부어대는 폭우를 수문들은 감당하지 못하고 있었다. 저수지의 범람을 막으려고 저수지 수문에서는 물을 쏟아내고, 폭우는 줄기차게 쏟아지고, 바다방죽에 있는 수문들은 그 많은 양의 물을 바다로 내쏟지 못해 시간이 갈수록 간척지의 물은 불어날 수밖에 없었다.

"집이 어찌 될랑고?"

"물이 다 찼겄는디."

"얼매나 찼을꼬?"

"방꺼정 찼을란지도 몰르겄는디."

"그리되면 큰탈 아니여?"

"탈이고말고."

"이러고 있을 일이 아니딜 안혀?"

"여그넌 으쩌고?"

그들은 밤비를 너무 오래 맞아 벌벌 떨면서 집 걱정을 했다. 그러나 집으로 갈 수도 없었다. 방죽을 지켜야 하기 때문만이 아니었다. 간척지의 물이 너무 불어나 집으로 갈 수도 없는 형편이었다.

한편, 가장들이 없는 집집마다 소란이 벌어지고 있었다. 토방을 넘은 물이 마루로 차오르면서 벽에 붙은 흙이 무너져내리기 시작했다. 돼지의 꽥꽥거리는 비명소리와 닭들이 꼬꼬댁거리는 울음소리가 천둥소리와 빗소리에 섞이기 시작한 것도 그즈음이었다. 마루를 넘어선 물은 방으로 쏟아져 들어왔다.

"엄니, 엄니!"

막내딸이 겁질려 월전댁의 치마를 붙들고 매달렸다.

"아이고메, 이 일얼 어쩔끄나!"

월전댁이 방 안을 휘도는 물을 내려다보며 부르짖었다. 등잔의 흐린 불빛이 방 안을 비추고 있었다. 목침이며 나무재떨이가 물 위로 떠올랐다.

뿌지지직!

집 어디에선가 울리는 소리였다. 그건 나무와 나무가 비비틀리는 소리였다.

"아이고, 저것언 또 먼 소리여!"

두 딸을 싸안은 월전댁이 어쩔 줄을 몰라 허둥거렸다.

"엄니, 여그서 나가야 되덜 안컸소?"

큰딸이 어머니보다 침착하게 말했다.

"가먼 어디로 갈 것이냐?"

"저그 뒷산으로 가야제라."

"뒷산? 아서라, 갔을라먼 진작에 갔어야제. 여그가 이 꼴이먼 거그 가는 질언 한 질이 넘게 물이 찼을 거이다."

울상이 된 월전댁은 고개를 저었다. 월전댁의 말은 맞았다. 뒷산까지는 10리가 넘었고, 집들보다 낮은 평지길을 가야 했던 것이다.

"요런 때 남정네년 다 나가불고……."

월전댁은 아들 병구라도 있기를 바라고 있었다. 그러나 아들을 일본사람의 과수원에 보낸 것이 벌써 3년째였다. 소작농사에 붙들어 매봤자 소출이 더 느는 것도 아니었고, 무논농사 배워봤자 앞날이 빤했던 것이다. 왜놈 머슴살이라는 께름칙함이 없지 않았지만, 과수 기르는 기술을 배울 수 있다고 했고, 머슴살이 새경보다 곱절이 되는 월급을 준다고 했다. 남편은 내키지 않아 했지만 자신이 우겨 200리 밖으로 보냈던 것이다.

"엄니, 송산댁헌티 소리질러 볼게라?"

"이, 송산댁언 어찌고 있는지 몰르겄다. 그 집 아그덜언 에린디."

월전댁은 그때서야 송산댁을 생각해 내며 고개를 끄덕였다.

삐끄덕, 끼이익…….

나무들이 비틀리고 어긋나는 것 같은 소리가 더 심하게 들렸다.

"엄니, 집 무너질랑갑네."

막내딸이 천장을 올려다보며 소리쳤다.

"요런 방정맞은 주딩이! 고런 소리 허는 것 아니여."

월전댁은 질색을 하며 막내딸의 머리를 쥐어박았다. 그러나 그건 곧 자신의 마음이었다. 아까부터 그 불안감으로 마음이 조마조마했던 것이다. 간척지 공사가 끝나고 모두가 허술하게 지은 집들이었던 것이다. 돈들이 없으니 어찌할 수 없는 일이었다. 간척지 건너편의 일본기와집들에 비해 볼품없고 초라한 초가집들이었다.

"엄니, 엄니, 송산댁이 없구마."

온몸이 물에 젖은 큰딸이 방으로 뛰어들며 숨이 가빴다.

"먼 소리여?"

"송산댁이 아그덜 딜고 피난 떠났는갑소. 아무도 없당게라."

"아이고, 무정헌 사람. 갈라면 함께 가얄 것 아니여."

월전댁은 물속에서 발을 굴렀다. 물은 어느덧 무릎 가까이 차오르고 있었다.

"아니여, 딴 집에 가 있을란지도 몰러. 송산댁이 그리 야박허덜 안혀."

작은딸의 또렷한 말이었다.

"잉, 그럴란지도 몰르겄다."

큰딸이 얼른 고개를 끄덕였다.

"그나저나 요 일얼 으째야 좋다냐. 비나 잠 끄치든지 날이나 잠 새든지……."

월전댁이 어찌할 줄을 모르며 허둥거렸다.

한편, 저수지 쪽에서는 흘러 들어오는 물길을 막아보려고 벌써 몇 시간째 안간힘을 하고 있었다. 그러나 앞이 분간이 안 되는 어둠 속에서 가마니에 흙을 퍼담는 작업이 더뎠고, 물살이 거세 가마니들을 떠넘기는 바람에 별다른 효과를 보지 못하고 있었다.

"어, 어! 밀지 말어!"

"왜 그려, 왜?"

"어야야야……, 아이고, 사람 살리소오!"

“사람이 물에 빠졌다, 물에!”

“어디여, 어디!”

“아이고, 사람 살리소오, 사람…….”

비 쏟아지는 어둠 속에서 아무것도 보이지 않았다. 절박한 외침만이 빗소리에 섞이다가 얼마 가지 못하고 사라졌다.

장닭의 그 장쾌한 울음소리도 없이 어둠이 서서히 걷혀가고 있었다. 희끄무레해지는 어둠 속에서 제일 먼저 드러난 건 질펀하게 물이 차버린 간척지였다. 논이란 흔적조차 찾을 수 없고, 끝없이 넓은 간척지는 또 하나의 바다로 변해 있었다. 밤새도록 비를 맞으며 방죽을 지킨 소작인들은 그 물바다를 보고 모두 방죽에 엉덩방아를 찧었다. 그 많은 물이 다 빠지자면 며칠이 걸릴 것이고, 그러는 동안에 물속에 잠긴 벼들은 다 상해버릴 거였다. 그런데 비는 그칠 기미가 없이 계속 내리고 있었다.

그러나 날이 더 밝아지면서 소작인들이 더 놀란 것은 그 물위에 고리짝, 반닫이, 옷가지, 이불, 바가지, 물통, 장군, 새갓통 같은 온갖 살림살이와 농기구들이 떠다니는 것은 말할 것도 없었고, 초가지붕까지 떠 있었던 것이다.

“쩌, 쩌, 쩌것이…….”

“아이고메…….”

“저걸 으쩐다!”

그들은 말을 못하고 발을 구르고 가슴을 쳤다. 집까지는 헤엄을 쳐서 갈 거리가 아니었던 것이다.

"아니, 쩌그 저것이 머시여!"

"어디 말이여?"

"지붕에 사람덜이 안 탔다고?"

"그렇제?"

"잉, 그렇구마. 대여섯 사람 되는디."

약간 약해진 빗발 사이로 저 멀리 지붕에 올라탄 사람들의 모습이 보이고 있었다. 그 위치면 동네에서 많이 떠내려온 것이었다. 지붕 위의 사람들은 흰 천을 흔들어대고 있었다.

"그려, 요 앞꺼정만 와라."

"아이고, 저거럴……."

"쬐깨만 더 와라, 쬐깨만……."

사람들은 애가 달아 빈 몸짓들을 하고 있었다.

그런데 얼마가 지나자 지붕이 물속으로 푹 가라앉았다. 그 순간 사람들의 모습도 자취를 감추었다. 잠시 후에 지붕이 다시 떠오르는 것 같았다. 그러나 그건 지붕이 아니라 지붕이 부서지고 난 짚더미였다. 사람들의 모습은 더 이상 보이지 않았다.

그 광경을 바라보고 있던 방죽의 사람들은 넋이 나간 것처럼 멍하니 서 있었다. 비가 내리고 있는 하늘에는 아직도 새카만 먹구름이 두껍게 끼어 있었다.

"수문 쪽으로 모여, 수문!"

농감들이 종을 흔들어대며 이쪽저쪽으로 뛰고 있었다. 빗속에 갯내음이 짙게 풍기고 있었다. 밀물 때였다.

소작인들은 여러 개의 수문 중에서 가까운 쪽으로 발길을 옮겼다. 밤새도록 비를 맞으며 떨어낸 그들의 얼굴은 푸르딩딩하게 불어 있었다. 짚신이 어디서 벗어졌는지 맨발인 사람들이 태반이었다.

"바닷물 못 들어오게 수문얼 닫아야 혀. 심덜 써, 심!"

농감이 외쳐대고 있었다.

간척지에 찬 물이 바다로 빠져나가지 못하고 오히려 바닷물이 밀려들고 있었다. 바닷물의 힘에 간척지의 물이 지고 있었다. 밀물이 밀려들면서 파도가 방죽을 때리기 시작했다. 위에서는 비가 내리고 아래서는 방죽을 때린 파도가 물보라를 일으키고, 방죽 위에선 사람들은 이중으로 물벼락을 맞고 있었다.

수문들을 닫은 소작인들은 방죽 위에 퍼질러앉고 말았다. 허기에 지친 데다 집 걱정까지 겹쳐 그들은 거의 탈진상태에 빠져 있었다. 집으로 돌아가려 해도 갈 길이 없었다.

비는 밤보다 심하지는 않았지만 약해지는 듯하다가 다시 강해지고, 멎는 듯하다가 또다시 쏟아지고 하면서 오전 내내 내리고 있었다. 바다 쪽 방죽의 반이 넘는 높이로 밀물이 실리면서 간척지 쪽의 물도 자꾸 불어나고 있었다. 그런데 썰물이 될 즈음에 손잡이가 달린 일본식 나무물통, 양철통 같은 것들을 수십 개 날라왔다. 사람들은 그것으로 무엇을 할 것인지 금방 알아챘다. 썰물과 함께 다시 수문을 열었다. 그리고 물통 하나에 여덟 사람씩 조가 짜여졌다. 간척지의 물을 바다로 퍼내자는 것이었다.

"일얼 시캐묵을라면 주먹밥이라도 한 뎅이썩 주고 시캐묵으씨요."

누군가가 농감에게 퉁명스레 말했다.

"일얼 시캐묵어? 그려, 낼꺼정 집에 안 가고 잡으면 물 안 퍼내도 돼야."

농감이 눈을 치뜨며 내쏘았다. 소작인들의 약점을 여지없이 찌른 것이었다.

물통으로 물을 퍼낸다는 것은 얼핏 생각하면 조가피로 바닷물을 떠내는 것처럼 어이없을 수도 있었다. 그러나 그건 한 사람이 할 때 그럴 뿐이었다. 그렇지만 3천 명이 넘는 소작인들 절반이 바다 방죽에 나와 있었다. 그들이 힘을 합쳐 물을 퍼내기로 한다면 대여섯 개의 수문으로 빠져나가는 수량에 못지 않을 거였다.

"그려, 한시라도 빨르게 집에 가봐야제."

"얼렁 허세, 얼렁."

소작인들은 금방 한덩어리가 되었다. 밤새 어찌 되었는지 모를 처자식들의 안부가 조바심이 날수록 물을 한 통이라도 더 퍼내 빨리 길을 틔워야 했던 것이다.

점심때가 지나면서 비는 가랑비로 변했다. 구름 색깔도 회색으로 엷어지고 꽤나 높아져 있었다.

"인자 가는 비구마!"

"잉, 그려. 다딜 심내드라고."

소작인들은 서로 힘을 돋워가며 물 퍼내기에 더 열을 냈다. 비가 그쳐가니 물 퍼내는 것이 그만큼 효과가 나게 되는 것이었다.

수문들로 물이 쏟아져 나가고, 소작인들이 쉴새없이 물을 퍼내게 되자 물에 떠돌아다니던 온갖 것들이 물살을 따라 방죽으로 밀려들었다. 물통 같은 것들은 건져서 바로 물푸기에 쓸 수 있어서 좋았다. 그런데 돼지나 닭 같은 것들이 죽어서 둥둥 떠내려왔다. 사람들은 눈살을 찌푸리며 외면했다.

"아니, 저것이 머시여!"

"엉? 사, 사람……."

여자의 시체가 떠내려오고 있었다.

사람들은 시체를 건져올려 방죽 위에 올렸다. 금방 주위의 사람들이 와르르 몰려들었다. 구경하자는 것이 아니었다. 혹시 자기 식구인지 몰라 확인하려는 것이었다.

기나긴 방죽에서 건져올려진 시체는 한두 구가 아니었다. 거의가 여자와 아이들이었다. 가끔 섞여 있는 남자들은 노인이었다. 시체를 본 소작인들의 물푸기는 더욱 빨라지고 있었다. 비는 완전히 멎어 있었다. 간척지의 물은 표나게 줄어들고 있었다. 방죽의 물높이가 낮아지는 것을 물을 퍼내면서 직접 확인하고 있었다. 아무것도 먹은 것 없는 사람들은 진땀을 흘리고 있었고, 입마다 침버캐가 끼어 있었다.

해거름이 가까워 물을 푸던 소작인들은 와, 와 환성을 지르며 앞다투어 물속으로 뛰어들고 있었다. 모두 미친 것 같았다.

"안 돼야, 안 돼야, 다덜 서!"

농감들이 악을 써대며 종을 흔들어댔다. 그러나 그 외침이나 종소리는 공허하게 흩어질 뿐 누구 하나 뒤를 돌아보지 않았다.

소작인들이 무질서한 듯하면서도 물속에서 일정한 넓이를 유지하며 달려가고 있는 것은 우마차가 다니는 논길이었다. 간척농지의 추수 편의를 위해 닦아놓은 그 길은 한두 개가 아니었다. 그런데 그 길의 물 깊이가 무릎 정도밖에 안 된 것을 확인한 소작인들은 그만 물통을 내동댕이치고 집으로 달려가고 있었던 것이다. 그러나 집으로 가지 못하고 방죽을 치며 통곡하는 사람도 몇이 있었다. 건져올려진 시체가 식구인 사람들이었다.

한기팔은 헐레벌떡 집 안으로 뛰어들었다. 마루에 아내와 아이들이 앉아 있었다.

"아이고, 여보!"

한기팔은 환성을 질렀다.

"아이고메, 워째 인자 오시오. 나가 더 못살겄소, 더 못살겄소오……."

월전댁이 갑자기 통곡을 터뜨리며 남편을 붙들고 매달렸다.

"워째 이려, 워째……?"

한기팔은 어리둥절했다.

"아이고메, 나가, 나가 큰딸년 잡아묵었시니 어찌 더 살겄소오, 나가……."

"머시여……!"

한기팔은 머리가 쿵 울리는 현기증을 느끼며 두리번거렸다. 어지러운 시야에 잡히는 건 분명 딸이 둘뿐이었다.

"우리럴 먼첨 지붕에 올래놓고 언니넌…… 언니넌……."

작은딸이 울음을 터뜨렸다. 막내딸도 따라서 울기 시작했다.

한기팔은 진흙범벅인 마루에 털썩 주저앉았다. 시집보낼 나이가 다 되었던 큰딸의 모습이 선하게 떠올랐다.

방문 위에까지 물이 찼던 흔적이 선명하게 남아 있는 집채는 삐딱하게 기울어져 있었다. 벽의 아래쪽 흙은 거의 다 떨어져나가 수수깡으로 엮은 속뼈가 다 드러나 있었다. 헛간은 내려앉았고, 텃밭은 진흙탕을 뒤집어쓰고 망가졌고, 마당은 질퍽거리는 진흙투성이였다.

한편, 뒷집의 김장섭은 정신을 잃을 듯 울고 있는 아내를 붙들고 소리치고 있었다.

"울지만 말고 똑똑허니 말얼 혀! 창동이가 어찌 되았난 말이여, 창동이!"

세 살 먹은 딸은 아내가 업고 있는데 여섯 살 먹은 아들이 보이지 않았던 것이다.

"나가…… 나가…….."

전신을 부들부들 떨고 있는 송산댁의 눈이 희게 뒤집히고 있었다.

"어이, 정신 채려! 정신 채려!"

김장섭은 몸이 달아 아내를 흔들었다. 그러나 송산댁은 정신을 잃고 피그르 쓰러졌다.

김장섭이가 집으로 들어섰을 때 송산댁은 얼마나 울었는지 눈이 퉁퉁 부어 있었다. 그리고 헛것을 보는 것 같은 눈으로 와들와들 떨고 있었다.

그런 변을 당한 집이 한두 집이 아니었다. 집이 무너진 집은 훨씬 더 많았다. 물이 빠지면서 허물어진 것이었다.

"어쩌겄능가, 다 상허지 않고 그만헌 것얼 다행으로 생각히야제. 우리보담 더 기맥힌 사람덜도 많응게. 자네 안직 나이 젊은게 자석이야 또 낳면 되는 것 아니여. 안사람 잡지덜 말어. 자석 잃은 에미 맘언 애비 맘보담 수백 곱절 씨리고 아픈 것잉게. 알겄능가?"

"야아……."

"그려, 심내세. 산목심언 또 살아야제."

한기팔이 김장섭의 어깨를 다독거렸다.

하룻밤과 한나절 동안 퍼부어댄 폭우는 김제·만경 평야도 물바다로 만들었다. 이동만은 길이 트이기를 기다리며 안달을 해대고 있었다. 비가 그치고 하루 반 동안 조바심을 친 그는 다음날 아침 일찍 조랑말을 몰았다. 겨우 드러난 길은 진흙탕이었다. 그러나 급한 그의 마음은 진흙탕쯤 아랑곳하지 않았다. 논에는 아직도 흙탕물이 차 있었다. 벼들은 흙탕물에 잠겨 맥을 못 쓰고 있었다. 그런 들판을 바라보며 지주들의 가슴이 내려앉듯 이동만의 가슴에도 흙탕물이 가득 차 있었다. 그가 지주가 아니면서도 지주와 똑같은 심정인 것은, 아니 지주보다도 더 절박한 심정인 것은 사금광 때문이었다. 지주들이야 흉년이 들거나 말거나 평년작에 맞추어 소작료를 내라고 어거지로 밀어붙이는 것이 상례였다. 그러나 사금광이 물에 휩쓸려 망쳐졌으면 그는 어디 비빌 데가 전혀 없었던 것이다.

이동만은 조롱말의 엉덩짝이 부르트도록 채찍을 휘둘러 반나절 만에 자신의 사금광에 도착했다.

"아이고메, 나넌 망혔네!"

이동만은 진흙탕으로 뛰어내리며 탄식을 토했다.

사금광에도 아직 물이 차 있을 줄은 알았다. 그런데 논을 파낸 흙더미들이 어디로 갔는지 보이지 않았다. 조바심치며 걱정했던 것이 그대로 적중한 것이었다. 그 흙더미들은 보나마나 물에 휩쓸려 사금광을 메웠을 것이 틀림없었다. 다른 데로 흘러갔다고 해보았자 그건 많은 양일 수가 없었다. 그 흙을 다시 파내자면 생돈이 깨져나갈 판이었다. 이동만은 그런 손해를 보게 될까 봐 이틀 밤을 잠을 자지 못했던 것이다.

"요런 빌어묵을 놈덜이 이적지 코빼기도 안 비치고 있네!"

진흙탕물 속에 덜렁 서 있는 목조건물을 바라보며 이동만은 열을 뿜어냈다. 그 건물은 사무실 겸 채금기를 돌리는 공장이었다. 사람 손으로 흙을 물에 일어 금석(金石)을 골라내던 예전 방법을 기계로 바꾼 것이었다.

"우노사와 그 개자석이 요리 헛트로 헝게 십장놈덜도 그대로 보배우는 것이여."

이동만은 제 성질을 이기지 못하고 이빨을 뿌드득 갈아댔다.

근디, 그것언 어찌 되았제!

이동만의 머리에 퍼뜩 떠오르는 것이 있었다. 금석은 5일 간격으로 모아 금을 빼내도록 하고 있었다. 그런데 폭우가 쏟아지기 시작한 날이 4일째였다. 그 금 박힌 돌들을 잘 간수했는지 어쩐지 뒤늦게 생각이 미쳤던 것이다.

이동만은 허겁지겁 진흙탕물로 뛰어들었다. 옷이 젖거나 말거나 그는 한쪽 다리를 절룩거리며 목조건물을 향해 내달았다.

목조건물 안은 난장판이 되어 있었다. 진흙을 뒤집어쓴 기계며 연장들이 어지럽게 널려 있었다. 사무실 문도 열려 있었다. 이동만은 부리나케 사무실로 들어갔다. 사무실 안도 난장판이기는 마찬가지였다. 책상이며 의자 같은 모든 물건들이 엎어지고 뒤집어져 있었다. 금석을 보관하는 커다란 함도 넘어져 있었다. 이동만은 반쯤 열린 문짝을 열어젖혔다. 함 속은 텅 비어 있었다.

그렇겠제. 요것얼 미리 안 치웠음사 지가 사람이 아니제.

이동만은 비로소 안도했다. 그러나 또 혹시나 하는 생각이 들었다. 그는 서슴없이 정강이까지 차는 흙탕물에 손을 집어넣어 바닥을 더듬기 시작했다. 금석들이 바닥에 쏟아져 있을지도 모른다 싶었던 것이다. 너무 갑자기 쏟아진 비라 손을 못 썼을 수도 있었다. 만약 그렇다면 아무도 없는데 그걸 혼자 차지할 마음도 동하고 있었다. 그러나 손을 아무리 휘저어대도 돌덩이는 하나도 잡히지 않았다.

헛수고만 한 이동만은 옷을 다 버린 채 조랑말을 다시 몰아댔다. 김제로 우노사와를 찾아가는 것이었다. 우노사와의 태만을 닦달할 겸 금석을 잘 치워놓았는지 확인해야 했던 것이다.

우노사와는 하숙집에 있지 않았다.

"어제 군산 가서 안 들어왔는데요."

주인인 일본여자의 대답이었다.

"어제는 물도 다 안 빠졌는데 군산을 가요?"

이동만은 벌컥 역정을 냈다.

"아니, 왜 나한테 화를 내지요? 인력거는 뒀다 어디다 쓰나요?"

일본여자는 앙칼지게 내쏘며 돌아섰다.

요런 빌어묵을 놈이 또 술타령허로 가서 지집년 끼고 자빠졌구나!

이동만은 그만 울화가 뻗쳐올랐다.

"이려! 이려!"

이동만은 터무니없이 고함을 지르며 조랑말을 채찍으로 갈겨대고 있었다. 조랑말은 기를 쓰며 진창길을 달리고 있었다. 오가는 사람들의 눈길이 이동만에게 쏠리고 있었다.

군산으로 곧게 뻗은 신작로를 달리며 이동만은 사금사업에 손댄 것을 또다시 후회하고 있었다. 그동안 돈만 무더기로 들어갔지 전혀 재미를 보지 못했던 것이다. 사금은 금광인데 어쨌거나 금이 펑펑 쏟아져야 했다. 그러나 그보다 더 문젯거리가 동업자 우노사와였다. 금이 아무리 많이 나와보았자 현장에 붙어 있는 우노사와가 속이려고 들면 어찌할 도리가 없었다.

벌써 그런 눈치를 채고 우노사와와 다툰 것도 한두 번이 아니었다. 그런데 불화가 생길 때마다 우노사와의 태도는 좋아지는 게 아니라 오히려 더 불손해지는 것이었다. 기분 나쁘게 사람을 의심한다는 것이었고, 지금이라도 그만두려면 그만두라는 식의 배짱을 부렸다.

이동만은 분해서 미칠 것 같았지만 성질대로 한다고 해결될 문제가 아니었다. 이미 구렁텅이에 빠질 대로 다 빠져 있는 형편이었다. 그 상태에서 손을 뗀다면 쫄딱 망하는 판이었다. 우노사와가 속임수를 쓰지 못하게 막을 수밖에 없었다. 그래서 날마다 현장을 지키기로 했다. 그랬더니 불화는 더 심해지고, 주먹패 등쌀에 시달리는 일까지 벌어졌다. 생선 있는 데 구더기 슬더라고 사금판에는 군산의 일본주먹패들이 설치고 있었다. 그들이 달라붙어 턱없이 많은 돈을 내놓으라고 협박이었다. 그놈들을 물리칠 방법으로 재깍 생각해 낸 것이 사찰과장이었다. 평소에 공들였던 덕을 톡톡히 볼 기회였다.

"그거 무슨 사고를 낸 것도 아닌데……, 거 돈 있는 쪽에서 좀 줘서 적당히 구슬리시오. 세상살이란 다 좋은 게 좋은 것 아니겠소."

사찰과장이 어물어물 발뺌을 하고 말았다. 농장에서 쫓겨날 때도 그랬지만 이번에도 같은 일본사람이라고 감싸고 돌아가는 눈치가 역연했다.

이동만은 또 죽 쒀서 개 좋은 일만 시키는 것 같은 쓰린 심사를 곱씹으며 점심때가 지나서야 군산에 도착했다. 마음이 급해 아침도 먹는 둥 마는 둥 했던 터라 몹시 배가 고팠다. 그러나 점심을 먹으며 시간을 지체할 수가 없어서 우노사와가 잘 다니는 요정으로 곧장 조랑말을 몰았다.

군산은 물난리를 당한 것 같지 않게 말끔했다. 바로 바다 옆이라 물이 잘 빠진 탓이었고, 여기저기 사람들이 나서서 청소를 하고 있는 것이 보였다. 말끔한 시가지에 비해 이동만과 조랑말의 꼴은 가관이었다. 몇십 리 흙탕길을 사족을 못 쓰고 달려오느라고 조랑말의 다리며 배는 온통 흙투성이였고, 이동만의 얼굴이며 옷에도 말 뒷발이 튕긴 흙들이 묻어 지저분하기 이를 데 없었다.

"우노사와 상 있소?"

이동만은 낯익은 주인여자의 인사도 받지 않고 이렇게 내질렀다.

"예, 저쪽 방에……."

일본여자는 기분 나쁜 기색으로 이동만에게 눈을 흘기고 종종걸음을 쳤다.

"우노사와 상, 우노사와 상, 당신네 이상이 찾아왔어요, 이상이."

긴 쪽마루를 콩콩거리고 뛰어가며 주인여자가 목청을 높이고 있었다.

이동만은 여자를 따라 자갈 깔린 길을 저벅저벅 걸어갔다.

그런데 어느 방문이 열리며 네댓 명의 남자들이 우르르 몰려나왔다. 그들은 서둘러 구두를 찾아신고는 이동만을 피하듯 하며 대문 쪽으로 나가고 있었다.

아니! 저것이…….

이동만은 주춤 멈춰섰다. 그들 중에 눈에 잡히는 얼굴이 있었다.

가만있거라, 저게, 저게 누구더라…….

이동만은 그 얼굴을 다시 확인하려고 했지만 그들은 벌써 대문 밖으로 나가고 있었다.

저게……, 저게…….

알 듯 알 듯 하면서도 그 얼굴이 누군지 딱 잡히지 않았다.

"무슨 급한 일이 있어서 여기까지 찾아오고 그러시오? 물이 다 빠지고 일을 시작하자면 아직 멀었는데."

쪽마루로 나선 우노사와가 하는 말이었다.

그 순간 이동만은 그 얼굴이 누군지 퍼뜩 깨달았다. 그건 바로 자신에게 돈을 뜯으려고 덤비는 주먹패 몇 놈 중의 하나였다.

그런 놈하고 어울리다니, 저놈하고 다 한패거리 아닐까?

이동만은 머리가 쿵 울리며 현기증을 느꼈다. 자기가 시달림을 당하는데도 본 척도 하지 않았던 우노사와의 태도가 뒤늦게 되짚였다.

"저놈들하고 뭘 하고 있었소?"

이동만은 우노사와 쪽으로 내달으며 소리쳤다.

"예, 심심해서 화투 좀 쳤지요."

허리에 두 손을 올리고 선 우노사와는 유들유들하게 웃고 있었다.

"저, 저놈들 속에 나한테 돈을 내놓으라고 협박하는 불량배도 끼여 있던데, 그런 놈들하고 화투를 쳐? 그놈들하고 한패지?"

이동만은 곧 우노사와의 멱살을 잡아챌 것처럼 손짓하며 고함을 질렀다.

"무슨 말을 그리 섭섭하게 하시오. 내가 누굴 위해 그런 놈을 끼워준 줄이나 알고 그런 말 하시는 거요? 다 이상을 위해서요. 그런 놈 하나쯤을 빼내 이렇게 구슬려놔야 이상한테 함부로 못할 것 아니겠소."

"뭐, 뭐라고……?"

이동만은 어리둥절해졌다.

"사람 공은 모르고 왜 그렇게 억지소리를 합니까?"

우노사와는 여유만만하게 쪽마루에 앉으며 여전히 웃음을 흘리고 있었다.

이동만은 우노사와의 말을 종잡을 수가 없었다. 그렇다고 뭐라고 더 할 말도 없었다. 믿음이 가지 않는 말이었지만 일단 접어놓기로 했다.

"그건 그렇다 치고, 나흘치 금석은 우노사와 상이 잘 치워뒀지요?"

"아니, 금석이라니요?"

우노사와는 의아스런 얼굴이 되었다.

"나흘치 있잖소, 나흘치! 비 온 날까지 모아둔 나흘치 말이오!"

이동만은 참아왔던 열이 뻗치고 있었다.

"그걸 왜 날보고 이래요? 그날 퇴근하고 비가 쏟아져 난 오늘까지 거기 발걸음도 안 했어요."

우노사와는 불쾌한 얼굴로 내쏘았다.

"뭐, 뭐라구? 궤짝이 텅 비었던데 그럼 그게 어떻게 된 거요?"

"나야 모르겠어요. 숙직한 사람이 있을 것 아니오."

"숙직……."

"이상, 이런 식으로 사람 의심하고 무시하면 나 기분 나빠서 이상하고 더 일 못하겠소. 딴사람 구해보시오."

우노사와는 정면공격을 가하고 들었다. 그건 이동만의 결정적 약점인 동시에 금석을 빼돌린 자신의 행위를 은폐할 수 있는 가장 좋은 수단이었던 것이다.

"아니오, 아니오, 내가 우노사와 상을 의심할 리가 있소. 마음이 급해 그리된 것이오. 기분 나빴으면 이해하시오. 내가 우노사와 상을 안 믿으면 누굴 믿겠소."

이동만은 그만 기가 꺾여 우노사와의 비위를 맞추고 들었다. 그나마 우노사와가 없어지면 꼼짝없이 망하는 판이었다. 이제 돈을 벌기를 바라지 않았다. 디민 본전만 찾으면 더 바랄 것 없이 깨끗이 손을 씻을 참이었다.

"이삼 일이면 물이 다 빠질 테니 다시 일할 준비나 하시오. 물살에 구덩이가 다 메워졌을 것 아니오."

"그럽시다, 그럽시다……."

이동만은 힘없이 고개를 끄덕이며 돌아섰다. 또 생돈이 깨져 나갈 것을 생각하면 가슴이 찢어지고 있었다.

니놈이 주먹패덜허고 내통꺼정 혀서 나럴 둘러묶고 위협허고 혀? 니만 주먹패 있냐? 나도 있다. 어디 누가 이기는가 보자. 나가 어찌서 번 돈인디. 놀부 돈언 빼묵어도 나 돈언 그리 쉽게 못 빼묵어. 하면, 못 빼묵제.

이동만은 흙투성이 마차에 오르며 자기도 주먹패를 동원할 결심을 하고 있었다. 우노사와를 꼼짝 못하게 조여 반드시 본전만은 되찾아야 했던 것이다.

며칠이 지나 신문들은 그 폭우의 전국적 피해를 보도했다. 사망자가 2,657명이었고, 손실된 가옥이 3만 7,438호에 이르고 있었다.

38

그리운 이름 옥비

"아아……."

강의실을 벗어나 밖으로 나오는 순간 송가원은 자신도 모르게 신음 같은 탄성을 입에 물며 양껏 심호흡을 했다. 5월의 눈부신 햇살과 함께 풍겨오는 꽃향기가 기가 막혔던 것이다.

포근한 햇살 속에서 화단의 꽃들이 만개해 있었다. 벌들과 나비들이 꽃에서 꽃으로 날아다니고 있었다. 봄이 무르익은 그 아름다운 정경을 송가원은 물끄러미 바라보고 있었다. 그의 눈앞에는 고향의 장다리밭이 펼쳐지고 있었다. 샛노란 꽃을 피운 키 큰 장다리밭에 수없이 날고 있는 하얀 나비들. 그 나비들을 잡으려고 쫓아다니다가 장다리밭을 망쳐 야단맞던 일.

아, 어머니…….

불현듯 어머니의 모습이 떠올랐다. 참으로 이상하게도 어머니는 꿈에서 언제나 생생히 살아 있는 모습이었다. 단 한 번도 돌아가신 모습이기는커녕 앓는 모습도 아니었다. 꿈은 잠재의식의 재현이다. 의학적 판단이었다. 그 논리에 근거하자면 자신은 어머니가 돌아가셨다고 생각하지 않는 것이었다. 그러나 자신은 어머니가 돌아가신 것을 분명히 인정했고, 생활을 통해서도 그 허전한 상실감을 절감하고 있었다. 다만 세월이 가도 잊혀질 줄 모르는 그리움이 절절하게 남아 있었다. 어쩌면 그 그리움의 힘이 꿈을 지배하고 있는지도 모른다 싶었다. 과학 그리고 의학, 그것이 인간의 모든 것을 해결하고 해명할 수 있는가? 또 회의가 고개를 들었다. 강의를 듣다 보면 의학박사라는 교수들은 자기네가 마치 인간의 생명에 대해 절대권능을 가진 것처럼 말하고 있었다.

"나니오 시데른다(뭘 하고 섰나)?"

송가원은 고개를 돌렸다. 조선사람끼리도 꼭 일본말을 쓰는 황학구였다.

"꽃구경하고 있네."

송가원은 일부러 큰소리로 대꾸했다.

"의학도가 꽃구경? 그건 좀 안 어울리는데?"

황학구는 여전히 일본말로 지껄이며 지나쳐갔다.

참, 저것도 사람이라고!

송가원은 실소를 하며 그와 반대쪽으로 발길을 돌렸다.

황학구는 일본놈이 못 되어 안달이 나는 족속이었다. 그의 말대로 하자면 일본것은 모두가 거룩하고 위대하지 않은 것이 없었다.

그런 만큼 그는 조선사람인 것을 부끄럽고 수치스러워했다. 그러니 일본인 교수들이 하느님으로 우러러보일 것은 더 말할 것도 없었다. 그가 교수들에게 아부하고 아첨하는 꼴은 일본학생들조차 역겨워하고 경멸했다. 그는 춘원 이광수의 철저한 추종자였다. 춘원이 글을 쓴 대로 조선사람들을 비하하고 천시했으며, 조선것은 무엇이든 보잘것없는 것이고 유치한 것으로 매도해 버렸다. 어떻게 해서 그리될 수 있는 것인지 도무지 이해할 수가 없었다. 다만 한 대목은 납득이 갔다. 이광수라는 존재였다. 이광수의 자유연애론이 자칭 신여성들을 정조방임으로 놀아나게 하듯이 그의 민족개조론과 자치론이 황학구 같은 부류들에게 막대한 영향을 끼치고 있었다. 그런데 황학구보다 더욱 이해할 수 없는 것은 그 명성 드높은 이광수라는 위인이었다. 황학구야 철이 덜 든 학생이라고나 하지만 이광수는 나이든 소설가에 언론인이 어찌 그 꼴을 할 수 있는 것인지 아무리 생각해도 불가사의하기만 했다. 이광수라는 위인은 도무지 인간 같지가 않았다.

송가원은 이광수 같은 부류들이 퍼뜨리고 있는 해독을 생각할 때마다 적의를 넘어서 살의를 느끼고는 했다. 아버지 같은 분들이 몸바쳐 이룩하려는 것에 그자들은 직접 찬물을 끼얹는 동시에 많은 사람들로 하여금 조소를 보내게 하고 있었다. 그러니 어머니처럼 당하는 죽음들을 얼마나 하찮고 무가치하게 여길지는 새삼스럽게 따질 것도 없었다. 그런 부류들을 방치한 채로 병든 몸뚱이나 찢고 째는 기술을 배우는 것이 과연 옳은 일인지 무시로 회의가 일어나고 있었다.

송가원은 원남동 네거리에 있는 중국음식점 사천관으로 빨리 걸었다. 약속시간이 좀 늦은 것 같았다.

"여그시, 여그."

송가원이 음식점으로 들어서자 먼저 알은체를 한 것은 공허였다.

"아니 스님, 벌써 오셨군요?"

송가원은 꾸벅 인사를 하면서도 반가움을 표하지 못하고 놀라기부터 했다. 스님은 어느새 양복을 벗고 승려 차림으로 돌아가 있었다. 그리고 옆자리에는 곱상하게 생긴 젊은 여자가 앉아 있었던 것이다.

"배고프제? 얼렁 앉소."

공허가 대견하다는 표정으로 송가원을 올려다보며 인자하게 웃었다.

"스님, 2층에 방이 있는데 어떠세요?"

"방? 고것 좋제. 조선사람헌티야 요 걸상보담 방이 질이고, 나가 괴기 한 점얼 묵드라도 맴이 편헐 것잉게."

공허가 바랑을 들고 일어났다.

2층 구석방을 잡았다.

"자아, 서로 인사 트고 지내소. 저그넌 아까 나가 말헌 송가원 학상이고, 여그넌 전라도 신명창 옥비여."

자리를 잡고 앉자 공허가 두 사람을 인사시켰다.

송가원은 고개를 꾸벅하며 새삼스러운 눈길로 여자를 쳐다보았다. 다소곳이 고개를 수그렸다가 드는 여자의 눈과 마주쳤다. 여자는 당황스럽게 눈길을 떨구었다. 송가원은 여자가 풍기고 있는 숫티가 마음에 들었다.

"양쪽 다 나가 믿는 사람덜잉게 서로 알고 지내는 것이 이참저참 심이 될 것이여."

공허가 덧붙이며 두 사람을 번갈아 보았다.

송가원은 그 말뜻을 헤아리며 다시 여자에게 눈길이 쏠렸다. 공허 스님이 믿을 만큼 그 일에 심지가 굳은 여자소리꾼, 꽤나 이색적이지 않을 수 없었다. 옥비라는 여자는 한쪽 무릎을 세운 위에 두 손을 포갠 앉음새로 눈을 내리뜨고 있었다. 흐트러진 데 없는 그 잔잔한 모습이 곱기도 한 반면에 다부진 인상을 풍기고 있었다.

"스님은 언제 재입산하셨습니까?"

송가원은 공허를 건너다보며 웃었다.

"그려, 그보담 자네 배고픈디 우선 멀 시키고 보세. 나가 오랜만에 자네 배 채와줄라고 왔응게 묵고 잡은 것 맘놓고 시키소. 술도 묵고."

공허가 호탕하게 말했다.

"스님이 무슨 돈이 있으시다고."

송가원이 입을 삐쭉하며 씩 웃었다.

"아니여, 이사람아. 이 중옷얼 그리 무시허덜 말어. 시상이 아무리 험허게 변해가도 이 중옷 보고 보시허는 선남선녀넌 안직 수두룩헝게. 자네 밥 사줄 푼돈이야 얼매든지 있응게 아무 걱정 말고 배꼽이 요강꼭지가 되게 오늘 포식허소."

공허는 장삼의 폭넓은 소매를 흔들어 보였다. 거기에 돈이 들었다는 뜻이었다.

"스님이 이 집에서 못 나가도 저는 모릅니다. 중국사람들 돈에 지독한 것 아시죠?"

"어이, 놀부년 명함도 못 내미는 것 잘 아네. 얼렁 시키기나 허소."

공허는 계속 느긋했다. 명함이라는 것도 일본세상이 되면서 자꾸 번져나가고 있는 물건들 중의 하나였다. '명함 지닌 것은 친일파'라는 말도 언제부턴가 생겨나 있었다.

송가원은 평소에 먹고 싶었던 값나가는 요리를 맘놓고 몇 가지 시켰다. 공허 스님은 언제 대해도 정겹고 푸근한 분이었던 것이다.

"나가 만주 댕게오니라고 양복얼 벗었네."

공허가 나직하게 말했다.

송가원은 문득 긴장하며 공허를 똑바로 쳐다보았다. 그 눈길은 다음 말을 재촉하고 있었다.

"무사허시데. 이짝 집안 소식도 다 알려드렸고."

"어무님 돌아가신 것도요?"

"하면, 질 중헌 일인디."

"뭐라고 하시던가요?"

송가원의 가슴은 두근거리고 있었다.

"그 어련이야 무신 표식이 있간디? 가심 터지고 무너지는 일일수록 더 내심 안 비치고 돌부처가 되시니께. 허나, 그 어련도 사람인디 그 짚은 맘이 어쨌겄어. 그냥 득병히서 돌아가신 것도 아니고 당신 일로 화럴 입고 돌아가신 것인디. 혼자서 땅얼 치셨겄제."

"형님 일도 이야기하셨어요?"

"멀? 아픈 거?"

"예⋯⋯."

"아니여. 병이야 나스먼 될 일인디 근심 디릴 것 없어서 말씸 안 디렸네."

"네, 잘하셨어요. 형님도 바라는 게 아니니까요."

"나도 성님 그런 맘얼 생각허기도 혔네. 허고, 자네가 의학공부 허고 있는 것얼 아조 반기시데. 착실허니 공부 잘 마치라는 당부도 전허시고."

음식이 나오기 시작했다.

"의학공부가 아조 에롭담서?"

공허는 전혀 다른 태도를 취했다. 음식을 옮겨놓고 있는 청년을 의식해서였다.

"예, 좀 어렵기도 하지만 더럽고 지저분하고 그런 게 더 죽겠어요."

송가원도 태도를 바꿔 엄살을 떠는 것처럼 말했다.

"그려서 의사덜이 독주럴 잘 마신담서?"

"스님은 참 별걸 다 아시는군요. 수술을 하고 나면 대개 술들을 마시더군요."

"그려, 그럴 것이여. 사람이 사람얼 찢고 째고 허는디 비우가 안 상헐 리가 있겄어? 근디 여그넌 어째 술이 없어?"

공허가 상을 둘러보았다.

"저는 또 수업이 있어서요."

"에이, 많이넌 말고 한 잔언 히야제. 그 덕에 이 땡초도 한 잔 얻어마시고."

공허는 술을 가져오게 했다.

"옥비야, 딴맘 묵지 말고 술 잠 따라볼기여?"

공허가 옥비를 쳐다보았다.

"야아, 따라올려야제라."

옥녀는 선뜻 대답하며 앉음새를 고쳤다. 공허가 작은 중국술병을 옥녀에게 건네주었다.

옥녀는 공손하고도 날렵한 맵시로 공허의 잔에 술을 따랐다.

"이거 초면에 생광입니다."

송가원은 잔에 술을 받으며 눈인사를 함께 보냈다. 눈길이 마주친 옥녀의 귓불이 발그레하게 물들고 있었다.

"짜아, 한잔허세." 술을 한 모금 홀짝 들이켠 공허는 중국백주의 독한 맛에 진저리를 치고는, "자네, 혹시 자네 사둔어런댁서 공부 배움서 농새일 거들었든 차득보라고 아능가?" 그는 송가원을 건너다보았다.

"예, 알지요."

"잉, 그 사람 여동상이 바로 이 옥비 명창이시."

"아, 그래요?"

송가원은 놀라움과 함께 옥비라는 여자를 다시 쳐다보았다. 공허 스님이 왜 믿을 만하다고 했는지 비로소 깨달으며.

"자네 소리 맛얼 아능가?"

"글쎄요, 어려서부터 더러 듣기는 했어도……, 잘 모르지요 뭐."

"요새 젊은 사람덜 다 그렇제. 인자 더러 만내서 소리 속얼 알도록 혀봐. 나넌 귀명창언 못 되야도 이 옥비 소리 들으면 맘이 풀링게."

"그럼, 서울에 있습니까?"

"하먼, 한성이라 낙원동서도 일류 기생집서만 소리럴 안 헌다고. 쬐께 있으면 방송에도 나올 것이고."

"아이 차암……."

옥녀는 부끄러워하며 공허의 장삼자락을 잡아당겼다.

그 수줍어하는 모습 어딘가에 오빠를 닮은 데가 있음을 송가원은 느끼고 있었다.

"그려, 그건 그렇고. 자네 신간회 해소된 것 알제?"

공허는 옥녀를 보고 빙긋 웃고는 말머리를 돌렸다.

"예, 며칠 전에 그리됐더군요."

송가원은 공허 스님의 서울 걸음이 그 일과 무관하지 않으리라고 짐작했다.

"자네도 젊은게 해소가 옳다고 생각허겄제?"

"글쎄요, 꼭 그렇지는 않습니다. 저는 그 자세한 내막은 잘 모릅니다만, 사회주의자들의 주장대로 민족주의자들이 개량적 태도를 취했다고 해도 단체를 해소시킨 것은 너무 성급한 처사였다고 생각합니다. 왜냐하면 개량적으로 자치운동을 도모하려고 한 것은 민족주의자들 중에서도 일부에 지나지 않습니다. 그런 자들을 골라내서 단체에서 몰아내는 것이 옳지 그런 자들 때문에 단체 자체를 해산한다는 건 그야말로 구더기 무서워 장 못 담그는 격이 아니고 뭐겠습니까. 그리고 더 중요한 문제가 있습니다. 지금 신간회처럼 전국적인 조직을 갖추고 있는 단체가 뭐가 또 있습니까. 신간회는 그동안 총독부의 감시와 저지를 받아가면서도 전국에서 많은 일들을 해왔습니다. 그런데 신간회를 대신할 수 있는 그 어떤 대책도 강구하지 않고 몇 년 동안 힘들여 구축한 전국조직을 하루아침에 와해시켰다는 것은 보통 큰 잘못이 아닙니다. 제 도끼로 제 발등 찍은 거지요. 그런데 그 잘못이 저지른 더 큰 잘못이 있습니다. 신간회가 없어지는 것을 누가 가장 바랐던 것입니까? 총독부와 자치론자들 아닙니까. 소위 말하는 급진적 사회주의자들은 빈대 잡을 생각에만 빠져 초가삼간을 다 태워 총독부가 바라는 대로 해준 것입니다. 다시 말해 총독부의 일등공신 노릇을 한 셈인데, 그 사람들한테 남은 건 총독부의 역습뿐입니다."

송가원은 화가 나서 술잔을 단숨에 뒤집었다.

"화아— 요 메칠 새에 첨으로 듣는 질로 가심 씨언헌 탁견이시. 고것이 자네 혼자서 생각헌 것잉가?"

공허는 눈이 휘둥그레져 송가원을 바라보았다. 그 의견이야말로 정곡을 찌르는 것이었고, 자신이 하고 싶은 말이면서도 미처 정리를 못하고 있던 것이었다.

"아닙니다. 어떤 선배하고 토론을 해서 얻은 결괍니다."

송가원은 허탁의 이름을 댈까 하다가 공허 스님이 알 리 없어서 그만두었다.

"아 참, 탁견이시, 탁견이여."

공허는 고개를 폭넓게 끄덕이며 감탄을 연발했다. 아무리 토론을 거쳤다 하더라도 그건 분명 송가원의 의견이었던 것이다. 공허는 송가원이가 자기 줏대를 가진 어엿한 성인임을 새롭게 느끼고 있었다.

신간회는 1929년 7월 제2차 전체대표대회에서 변호사 허헌을 중앙집행위원장에 선출했다. 그것은 사회주의자들의 우세를 뜻하는 것이었다. 이에 반발한 민족주의 세력에서는 곧 경성지회대회를 열어 조병옥을 지회위원장으로 선출했다. 이때부터 좌우대립이 심해져 신간회는 내부 균열이 일어나기 시작했다. 그런데 신간회에서는 광주학생운동의 진상보고와 아울러 대대적인 민중대회를 계획하다가 허헌 홍명희 같은 중앙간부 44명이 검거되었다. 신간회는 다음해 11월에 김병로를 중앙집행위원장으로 선출했다. 그것을 계기로 간부진에서는 자치론을 거론하게 되었다. 그러자 부산지회에서 중앙집행부를 비판하며 신간회 해소론을 주장하기 시작했다. 그 영향은 평양지회와 다른 지회들로 번져나갔다. 신간회는 마침내 1931년 5월 15일 전체대회를 열고 해체를 결의하고 말았던 것이다.

"어째, 공부넌 재미가 있능가?"

공허는 대낮이고 뭐고 가릴 것 없이 연거푸 술잔을 비우고 있었다.

"아유, 재미가 뭡니까. 억지로 해가면서 생각이 많습니다. 고름이나 짜고 배나 쩨고 하는 게 제 기질에 맞지도 않고, 세상은 자꾸 묘하게 변해가고, 집어치울까 어쩔까 고민이 태산입니다."

송가원은 허탁에게도 하지 않은 말을 솔직하게 털어놓았다.

"그려? 집어치운 담에 어쩔라고?"

공허는 가슴이 철렁했지만 내색을 하지 않고 아주 은근하게 물었다.

"형님도 하던 일 못하고 있고 그러니까 그 길로 나가는 것밖에 더 있겠어요."

"요것 보소, 가원이!" 앉음새를 고친 공허는 송가원을 응시하며, "공부 무사허니 잘 마치라는 춘부장어런 말씸 단단허니 명심허소. 공부넌 때가 있는 것이고, 착실허니 헌 공부넌 다 써묵을 디가 있는 법이시. 시방 자네 맘도 아는디, 그 공부 잘허먼 어디다 톡톡허니 써묵을지 아능가? 저짝서 안 죽어도 될 사람덜이 얼매나 많이 죽어가는지 아능가? 시퍼런히 젊은 사람덜이 말이여. 워째 그러겄어? 의사가 없기 땜시여. 무신 말인지 알아묵겄제? 뜻만 있음사 질이야 항시 있는 것잉게 딴맘 묵덜 말어. 나 말 알아듣겄능가?" 공허의 얼굴은 엄하기 이를 데 없었다.

"예, 명심하겠습니다."

송가원은 정신이 번쩍 드는 것을 느끼며 대답했다. 지금까지 미처 그런 생각을 해본 적이 없었던 것이다.

"그려, 고맙네." 공허는 송가원의 반응에서 진심을 느끼며 고개를 끄덕이고는, "근디, 성님언 그리 냅둬도 되는 것이여?" 그의 얼굴에 근심이 어렸다.

"폐 나쁜 데는 약을 쓰고 있으니까 정신안정에는 그대로 두는 것이 좋습니다. 조금씩 나아가고 있으니까 형님 스스로 회복할 때까지 기다려야지요."

"그려, 자네가 잘 챙기소 잉."

공허는 못내 속상한 얼굴로 술잔을 비웠다.

"낮술 그리 많이 해도 괜찮습니까?"

"흥, 의학에서넌 안 좋은지 몰라도 도통헌 사람헌티는 밤낮이 따로 없네."

공허가 정말 도사처럼 의연하게 말했고, 옥녀가 쿡 웃음을 터쳤다.

송가원도 웃을 수밖에 없었다.

"저어, 한 가지 여쭤볼 게 있는데요. 일진회라는 것 있지 않습니까? 남쪽에서도 그 단체에 동학 잔당들이 다 가담했습니까?"

"그 무신 생뚱헌 소리여? 그야 북쪽서 그런 것이제. 이용구라는 못된 접주놈이 변심히서 그리된 것이고, 남쪽서넌 그런 일 없어. 근디, 어찌 그리 우세 살 말얼 허고 긍가?"

"아 예, 저도 그런 줄 알고 있었는데 어떤 젊은 문필가가 그렇게 썼더란 말입니다. 그래 이상해서 여쭤보는 겁니다."

"젊은 문필가? 어떤 몰무식헌 놈이 또 멋대로 필 놀리고 그려? 요새 식자 좀 들었다는 젊은 놈덜이 큰탈이여. 관부연락선 타고 동경물 이삼 년 묵고 오면 즈그덜이 시상만사 다 아는 것맨치로 주딩이 까고 필 놀리고 그런단 말이여. 봐, 북쪽맨치로 남쪽서도 동학

당덜이 다 일진회에 들어갔음사 왜놈덜이 멀라고 동학당 잡을라고
눈에 쌍불얼 켰을 것이여. 의병이 일어나기 전보톰 남쪽서넌 동학
당덜이 활동허고 있었고, 의병이 일어나자 다 의병에 합쳐진 것 아
니여. 남쪽 동학당도 인종덜이 많다 봉게 일진회에 열에 한둘이야
들어가기도 혔겄제. 그것얼 갖고 북쪽허고 똑같다고 허능 것이야
몰무식헌 놈덜이 한나만 알고 둘은 몰름서 나대는 것이제. 나가 똑
똑허니 봐서 아는 일인디, 남쪽 일진회넌 태반이 불량배덜 끌어모
은 것이여. 왜놈덜이 어찌서 전라도땅얼 놓고 남한 대토벌얼 헌지
안가? 그 의병덜 태반이 동학당덜이라 옛 원한 품고 끝꺼정 버텼기
땀시여. 어쨌그나 그런 못된 글언 당최 읽덜 말어."

공허는 열이 받쳐 있었다.

"예, 알겠습니다. 언제 내려가실 건가요?"

송가원이 밖에 걸린 시계에 눈길을 보냈다.

"나야 뜬구름잉게. 자네 수업시간이 다 되았는갑제? 그려, 가서
공부허소."

공허는 바랑을 끌어당겨 속을 뒤적거렸다.

"그럼 먼저 일어나겠습니다."

송가원이 몸을 일으켰다.

"잉, 요것 받소."

공허가 앉은 채 봉투를 내밀었다.

"이게 뭡니까?"

"얼매 안 된게 묵고 잡은 것 사묵어."

"아닙니다, 돈 있습니다."

"어허, 어른이 주는 것언 받는 것이여."

"차암, 스님이 무슨 돈이 있으시다고……."

송가원이 마지못해 봉투를 받았다.

"나가 학비럴 대야 허는디……."

공허의 목소리가 잠겨들었다.

"잘 쓰겠습니다. 그럼 살펴가십시오."

"그려, 또 만내세. 공부 잘허고."

공허는 송가원의 손을 꼭 잡았다가 놓았다. 그 눈시울에 붉은 기운이 젖어 있었다.

송가원은 방을 나서며 옥녀에게 눈인사를 보냈고, 옥녀는 일어나 나부시 절을 했다.

송가원은 교문을 들어서다가 말고 옥비의 거처가 어디인지 알아보지 않은 생각이 떠올랐다. 그러나 되돌아서기에는 음식점이 너무 멀었고 강의시간은 임박해 있었다.

이경욱은 한남권번(漢南券番) 건너편에서 서성거리고 있었다. 권번에 드나드는 여자들은 역시 기생답게 모두 화사한 차림이었다. 인력거도 자주 왔다가 떠나고는 했다. 이경욱은 딴전을 피우듯 하면서 드나드는 여자들을 놓치지 않고 살피고 있었다. 그러나 옥비 명창은 찾을 수가 없었다. 벌써 한 시간이 넘게 마음을 정하지 못하고 서성거리는 것이었다.

아니, 마음은 이미 확정되어 있었다. 옥비 명창을 만나려고 벌써 두 번째 한남권번을 찾아온 것이었다. 그런데 막상 권번 앞에 서면 두려움이 발목을 잡았다. 그 두려움은 용기가 없어서 생기는 것이 아니었다. 용기와는 다르게 너무 큰 죄의식 때문에 생기는 것이었다. 옥비 명창을 만나고 싶은 마음이 간절한 만큼 앞을 가로막는 두려움도 컸다. 막상 그녀를 대면하고 무어라고 해야 할 것인지 갈피를 잡을 수가 없었다. 제 아버지는 돌아가셨습니다 할 것인가. 제 아버지 잘못을 제가 사죄드리겠습니다 할 것인가. 아버지가 세상을 떴다고 해서 그녀의 상처가 낫는 것인가? 자신이 대신 사죄를 한다고 그녀의 원한을 풀어주는 것인가? 그렇게 될 리가 없는 일이었다. 그리되기를 바라는 건 이쪽의 이기심이요 파렴치함일 뿐이었다.

"찾어가 보기넌 허시요마넌 안 만내니만 못헐 것이오. 갸가 강단이 씬 디다가 가심에 맺힌 한이 큰게……."

옥비의 오빠 차득보가 마지못해 한남권번을 가르쳐주며 한 말이었다. 그나마 그가 입을 열었던 것은 아버지가 재산을 다 날리고 세상을 떠났다는 것을 알고 있었기 때문이었다.

갸가 강단이 씬 디다가 가심에 맺힌 한이 큰게…….

예인이라는 것을 당당히 내세운 것도, 술 따르기를 거부한 것도 예사 강단이 아니었다. 그런데 아버지는 그런 처녀의 순결을 망치는 음모를 꾸민 것이었다. 그것도 왜놈의 욕심을 채워주기 위해서. 술 한번 따르는 것도 함부로 하지 않은 그런 처녀의 몸을 망쳐놓았으니 가슴에 맺힌 한이 크다는 말은 결코 과장일 것이 없었다.

한 맺힌 여자 앞에 불쑥 얼굴을 내밀고, 내가 이동만의 아들이오 해놓고, 나는 당신을 사모하는데 우리 아버지가 세상을 떠났으니까 옛일을 잊고 내 정을 받아주오 할 것인가? 말도 안 되는 미친 소리인 것이다. 그 애비에 그 자식이란 욕이나 먹기에 딱 알맞은 짓일 거였다.

이경욱은 손목의 시계를 들여다보았다. 두 시간이 다 되어가고 있었다.

가자, 고양이도 낯짝이 있지…….

이경욱은 권번 안쪽을 다시 한 번 바라보고는 발길을 돌렸다. 그는 한숨을 푹 쉬며 또 잊어야지 하는 생각을 했다. 그러나 그 생각을 실천할 자신은 전혀 없었다. 그동안에도 잊어야지를 골백번도 더 되씹었으면서도 서울까지 찾아온 것이었다. 두 번 걸음을 그냥 돌이키면서도 서울에 온 것을 후회하지는 않았다. 아니, 후회하기는커녕 옥비가 그곳에 있다는 것을 안 것만으로도 마음 한쪽은 후련하고도 든든했다. 어디에 있는지조차 모를 때의 그 막막하고 안타까웠던 것에 비하면 이젠 상면한 것이나 다름이 없었던 것이다.

한남권번은 전라도와 경상도 출신 기생들이 모인 곳이라고 했다. 옥비는 낮에 그곳에서 어린 기생들에게 소리를 가르치고 밤이면 청에 따라 술자리에 나가 소리를 하는 모양이었다. 이경욱은 또 밤에 소리를 한다는 데에 끌리고 있었다.

밤에 술자리를 만들어 소리를 청하면 어떨까…….

그 만남이 더 자연스러울 것 같았다. 어쩌면 옥비 명창은 자신을 못 알아볼지도 몰랐다. 아버지의 생일날 자신은 그녀의 얼굴을 똑똑히 익혔지만 그녀는 자신의 모습을 순간적으로 스쳤을 뿐이었던 것이다. 옥비가 자신을 못 알아보는 상태로 만나는 것이 서로 마음을 다치지 않고 좋을 것 같았다. 자신의 목적은 어쨌거나 옥비를 한번 만나는 것이었다. 아버지가 완전히 파산을 하고 세상을 떠나버린 형편에 고등고시 합격은 생활방편으로도 다급해져 있었다. 그 다급함 앞에서 꼭 해결해야 할 문제가 옥비와의 만남이었다. 옥비를 한번 만나보면 마음을 잡고 공부에 전념할 수 있을 것 같았던 것이다.

이경욱은 또 윤동선을 생각했다. 서울에서 술자리에 동행할 사람은 그 친구밖에 없었다. 그가 마음에 내키는 상대는 아니었다. 조선학생들이 많지 않은 동경의 학교생활에서 같은 조선사람이라는 단 한 가지 이유만으로 교분을 유지했을 뿐 깊이 있는 마음이나 감정의 융화는 이루어지지 않은 사이였다. 윤동선은 귀족주의가 완전히 몸에 배어 있었다. 조선왕조에서 대대로 큰 벼슬을 했다는 것을 긍지로 내세웠고, 일본의 작위를 받은 것을 당연한 대접으로 알았지 전혀 부끄러워하지 않았다. 그런데 희한한 것은 그런 그의 귀족주의가 일본의 여학생들한테는 더 말할 것도 없고 남학생들에게도 먹혀 들어가는 것이었다. 보석을 사람의 가치보다 우위에 두는 속 빈 여학생들이 귀족 앞에서 사족을 못 쓰는 건 그렇다 하더라도 제법 이성적이고 냉철하다는 법학부 남학생들까지 귀족주의 앞에 은근히 주눅들고 부러워하는 눈치를 보이는 건 가관이 아닐 수 없었다. 그건 신사와 천황을 받드는 왜놈들의 근성이었고, 관습적 권위 앞에 길들여진 인간의 아둔함과 나약함이었다.

윤동선은 일본의 작위와 풍족한 학자금을 앞세워 정조관념이라고는 전혀 없는 일본여학생들을 맘껏 희롱했다. 그는 자기가 희롱한다고 생각했지만 어쩌면 그가 오히려 일본여학생들에게 희롱당했는지도 모를 일이었다. 일본작위를 가진 조선귀족 집안의 대학생, 그리고 그가 베푸는 돈맛과 육체의 맛, 그런 것들은 허영에 찬 일본여학생들에게 장식효과로 안성맞춤이었던 것이다. 그런데 윤동선에게 한 가지 다행스러운 점이 있었다. 그 많은 여학생들의 인기를 누리면서도 자신이 남성적으로 매력이 있기 때문이라고 착각하지 않은 점이었다. 그런 착각까지 했더라면 윤동선과는 그나마의 교분마저 끊어지고 말았을 것이다. 그리고 윤동선한테서 한 가지 무시할 수 없는 것은 머리가 아주 좋은 것이었다. 암기력이 비상한 그는 법학과가 아주 적격이었다.

윤동선은 졸업하던 해에 바로 고등고시에 합격했다. 그리고 경성에서 검사로 자리를 잡았다. 집안의 후광이 작용했던 것이다.

"자네 법관 될 마음이 없구만?"

"그게 무슨 소린가? 시험 치른 사람 앞에서."

"딴말 말게. 자네 얼굴에 그리 씌었어."

"검사 나리 눈치라 다르군."

2년 전에 만나서 나눈 말이었다.

종로로 나온 이경욱은 경성역으로 가는 전차에 올랐다. 날씨가 더위 전차 안에서는 사람들의 훈기와 땀내가 후끈 풍겨나왔다. 한낮이 아직 멀었는데도 7월 중순의 더위는 무더웠다. 이경욱은 손잡이를 잡으며 눈을 감았다. 이래저래 신경을 쓴 탓인지 피곤했다.

"아조 잘 뒤진 것이여!"

"하면, 씨언허니 잘 뒤졌제!"

"그려, 그놈 뒤진 것 봉게 하늘이 무심털 안혀."

"맞네, 하늘이 날베락 친 것이네."

"긍게 말이여. 안 그러고야 논바닥에 꼬드라졌을 리가 있겄어."

"그놈이 진 죄가 얼맨디. 당연지사제,"

여자들의 악에 받친 이런 말들이 또 북치듯 의식을 난타해 대고 있었다. 이경욱은 신음을 씹었다. 사람들의 온갖 저주를 잊으려고 했지만 잊혀지지가 않았다. 아버지에게 퍼부어진 그 많은 저주들을 잊기에는 아직 시간이 너무 짧았다. 이제 겨우 두 달 정도가 지났을 뿐이었다.

아버지는 논바닥에 쓰러져 세상을 떠났다. 좀더 정확히 말하자면 사금을 캐내기 위해 파내놓은 흙더미 위에 쓰러져 숨이 끊어진 것이었다. 그 죽음이 너무 갑작스러워 아무도 임종을 지키지 못했다. 그리고 객사가 되어 아버지는 담 한쪽을 헐고 마당으로 들어와 더는 집 안으로 오르지 못한 채 산으로 떠나야 했다. 그 험한 마지막 길마저 아버지는 동정을 받지 못했다. 오히려 사람들은 그런 장례를 통쾌해했다. 그건 피할 도리가 없는 아버지의 인생살이 결과였다. 아버지는 공수래공수거라는 말을 입증이라도 하듯이 남겨놓은 재산이라고는 아무것도 없이 이승을 떠나면서 욕이란 욕은 다 얻어먹었다.

뒤늦게 알게 된 일이지만 아버지는 동업자인 우노사와에게 고스란히 사기를 당한 것이었다. 우노사와는 주먹패를 끌어들여 자기 세력을 확대해 가며 금석을 빼돌리기 시작했고, 아버지는 그에 맞서서 조선주먹패들을 끌어들인 모양이었다. 그런데 조선주먹패들은 돈을 아버지에게 받아먹으면서 속으로는 우노사와와 한통속이 된 것이었다. 그건 단순한 회유가 아니라 경찰의 힘이 작용한 것이라고 했다. 우노사와가 경찰에 손을 썼고, 조선주먹패들은 경찰력 앞에서 아버지를 배신해 버린 것이었다. 그렇게 짜인 구조 속에서 아버지는 망하지 않을 도리가 없었다. 그들이 야합한 가운데 금석을 계속 도둑맞아 가면서 아버지는 허기진 배당을 받았고, 그 돈으로 재투자를 하고 주먹패들에게 뜯기고, 그러다가 어느 날 우노사와가 자취를 감추어버렸던 것이다. 그때서야 사기당한 모든 내막을 알게 된 아버지는 폐광이 된 흙더미 위에서 펄펄 뛰다가 쓰러져 그대로 숨이 끊어져 버렸다.

과욕이 사람 잡는다는 말은 꼭 아버지를 두고 한 말이었다. 금광에 대해서 아무것도 모르는 아버지가 더 큰돈을 벌 욕심만 앞세워 사금판에 발을 디밀었을 때부터 아버지의 불행은 예정되어 있었던 것이다. 사금판은 거칠기가 부두에는 댈 것도 아니라고 했다. 광주(鑛主)끼리 이권을 다투다가 그에 연관된 주먹패들이 금산사 주지를 죽이는 사태가 벌어지는 판이었다. 다른 사람도 아닌 큰절의 주지를 죽였는데도 범인들을 잡는 둥 마는 둥 흐지부지되고 말았다. 일본주먹패들이 저지른 일이기 때문이었다. 그런 살벌한 판에 뛰어들었으니 아버지가 견딜 리 없었던 것이다.

아버지가 남긴 것은 덩그렇게 집 한 채뿐이었다. 만석꾼 재산이라고 소문난 돈은 흔적도 없이 사라져버린 것이었다. 남은 것이라고는 어디를 가나 기승을 부리고 있는 아버지에 대한 욕뿐이었다. 그 욕들을 막을 재간이 없는 채로 마음은 차라리 홀가분하기도 했다. 아버지의 떳떳지 못한 치부로 오랜 세월 동안 쌓여왔던 열등감과 수치스러움이 그 욕들을 먹으며 씻겨져 나가는 것을 느꼈던 것이다.

이경욱은 덕수궁 앞에서 전차를 내렸다. 법원 쪽으로 발길을 옮기면서도 이경욱은 마음 한구석이 찜찜했다. 윤동선이 더 친일적으로 변해 있을지도 몰랐고, 여지껏 고등고시에 합격하지 못한 자신을 어떻게 대할지 신경이 쓰이기도 했다.

현관 수위실에서 알아보니 윤동선은 사무실에 없었다. 재판에 들어갔다는 것이었다. 점심시간까지는 아직 한 시간 이상 남아 있었다. 이경욱은 어디 가까운 데 가서 차나 한잔 마시며 시간을 보낼 요량으로 돌아섰다.

법원을 나서다 말고 이경욱은 걸음을 멈추었다. 새로 짓고 있는 법원 건물이 아까보다 더 신경에 거슬렸던 것이다.

얼마나 죄인이 많기에……, 망할 놈들이 마구 잡아들이는 거지……

몹시 기분이 상한 이경욱은 담배를 빼들었다. 치안유지법을 해마다 강화시켜 사상범의 최고형을 무기에서 사형으로 바꾸었던 것이다. 그건 '체제변혁을 도모하는 자'라고 하여 노골적으로 사회주의 독립운동가들을 표적으로 삼고 있었다. 법원 건물의 신축은 치안유지법의 강화와 직결되는 것일 터였다.

손가락이 델 정도로 꽁초를 빨고 있던 이경욱은 법원을 막 벗어나고 있는 사람에게 시선이 멎었다. 묵직한 가방을 들고 걸어가는 사람은 분명 대학 선배 홍명준이었다.

"선배님, 홍 선배님!"

이경욱은 꽁초를 팽개치며 홍명준에게로 달려갔다. 시간 보내기가 따분했던 참이라 이경욱은 선배를 만나게 된 것이 더욱 반가웠다.

"아니, 이게 누군가!"

홍명준이 멈칫하다가 반색을 했다.

"저 이경욱입니다."

"아, 알지, 이형. 여긴 어쩐 일이오?"

"예, 동창 윤동선을 좀 만나러 왔는데 재판에 들어갔다고 해서 도로 나오던 참입니다."

"그렇지, 윤동선과 동창이겠군. 그 사람 점심때나 돼야 재판이 끝날 텐데, 별일 없으면 내 사무실로 갈까? 바로 여기 가까운데."

"예, 구경 좀 시켜주십시오."

바라던 바라 이경욱은 얼른 대답했다.

"가지. 헌데, 자넨 어떻게 된 건가? 공부 착실히 하는 것 같던데 어째 요 몇 년 사이에 이름을 볼 수가 없으니."

홍명준이 걸음을 옮겨놓으며 물었다.

"예, 좀 고민이 있어서 억지로 시험만 치렀지 계속 낙방을 했습니다."

"으음, 억지시험에 억지낙방을 한 모양이군. 여전히 막스와 레닌이 고민인가?"

"아닙니다, 딴 일이 좀 있어서……."

이경욱은 당황스럽게 대답했다.

"윤동선이한테 무슨 부탁이 있나?"

"아닙니다. 서울에 올라온 김에 그냥 좀 만나볼까 해서……."

"다행이군, 용건이 없어서. 그 사람 아주 모범적인 검살세."

홍명준의 어조에는 야유의 기색이 역연했다. 이경욱은 얼굴이 화끈해지는 걸 느꼈다.

"그동안 더 많이 변한 모양이군요."

"그도 괜찮은 일이지. 가장 편하게 사는 방법이니까."

멀지 않은 사무실에 다다를 때까지 두 사람은 더 말이 없이 걸었다.

"앉게나. 오랜만에 만났으니 차는 한잔 마셔야지."

홍명준이 안락의자에 자리를 권했다.

이경욱은 빠른 눈길로 사무실을 둘러보았다. 아담한 실내는 변호사 사무실답게 꾸며져 있었다. 책상 옆의 유리창 달린 책꽂이에 빼꼭하게 꽂힌 두툼한 책들이 사무실 분위기를 주도하고 있었다. 이경욱은 순간적으로 야릇한 감정의 동요를 느꼈다. 어떤 허전함과 함께 부러움도 아니고 시샘도 아닌 감정이 획 스쳐갔던 것이다.

"자넨 고시 치를 맘이 없나?"

홍명준이 마주 앉으며 물었다.

"아닙니다. 금년부턴 맘먹고 공부를 할 작정입니다."

이경욱은 어색스럽게 웃었다.

"그래, 기왕 할 것이면 허송세월할 게 없지. 배운 게 그건데."

홍명준이 중얼거리듯 하며 담배를 권했다.

사무원 아가씨가 차를 내왔다.

"저어……, 법원에 새로 짓고 있는 건물은 뭔가요?"

이경욱은 홍차를 한 모금 마시고 나서 물었다. 윤동선을 만날 생각이 별로 없어서 홍명준에게 묻지 않을 수가 없었다.

"응, 그거 말인가?" 홍명준은 쓴웃음을 흘리며 담배를 빨아 천천히 연기를 내뿜고는, "그게 500여 명을 재판할 대법정을 짓는 것일세" 하고는 찻잔을 들었다.

"아니, 무슨 죄인이 그렇게……?"

이경욱의 눈이 휘둥그레졌다.

"그게 다 만주에서 붙들려온 우리 동포들일세. 들어보게. 그게 어떻게 된 일인고 하니 말야, 작년 5월달에 중국공산당의 지시에 따라 동만주 일대에서 반일폭동이 일어났네. 그 폭동은 며칠 사이에 진압이 됐는데, 문제는 그 폭동의 주도세력이 중국사람들이 아니라 우리 조선사람들이라는 사실이네. 그러니까 체포되는 사람들은 거의가 조선사람들 아니겠나. 그런데 몇 달이 지나 폭동이 또 일어났네. 추수철을 맞아 일으킨 추수폭동이었지. 헌데 그 폭동은 진압되는 듯하면서도 진압이 안 되고 만주 전역으로 퍼져나가는 양상을 보이면서 금년 2월의 춘황폭동으로 이어졌네. 그러는 동안 체포된 사람들이 2천여 명이고, 그중에서 중국사람들을 빼고 조사를 한 결과 주동자들로 골라낸 조선사람들이 500여 명일세. 그들을 다 서울로 압송해 왔는데, 그 많은 사람들을 재판할 법정이 없는 거네. 그래서 그 대법정을 짓고 있는걸세."

"이런 미친놈들이 있나!"

이경욱이 자신도 모르게 터뜨린 말이었다.

"그렇지, 미친놈들이지. 허나 꼭 미친 짓을 하는 것만이 아닐세. 앞으로도 계속해서 그 대법정이 필요하다고 판단하고 있다는 사실을 잊어선 안 되네."

"예에……"

이경욱은 고개를 주억거리고 있었다. 아까 자신이 판단했던 것과 일치하는 말이었던 것이다.

"헌데, 일이 그것으로 끝난 게 아닐세. 자네 만보산 사건 알지?"

"예, 그건 신문에 보도되지 않았습니까."

"그 만보산 사건이라는 게 또 우연히 일어난 게 아닐세. 아까 말한 그 폭동 사건으로 조선사람들은 중국관헌과 일본경찰에 쫓겨 오지로 오지로 집단적 이주를 하지 않을 수 없게 되었네. 그 사람들 중의 일부가 장춘현 만보산 아래로 피신을 한 거지. 거기서 논을 일구려던 조선사람들과 그걸 막으려는 중국사람들 사이에 말썽이 일어났고, 중국관헌들이 동원되자 그에 맞서 일본영사관 경찰이 출동을 했네. 고맙게도 조선사람들을 보호한다는 명목이었지. 그런 간섭까진 좋은데, 일본영사관에서는 더 큰 문제를 일으켰네. 그게 뭐냐면, 그 대단찮은 충돌을 마치 중국관헌과 중국사람들이 조선사람들을 집단적으로 폭행해 대고 사상자가 속출하고 있는 것처럼 과장하고 날조해서 그곳 주재기자가 기사를 쓰도록 공작을 한 거네. 그 과장되고 날조된 기사가 서울에서 호외로 뿌려지고, 다른 신문들도 다투어 기사를 싣고 한 것이 열흘 전쯤 아닌가. 그 기사들을 읽고 자극받고 흥분한 사람들이 여기저기서 중국사람들에게 폭행을 가하고 중국집들을 습격하기 시작했네. 그게 서울에서만 그러는 게 아니라 전국 각지에서 벌어지고 있는 불상사 아닌가. 왜놈들이 노린 이간책동이 보기 좋게 성공한 거네. 조선땅에서 중국사람들이 당하면 중국땅에서는 또 누가 당하겠는가. 뒤늦게 일제의 저의를 알아차린 사회단체에서는 사건의 진상조사에 나서고, 중국 측에 해명할 길을 찾고, 대중들의 보복행위를 중지시키려고 애쓰고 있네. 그건 예사 문제가 아닐세."

홍명준은 심각한 얼굴로 찻잔을 들었다.

이경욱은 속으로 못내 당황하고 있었다. 현직 변호사와 지방의 법학도와의 차이, 그 정보의 차이는 직위의 차이보다 더 엄청나다는 것을 깨닫고 있었다. 홍명준은 이 사건이고 저 사건이고 신문에 보도되지 않은 사실들까지 샅샅이 알고 있었다. 그런데 자신은 고작해야 신문에 난 것만을 알고 있을 뿐이었고, 대중들이 중국사람들에게 보복하는 것을 옳다고 생각하고 있었던 것이다. 물론 서울에 있는 변호사라고 해서 모두가 홍명준처럼 그렇게 그 사건들에 대해서 잘 알 리는 없었다. 그건 홍명준의 변호사로서의 태도를 보여주는 것이기도 했다. 이경욱은 홍명준 선배를 다시 생각하면서 스스로 부끄러움을 느꼈다. 자신은 그런 사태의 심각성 같은 것은 모르고 태평스럽게 여자를 만나려고 서울에 올라온 것이었다.

"변호사 생활에 애로점이 많으시죠?"

이경욱은 그만 자리를 뜰 생각을 하며 인사 삼아 물었다.

"뭐, 그런대로 괜찮네."

홍명준이 잔잔하게 웃었다.

"오늘 좋은 말씀 많이 들었습니다. 전 이만……."

"그래, 반갑네. 자네도 빨리 결판을 내도록 하라구."

"예, 알겠습니다. 안녕히 계십시오."

밖으로 나온 이경욱은 잠시 생각했다. 윤동선을 만날 마음은 더 없어져 있었다. 그리고 옥비를 술자리에서 만나볼까 한 것이 잘못된 생각인 것 같았다. 서울서 어정거릴 것이 아니라 한시라도 빨리 집으로 내려가야 한다는 생각이 들었다.

이경욱은 법원을 뒤로하고 큰길 쪽으로 걷기 시작했다. 이제 반발해야 할 아버지도 세상을 떠나고 없었다. 더 이상 세상의 변두리에서 배회하고 싶지 않았다. 고서완 선생님의 말을 적극적으로 실천에 옮기지 않은 것이 후회스럽기도 했다. 그분이 석방될 날도 얼마 남지 않았다.

이경욱은 경성역 쪽으로 발길을 돌렸다. 옥비에게는 편지로 모든 것을 털어놓으리라고 생각했다. 그런 다음에 만나는 것이 더 순조롭고 자연스러울 것 같았다.

39

뿌리

"응애애……."

아이의 울음소리가 가녀리게 흘러나오기 시작했다.

"낳다, 마!"

담배를 빨고 있던 구상배의 얼굴이 환해지며 방영근의 손을 잡았다.

"야아……."

방영근은 어색스럽게 웃으며 마른침을 삼켰다. 그런 그의 얼굴은 구상배와는 다르게 여전히 긴장되어 있었다.

"머꼬?"

구상배가 몸을 벌떡 일으키며 방 쪽에다 대고 소리쳤다.

"급하기도 하요. 꼬치라요, 꼬치!"

방 안에서 맞받아 소리치는 여자의 달뜬 음성이었다.

"이 집에 꼬치 풍년 아이가. 술 한잔 걸게 내야 되겄다."

구상배가 방영근의 어깨를 쳤다.

"야아, 그러제라."

그제야 방영근은 긴장 풀린 웃음을 빙그레 피워냈다.

"기술도 좋다. 우예 셋얼 쪼로록 아덜로만 뽑아내노. 염치없구로."

구상배가 눈을 흘겼다.

"성님이 중매 잘 들어 그렇제라."

방영근이 쑥스러운 듯 웃으며 담배에 불을 붙였다.

"말이사 고맙다마는도 아들딸 낳는기사 어데 밭 따라가나, 씨 따라가제."

"술언 오늘 밤에 한잔허실랑게라?"

"그기 좋겄제? 사람딜이 일 끝내고 오먼 그냥 안 넘길라 할 거 아이가."

"그러제라. 술 장만해 갖고 와야겄소."

방영근이 자리를 털고 일어섰다.

"뻐떡 댕게오게. 나넌 인자 농장에 나가봐야 안 되겄나."

구상배는 다녀오라는 손짓을 하며 돌아섰다.

방영근은 그런 구상배에게 조장 이상의 깊은 고마움을 느끼고 있었다. 출산을 염려해 자신의 하루 일을 면제해 주었을 뿐만 아니라 함께 자리를 지켜준 것이었다. 그리고 조원들 역시 고맙기는 마찬가지였다. 자신이 일을 빼먹은 만큼 조원들은 힘들어지는 것이었다. 출산 때는 누구나 농장일을 나가지 않고 집을 지키도록 되어 있었지만 방영근은 그 당연한 혜택에 새삼스러운 고마움을 느꼈다. 또 득남을 해서 그런지도 몰랐다.

동네를 벗어난 방영근은 큼직한 돌 하나를 집어들었다. 동네 어귀의 갈림길에는 샌들우드 나무가 우람하게 서 있었다. 그 둘레로는 크고 작은 돌들이 키 높이로 수북하게 쌓여 있었다. 어느 누가 언제부터 그 나무 아래 돌을 놓기 시작했는지 모른다. 그러나 한 가지 분명한 사실은 그 근방에 조선사람들이 자리잡게 되면서부터 하나둘씩 불어나 세월을 따라 돌무더기를 이루게 된 것이었다.

방영근은 그 돌무더기 앞에 걸음을 멈추고 손에 든 돌을 조심스럽게 돌과 돌 사이에 올려놓았다. 그리고 바르게 서서 머리를 조아렸다.

살펴주신 덕에 득남얼 혔구만요. 무병허니 잘 크게 보살펴주십소사.

방영근은 간절한 마음으로 빌었다. 장가를 들고부터 돌을 쌓게 되는 횟수가 잦아졌다. 아이들을 낳을 때마다, 아이들이 아플 때마다 돌을 하나씩 얹게 되었다. 그때마다 고향을 생각했다. 그럴 때면 샌들우드 나무는 고향의 당산나무로 변해 있었다.

방영근은 상점으로 바삐 걷기 시작했다. 세 번째도 아들을 낳았다는 것이 뿌듯하게 기쁘면서도 또 허전하고 쓸쓸하기도 했다. 이대로 여기서 한평생을 살게 되는 것이 아닌가 하는 생각이 깊어지는 것이었다. 그 생각은 아이들을 하나씩 낳을 때마다 깊어지는 느낌이었다. 그리고 아이들이 커나면서 그 생각은 마치 삽질을 해대듯이 선명하게 깊어지는 것을 느끼며 당황스럽기도 했다. 그건 혼자서만 느끼는 감정이 아니었다. 어느 집 아이들이고 학교를 다니기 시작하면 하루가 다르게 표가 나는 것이 영어를 쓰는 것이었다. 아이들은 신기할 정도로 빠르게 영어를 지껄여댔고, 그 아래 어린 것들까지 혀 꼬부라지는 소리를 곧잘 흉내 내는 것이었다. 어른들은 누구나 집에서는 영어를 못 쓰게 했지만 아이들은 저희들끼리 놀 때면 으레껏 영어를 지껄이며 키들거리고 장난을 쳤다. 그러니 그 손짓 발짓이 천상 흰둥이들 흉내였다. 그럴 때마다 어른들은 자기들의 뿌리가 하와이땅 깊이 박히는 것을 의식하지 않을 수가 없었다.

저녁밥을 먹고 나서 사람들은 방영근네집 앞 빈터로 모여들었다. 마침 보름 사나흘 지난 달이 둥두렷하게 떠오르고 있었다.

"좋다, 달도 밝고 술맛 나게 생겼다."

"누가 아이라. 이태백이 안 부럽겄다."

"에이, 아니여. 달이라고 다 똑겉은 달이간디. 저놈에 하와이 달언 밍숭밍숭헌 것이 서럽덜 안혀 맛이 없어."

"이사람아, 달이면 그냥 달이지 무슨 맛이 있고 없고 해."

"아아니, 고것이 무신 쌩무식헌 소리여? 춘하추동 사시절 절기 따라 달이 다 달르다는 것얼 몰르는 조선사람도 다 있네그랴. 여름달이 게심심허고 텁터그리헌 것에 비허면 겨울달언 얼매나 적적허고 서러우냔 말이여. 근디 하와이 달언 항시 그 멋대가리 없는 여름달이제 은제 가을달이고 겨울달 맛이 나냐 그것이여."

"맞다, 그 말 한분 명언이네. 달이야 우리 고향서 보든 가을달 겨울 달이 참말로 좋았제. 가심 찡하고 눈물 핑 도는기 참 기맥혔능기라."

"그래도 나는 저 달을 보면 고향 생각만 잘 나고 서럽기만 하더라."

"그야 누구넌 안 그렇간디."

"짜아아, 묵자 것 없는 술상 나가요오."

큼직한 술상을 또 한 사람과 받쳐든 방영근이 뒷걸음질을 치며 목청을 높이고 있었다.

사람들이 자리를 내주며 비켜앉았다. 술상이 뒤따라 또 하나 나왔다. 잇댄 두 개의 술상에 20여 명이 빼꼭하게 둘러앉았다.

"이기 득남주니께네 산모 탈 없이 기동허고 얼라 무병허니 크게 축수허는 맘으로 많이덜 드소 마."

구상배가 좌장답게 한마디 했다.

"어이, 영근이 자네도 한마디 허드라고."

"어허, 술덜이나 많이 묵어."

방영근이 쑥스러워하며 주먹으로 허공을 쳤다

"염치없이 아들을 셋씩이나 주루룩 낳았으니 무슨 할 말이 있겠어. 우리는 술이나 많이 축내 앙갚음하더라고."

"맞다, 뻐떡 술이나 묵자."

모두 흥겨운 마음으로 술잔을 들었다. 술잔마다 달이 담겨 있었다. 그들은 새로 태어난 목숨의 앞날을 축원하며 술잔들을 부딪쳤다. 서양술을 마시면서 자신들도 모르게 익힌 서양격식이었다.

"저사람언 우예 그리 기술이 좋노."

"누가 아니래나. 그 기술이 부럽다니까."

"부럽으면 배우소."

"배워서 안 되는 기술이니까 부럽지."

"맞다, 맞다. 아하하하……."

사람들이 웃음을 터뜨렸다.

"늦장개 가등마 실속언 혼자 다 채린당게."

"그기 다 도적놈 심뽄기라. 넘덜언 본전치기도 못허는 판에 세 곱 장사하능 거 아이가."

"도적놈 소리 안 들을라면 앞으론 딸만 셋을 낳게."

"옛끼!"

"딸만 셋 낳은 사람 딸 여섯 되기 쉬운 것 알지? 여섯 곱 장사하게 될 날 머지않았으니 두고 보게."

"그리되면 그것도 볼만허겄네."

"왜 아이라. 그리되몬 자석덜이 전부 몇이 되능기고? 이륙에 십에 이, 모다 열둘 아이가. 참말이제 이문 큰 장사네."

"말년이 든든허서 좋겠는디."

"모르지. 애들 서양물 들어가는 걸 보면 아들 많다고 말년 편하게 될지."

"그런 소리 마소. 조선놈언 어디서고 조선놈인기라. 효도 안 하믄 그대로 둘기등가."

"그야 우리 맘이제 뜻대로 되간디."

"무신 소리 하노. 그러니께네 조선풍속대로 갤차야 허능기라."

"그 말 맞네. 늙어서 사나운 꼴 안 당하려면 어렸을 때부터 조선식 예의범절을 잘 가르쳐야 해. 이 서양식 중에서 제일 못돼먹은 게 효도 모르는 것이야. 인륜을 모르는 게 그게 어디 사람 사는 꼴이야."

"그러이 타국서 자석덜 키우기가 곱절 에로븐 것 아이가."

그들은 어느덧 자식들 기르는 문제로 의견이 모아져 있었다. 자식들을 교육시키는 문제와는 또 다르게 그 문제는 그들이 자주 입에 올리는 심각한 문제였던 것이다.

하와이의 조선사람들은 세 가지의 공통점을 가지고 있었다. 첫째, 그 누구든 자식들에게 다시는 농장생활을 시키지 않겠다는 결심이었다. 자기들의 고생을 자식들에게까지 되풀이시키지 않겠다는 부모들의 마음이었다. 농장생활을 벗어나게 하는 방법은 학교교육을 철저히 시키는 것이었다. 그래서 교육열은 더없이 뜨거웠다. 둘째, 밥에다 김치를 먹듯이 조선사람으로서의 생활과 모습을 잃지 않으려고 했다. 여름뿐인 땅이었지만 해가 바뀌면 꼭 설을 쉈고, 비록 양주를 따라올리더라도 꼭 제사를 지냈던 것이다. 셋째, 어떻게 해서든지 빼앗긴 나라를 되찾기를 바라는 것이었다. 얼른 고향으로 돌아가고 싶어서만이 아니었다. 실생활에서 노란둥이라는 차별에다가 나라 없어서 당하는 설움이 겹쳐지고 있었다. 일본사람이나 중국사람들이 당하지 않는 무시와 멸시 그리고 손해를 언제나 당하며 살고 있었다.

"성님요, 그 특헌금인지 머시깽인지 우이할 깁니꺼? 요분 공일날 또 찾아올 긴데 말입니더."

누군가가 이야기를 바꾸며 구상배에게 물었다.

"글씨러……."

구상배가 무거운 목소리를 흘리며 술잔을 들었다. 그리고 달 쪽으로 눈길을 돌렸다. 특헌금이란 특별헌금을 말하는 것이었다.

좌장인 구상배의 반응이 모호하자 술자리에는 침묵이 흘렀다.

"그것 또 꽹이헌티 생선 맡기는 것 아니겠어."

누군가가 퉁명스럽게 침묵을 깼다.

"맞어, 죽 쒀서 개 좋은 일 시킬 것 없다구."

다른 사람이 재빨리 맞장구를 쳤다.

"하모, 우리도 인자 곰 노릇 더 할 기 없는 기라."

또다른 사람이 거들고 나섰다.

"보래, 보래, 우리가 한두 분도 아이고 낙담하기로야 서로 다 똑겉은 맴인기라. 허나 지끔 이 시각에도 하나뿐인 목심 내걸고 싸우는 사람덜이 수태 많덜 않나 말이다. 그분네덜 생각허믄 우리가 이리 술잔 걸치고 편케 앉어 막말헐 기 아닌기라. 그간에 우리가 낸 세금이고 후원금이 아무리 피땀얼 짠 것이라 해도 목심 바쳐 죽고, 지끔도 싸우고 있는 분네덜에 비허믄 조족지혈 아이가. 그라고 말다, 우리 혈세 중간에서 띠묵은 인종이 나쁘고, 후원금 받아갖고 변심헌 인종이 못된 것이제, 어데 성심으로 싸우는 독립투사덜얼 도매금으로 몰아쳐서야 사람 도리가 되겄나. 그 문제는 입에 술대고 헐 이바구가 아니니께네 담으로 미루는기 좋겄다."

구상배의 차분하면서도 무게 실린 말이었다.

"예, 무슨 말씀인지 알겠어요. 헌데, 우리가 하는 말은 후원금을 걷는 중간에 선 사람들을 못 믿겠다는 것이지 목숨 내걸고 싸우는 독립투사들을 욕하는 게 아닌데요."

"맞심더, 우리 죄인 맨글지 마이소."

"하면, 우리가 낸 혈세가 그분네덜헌티 안 전해진 것이 분허고 원통해서 허는 말이제라."

그들의 항의는 날카로웠다.

"그거럴 누가 모리나. 술 묵은 기운에 짜드락 말 많이 허다 보믄 그런 말실수도 생길지 모르니께네 미리 막은 거 아이가. 오늘은 노래나 불르고 기분 좋게 놀그라."

구상배가 그들을 다독거리듯 고개를 끄덕이며 손짓했다.

그들이 품고 있는 그런 불신감은 이승만 한 사람에 국한된 것이 아니었다. 이승만 사건에 뒤이어 박용만이 밀정으로 변절해 북경에서 살해된 사건이 터졌던 것이다. 3년 전인 1928년 10월의 일이었다. 그 소식이 하와이에 퍼지자 사람들이 받은 충격과 절망은 이만저만이 아니었다. 이승만에 대한 배신감이 박용만에 대한 기대로 바뀌어 있었기 때문에 그 충격과 절망은 더 큰 것이었다.

이승만 사건이 일어난 서너 달 후인 7월에 중국에 있던 박용만이 하와이에 불현듯 나타났다. 그가 하와이에 온 목적은 중국에 넓은 황무지를 확보하고, 그 땅을 개간하여 자립적인 독립운동 근거지를 만드는 동시에 대조선독립단의 독립군을 양성하는 자금을 마련하기 위해서였다. 거기에 필요한 자금은 자그마치 2만 달러였다. 그러나 하와이의 거의 모든 조선사람들은 그 모금에 호응했다. 그건 박용만이 전부터 지니고 있었던 진실성에다가 이승만에 대한 실망감이 보태져 조성된 신망의 표현이었다.

모금은 무난하게 이루어져 박용만은 이듬해 3월 다시 중국으로 떠나갔다. 그런데 2년이 지나 박용만은 밀정으로 총을 맞아 죽은 것이었다. 그 소식은 사람들에게 충격과 절망을 준 것만이 아니었다. 구구한 살해 원인으로 사람들을 혼란에 빠뜨렸다. 질정없이 떠도는 여러 가지 이야기들을 간추리면 박용만이 밀정이냐 아니냐로 요약되었다. 그때까지도 호놀룰루에 본부를 두고 있었던 박용만계의 조선독립단 사람들은 박용만이 변절자가 아님을 누누이 강조하고 다녔다. 그들의 말을 믿자면 명망 높은 독립투사를 무고하게 죽인 죄가 의열단으로 돌아갔다. 그런데 정반대의 주장도 꼬리를 이었다. 박용만이가 무슨 시정잡배고, 의열단 또 무슨 왜놈들의 야쿠자 패거리냐. 의열단 같은 데서 확실한 근거 없이 그런 중대한 일을 도모할 리가 있느냐. 이런 식이고 보니 사람들은 혼란에서 쉽게 벗어날 수가 없었다.

그런데 사람들의 관심은 자기들이 낸 헌금에 쏠리기 시작했다. 아는 사람은 아무도 없었다. 그 의혹과 함께 사람들은 차츰 박용만을 의심하기 시작했다. 그런데 사람들의 마음이 완전히 돌아서게 된 계기가 생겼다. 서너 달이 지나 조선에서 건너온 신문에 박용만이 밀정으로 살해되었다는 기사가 실려 있었던 것이다.

그 뒤로 사람들은 한인회에서 거둬들이는 정규적인 세금만을 마지못해 냈을 뿐이다. 그러나 그것마저 외면해 버리는 사람들도 적지 않았다. 그런 싸늘한 분위기 때문이었는지 그동안 특별헌금을 모금하는 일이 없이 지나갔다. 그런데 최근에 특별헌금을 모으는 사람들이 다시 농장마다 돌기 시작한 것이었다.

그 모금운동과 함께 떠오른 이름이 상해임시정부 국무령 김구였다. 김구가 올해 조직한 무슨 비밀단체의 특무공작을 돕자는 것이었다. 그 비밀단체란 일본요인들을 암살할 목적으로 조직된 임정 직속의 한인애국단을 말하는 것이었다.

그들의 예상대로 이틀이 지나 공일날이 되자 모금원들이 찾아왔다.

"어서 오이소. 일언 잘돼가능교?"

구상배가 구면인 그들을 맞으며 나무그늘에 자리를 권했다.

"예, 안녕하십니까. 이거 참, 생각보다 일이 어렵습니다."

모금을 주동하고 있는 임성우란 사람이 떨떠름하게 웃었다. 그는 대한제국 군인 출신으로 하와이의 대조선독립군단의 독립군 훈련 시절에 대위였던 사람이었다.

"그럴 낍니더. 그간에 그리 민심얼 잃었시니 우예 일이 쉴케 되겠능교."

구상배가 세 사람에게 담배를 권했다.

"글쎄 말입니다. 상해에선 애타게 기다리고 있을 텐데 이거 야단났습니다."

"돈언 얼매나 보내야 되능교?"

"예, 급한 대로 천 딸라 정도는 보내야 사업을 착수할 수 있지 않을까 합니다."

"천 딸라라카믄 그리 큰돈도 작은돈도 아니구마는도……."

"그렇지요, 동포들이 맘들만 합해주면 당일에도 해결될 액수지요."

"사람이 한 분 속제 두 분 안 속는다 캤는데, 여게 사람덜이사 크게 두 분이나 속았으니께네 그 맘덜이 우짜겄능교. 그러이 무작정 헌금하라카지 말고 사람덜 맘얼 합허는 방책보톰 세와야 될기요."

"예, 우리도 그걸 생각해 봤는데 마땅한 방책이 있어야 말이지요. 무슨 좋은 생각이 없습니까?"

임성우는 곤혹스러운 얼굴로 담배를 빨아당겼다.

"글씨요……, 그기야 머 에롭게 생각할 기 없는 일 아닌기요. 보이소, 사람덜이 와 헌금얼 안 낼라칸다고 생각허능기요?"

"그야……, 또 속을까 봐 그러는 거 아닙니까."

"바로 그깁니다. 그라이께네 요분 일에넌 속는 기 아이라는 무신 보증서럴 사람덜헌티 보이는 무신 방도럴 찾아보이소."

"보증서라……."

그들은 침울한 얼굴로 돌아갔다. 그리고 한 사나흘이 지나 구상배를 다시 찾아왔다.

"이런 방법은 어떻겠습니까? 김구 선생이야 임정 국무령이시니까 믿을 수 있는 것이야 더 말할 것이 없고, 못 믿는 것은 우리들 아닙니까. 그러니 헌금자 명단을 작성해 헌금자들이 일일이 싸인을 하게 해서 총액이 얼마인지 모두가 확인하게 합니다. 그리고 돈을 보내는 것도 누구에게 맡길 게 아니라 우체국을 통해서 보내고, 그 송금증을 모든 사람에게 확인시키는 것 말입니다."

구상배를 바라보는 임성우의 눈이 빛나고 있었다.

"맞심더. 그리하믄 우리도 헌금얼 내지예."

"아이고 고맙습니다."

임성우가 구상배의 손을 덥석 잡았다.

"아이고마 무신 말씸이신교. 이 일이 어데 사사로 이문 보는 일인교. 일얼 못 돕는 지가 고맙다꼬 말씸디래야지요."

구상배가 손을 맞잡으며 웃었다.

그 특별헌금 1천 달러는 열흘을 넘기지 않고 모아졌다. 그리고 미국우체국을 통해서 상해임시정부로 보내졌다.

방영근은 저녁밥을 먹고 나서 갓난둥이를 어르고 있었다. 아이는 그동안 젖살이 올라 제법 얼굴 꼴을 갖춘 것이 귀엽기 그지없었다. 아내도 몸이 실해 아무 뒤탈 없이 산후회복이 빨랐다. 방영근은 그것이 얼마나 고마운지 몰랐다. 산후 뒤탈로 몸고생 마음고생하는 사람들이 적지 않았고, 어떤 사람들은 병원을 드나드느라고 빚더미 위에 올라앉기도 했다.

"여보게, 영근이. 영근이 있나?"

밖에서 나직하게 들리는 소리였다.

"이, 누구여?"

방영근은 잡고 있던 아이의 손을 놓고 일어섰다. 그 순간 어머니

의 모습이 흩어져 나갔다. 또 어머니를 생각하고 있었던 것이다. 늘
그리운 어머니였지만 아이들을 낳고 나면 더욱 애달프게 그리워지
는 어머니였다. 어머니는 장가를 들이지 못한 채 큰아들을 타국으
로 보내는 것을 그리도 가슴 아파했었다. 그리고 오래 걸리지 말고
곧 돌아와 손자들 안고 살기를 소원했었다. 그런데 세월은 감감하
게 흘러버리고, 아이들은 할머니 얼굴도 모르며 자라고 있었다. 어
머니의 모습은 언제나 자신이 떠나올 때의 그 모습만이 떠올랐다.
얼마나 늙으셨는지……, 얼마나 고생을 하고 사시는지……, 살아
계시기나 한 것인지……, 어머니를 생각할 때면 언제나 가슴은 눈
물로 젖었다.

방영근은 판자문을 밀었다.

어스름 속에 서 있는 것은 뜻밖에도 김칠성이었다.

"아니, 자네가 어쩐 일이여?"

방영근은 뜨악하게 말하며 고개를 틀어돌렸다. 장사하는 공일날
도 아닌데 찾아온 것이 영 이상했던 것이다. 공일날이라고 해도 자
신을 피해다니는 김칠성이었다.

"자네허고 상의할 일이 좀 있어서……."

김칠성은 머뭇거리며 어색하게 웃었다.

"나허고 상의헐 일? 글씨이, 나 무신 소린지 잘 몰르겄는디."

방영근은 고개를 외로 튼 채 찬바람 나게 대꾸했다. 김칠성이가
농장을 떠나 행상으로 변한 뒤로 방영근은 그를 사람으로 취급하
지 않았다.

"자네한테 해로운 일이 아니니까 저쪽으로 좀 가서 얘기하세."

김칠성은 여전히 옹색스럽게 말했다.

"나헌티 해로운 일이 아니면 글먼 이로운 일이란 것이여?"

방영근은 고개를 홱 돌렸다. 그 말이 왠지 기분 상했던 것이다.

"여보게, 이젠 날 너무 미워하지 말고 얘기나 좀 들어보게. 내가 한 일을 잘했다고 생각하진 않으니까."

김칠성이 슬그머니 고개를 돌렸다.

방영근은 잠깐 생각했다. 아무리 꼴을 보고 싶지 않더라도 일부러 찾아온 사람이었다. 지난 일을 잘못되었다고 생각한다는 말을 믿지 않더라도 그대로 퇴짜를 놓기는 인정상 못할 일이었다.

"가드라고, 저짝으로."

방영근은 앞장섰다.

아이들이 조선말과 영어를 뒤섞어 쓰며 어둑발이 번지는 속에서 뛰어놀고 있었다. 꽃들도 밤을 맞이하느라고 색깔 고운 잎들을 오므려가고 있었다.

방영근은 나무 아래 돌방석에 앉았다. 김칠성이도 그 옆에 앉으며 담뱃갑을 방영근에게 내밀었다. 방영근은 담배를 뽑아들며 이 친구가 왜 찾아왔을까를 계속 생각하고 있었다. 그러나 전혀 짚이는 것이 없었다.

"저어, 내가 찾아온 건 다름이 아니고 자넨 날 미워하지만, 용석이도 죽고 없으니 그래도 내가 친한 건 자네밖에 없잖나. 다른 사람들도 알긴 하지만 속을 믿을 수가 없고."

김칠성은 여기서 말을 끊고 담배를 두어 모금 빨았다.

방영근은 묵묵히 담배만 피웠다.

"자네하고 상의할 일은 다른 것이 아니고, 나도 나이들어 이젠 행상을 더 하기도 어렵고, 그동안에 돈도 좀 모아 자리잡고 앉아서 일할 만큼도 됐는데, 돈벌이를 이것저것 생각해 보니까 아무래도 세탁소가 제일 나은 것 같더군. 그래서 세탁소를 차렸으면 하는데, 그 일이 혼자서는 어려운 일이라 자네가 나하고 함께……."

"아니, 나보고 자네 밑에서 종업원질허란 것이여 시방?"

방영근이 말을 자르고 들었다.

"이사람아, 말을 다 들어봐. 종업원을 하라는 게 아니고 나하고 동업을 하자는 거야."

"나야 동업헐 돈이 없제."

"어허, 말을 다 들어보라니까. 일거리는 해군들의 옷을 하기로 길을 터놨으니까 돈벌이는 괜찮을 거고, 자네는 돈이 없어도 되니까 나하고 함께 일하면 다달이 월급은 따로 주고, 그리고 이익금에서 3분의 1을 자네 몫으로 주겠네. 그리되면 농장에서 일하는 것보다 두 배는 더 나을걸세. 자네도 나이들고 애들은 커가는데 언제까지 파인애플 가시에 찔려가며 고생할 수는 없잖은가. 내 생각이 어떤가?"

농장보다 두 배의 돈벌이……, 나이는 들어가고, 아이들은 커가고…… 방영근은 순간적으로 마음이 흔들리는 것을 느꼈다. 그것은 자신이 가지고 있는 약점이었고, 김칠성은 그 약점을 정통으로 찌르고 있었다.

세탁소…… 그건 돈벌이가 괜찮은지 모르지만 결국 남들의 때 긴 옷을 빨아주는 일이었다. 벌써 조선사람들이 손쉽게 차리고 나서는 업종이었다. 그러나 돈벌이가 괜찮다고 해서 남자가 할 짓인가……?

방영근은 새 담배에 불을 붙였다. 한참을 담배만 빨아댔다.

"……딴사람얼 구해보소."

마침내 방영근이 말했다.

"아니, 왜 그러나?"

김칠성의 목소리가 당황스러웠다.

"작게 묵고 가는 똥 쌀라네. 흰둥이덜 때 찐 옷 빨아감서 배 잠 더 불르게 살기넌 싫응게."

방영근은 담배를 발끝으로 잉끄리며 몸을 일으켰다.

"이사람아, 여긴 조선이 아니라 미국이야. 직업이야 뭐가 됐건 돈 있는 사람을 제일로 치는 미국이란 말야. 자넨 미국사람들 사는 것 보지도 못했나? 그러지 말고 다시 생각해 봐. 공일날 또 올 테니까."

방영근은 더 대꾸 없이 뚜벅뚜벅 걸음을 옮겨놓고 있었다.

아이들은 한결 진해진 어둠살 속에서 여전히 신나게 뛰어 놀고 있었다. 모기조차도 꺼리지 않고 동무로 삼는 것인지 아이들의 외침과 웃음소리가 무슨 반짝거림처럼 약동하고 있었다. 모기들이 극성을 떨기 시작할 시각이었다. 하와이에는 뱀이라고는 없었지만 모기나 파리는 그 크기부터가 다른 게 기세가 대단했다. 그런 것들이 살기 좋은 기후 탓일 거였다.

"누가 왔등교?"

아이에게 젖을 물리고 있던 방영근의 아내가 물었다. 수더분하고 선하게 생긴 얼굴이었다.

"이, 저짝 유 서방이 마실나왔등마."

방영근은 적당히 말을 받아넘겼다. 아내에게 아예 그 이야기를 꺼내고 싶지 않았던 것이다. 자신도 순간적으로 마음이 흔들렸는데 아내는 더 심할지도 모를 일이었던 것이다. 아내는 그 누구보다도 자식들을 많이 가르치고 싶어하는 욕심을 가지고 있었다. 농장 일을 남자 못지않게 열성으로 해대는 것도 그 욕심을 채우기 위해서였다.

방영근은 잠자리에 누워서도 그 문제를 생각해 보았다. 그동안 농장을 벗어나 새 밥벌이를 시작한 조선사람들이 더러 있었다. 그들은 대개 음식점 세탁소 이발소 채소장사 행상 같은 것을 했다. 그 가게들은 영 보잘것이 없었고, 손님도 조선사람들을 주로 해서 중국사람이나 필리핀사람들이 섞여들었다. 그러나 모두가 다 돈벌이를 하는 것이 아니었다. 어떤 사람들은 망해 다시 농장으로 찾아 들어오기도 했다.

세탁소……, 아무리 생각해도 구질스럽고 더러워 남자가 할 짓이 못 되었다. 날마다 빨래를 빨고 있는 자신을 생각하자 그만 진저리가 쳐졌다. 세탁소에 비하면 농장일은 돈벌이가 좀 덜 된다고 하더라도 천덕스럽지 않고 어엿한 농사였다. 그리고 벼농사가 그렇

듯이 파인애플농사도 힘겨운 속에서 정성을 바친 만큼 그것들이
자라나고 열매 맺고 익어가는 재미와 보람이 있었다. 그런데 날마
다 땟국물에 빠져 살면 어찌 될 것인가. 천만금이 생기는 것도 아
닌데……. 그리고 아내와 함께 열성으로 일하면 아이들을 가르치
는 것도 그다지 어려울 것도 없었다. 아내가 알뜰살뜰하기도 했지
만 그동안 돈을 모으며 살아왔던 것이다.

　그려, 농사일이 질이다. 작게 묵고 가는 똥 싸자!

　방영근은 다시금 마음을 다잡았다.

40

만주 침략

1931년 9월 18일 마침내 만주사변이 터졌다. 일본의 관동군들이 만주를 침략한 것이었다. 만선철도를 따라, 남만주에서 제일 큰 도시이고 압록강으로부터 중국의 첫 관문인 봉천을 하루아침에 점령한 관동군들은 거침없이 북동진을 감행하고 있었다. 관동군들의 거센 침략 앞에서 중국군들의 대항이란 극히 미미했다. 관동군들의 침략은 너무 갑작스러웠던 것이다. 그리고 만주군벌 장학량의 군대는 적극적인 저항에 나서지 않고 관내인 북경 쪽으로 후퇴 작전을 꾸미고 있었던 것이다. 그건 국민당 정부의 장개석이 내린 후퇴 명령이었다. 장개석으로서는 변방에 일본군이 침략하는 것보다는 내륙에서 공산당과 싸우는 내전이 더 다급했던 것이다. 관동군들은 무적의 상태인 만주벌판을 하루에도 몇백 리씩 점령해 나아가고 있었다.

만주사변은 일본의 조작극에 의해 돌발한 사건이었다. 오래 전부터 만주를 손아귀에 넣고자 노려왔던 일본은 결국 침략의 구실을 꾸며내기에 이르렀다. 관동군은 자기네 관할인 만주철도를 봉천의 외곽지역인 유조구에서 스스로 폭파시켰다. 그러고는 그게 중국 측의 소행이라고 뒤집어씌우는 동시에 철도를 보호한다는 구실을 내세워 전격적인 군사행동을 개시한 것이었다.

방대근은 북만주 영안현에서 그 소식을 들었다. 무정부주의 투쟁조직을 확대하기 위해 노병갑을 만나러 와 있었던 것이다.

"이거 야단났네. 관동군이 기병이고 포병이고 총동원시켜 침략을 감행하고 있다는군."

노병갑이 가지고 온 정보였다. 그는 독립군 장교복을 입고 있었다.

"그놈덜이 비행기넌 안 띄우겠어."

방대근은 덤덤하게 말을 받았다.

"이놈들이 만주를 전부 집어삼킬 생각일까?"

노병갑은 초조한 기색을 드러냈다.

"두말허먼 잔소리제."

방대근은 무표정했다.

"그럼 중국하고 싸우겠다는 건데, 왜놈들 그거 미친놈들 아니야?"

"아니제. 즈그 생각으로야 청나라허고 싸와 이겼고 러시아허고도 싸와서 이겼응게."

"그것 참 골치 아프군. 헌데, 그놈들이 벌써 길림을 넘어섰다는데 그쪽 독립운동 단체들은 어떻게 했을까?"

"그야 우선 피허는 것이 묘수 아니겠어. 그것이 병법에 기본잉게."

방대근은 어서 돌아갈 것을 생각하고 있었다.

"그나저나 앞일이 어찌 되겠나?"

노병갑이 담배를 빼들었다.

"많이 에롭게 되겠제."

"중국사람들은 어떻게 할까?"

"글씨……, 그냥 당허고만 있기야 허겠능가."

"아니야, 중국사람들은 영 이상해서 당장 위험이나 손해가 없으면 그저 숨죽이고 있을지도 모르네."

"아니여. 중국사람덜이 인자 옛날 청나라 시절 사람덜이 아니시. 신해혁명 뒤로 이 사람덜도 개명헐 만치 개명혔네."

"그렇지도 않아 이사람아. 개명한 것들이 왜놈들하고 삼시협정을 맺어 우리 독립운동을 그리 방해하고, 우리 동포들을 그리 못살게 굴었단 말인가."

"그야 부패헌 장작림 군벌이 헌 짓거리제 중국사람 전부가 그런 것이 아니제."

"자넨 관내에 가 있어서 만주 천지가 어떤 꼴이 된 줄 몰라서 하는 소리야. 그놈의 협정 때문에 우리 독립투사들이 얼마나 많이 피해를 입고 감옥행이 된 줄 아나? 27년에 고려공청 만주총국 간부 29명이 체포된 것을 필두로 해서 다음해 신민부 간부 9명, 조선공산당 만주총국 간부와 당원 72명, 참의부 간부 40여 명 등 부지기

수네. 거기다가 알게 모르게 당한 일반 동포들의 피해까지 생각해 보게."

"그려, 송 선생님헌티 이얘기 들어 나도 그 실상얼 알고 있네. 근디 인자 안 달라질 수가 없네. 장작림이야 왜놈덜 수에 놀아나다가 폭사꺼정 당혔지만 그 아덜 장학량이야 왜놈덜얼 원수로 삼고 있고, 또 만주땅에도 중국공산당이 터잡고 뿌리내리기 시작혔단 말이시. 어쨌그나 만주에 중국사람덜이 나스게 되야 있는디, 그리되면 우리넌 믿을 만헌 동지덜얼 얻는 심이시. 발등에 불이 떨어진 중국서도 우리허고 손얼 잡을라고 헐 것잉게. 일이 그리 돌아가면 요분 사태가 우리헌티 꼭 불리헌 것만도 아니네."

방대근은 담배에 불을 붙였다.

"그럴 수도 있긴 한데……."

노병갑은 왼쪽 볼을 만지작이며 고개를 끄덕였다. 그 볼에는 전에 없었던 큰 흉터가 잡혀 있었다. 한눈에 칼질을 당한 흉이라는 것을 알 수 있었다. 군복과 그 흉은 묘하게 잘 어울리고 있었다. 가무잡잡한 그의 인상을 아주 강인하게 하기도 했고, 어쩌면 아주 잔인하게 보이게도 했다.

"자네도 얼렁얼렁 대책얼 강구혀얄 것이고, 나도 이러고 있을 때가 아니시. 인자 나가 헌 말에 답헐 때가 안 되았능가."

방대근은 노병갑을 똑바로 쳐다보았다.

"글쎄……, 자네 말 듣고 며칠 곰곰이 생각해 봤는데, 난 역시 공산주의는 싫고 무정부주의는 뭔지 모르겠네."

답은 분명했다. 그러니까 현재의 위치에서 움직이지 않겠다는 것이었다.

"그려, 자네 맘얼 알겠네. 근디 나가 보기로넌 말이시, 자네넌 공산주의럴 싫어허는 것이 아니라 공산주의자덜얼 미와허는 것 겉고, 무정부주의럴 몰르는 것이 아니라 알라고 허지도 않는 것 겉구마. 나 말이 틀린가?"

방대근은 노병갑에게 눈길을 꽂은 채 정면으로 들이댔다.

노병갑은 묘하게 웃었다. 그리고 눈길을 돌리며 담배를 빼들었다.

"어쩌면 자네 말이 맞는지도 몰르지. 난 지금까지도 흑하사변을 잊을 수가 없네. 난 그 사건 이후로 공산주의자들이든 쏘런이든 믿지 않아. 그런데 또 공산주의자들은 우리 김좌진 장군을 죽였네. 난 도저히 용서할 수가 없어. 그리고 무정부주의라는 건 너무 모호하고 막연해. 이것도 저것도 아니고 뜬구름 잡는 얘기 같단 말야. 그러니 내가 설 자리는 어디겠나."

방대근에게 맞서듯 노병갑의 태도도 분명했다.

"그려, 솔직허니 말해 준게 고마우시. 근디, 자네겉이 중책얼 맡고 있고, 또 젊은 사람이 사태럴 잘못 오해허고 있어서야 되겠능가. 흑하사변은 그 당장에넌 진상얼 잘 몰르고 입장에 따라 서로 주장이 다르덜 안혔능가. 그러다가 세월이 흐름서 그 진상이 다 밝혀졌네. 쏘런은 연해주에 진을 치고 있는 일본군헌티 트집 안 잽히고 그놈덜얼 몰아낼라고 일본놈덜이 원허는 대로 조선독립군얼 무장해제시키고 그 담에 자기덜 군대에 은폐시켜 합동으로 일본군허고 싸울라고 혔네. 그것이야 흑하사변 뒤에 전개된 빨치산활동으로 입증되었네. 그런디 쏘련에 그런 의도허고넌 별개로 우리 조선공산주의자덜이 파벌대립으로 우리 독립군덜얼 양분시켰고, 끝꺼지 타협이 안 되고 무력충돌이 일어난게 쏘련군이 한짝 편얼 들어 충돌 진압과 무장해제에 나슨 것 아닌가. 이런 사태럴 두고 그 난리판에서 살아나 다시 만주땅으로 돌아온 사람덜언 무작정 쏘련이 독립군덜얼 죽이고 무장해제시켰다고 야단이 났고, 독립운동 단체덜언 등사꺼정 해서 쏘련얼 성토허고 비난혔네. 물론 진상을 잘 몰랐을 때였응게 얼매든지 그럴 수 있는 일이제. 근디 자네넌 어찌서 그때 생각얼 그대로 지니고 있능가?”

방대근은 노병갑을 안타깝게 쳐다보았다.

“자네 말하는 걸 보니까 자네도 공산주의 물이 들었구만. 그럼 어째서 공산주의자들은 우리 김좌진 장군을 죽였나. 자넨 또 공산주의자들이 모함하는 대로 김좌진 장군을 밀정이라고 할 텐가!”

언성이 높아진 노병갑의 얼굴은 검붉게 흥분되어 있었다.

“아니시. 나도 이런저런 말얼 많이 들었는디 그 말얼 하나또 안 믿네. 나도 그 어런 뫼시고 청산리서 싸운 사람으로 그분에 지조와 인품얼 믿네. 그분이 화럴 당헌 것언 공산주의에 반대허는 그분 언행에 자극받은 극단적 공산주의자으 소행이제. 그분얼 직접 뫼셔온 자네 심정언 잘 아는디, 그 일허고 공산주의허고넌 따로 구분혀서 보는 것이 좋을 것이네.”

“그건 또 무슨 소리야. 그게 다 그거지.”

노병갑은 담배꽁초를 신경질적으로 비벼껐다.

"고것이 그렇덜 않으네. 나야 공산주의자넌 아니네만 가차이서 그 속얼 딜에다봉게 그 사람덜찌리도 극좌라고 허는 극단적 공산주의자덜에 대해서 비판도 많고 경계도 허고 그러데."

"그래 봐야 공산주의자들은 공산주의자들이야."

노병갑의 태도는 단호하기만 했다.

"그려, 나가 공산주의 변호인도 아닝게 그 말언 그만허세. 근디 우리가 한 가지 명심헐 것이 있네. 자네나 나나 멀라고 만주땅서 요 고상덜얼 허고 있능가? 그야 천번 만번 물어도 대답언 똑겉이 독립, 독립얼 위해서 아니여? 민족주의자든 공산주의자든 무정부주의자든 조선사람이면 그 목적은 다 똑겉이 한여. 단지 목적얼 달성허는 방법으로 서로 다른 주의럴 택헌 것뿐이란 말이시. 근디 주의가 다르다고 혀서 서로 미와허고 등지고 싸와서야 되겄능가. 아니여, 서로 돕고 손얼 잡고 연합혀야 혀. 우리 의열단이 중국 공산당이나 조선공산당얼 도운 것언 다 그런 뜻 땀시여. 자네넌 공산주의자덜얼 원수 대허디끼 허는디, 나넌 시방 송 선생님 밑에서 무정부주의 투쟁얼 허제만 언제 또 공산주의자로 활동헐란지 몰르네. 독립에 더 도움이 된다고 생각허면 주의야 언제든지 바꾼다는 것이 내 주의잉게로. 글먼 그때 가서 자네 나 가심에다 총질헐랑가?"

"그런 극단적인 예는 들지도 말어."

노병갑은 말허리를 잘랐다.

"아니여, 극단적인 것이 아니여. 보소, 자네도 다 아는 신채호 선생, 이회영 선생, 송수익 선생 겉은 분덜이 어찌서 그 연세에 무정부주의 투쟁에 나스셨겄능가? 그분네덜이 학식으로나 경륜으로나 안목으로나 우리보담 얼매나 높으신가? 세상도 변허고, 상황도 변허고, 민족주의로넌 한계가 있다고 판단허신 것이네. 우리 신흥무관학교 시절에 배운 것이 있제? 안목얼 넓고 크게 갖고 사물얼 바르게 판단허란 것 말이여."

방대근은 잎차잔을 들었다.

"흥, 자네 그간에 의열단에서 폭탄 던지고 암살하는 기술 배운 게 아니라 언변술을 배운 모양이군."

노병갑이 냉소적으로 웃었다.

"맞네. 연애도 많이 허고, 책도 많이 읽고, 토론도 많이 혔네. 근디, 끝으로 한마디만 더 허고 나 뜰라네. 우리 독립지사덜 중에 훌륭허신 분네덜이 많네. 그중 나가 질로 존경허는 분덜이 아까 말헌 세 분이시. 그분덜이 세운 공도 공이지만 나가 머리 숙이는 것언 세 분 다 절로 직위나 감투에 연연허지 않으신 것이네. 그러니 분파나 파벌얼 지을 필요가 없었제. 우리 독립운동 단체덜이 한나로 뭉치지 못헌 것이 그놈으 직위와 감투 탐해서가 아닌가. 우리가 신흥무관학교 댕길 적에 조장 한나 뽑는 디도 가심이 두근두근혔든 것얼 생각허먼 임시정부 국무령도 헐 수 있는 분네덜이 그리 초연헌 것이야 참말로 굉장헌 일이제. 나도 가끔 가다 감투 욕심이 솔깃혀질 때가 있는디, 그때마동 그분네덜얼 생각험서 맘얼 털고 허능구마. 나 인자 떠야 쓰겄네."

방대근은 다 헐어빠지고 때 전 중국옷을 털며 일어섰다. 그는 영락없는 중국농부였다.

"아니 이사람아, 이렇게 느닷없이 가면 어쩌나."

노병갑이 당황스럽게 일어났다.

"무신 소리여. 메칠 잘 묵고 잘 놀았으면 되았제. 그런 급박헌 소식 듣고 더 있어지겄능가."

"그렇긴 하지. 이거 서운해서 어쩌나."

"서운해야 또 만내면 반갑제."

"그래, 송 선생님 안부도 걱정인데 어서 가게."

노병갑은 마차역까지 전송을 나갔다.

"먼 길 조심하게. 관동군들을 맞바라보고 가는 거니까."

악수를 하며 노병갑이 쓸쓸히 웃었다.

"감서 몇 놈이라도 보냈으면 좋겄는디. 또 만내세."

방대근은 하늘을 눈짓하며 씨익 웃었다.

"이사람아, 괜히 딴생각 말고 조심하라니까."

노병갑이 놀라며 정색을 했다.

"그냥 농이시, 농."

방대근은 손을 흔들며 마차에 올랐다.

마차가 까맣게 멀어지는 것을 지켜보고 있다가 노병갑은 문득 그 생각이 떠올랐다.

아, 그게 나를 두고 한 말이었구나!

노병갑은 반사적으로 자신의 군복을 내려다보았다.

한족총연합회 소속 독립군 참모장. 자신의 그 직위를 두고 방대근이 그런 말을 했음을 노병갑은 뒤늦게 깨닫고 있었다.

못된 친구, 날 단단히 야유했군.

노병갑은 기분이 불쾌했다. 방대근의 말은, 지금의 감투에 연연해서 다른 주의를 배척하는 것이 아니냐는 뜻이었다.

노병갑은 발길을 돌리며 방대근의 말을 되짚고 있었다. 그의 말은 마디마디에 전부 가시가 돋쳐 있었다.

나는 감투를 탐한 적이 없었던가?

노병갑은 스스로에게 물어보았다. 그러나 떳떳하고 당당하게 고개를 들 수 없었다. 참모장자리를 욕심냈었고, 안무부대 출신인 경쟁자에 대해 군관학교를 나오지 않았다고 험담했던 것이다.

방대근이…… 그는 의열단원일 뿐 아무런 직위도 갖고 있지 않았다. 그러면서도 방대근은 아무 거리낌이 없었고 당당했었다. 솔직히 말해서 자신은 신흥무관학교 시절부터 모든 면에서 방대근에게 달렸던 것이다. 체구도 그렇고, 공부도 그렇고, 인물은 더 말할 것이 없었던 것이다. 방대근이야말로 참모장 아니라 사령관을 해도 손색이 없는 능력자였다. 그런데 아무런 고위직도 없이 중국 농부 행세를 하며 의연하게 만주벌판을 오가고 있었다.

노병갑은 괴로운 신음을 씹었다. 지금 방대근은 무슨 생각을 하며 떠나가고 있을 것인가. 길림에서 북만주까지 그 먼 길을 찾아왔을 때는 함께 일할 것을 믿었기 때문일 거였다. 그런데 자신은 거절을 하고 말았다. 그 거절을 꾸짖기라도 하듯 방대근은 긴 말을 했던 것이다. 그는 평소에 말을 많이 하는 편이 아니었다. 노병갑은 방대근이 남기고 간 말들이 모두 가시로 변하는 것을 느끼고 있었다.

한편, 방대근도 마차에 흔들리며 노병갑을 생각하고 있었다. 장교복을 단정하게 입은 노병갑의 모습은 보기에 좋았다. 독립군 참모장, 그 직위도 그의 투쟁경력과 나이에 걸맞게 잘 어울렸다. 그러나 그의 생각이 너무 외곬으로 막혀 있는 것이 문제였다. 그리고 만주의 상황이 급변하는 속에서 자칫 잘못하면 그는 골목대장이 될 형편에 처해 있었다. 그렇지만 차마 그것까지 지적할 수는 없었던 것이다. 김좌진이 죽고 없는 한족총연합회란 그 앞길을 전혀 예측하기가 어려웠다.

만주의 삼부가 통합해 국민부가 조직된 것이 1929년 4월이었다. 그런데 신민부에 속해 있었던 김좌진은 그 통합에 불만을 품고 휘하의 군정파를 이끌고 분리되어 나왔다. 그리고 영안현에서 새로 조직한 것이 한족총연합회였다. 그런데 6개월 만에 김좌진은 암살당하고 말았다. 총수를 잃어버린 한족총연합회는 이제 명맥만 유지하고 있는 형편이었다.

방대근은 노병갑의 생각을 지우려고 했다. 그러나 그와 함께 겪은 일들이 줄줄이 꼬리를 이어 떠올랐다. 우수리강가에서 허벅지만큼 큰 메기를 몽둥이로 때려잡던 일, 마적떼의 기습을 받고 맨발에 속옷 차림으로 정신없이 총질을 해댔던 일, 하루를 꼬박 굶고 고구마 하나를 얻어 반씩 나눠먹으며 집결지를 찾아갔던 일……. 방대근은 담배에 불을 붙이며 밖으로 눈길을 돌렸다. 9월 하순으로 접어든 만주벌판에는 어느덧 가을이 짙어져 있었다. 사람들이 벼베기하기에 바빴다.

여긴 논농사가 더 어려울 텐데…….

방대근은 또 가슴 뭉클한 서러움을 느꼈다. 논에서 일하는 사람들만 보면 언제 어디서나 어김없이 일어나는 감정이었다. 그들은 물어보고 말고 할 것도 없이 조선사람이었던 것이다.

만주에서 조선사람들은 점점 더 살기 어려워지고 있었다. 중국 지주들이 갈수록 소작료를 올려댔던 것이다. 초기에는 3·7제였던 것이 4·6제로 변했고 다시 5·5제가 되더니 6·4제로 뒤집히기에 이르렀다. 그건 조선 쪽의 영향이라고도 했고, 조선사람들이 자꾸 많아지기 때문이라고도 했다. 그 이유야 어쨌거나 간에 가장 중요한 원인은 중국지주들의 탐욕에 있었다. 작년 말과 금년 초에 걸쳐서 일어난 추수폭동과 춘황폭동에 거의 조선사람들이 앞장섰던 것은 결코 우연한 일이 아니었다. 공산당원들이 선전하는 계급투쟁에 조선사람들은 그대로 호응하고 나섰던 것이다.

추수나 제대로 하는 것인가…….

방대근은 지삼출 아저씨를 생각했다. 올해 농사는 꽤 풍년이라고 했었다. 이미 관동군의 손아귀에 들어갔다는 그쪽에서 무슨 피해나 입고 있지 않는지 걱정이었다. 추수한 벼를 약탈당하지 않으리라는 보장이 없었던 것이다.

기차를 갈아탄 방대근은 장춘역에서 끌어내려졌다. 일본군들이 착검한 총을 겨누며 젊은 남자들을 골라냈던 것이다. 기차에서 끌려 내려간 남자들은 두 줄로 세워져 몸수색을 당했다. 열 걸음 정도의 간격으로 늘어선 일본군들은 언제든지 총을 발사할 수 있도록 앞에총 자세를 취하고 있었다. 반항 같은 것은 엄두도 낼 수 없도록 살벌한 분위기였다.

200여 명의 남자들 중에서 예닐곱 명이 줄 밖으로 끌려나갔다. 그들의 몸에서 칼이며 많은 액수의 돈이 나왔던 것이다. 그들은 총을 겨눈 네 명의 군인들에게 역건물 쪽으로 끌려갔다. 방대근은 칼을 지니지 않았던 게 천만다행이었다고 안도하고 있었다.

"지금부터 신속하게 열 명씩 조를 짠다. 가까운 사람들끼리 빨리 열 명씩 조를 짜라!"

니뽄도를 휘두르는 군인의 말을 한 남자가 중국말로 바꾸었다. 그 통변은 중국옷을 입지 않았을 뿐이지 중국사람이 틀림없었다.

참 잽싸게도 붙어먹는다.

방대근은 이 생각을 하다가 자신의 생각이 빗나간 것인지도 모른다는 느낌이 들었다. 저런 자들은 진작부터 일본의 밀정으로 암약해 왔을 가능성이 컸던 것이다.

군인들은 재빠른 동작으로 사람들을 열 줄로 세워나가기 시작했다. 곧 대열이 이루어졌다.

"지금부터 저쪽 열차에서 하역작업을 실시한다. 누구든 잔꾀를 부리고 일을 열심히 하지 않으면 그 조가 전부 단체기합을 받게 된다. 그러나 작업을 빨리 끝내는 조는 바로 기차로 보내줄 것이다.

모두 열심히 하라!"

화물차 칸마다 한 조씩 배치되었다. 군인들의 명령에 따라 그들은 화물차의 문을 열었다. 차량마다 물건들이 가득가득 들어 있었다. 그러나 포장된 그 물건들이 무엇인지는 알 수가 없었다. 그들은 군인들의 감시 속에서 그 물건들을 내리기 시작했다.

하! 왜놈들하고 상면을 이렇게 하다니.

방대근은 끙끙 힘을 써대며 어이가 없었다. 그러나 그런 강압적 노동을 당하는 것은 오히려 통쾌했다. 일본군들은 총칼로 위협할 줄만 알았지 그런 행위가 만주사람들에게 얼마나 큰 반감을 사게 될지는 계산하지 못하는 어리석음을 범하고 있었던 것이다. 그들이 그런 일을 많이 저지를수록 이쪽의 투쟁은 유리해지는 것이었다.

짐들은 하나같이 크기보다 무거웠다. 그것들이 무기이거나 탄약 종류일 거라는 짐작은 쉽게 할 수 있었다. 이것들을 다 폭파해 버린다면 얼마나 좋을까. 방대근은 몇 번이고 그 생각을 했다.

두 시간 정도가 걸려 하역작업을 끝냈다. 날씨가 서늘서늘한데도 사람들은 모두 땀을 흘리고 있었다. 그들을 기차로 돌려보내면서도 일본군은 수고했다는 빈말 한마디 하지 않았다.

방대근은 장춘까지도 관동군의 손아귀에 들어간 것을 확인한 셈이었다. 그런 식으로 나간다면 앞으로 한두 달이면 만주 전역을 장악할 것 같았다. 장춘은 만주의 거의 중앙에 위치해 있었던 것이다.

기차가 움직이기 시작하자 기다렸다는 듯 사람들이 말을 시작했다.

"장춘은 또 언제 점령했나?"

"그러게 말야. 이거 큰일났군."

"우리 군대는 뭘 하고 있는 거야?"

"이런, 자다 일어났소? 관내로 철수했다는 소문난 지가 언젠데."

"빌어먹을, 싸워보지도 않고 철수하는 게 무슨 놈의 군대야."

"그러니 세금 헛냈지."

"소문대로 일본군인놈들이 아주 돼먹지 못했군."

"아주 형편없는 악질들이야."

"저런 것들 밑에서 어찌 살지?"

"홍, 저 군대는 아무것도 아니오. 더 무서운 게 있소."

"더 무서운 거?"

"거 낭인팬지 뭔지가 마적떼보다 더 무섭게 설치고 다닌다는 소문도 못 들었소?"

"낭인패가 뭐요?"

"이런 답답하기는. 일본마적떼라고 생각하면 되오."

"그 낭인패가 군대하고 한통속이라는 말이 맞는 거요 어쩌는 거요?"

"그러니까 그리 멋대로 설치는 거 아니오."

"어떤 조선사람들 동네에서는 그놈들이 여자들을 강간하고 재산까지 다 털어갔다는 거요."

"그래도 그건 나은 편이오. 어느 동네서는 집들까지 다 불질렀다고 합디다."

"조선사람들 동네만 그러는 게 아니오. 우리 중국사람들도 당하기는 마찬가지요."

"이거 정말 큰일이네. 관내로 이사를 갈 수도 없고."

방대근은 그저 묵묵히 듣고만 있었다. 기차 안 어디에 앞잡이들이 섞여 있을지 몰랐던 것이다. 그러나 가슴에서는 불길이 일고 있었다. 새로운 싸움은 이미 시작되어 있었던 것이다. 앞으로 어떤 방법으로 싸워야 할 것인지가 문제였다.

길림역에도 일본군들이 삼엄한 경계를 펴고 있었다. 방대근은 서둘러 역을 빠져나왔다. 마음은 100여 리 밖 집으로 줄달음질치고 있었다.

넓은 역마당으로 나오던 방대근은 주춤 걸음을 멈추었다. 사람들이 빽빽이 둘러선 마당 가운데에서 고함소리와 비명소리가 터져나오고 있었던 것이다. 그런데 고함소리는 분명 일본말이었다. 아무리 집에 갈 마음이 급해도 그걸 그냥 지나칠 수가 없었다. 방대근은 그쪽으로 발길을 서둘렀다.

사람들이 그리고 있는 동그라미 안에서는 한 사내가 두 명의 일본군에게 폭행을 당하고 있었다. 두 일본군은 땅바닥에 뒹굴고 있는 사내를 번갈아가며 걷어차거나 개머리판으로 후려치고 있었다. 그럴 때마다 비명을 지르는 사내의 얼굴은 이미 피투성이였고 중국옷도 흙범벅이 되어 있었다.

"저 사람이 뭘 잘못했소?"

방대근은 옆의 남자에게 물었다.

그런데 그 남자는 뚱한 얼굴로 그저 고개를 저었다. 방대근은 모여선 사람들을 둘러보았다. 남자들만도 어림잡아 육칠십 명은 될 것 같았다. 그런데 그들은 옆의 남자처럼 표정 없는 얼굴들로 자기네 중국사람이 폭행당하는 것을 바라보고만 있었다. 그들은 무표정한 구경꾼들일 뿐이었다.

방대근은 몸속에서 찬바람이 휘도는 전율을 느꼈다. 그 무표정한 침묵, 그건 바로 비겁한 침묵이었던 것이다. 일본군이 중국사람을 그리 심하게 두들겨패는 것도, 많은 중국사람들이 그 광경을 무감각하게 구경만 하고 있는 것도 처음 대하는 것이었다.

중국, 이래 가지고서 뭐가 될 것인가!

방대근이 받은 절망적 충격이었다. 그의 의식 속에서는, 만약 그 사내가 비밀운동을 하는 사람이라면 어쩔 것인가 하는 생각이 확대되고 있었던 것이다. 아니, 비록 그 사내가 얻어맞을 잘못을 저질렀다 하더라도 자기 나라 사람이 딴 나라 사람들한테 저리 심하게 당하는데 그저 멍하니 보고만 있어서는 안 된다는 생각이었다.

아마 저 사람들이 처음 당하는 일이라서 그러겠지…….

방대근은 중국사람들에 대한 실망감을 애써 지우려고 했다. 저런 일을 자꾸 당하면서 분노하게 되고, 그 분노들이 모여져 공분으로 자라나게 되고, 그 공분이 자각적 증오로 바뀌어 폭발하는 것이라고 생각했다. 그리고, 조선사람들도 저럴지 모른다고 생각하기도 했다. 그러나 마차역으로 가면서도 방대근은 그 충격에서 벗어나지 못하고 있었다.

방대근은 마차를 타고 가며 줄담배를 피워댔다. 이 생각 저 생각 머리가 복잡했던 것이다. 앞으로 의열단에서는 어떻게 할 것인지. 송수익 선생은 또 어떻게 할 것인지. 장학량의 군대와 조선독립군은 어떻게 할 것인지. 조선혁명당에서 분열된 국민부파와 공산당파의 독립군들은 어떻게 할 것인지. 장학량의 군대와 중국공산당은 어떻게 할 것인지. 중국공산당은 관내에서처럼 군대조직을 갖출 것인지. 의문만 무성할 뿐 그 어느 것도 확실한 답은 없었다.

"아이고메 대근아, 니 인자 오냐!"

마차에서 내리던 방대근은 깜짝 놀랐다. 이쪽으로 내닫고 있는 것은 수국이 누나였다.

"여그 어쩐 일이여?"

"아이고, 피 다 보타부렀다. 얼렁 오제."

반가움이 넘치는 수국이는 주먹으로 허공을 쳤다.

"온다고 정신없이 온 것이구마."

방대근은 수국이 누나한테서 문득 어머니를 느꼈다. 그 목소리며 몸짓이 꼭 어머니 그대로였던 것이다.

"아이고메, 노총각 기둘리다가 허리 다 빠지겄네."

필녀가 다가서며 과장되게 허리를 쿵쿵 두들겼다.

"아니, 필녀 누나도 나왔소? 왜딜 이러요? 나가 과거급제허고 오는 것도 아니고."

말은 이렇게 하면서도 방대근은 무슨 일이 있음을 직감하고 있었다.

"얼렁 가자. 이러고 있을 때가 아닝게."

수국이가 동생의 팔을 잡아끌었다.

"무신 일 났능가?"

방대근은 낮고 빠르게 물었다.

"동네 들어가면 안 돼야."

수국이의 대답도 낮고 빨랐다.

"선생님언?"

"피허셨어. 시방 글로 가는 것잉게 더 암 말도 말어."

수국이도 필녀도 걸음이 빨라졌다. 방대근은 뚜벅뚜벅 그 뒤를
따라 걷기 시작했다.

41

협박과 회유

"어이, 그러지 말고 담뱃값언 잠 주소."

정재규는 똑같은 말을 세 번째 했다. 아내의 눈치를 슬슬 살피는 기죽은 그의 얼굴에는 주름살이 많이 잡혀 있었다. 삼사 년 사이에 몰라볼 정도로 파삭 늙어 있었다. 결국 미두로 재산을 다 날리고 빚쟁이한테 집까지 빼앗긴 다음부터 그는 팍팍 늙어가고 있었던 것이다.

그의 아내 윤씨는 들은 척도 하지 않고 인두질만 하고 있었다. 꼭 다물린 윤씨의 입언저리에는 화가 잔뜩 뭉쳐져 있었다.

"어이, 안 딛긴가? 담뱃값 잠 돌란 말이시."

"자작으로 델 돈 없으면 그놈으 담배 끊으씨요!"

마침내 윤씨가 입을 열며 인두를 화로에 푹 꽂았다. 그 목소리는 크지 않았지만 차고 매섭기가 칼날이었다. 그리고 인두를 화로에 거칠게 꽂는 그 손짓에서 울화가 파르르 타오르고 있었다.

"그리 야박허니 허지 말소. 이 나이에 담배꺼정 끊으면 무신 재미로 살겠능가."

정재규는 비굴하게 웃으며 질기게 달라붙었다.

"아니, 머시라고라? 이 나이에 사는 재미 찾게 생겼소 시방? 만석꾼 재산 그 못된 주색잡기로 다 털어묵고 나럴 이 나이에 삯바느질로 나스게 맹글어놓고, 아덜 한나 있는 것⋯⋯."

"아이고, 아이고, 되았네 되았어⋯⋯."

정재규는 인두에라도 덴 것처럼 후닥닥 일어나 방을 뛰쳐나갔다. 아내의 그 넋두리가 터져나오기 시작했다 하면 자신이 저지른 잘못된 과거사가 시시콜콜히 들춰지고 까발려질 참이었다. 그 장탄식에 걸려들었다 하면 그나마 바깥출입도 못하고 하루 해가 다 가도록 곤욕을 치를 판이었다. 이제 뜸해진 편이었지만 집까지 빼앗기고 난 처음 몇 달 동안에 당한 곤욕을 생각하면 징글징글하고도 넌덜머리가 났다. 소리를 지르거나 사납게 나대며 덤비기라도 했으면 이쪽에서도 무슨 수를 써볼 수도 있을 거였다. 그런데 아내는 그 분한 중에도 그놈의 양반 법도는 깍듯이 지키느라고 소리 한번 높이는 일 없이 지난 잘못들을 책장 넘기듯이 차근차근 엮어내는 것이었다. 그런데 정작 미칠 일은 소리를 높이지 않는 대신 바짓가랑이를 꽉 틀어잡고 놓아주지 않는 것이었다. 아내가 지쳐서 그만둘 때까지 눈물과 한숨으로 얼룩지는 끝도 없이 긴 넋두리를 듣지 않을 수가 없었던 것이다.

"엄니, 아부지헌티 인자 너무 그러지 마씨요."

방으로 들어선 딸이 윤씨 옆에 앉으며 조심스럽게 말했다.

"니 헐 일이나 혀."

윤씨는 옆에 놓인 일감을 딸에게 밀치며 싸늘하게 내쏘았다.

"남자 체면에 담배도 없으면……."

"니가 머럴 안다고 잔소리냐? 그 담뱃값이 참말로 담뱃값인지 아냐? 참새가 방앳간 못 잊어허드라고 또 미두장에 찾어가서 그놈 으 하마꾼질헐라는 것이제."

윤씨의 서슬에 딸은 더 말을 못하고 일감을 끌어당겼다.

사립을 나선 정재규는 하늘을 보고 한숨을 토했다. 수중에 땡전 한 닢 없으니 오라는 데도 없고 갈 데도 없었다. 그의 입성은 주름진 얼굴만큼 볼품없고 후줄근했다. 한창 기세 좋게 돈을 써대던 시절에 맞춰입은 양복은 색이 바래고 낡은 데다 때까지 절어 있었다. 그리고 가죽이 갈라지고 뒷굽이 닳아빠진 구두는 양복보다 더 궁기를 드러내고 있었다.

그런데 그의 차림새보다 더 초라한 것은 그의 집이었다. 다 낡은 초가삼간은 옛날의 만석꾼 기와집에 비하면 움막이나 다름없었다. 문간채 사랑채 안채에다 별채 곳간까지 있었던 거옥에서 내몰려 곧 주저앉을 것 같은 초가삼간 신세로 몰락한 것이었다. 그 초가집의 지붕은 다른 집들에 비해 지붕이 유난히 검은 회색이었다. 지난 가을에 이엉조차 갈아입히지 못했던 것이다. 부자가 망해도 3년 먹을 것은 있다는 말은 정재규하고는 인연이 없었다. 미두에 휘말려 집까지 잡혀먹고 말았으니 남은 것이라고는 아무것도 없었다.

정재규는 맥빠진 발길을 터덕터덕 옮겨놓고 있었다. 날은 춥고 갈 데는 없었다. 담뱃값이라도 받아냈어야 하마꾼 행세나마 될 터 인데 아내는 바늘끝 하나 들어가지 않는 차돌멩이였다. 아내는 돈 만 한푼도 안 주는 것이 아니었다. 그 큰 기와집에서 쫓겨난 이후 로 잠자리를 한 번도 같이한 일이 없었다. 어쩌다 손을 뻗치면 파 르르 일어나 앉고 말았다. 내외간의 정을 완전히 뗀 것이었다. 어쩌 면 그럴 만도 하다 싶기도 했다.

"아니, 집꺼정…… 집꺼정……."

집을 빼앗기게 된 것을 안 아내는 대청마루에 넘어지며 까무러 치고 말았던 것이다. 그런 다음부터 자신을 쳐다보는 아내의 눈은 예전의 눈이 아니었다. 그나마 잠을 재워주고 밥을 먹여주는 것도 천만다행으로 여겨야 할지 몰랐다.

정재규는 몸을 웅크리고 찬바람 속을 걸으며 동생 상규를 찾아 가 볼까 생각했다. 그러나 이내 고개를 저었다. 창피만 당하지 돈을 줄 놈이 아니었다.

"하! 재산 탈탈 털어묵고 요런 꼬라지 될지 진작에 알았소. 나헌 티 덕 뵌 것이 머시가 있다고 손 벌리고 뎀비요, 뎀비길. 나가 맘만 묵었음사 그 집도 차지혔을 것이오. 근디 으째서 그만둔지 아시오? 재수대가리 없어서 그랬소. 그 집언 아부지 대로 운세가 다 끝난 것이다 그 말이오. 나가 그간에 얼매나 논얼 늘쿤지 아시오? 8천 석이오, 8천 석. 인자 만석꾼 될 날 낼모렌게 눈 똑똑허니 뜨고 귀경이나 잘허씨요. 그 맛이 아조 꼬실 것잉게."

작년에 찾아갔을 때 상규가 침을 튀기며 내뱉은 말이었다. 그동안 그놈이 자신의 논을 사들여왔다는 것을 그때서야 알았다. 치솟는 성질대로 하자면 따귀를 갈기고 싶었었다. 그러나 그건 순간적인 감정일 뿐이었고, 팔려고 내놓은 논을 누가 샀든지 그건 상관할 바가 못 되었던 것이다.

정재규는 막내동생 도규네를 생각했다. 동생도 없는 집에 계수한테 손을 벌리기는 면목 없는 일이었지만 그래도 상규를 찾아가는 것보다는 실속이 있는 일이었다. 아내가 알면 펄펄 뛸 일이었지만 그동안 서너 차례 담뱃값을 얻었던 것이다. 말을 꺼내기가 어려워서 그렇지 일단 말을 꺼내면 계수는 상규놈처럼 박절하게 끊지를 못했다.

가만있거라……, 도규가 3년 반을 언도받았으니까 풀려날 날도 얼마 안 남은 것 같은데. 그래, 잘됐다.

정재규는 도규네를 찾아갈 구실을 찾아냈다. 출감날짜를 알아보고 어쩌고 하면 걸음이 자연스러워질 거였다.

정재규의 발길이 빨라지기 시작했다.

"기시느냐."

대문을 연 머슴의 아내에게 뒷짐을 진 정재규가 물었다. 거드름을 피우는 그의 목소리와 태도는 여전히 양반의 기세 그대로였다.

"야아, 기시는디요……."

머슴의 아내는 고개를 약간 숙이기는 했으나 눈을 치떠 정재규를 힐끔 올려다보았다. 그 태도만큼 어조도 공손하지가 못했다. 싫은 기색과 함께 왜 왔느냐고 따지는 투였다.

"나 왔다고 일르거라."

정재규는 그런 눈치를 아는지 모르는지 대문 문턱을 넘어섰다.

"헹, 주색잡기로 패가망신허고 알거지 된 꼬라지에 그려도 양반 행세넌 다 허고 앉었네."

종종걸음을 치며 앞서가고 있는 머슴의 아내는 이렇게 구시렁거리고 있었다.

"아이고, 날도 추운디 큰아부님께서 어쩐 걸음이신가요."

정도규의 아내 김씨가 대청마루로 나서며 인사했다. 김씨는 싫은 기색을 애써 감추고 있었다. 정재규에게는 재산분배 때 이미 마음을 닫았던 것이다.

"거 머시냐, 동상 출감이 가차와진 것 겉애서 날짜도 알아보고, 조카덜도 잘 큰가 어쩐가 알아도 보고 헐라고……."

정재규는 점잖게 헛기침을 했다.

"예에, 추우신디 안으로 드시제라."

김씨는 예절을 깍듯이 갖추는 체했다. 어쨌거나 집안의 장자였던 것이다.

정재규는 방으로 들어갈 마음이 없었다. 그러나 여름도 아닌데 밖에서 얘기를 한다는 게 격에 어울리지 않았고, 속마음을 너무 빨리 드러낼 수도 없어서 대청으로 올라섰다.

"출감날짜가 어찌 되오?"

정재규는 계수가 권하는 대로 아랫목에 자리잡으며 물었다.

"예, 이달 그믐이구만요."

"글먼 얼매 안 남었는디, 경성언 언제 올라갈 참이시오?"

"하로 전에 올라갈랑마요."

"나도 올라가 보기넌 올라가 봐야 헐 참인디 땡전 한 닢 없는 신세니 원……."

정재규는 은근슬쩍 속마음을 내비쳤다.

"아니구만요, 날도 춥고 헌디 고상시럽게 멀라고 가시고 그래라우. 그냥 지 혼자 댕게올랑마요."

김씨는 당황스럽게 말했다. 비용이 곱으로 드는 것보다도 마음에 안 들고 궁상스러워지기까지 한 시아주버니와 동행한다는 것이 끔찍스러웠던 것이다.

"아그덜언 공부 잘허요?"

"예에……."

김씨는 건성으로 대답하며 마음이 불안했다. 자신의 말에 대꾸는 없이 딴말을 꺼내버리니 경성을 따라나서겠다는 것인지 어쩐지 종잡을 수가 없었던 것이다.

"상규넌 더러 오요?"

"통 걸음이 없으시구만요."

"흠, 그놈이 영 느자구가 없소. 나헌티만 박절허니 허는 것이 아니라 여그도 그리 몰인정허니 허다니. 동상이 없는 집안에 더러더러 계수씨도 찾어보고 조카덜도 살피고 허는 것이 사람에 도리고,

넘덜이 보드라도 체면이 스는 일 아니겠소. 자석이 돈에만 인색헌 것이 아니라 정에도 그리 인색허단 말이오. 그것이 어디 돈 드는 일이오."

정재규는 돈 우려낼 생각에만 급급해 손아랫사람에게 손윗사람의 험담을 하는 체통 없는 짓을 저지르고 있었다. 그리고 돈을 뜯어내려고 찾아온 자신의 행위를 사람의 도리로 둔갑시키는 교활까지 부리고 있었다.

"……"

"그놈이 나 덕얼 몰라보는 놈인디 동상집 우환이 안중에나 있겠소. 그놈언 에랬을 적보톰 욕심만 많고 인정이 없어서 선친께서도 미와헌 놈잉게 서운케 생각덜 마씨요. 그놈에 비허면 도규넌 인정도 많고 사리도 붉은 것이 나무랠 디가 없소. 나 덕에 고마와헐지도 알고."

정재규는 계수가 돈을 내놓지 않을 수 없도록 몰고 있었다.

"……"

김씨는 말을 참고 있을 뿐이지 속이 꼬이고 있었다. '내 덕, 내 덕' 해대는데 도대체 자기가 동생들에게 보인 덕이 무엇인지 어처구니가 없었던 것이다. 똑같이 삼등분해야 될 재산을 억지로 더 뺏어가서 주색잡기에 다 탕진한 주제에 이제 와서 뻔뻔스럽게도 '내 덕' 타령이었다. 작은시아주버니가 박절하게 하는 것이 오히려 속시원하기도 했다. 그리고 작은시아주버니를 욕하면서 남편을 치켜세우는 그 음흉한 속이 뱀보다 더 징그러웠다.

"글먼, 나허고 함께 상경허고 허먼 계수씨도 불편시럽고 헐 것잉게 혼자 편허니 댕게오도록끔 허씨요. 나가 갈 디가 잠 있응게 인자 그만······."

정재규는 무슨 인심이라도 쓰듯이 말하고는 일어설 눈치를 보이며 뭉그적거렸다.

"이리 찾어봐 주신게 고맙구만요."

김씨는 건성으로 인사치레를 하며 몸을 일으켰다. 겉으로 보기에는 배웅을 하려는 아랫사람의 예절 바른 태도였지만 속으로는 어서 가라는 뜻이었다. 그리고 그 뭉그적거리는 속셈을 빤히 알면서도 일부러 모르는 척 외면했다.

"저그 머시냐······ 절친헌 집에 초상이 났는디······ 빈손으로 갈 수도 없고, 안 갈 수도 없고······ 어찌 잠 나 체면얼 세와쥤으면 쓰겄는디······."

정재규는 머리를 짜내 그럴듯하게 들릴 수 있는 말을 꾸며대고 있었다. 차마 또 담뱃값을 달라고 할 수는 없었던 것이다.

"부조넌 얼매나 혀야 되는디요?"

김씨는 일부러 이렇게 물었다. 막연하게 돈을 줄 수 없을 뿐만 아니라 그의 입으로 달라는 액수를 말하게 하려는 것이었다.

"맴이야 많이 허고 잡제만 나가 갓끈 떨어진 신센게 한 2원 허먼 넘치지도 쇠지도 안컸는디······."

정재규는 속이 타는지 입술에 침을 축였다.

"우현이는 우리 집안 장손으로 아버님 어머님 제사를 지낼 아이오. 허고, 그애한테 무슨 죄가 있소. 우리 재산은 결국 아버님 것이니까 그애의 학자금만큼은 우리가 대야만 아버님에 대한 도리요. 형수님한테 한 약속이니까 마음쓰지 않게 미리미리 갖다 드리시오. 허나 형님한테는 한푼도 줄 필요가 없소. 탕진한 만큼 고생을 해야 하니까."

남편이 면회 때 한 말이었다. 김씨는 그 말을 지키지 못한 것이 짐이 되어 있었다. 큰시아주버니한테 벌써 여러 차례 돈을 주지 않을 수가 없었던 것이다. 아무리 밉고 남편의 말도 있었지만 막상 면대를 하고서 야박하게 내칠 수 없었던 것이다. 어쨌거나 어려운 시아주버니였고, 바라는 돈도 거절할 만큼 큰돈이 아니었던 것이다.

"즈그도 옥바라지허니라고 돈이 째이고 시아주버님 처지도 다 알고 헝게 1원만 허시제라."

김씨는 그 돈이 부조금으로 쓰일 것이 아님을 다 알고 반으로 깎아내렸다.

"딴 디 가서 또 구해 보태드라도 어쩔 수가 있겠소."

정재규의 얼굴은 비로소 밝아졌다. 깎일 줄 알고 미리 2원을 불렀던 것이니 목적한 바는 완전하게 달성했던 것이다.

"이, 잘 쓰겄소. 고마우요."

김씨가 방바닥에 밀어놓은 돈을 정재규는 얼른 집어들며 일어섰다.

만석꾼 장자 참 싸다.

김씨는 경멸적인 냉소를 입에 물고 배웅을 하려고 나섰다.

찬바람 속을 헤치는 정재규의 걸음걸이는 아까와는 딴판이었다. 활개질 치는 걸음걸이에 기운이 넘쳐나고 있었다.

"아이고메, 붕알 다 얼었다."

신작로에 다다른 정재규는 몸을 부르르 떨며 내뱉었다. 얼굴에 소름이 잔뜩 돋은 그는 주위를 두리번거렸다. 군산에 나가는 것도 급했지만 너무 추워 몸부터 녹여야 했다. 그는 대서방으로 발길을 서둘렀다.

정재규는 대서방 유리문을 옆으로 밀치며 들어갔다. 무쇠난롯가에 둘러앉은 네 남자의 눈길이 정재규에게로 쏠렸다. 그러나 다음 순간 그들은 심드렁하고 시큰둥한 얼굴로 눈길을 돌려버렸다.

"날이 찹구만요."

한 남자가 마지못한 듯 앉은 채로 인사말을 건넸다. 그는 대서방 주인이었다. 전에는 정재규 앞에서 사족을 못 쓰고 굽실거리던 사람이었다.

"어이, 한냉허시."

정재규는 일부러 문자를 썼다. 그것으로나마 너희들과는 지체가 다르다는 것을 나타내려는 것이었다.

난롯가를 다 차지해 버린 그들은 누구 하나 정재규에게 자리를 내줄 기미 같은 것은 보이지 않았다. 대서방에 드나들며 일거리도 물어오고 잔돈푼도 뜯어쓰고 하는 그들은 정재규와는 다 구면이었고, 그가 한창때에는 다 술값을 받아썼던 위인들이었다. 그런 그들 뒤에서 손을 비비고 서 있는 정재규의 모습은 초라하기 이를 데 없었다.

"근디, 그 정신 나간 인종 이름이 머시라고 힜어?"

"아, 이봉창이랑게, 이봉창."

그들은 잠시 끊겼던 이야기를 잇대기 시작했다.

"그 사람 어찌 될랑고?"

"보나마나 사형이제 어째."

"그려, 딴사람도 아니고 천황얼 죽일라고 폭탄얼 던졌시니 더 볼 것 없제."

"근디 말이여, 천황이 죽었시면 어찌 되았을까? 독립이 됐을랑가?"

"자다가 봉창 뚜딜기는 소리 허덜 말어. 천황 아덜이 천황자리에 앉으면 그만이고, 조선사람덜만 더 죽어났겄제."

"근디 요상허단 말이여. 일본이 만주꺼정 다 집어묵어 부렀는디도 독립허겄다고 그리 나스는 사람덜이 있당게."

"그렇게 넋나간 인종덜이제."

"만주꺼정 일본것 되야부렀시니 인자 독립이고 머시고 영 글른 것 아니여?"

"그야 두말허면 잔소리제."

"글먼 으쩐디야?"

"으쩌기넌 머시럴 으쩌. 밥술이나 뜨고 살라면 일본사람덜헌티 더 찰싹 붙어야제."

"고것이 상수넌 상수겄제?"

"하면, 요런 시상에선 잘났다고 나대는 것이 빙신이여. 그저 눈치싸게 처신험서 그작저작 사는 것이 질이제."

"그려, 나대다 죽는 놈만 빙신이제."

그들의 이야기가 끊어졌다.

그들이 하는 이야기는 김구가 이끄는 한인애국단원 이봉창이 동경의 앵전문 밖에서 일본천황에게 폭탄을 투척한 것을 말하는 것이었다. 1932년 1월 8일에 일으킨 그 거사는 실패로 끝나고 말았다.

"어이, 담배나 한 대 주소."

정재규는 참다못해 대서방 주인에게 말했다.

"담배가……, 담배라아……."

싫은 기색이 완연해진 대서방 주인은 꿈지럭거리며 담배 찾는 시늉을 하고 있었다.

"담배 살 돈 없음사 담배럴 끊는 것이 옳고, 그리 못허겄으먼 궐련 얻어피울라 생각 말고 써럭초럴 피워야겄제."

한 남자가 이렇게 내뱉으며 유리문을 드르륵 밀치고 밖으로 나갔다.

"머, 머, 머시여!"

정재규는 말을 더듬으며 얼굴에 노기가 솟았다.

"아이고 머 참으시게라. 담배 여깄구만요, 담배."

대서방 주인이 담배 한 개비를 달랑 정재규 앞에 내밀었다. 담뱃갑을 내밀었다가는 서너 개비를 뽑아갈지도 몰라 미리 대비한 것이었다.

"그려……."

정재규는 그 담배 한 개비를 받아들었다. 그리고 떨리는 손으로 성냥을 그어 담배에 불을 붙였다. 담배를 두어 모금 깊게 빨아들인 정재규는 아무 말도 없이 밖으로 나갔다.

"참말로, 사람 영 추접시럽게 되야부렀네 이."

"나 겉으면 모랫바닥에 쎄럴 박고 죽었으면 죽었제 그 담배 안 받아 피우겄네."

"그 담배 패대기럴 쳤으면 나가 한 갑얼 딱 사줄라고 혔는디."

"있든 집 새끼덜이 망허면 더 드럽게 변허는 것이여. 쬐깨 더 두고 보소. 군산바닥 꽁초가 동날 것잉게로."

"몰르제. 시방도 넘덜 안 보는 디서야 슬금슬금 집어 피우는지."

"저 물건 시방 어디 가는 것이여?"

"어디넌 어디겄어. 미두장에 가제."

"저 꼬라지 해갖고 멀라고?"

"하마꾼질허제 어째."

"속창아리도 없는 인종이시."

"창아리 있음사 담배 얻어피겄어."

"허기사 그려. 근디 그놈에 미두가 인 백이면 아편맨치 지독헌 것 아니여?"

"주색잡기야 다 그런 것 아니여."

"근디 그놈에 미두가 아조 요상허당게."

"머시가?"

"아, 어칫게 된 놈에 것이 백에 백 놈이 판판이 망해 넘어가기만 허제 돈얼 따는 놈언 하나또 없단 말여."

"실답잖기년. 돈 따는 놈덜이야 왜놈덜이제 누구여."

"고런 눈치야 누가 몰르간디. 그 판속이 어쩌크름 되난 것이제."

"고것얼 알먼 여그 이러고 앉었겄어."

"고상 몰르고 큰 부잣집 새끼덜이 등골 다 빼믹히는 것인디, 어쨌그나 왜놈덜이 수완이 좋기넌 참 존 놈덜이여."

미두에 직접 뛰어들어 전 재산을 날려버린 정재규 같은 사람도 그 속내를 모르는데 그들이 알 까닭이 없었다. 미두는 한마디로 미두회사들의 조작과 농간으로 이루어지는 사기극이었다. 미두장 둘레에 자리잡고 있는 미두회사들의 연간수입은 10만 원이 넘었다. 한 회사의 수입을 10만 원씩 잡고 열 개의 회사면 100만 원이었다. 쌀 한 가마에 10원씩으로 높게 잡아주더라도 100만 원이라는 돈은 쌀 10만 가마에 해당하는 액수였다. 그 어마어마한 액수의 돈은 바로 미두꾼들의 손에서 나오는 것이었다.

미두회사들이 서로 짜고 속임수를 쓰는 첫 번째 것은 가격조작이었다. 일본 대판 미두장의 쌀값은 올라도 군산 미두장의 쌀값은 오르지 않았다. 그런 내막을 알 리 없는 미두꾼들은 나날의 가격변동에 눈에 핏발이 섰다. 미두회사들이 부리는 두 번째 농간은 사재기였다. 가격조작으로 쌀값이 폭락하면 사들였다가 쌀값이 폭등하면 팔아넘기는 수법이었다. 그런 이중의 속임수 속에서 미두꾼들은 정신없이 놀아나다가 백이면 백 망하고 엎어지는 것이었다.

어쩌다 미두장이나 미두회사에서 횡포를 부리는 수가 있었다. 너무 허망하게 돈을 날린 미두꾼이 분김에 저지르는 일이었다. 그러나 그런 사람은 이내 출동한 경찰에 꼼짝없이 붙들려갔다. 은행과 마찬가지로 미두회사들은 철저한 관의 보호를 받고 있었던 것이다.

고서완은 신작로 가까이에서 담당형사에게 붙들렸다.

"어디 행차시여? 날도 차운디."

어깨 벌어진 형사가 고서완의 앞을 가로막으며 기분 나쁜 웃음을 입가에 물고 있었다.

"한성 좀 가는 거요."

고서완의 무표정한 대꾸였다. 그의 핏기 없는 얼굴에는 병색이 내비치고 있었다.

"한성언 또 머시여, 경성이제." 형사는 트집 잡듯 말을 걸고 들며, "어디고 집 떠날 적에넌 미리 신고허고 허락받으란 지시 까묵었어? 가차운 디도 아니고 경성꺼지 갈람서 누구 맘대로 이려, 이거!" 그는 사나운 눈초리로 고서완을 노려보았다.

"오래 있을 것도 아니고 하루 만에 곧 내려올 거요."

고서완은 형사의 눈길을 피해 먼 데를 바라보며 대꾸했다.

"잔소리 말어! 하로 아니라 한나절얼 집얼 떠나도 지시대로 혀얀단 말이여. 경성 가는 용무가 머시여?"

"책 구하러 가요."

사실대로 말을 했다가는 그물에 걸려들 것이 분명해 고서완은 슬쩍 눙치고 들었다.

"채액? 무신 책인디? 또 공산주의 퍼칠라는 책이겠제?"

"아니오."

"아니기넌 머시가 아니여. 고런 못된 책 구헐라는 심뽄께 나 눈 피해 살짝 빠져나갈라고 헌 것이제."

고서완은 올가미가 목에 감기는 것을 느꼈다.

"그게 아니오. 반년 동안 집에 갇혀 책만 읽다 보니 더 읽을 책이 없소."

"헹, 말이야 그럴듯허시. 본시 공산주의 허는 인종덜언 말얼 아 구가 딱딱 맞게 잘허제. 여그서 말해서 될 일이 아닝게 따라와!"

형사는 옆에 세워둔 자전거 뒷바퀴의 받침대를 거칠게 걷어찼다.

고서완은 맥이 빠지는 걸 느끼며 가늘게 한숨을 쉬었다. 그 어떤 이유를 대든 한성에 가는 것을 용납하지 않을 것이 뻔해 살짝 그 냥 다녀오려고 했던 것이다. 그런데 동네를 벗어나서 얼마 지나지 않아 형사가 나타난 것이다. 그건 동네사람 누군가가 형사의 끄나 풀로 자신을 줄곧 감시해 오고 있었다는 증거였다. 형사는 닷새 간 격으로 찾아올 뿐이었다. 기다렸던 정도규의 출감 마중은 못하게 되고 말았다.

정도규와 함께 재판을 받은 고서완의 형량은 3년이었다. 주동자 가 아니라서 6개월이 가벼웠던 것이다. 그러나 반년 전에 출감한 고서완은 감옥살이나 마찬가지의 생활을 하지 않을 수가 없었다. 전담형사가 붙었고, 동네를 벗어날 때는 이유 여하를 불문하고 사전에 보고하고 허락을 받으라는 연금령이 떨어졌던 것이다.

고서완은 허약해진 몸을 돌보면서 나날이 우울했다. 그런 조처는 자신에게만 내려진 것이 아니라는 사실이었다. 그건 바로 사회주의 운동에 대한 고사작전인 동시에 독립운동의 사전봉쇄책이었다. 그 새로운 책략 앞에서 어떻게 대응해 나아가야 할 것인지 막막하기만 했다.

고서완이 경찰서에서 이틀 동안 조사를 받고 있는 사이에 정도규는 아내와 함께 집으로 돌아왔다. 그런데 몇 시간이 지나지 않아 뜻밖의 사람들이 집으로 찾아들었다. 총을 든 경찰 둘과 사복을 입은 한 사람이었다.

"나 전 형사여. 나가 자네 담당이로구만. 앞으로 자네 맘대로 동네럴 떠서넌 안 돼야. 만약에 동네럴 뜰 적에넌 이유 여하럴 불문허고 사전에 나헌티 보고허고 허락얼 득허란 말이여. 이 명령얼 어기는 날에넌 어찌 되는지 알겄제. 또 콩밥 신세여. 글고 나 말 잘 새겨들어. 자네가 놀아나든 그놈에 공산주읜가 무신 귀신단진가넌 깨끔허니 털고 잊어부는 것이 졸 것이여. 인자 뜻대로 안 될 것잉게. 감옥서 고상험서 많이 생각혔겄지만 시상언 그전 시상이 아니게 변혔응게 어서어서 개심허는 것이 질일 것이여. 나보담도 많이 배왔응게 눈치도 더 빠를 것인디 말이여, 만주꺼정도 다 일본것 되야분 판에 독립이고 머시고가 될 일이겄어? 개꿈꾸덜 말고 개심히서 편허니 사는 것이 질이여. 되지도 안 헐 일 험서 자꼬 몸 상허다가 지명대로 못살고 죽으면 누가 알아주기나 허간디? 잘 생각혀 보드라고."

전가라는 형사는 협박에 회유까지 곁들이고 있었다.

정도규는 그때서야 왜 고서완이가 서울에 올라오지 못했는지를 알았다. 그리고 앞길에 드리워진 어둠의 장막을 보았다.

정도규는 열흘 가까이 앓듯이 누워서 보냈다. 그동안에도 고서완은 찾아오지 않았다. 그도 얼마나 심하게 행동통제를 받고 있는지 실감할 수 있었다. 그런데 전 형사가 또 찾아들었다. 그는 벌써 두 차례나 다녀갔던 것이다.

"인자 기운 채릴 만허니 되았겄제?"

전 형사는 맘놓고 반말짓거리였다.

"……."

정도규는 본 척도 들은 척도 하지 않고 책에만 눈을 박고 있었다.

"사람 말이 말 같덜 안혀?"

전 형사의 목소리가 비틀렸다.

"필요한 말만 하시오."

여전히 책에서 눈을 떼지 않은 정도규의 대꾸는 낮고 싸늘했다.

"필요헌 말? 그러제. 이따가 경찰서로 나와!"

전 형사가 느닷없이 내쏜 말이었다.

"그게 무슨 소리요?"

정도규는 비로소 눈길을 돌렸다.

"못 알아들을 소리가 머시여?"

전 형사가 눈을 부라렸다.

"왜 오라는 거냔 말이오."

정도규가 상대를 맞쏘아보았다.

"점심때 지내 두세 시꺼정 사찰과로 나와. 호출 명령잉게 명심혀."

전 형사는 삐딱하게 쓴 도리우치라는 모자를 약간 들어올렸다가 꽉 눌러쓰는 손짓을 하며 돌아섰다.

호출 명령……? 정도규는 무슨 일일까를 생각해 보았다. 먼저 짚이는 것이 진봉면의 다목(多木)농장 소작인들이 일으키고 있는 소작쟁의였다. 800여 명의 소작인들이 쟁의를 탄압한 주재소를 포위하고 맹렬한 시위를 며칠째 벌이고 있다는 소식이었다. 다목농장은 특히나 인심 사납기로 소문나 있었다. 농장주인 다목은 일본정치계에 몸담고 있는 인물이었는데, 농장에는 추수철에 한 번씩 모습을 나타냈다. 그런데 그의 집은 호화롭기 이를 데 없이 꾸며져 있었다. 1년에 미처 한 달도 머무르지 않는 그 집의 지붕은 구리기와로 장식되어 있었다. 그런데 그가 올 때쯤이면 소작인들이 동원되어 며칠씩이고 녹을 닦아내 지붕이 번쩍번쩍해지는 것으로 유명했다. 물론 그 위험한 일에 임금을 따로 쳐주지 않았다. 그리고 소작료가 높기로 소문나 있었다. 그 농장 소작인들이 쟁의를 일으키는 것은 너무 당연한 일이었다. 그런데 그 쟁의에 자신이 연관되었는지 어쩐지를 캐려는 것이 아닐까 싶었다. 그 다음에 짚이는 막연한 생각은, 다른 어떤 사건과의 연루를 의심받고 있는 것이 아닐까 하는 것이었다.

그런데 좀 이상한 데가 있었다. 미리 시간을 정해놓고 경찰서로 나오라고 한 점이었다. 만약 자신이 그러한 의심을 받고 있다면 경찰에서 그런 태도를 취할 수 있었을까 싶었다. 호출 명령이라는 위압적이고 기분 나쁜 용어를 사용하기는 했지만 경찰의 그런 태도는 꽤나 관대하고 신사적인 것이 아닐 수 없었다. 경험으로 보아 자신이 그런 의심을 받고 있다면 형사가 나온 길에 당장 끌어갔지 그렇게 앞뒤 가릴 경찰이 아니었다.

　그렇다면 자신이 어떤 새로운 사건에 연루되었다는 의심을 받는 것 같지는 않았다. 그런데 왜 경찰서로 나오라는 것일까……? 정도규는 머리가 혼란스럽기만 했다. 열흘 가까이 신열이 있는 몸을 뒤척이며 오로지 생각한 것은 어떻게 경찰의 감시망을 뚫고 새 활동을 시작할 것인가 하는 것이었다. 출감자들에게 은밀하게 지시되고 있는 것은 '지하서클' 운동의 추진이었다. 그건 노동자 농민 학생층을 대상으로 '혁명적 소조직'을 구축해 나아가는 전술이었다. 그 전술은 코민테른 산하 프로핀테른(국제적색노동조합)의 1930년 '9월테제'에 따른 것이었다. 9월테제는 조선의 현실상황에 맞추어 공산주의 운동의 전환을 제시하고 있었다. 첫째는 일제의 극렬한 백색테러가 자행되는 상황에서 당재건은 일단 보류되어야 한다는 것이었고, 둘째는 조선공산주의자들이 내포하고 있는 소부르주아적 성격을 불식하고 대중적 기반을 튼튼하게 확보하기 위해 하층노동자와 빈농층에 침투하여 그들이 당면한 경제문제를 바탕으로 그들을 결속시키고 그 힘을 정치문제로 확대하여 일본제국주의와 투쟁할 수 있는 전투적이고 혁명적인 '적색노동조합'과 '적색농민조합'

을 결성해야 한다는 것이었다. 그런 조합운동은 필연적으로 지하에서 소조직 단위로 전개하는 것이 효과적인 방법이었다.

정도규는 어쩔 수 없이 오후 2시가 넘어 집을 나섰다. 아내 김씨가 근심 가득한 얼굴로 대문 밖까지 따라나왔다.

"그만 들어가시오, 추운데."

정도규는 검정 두루마기 깃을 여미며 말했다. 겨울철에 검정 두루마기를 입게 된 것도 단발이 일반화되면서 퍼진 것이었다.

"……"

걸음을 멈춘 김씨의 입에는 무슨 말인가가 물려 있었다. 김씨는 함께 따라가고 싶은 마음을 억누르고 있었다.

회색빛 들녘에는 추위가 가득 차 있었다. 빈 들녘을 둘러보며 걷던 정도규의 눈길이 한곳에 머물렀다. 사람들이 떼지어 어딘가로 가고 있었다. 먼발치였지만 그 사람들의 수는 삼사백 명은 되어 보였다. 쟁의를 일으킨 소작인들이 지주네 집으로 몰려가고 있는 것이 분명했다.

그래, 싸워야 한다. 싸우지 않고는 얻어지는 게 없다. 노동쟁의든 소작쟁의든 끝없이 일으켜야 한다. 그건 단순히 생존투쟁만이 아니다. 그 투쟁을 통해 의식은 각성되고, 각성된 의식은 독립투쟁으로 발전한다.

정도규는 그들에게 성원을 보냈다. 그 성원은 또한 스스로의 가슴에 심는 의지의 나무이기도 했다.

지난 10여 년 동안 총독부는 전국적으로 일어나는 노동쟁의와 소작쟁의에 골머리를 앓아왔던 것이다. 노동쟁의와 소작쟁의는 사회주의자들의 활동과 함께 100여 건씩 발생하면서 해마다 증가되어 왔던 것이다. 한 해에 각각 200여 건이 넘는 노동쟁의와 소작쟁의를 진압하자면 총독부도 애깨나 먹지 않을 수 없는 일이었다. 고보 학생들의 끊임없는 동맹휴학과 함께 그 노동쟁의와 소작쟁의는 거의가 사회주의자들의 역할과 영향으로 일어난 것이었다. 총독부가 치안유지법을 계속 강화시켜 가면서 사회주의자들을 뿌리뽑으려고 혈안이 된 것은 어쩌면 당연한 일이었다. 많은 사회주의자들은 감옥에 갇혀 있으면서도 그 성과에 긍지와 보람을 느꼈던 것이다.

정도규는 신작로에 이르렀다. 신작로에는 변함없는 진풍경이 벌어지고 있었다. 쌀가마를 가득가득 실은 우마차들이 군산 쪽으로 줄을 잇고 있었다. 정도규는 상을 찌푸린 채 신작로를 건너갔다.

"아 정도규 상, 역시 동경에서 공부한 사람이라 시간을 잘 지키는군요."

키 작은 사찰과장이라는 자는 존대까지 써가며 아주 친절하게 대했다.

그 짓이 수상해서 정도규는 경계심을 더 키웠다. 어떤 허방을 파놓고 무엇을 노리는 것인지 알 수 없었던 것이다.

앞장선 사찰과장이 안내한 곳은 뜻밖에도 경찰서장실이었다.

"아 정도규 상, 그동안 얼마나 고생이 많았소. 자아, 앉읍시다."

일본인치고는 키도 크고 잘생긴 편인 경찰서장이 악수까지 청하며 한 말이었다.

정도규는 무표정하게 손을 내밀었다가 거둬들이고 안락의자에 앉았다.

"몸은 어디 아픈 데가 없소?"

경찰서장이 마주 앉으며 담뱃갑을 내밀었다. 사찰과장은 어느새 나가고 없었다.

"예에……."

출감 후 아직 담배를 입에 대지 않아 정도규는 담배 생각이 없었다. 그러나 서장과 한마디라도 더 하는 것이 싫어서 그냥 담배를 빼들었다.

"정상, 기분이 어떻소? 우리가 행동을 통제하니까 기분이 나쁘지 않소?"

경찰서장은 놀리는 듯한 묘한 웃음을 담배연기와 함께 날렸다.

"글쎄요……."

정도규도 경멸하는 것 같은 쓴웃음을 건성으로 빠는 담배연기에 실어날렸다.

"과히 기분 나빠하진 마시오. 감시하자는 게 아니라 보호하자는 거니까."

경찰서장은 흐흐거리며 웃었다.

"……."

정도규는 '보호'라는 말의 엉뚱한 쓰임새에 정말 코웃음이 나오려고 했다.

"정상은 우리 대일본제국이 두 달 전인 작년 11월 말로 만주 전역을 장악했다는 걸 알고 있소?"

"예."

"빠르군. 어디서 알았소?"

"형무소에서 광고했으니까요."

"아, 그건 광고할 만한 경사지. 정상은 그걸 어떻게 생각하시오?"

"글쎄요……."

"흠, 물론 마땅찮으시겠지. 그런데 말야, 우리가 만주를 점령한 것으로 조선의 독립이 더 유리해졌다고 생각하나 더 불리해졌다고 생각하나? 아니, 이건 정상을 너무 무시하는 질문 아닌가? 뭐 꼭 대답할 건 없소. 불리해졌다는 건 어린애들도 다 아는 사실이니까."

경찰서장은 자문자답을 하고는 여유 있게 담배를 두어 모금 빨았다. 무쇠난로 위의 무쇠주전자에서는 물이 썩썩 소리내며 끓고 있었다.

"정상이 요새 무슨 생각을 하고 있는지 내가 한번 알아맞혀 볼까요?"

"……."

"적색노동조합과 적색농민조합을 조직하려고 하고 있지요?"

"참, 눈치도 빠르시군요."

정도규는 허방이다 싶어 경찰서장을 똑바로 쳐다보며 헛웃음을 흘렸다.

"좋소, 출감하는 공산주의자들이 다 그런 지시를 받고 있다는 걸 알고 있으니까. 허나 그건 다 몽상이오. 공산주의자들이 적색 조합운동을 시작한 게 작년 초부터요. 그게 함경도에서부터 시작 되어 평안도와 경기도 그리고 경성으로 퍼지고 있는데 우리 경찰 은 속속 색출해 내고 있소. 우리 경찰조직망이 어떤지는 정상도 대 략 알고 있겠지. 앞으로도 적색노조는 암암리에 조직되겠지. 허나 그건 오래 못 가. 우리 경찰은 공산주의자들을 몇만 명이든 몇십 만 명이든 완전히 박멸할 때까지 수사에 총력을 기울일 거니까. 그 게 총독부의 제1의 방침이지. 치안유지법은 괜히 강화하는 줄 아 나. 한번 감옥살이를 하고 나온 자가 재범을 하면 어떻게 되는지 알아? 사형이야. 재수가 좋아야 무기지. 치안유지법 강화 이후 두 달 동안에 얼마나 잡혀 들어갔는지 아나? 800여 명이야. 놀라지 말아. 앞으로 그보다 열 배, 스무 배까지 잡아들이면 아무리 조직 에 능한 공산주의자들이라 해도 씨가 마르겠지. 이봐, 자네도 오랏 줄에 목매달리기 전에 꿈 깨는 게 좋아. 일본은 지지 않는 해야. 우 리의 힘이 만주에서 끝날 것 같나? 조선의 독립이고 해방은 망상 중에 망상이야. 우리 일본과 협조해 가면서 편히 사는 길을 택하 는 게 현명한 방법이지. 자네 학벌 좋겠다, 인물 잘났겠다, 마음만 바꿔먹으면 내가 얼마든지 장래를 보장할 수 있지. 은행 같은 데를 원하면 곧 자리를 마련할 수 있고, 무슨 사업을 하겠다면 얼마든 지 지원을 해줄 수도 있지. 내 말 우습게 듣지 말고 잘 생각해 봐. 출감한 지 며칠 안 돼 잘 모르겠지만, 우리가 만주를 장악하기 시 작하면서 조선지식인들의 태도가 변화하고 있고, 전향하는 공산주의자들도 차츰 늘어나고 있으니까. 그건 아주 현명한 판단이야. 만주 점령은 곧 중국 전역을 장악할 거라는 신호고, 그건 곧 조선의 독립이란 영원히 불가능하다는 증거니까 말야. 그런데 난 내 손으로 자넬 잡아넣기를 원하지 않아. 허나 자네가 내 말을 안 듣고 행위를 계속하다가 내 손에 잡혀도 나쁠 건 없지. 자네 같은 거물을 잡아들이는 건 내 공에 보탬이 되니까. 어떤가, 내 말이.”

경찰서장은 언변 좋게 말을 끝내고 등을 뒤로 젖히며 정도규를 눈 아래로 깔아보았다.

“……”

눈길을 아래로 떨군 정도규는 미동도 하지 않고 앉아 있었다.

“좋소, 지금 당장 대답하기 곤란할 수도 있소. 돌아가서 생각해 보고 언제든지 연락하시오.”

경찰서장은 다시 존대를 쓰며 담배를 빼들었다.

“그럼 가도 됩니까?”

정도규가 눈길을 들었다.

“가시오. 가서 잘 생각해 보시오.”

정도규는 일어섰다. 그리고 뚜벅뚜벅 걸어 사무실을 나갔다.

저놈이 인사도 안 하고 가네. 저게 안 될 놈이로군. 조선놈으로 독립운동을 하겠다는 건 장하다만 우리의 장애물이니 처치해야지. 어디 걸려들기만 해봐라!

경찰서장은 정도규가 사라진 문 쪽으로 담배연기를 푸욱 소리나게 내뿜었다.

42

사랑의 여울

"어이 가원이!"

강의실에서 나오던 송가원은 뜻밖의 조선말에 고개를 후딱 왼쪽으로 돌렸다. 의학부 복도에서 조선말로 그렇게 거침없이 자신의 이름을 부를 사람이 없었던 것이다.

"아니, 자네가 웬일이야?"

민동환이 바쁜 걸음으로 다가서고 있었다.

무슨 이야긴가를 나누며 걷던 일본학생 둘이 민동환을 피해 서며 눈살을 찌푸렸다.

"무슨 강의를 이리 시간을 꽉 채우나. 이 화창한 5월에 멋대가리 없이."

민동환은 불평스럽게 강의실에다 대고 눈을 흘겼지만 기색은 아주 밝았다.

"체, 멋 찾고 홍 찾아가며 영문과 식으로 강의했다가 사람 죽이는 건 누가 책임지고?"

"흥, 그 말도 그렇군. 오늘 강의는 다 끝났나?"

두 사람은 걸음을 옮겨놓았다.

"응. 헌데 여기까지 어쩐 일인가?"

"나가서 얘기하세."

민동환이 빠르게 눈짓했다. 그의 상기된 것 같은 얼굴과 그 눈짓에서 송가원은 무슨 기분 들뜰 만한 일이 있다는 것을 느꼈다.

"이보게, 아주 굉장한 일이 터졌네. 상해에서 일본 백천대장 등 고급군관과 고급관료 10여 명을 폭살시켜 버렸네."

건물 밖으로 나온 민동환이 쏟아놓은 말이었다.

"아니, 뭐라고? 그게 어떻게 된 일이야?"

송가원은 깜짝 놀랐다.

"왜놈들이 상해사변 승리 축하 행사를 홍구공원에서 벌이는데, 윤봉길이란 청년이 폭탄을 던져버린걸세."

"아아, 통쾌하군!"

송가원은 주먹으로 가슴을 치며 정말 통쾌하게 소리쳤다.

"암, 통쾌하지 통쾌해!"

민동환도 주먹을 들어올려 부르르 떨며 해사한 얼굴이 상기되고 있었다.

"왜놈들, 만주사변 일으킨 보복을 톡톡히 당한 셈이군. 담배 한 대 주게."

송가원이 화단가에 주저앉으며 손을 내밀었다.

"맞았어. 중국사람이 해야 할 일을 우리 조선사람이 해치운 거지. 이거 담배 한 대 가지고 되겠나? 축하주를 코가 비틀어지게 마셔야지. 오늘 밤에 그 술집에 가자고 찾아온 거네."

민동환이 송가원의 옆에 앉으며 담뱃갑을 내밀었다.

"축하주, 마셔야지. 헌데, 폭탄을 던졌다면 그게 의열단인가?"

"그건 모르겠네, 신문에 안 났으니까."

"그 윤봉길이란 사람은 어찌 됐고?"

"현장에서 잡혔다네."

"그렇겠지……."

담배연기를 내뿜는 송가원의 얼굴이 침통해졌다.

"뭐, 괴로워할 것 없네. 조선의 남아로서 그만큼 장한 일을 하고 죽으면 뭘 더 바라겠나."

이렇게 말하는 민동환의 목소리에도 그늘이 서려 있었다.

두 사람은 말없이 담배만 피우고 있었다.

윤봉길이 행사장의 단상을 향해 폭탄을 던진 것은 1932년 4월 29일이었다. 그 거사는 이봉창에 이어 한인애국단에서 두 번째 일으킨 것이었다.

"가세. 얘기하며 슬슬 걸어가면 술 마시기 적당한 시각이 될 거네."

민동환이 일어나며 무슨 감정풀이를 하듯 담배꽁초를 발로 비비댔다.

"그러세. 죽도 밥도 아닌 우리는 이런 때 술 안 마시면 언제 마시겠나."

"이래저래 술 권하는 사횔세."

민동환은 문학부 학생답게 현진건의 소설 제목을 인용하며 떫게 웃었다.

"글쎄, 모르겠네."

다른 때 같았으면 우선 사양을 했겠지만 오늘은 기분이 그렇지 않아 송가원은 그냥 따라나섰다.

송가원은 민동환에게 마냥 술을 얻어마시기만 해서 면목이 없는 처지였다. 시위 때 채찍에 맞아 눈을 다친 민동환을 병원에 데려다준 것이 인연이 되어 술친구로 가까워진 것이었다. 민동환네는 경기평야에 만석꾼 농토를 가진 토박이 서울부자였다. 옥비가 소리를 하고 있는 값비싼 술집에 갈 수 있었던 것도 민동환의 덕이었다. 옥비의 일터를 알게 된 것은 옥비가 먼저 연락을 해왔기 때문이었다.

공허 스님과 헤어지고 나서 달포쯤 지났을까. 뜻밖에도 옥비한테서 좀 만나자는 연락이 왔던 것이다. 옥비는 마치 공허 스님이 그랬던 것처럼 점심을 푸짐하게 사주었다. 그리고 돈봉투까지 내밀었다.

"공허 시님 심바람이구만요."

이 말 앞에서 더 사양할 수가 없었다. 몇 번 망설이다가 거처가 어디인지를 물어보았다.

"낙원동 상춘관서 밤에 소리럴 허고 있구만이라우."

"저어, 소리 들으러 가도 됩니까?"

옥비는 부끄러운 듯 잔잔하게 웃기만 했다.

그런데 헤어져 돌아가는 옥비의 뒷모습을 보는 순간 가슴이 와르르 무너져내렸다. 옥비는 댕기머리가 아니라 낭자머리였던 것이다. 그때까지 뒷모습을 보지 못한 채로 그 나이며 품행으로 으레껏 댕기머리로 생각하고 있었던 것이다. 여자를 보고 그렇게 가슴 무너져내린 것은 난생처음 겪은 일이었다.

그런데 달포쯤 지나 옥비한테서 또 연락이 왔다. 옥비는 전처럼 또 점심을 배부르게 사주고 돈봉투를 내밀었다. 아무래도 느낌이 이상해 더는 돈을 안 받으려고 했다. 많은 액수는 아니었지만 그건 공허 스님의 심부름이 아니라 그녀가 마련한 것이라는 심증이 굳어졌던 것이다.

"아니구만요, 틀림없이 공허 시님 심바람이구만요. 아무 맘 쓰시덜 말고 받으시씨요."

옥비는 정색을 하고 말했다.

"나가 학자금얼 대야 허는디……."

지난번에 했던 공허 스님의 말이 떠올랐다. 어쩌면 공허 스님이 돈을 대주라고 했는지도 모른다 싶었다. 되짚어 생각해 보니 그날 공허 스님이 옥비를 데리고 나와 인사를 시킨 것부터가 예사롭지 않았던 것이다.

그 뒤로도 옥비는 꼭 달포 간격으로 연락을 해왔다. 옥비가 주는 돈은 읽고 싶은 책을 사는 데 유용하게 썼다. 네 번째 만났을 때

더는 참을 수가 없어서 남편에 대해서 물어보았다.

"저어, 부군도 소리하는 분입니까?"

"아, 아니구만요. 지넌 혼인헌 적이 없구만요."

당황한 옥비는 말을 더듬었다. 얼굴이 금방 새빨개지고 눈물이 핑 돌았다. 그리고 쫓기듯 급하게 자리를 떴다.

그때부터 궁금증은 발동하기 시작했다. 혼인하지 않은 여자가 왜 낭자머리를 했을까? 그리고 왜 그리 당황했을까? 눈물은 왜 글썽였을까? 무슨 곡절이 있는 모양인데, 그게 무엇일까? 의문은 자꾸 가지를 쳐나갔다. 그런데 의문과는 반대로 낭자머리를 보고 느꼈던 실망감은 가셔지고 없었다.

어느 날 민동환을 만나 상춘관에 대해 물어보았다.

"상춘관? 기생들이 나앉는 최고급 술집이지."

"제기랄, 술값도 굉장하겠군."

"비싸기야 좀 비싸지. 헌데 왜 그러나?"

"아니야, 아무것도."

"이사람아, 아무것도 아니긴. 자네 얼굴이 아무것도 아닌 게 아닌데 뭘. 우리라고 한판 즐기러 못 갈 곳도 아닌데 뭘 그러나. 왜 그런지 어서 말이나 해봐."

한량기 많은 민동환은 그 기회를 놓치지 않고 술자리를 만들고 싶은 눈치를 드러냈다.

"실은 아는 고향여자가 거기서 소리를 하는데 술값이 비싸서 어디 소리 들어보겠나."

"이사람아, 그런 걱정 말게. 상춘관 정도에 있는 소리꾼이라면 틀림없이 상급이니까 술값이 비싸도 하나도 아까울 것 없네. 오늘 당장 가세."

"아니, 그런 뜻이 아니네."

"알아, 알아. 전혀 부담스럽게 생각하지 말어. 난 자네 같은 사나이와 술 마시는 게 좋은 거야. 술도 안 마시면 이놈의 세상을 어찌 살겠어."

민동환에게 끌리다시피 상춘관을 찾아갔다.

"오셨구만요……, 오셨구만요……."

옥비는 뜻밖에도 너무 반가워했다.

자신도 옥비가 반가운 한편으로 그 모습에 너무 놀라지 않을 수 없었다. 호화롭게 꾸며진 술집의 분위기와 함께 화사하게 차린 옥비의 모습은 평소보다 훨씬 더 곱고 우아했던 것이다. 그런데 정작 소리하는 옥비의 모습을 보고는 그만 얼이 빠질 지경이 되고 말았다. 소리하는 옥비는 정말 전혀 딴사람이었던 것이다. 그 목청이며 자태……, 청요릿집에 마주 앉아서는 상상도 하지 못했던 딴사람으로 옥비는 둔갑해 있었다. 그 변한 모습은 분명 둔갑이었다. 같은 사람이 그토록 전혀 다르게 보인다는 것은 처음 경험한 일이었다.

"그려, 지대로 시집 못 가보고 낭자머리 올린 팔자여. 그리 몸 베래불고 처녀가 아니라고 낭자머리 올렸시니 도로 풀으라고 헐 거이냐 어쩔 거이냐. 그러니 그 가심에 맺힌 한이 서리서리 얼매나 크겄냐."

반년 만에 만난 공허 스님한테 들은 옥비의 곡절이었다. 옥비의 당황함과 그 눈물의 뜻을 비로소 알게 되었던 것이다.

"그려, 아무 말 말고 받아둬라. 나가 주는 돈이나 매일반잉게. 기생덜 중에 독립운동허는 사람덜 돕는 독립기생이 있는 판인디, 소리꾼이 소리히서 번 돈으로 독립지사 아덜 용돈 잠 못 델 것이 머 있겄냐. 갸도 왜놈덜헌티 웬수 갚을 맘이 돌뎅이로 굳은게 니가 담에 존 일 허는 것으로 갚도록 혀."

공허 스님의 말이었다.

옥비는 달포 간격으로 꼬박꼬박 연락을 해왔다. 그런데 봉투에 든 액수가 조금씩 불어나고 있었다.

"이보게, 요새 식자층 사이에서 퍼지고 있는 말 들어봤나?"

길을 건너며 민동환이 물었다.

"무슨 말인데?"

송가원은 빠르게 앞을 스쳐가는 인력거를 피하며 가방을 바꿔 들었다.

"앞으로 200년 정도는 독립이 가망 없다는 말 말이네."

"뭐라고? 앞으로 200년 정도?"

송가원이 놀라며 걸음을 뚝 멈추었다.

"역시 의학도라서 소식이 어둡군."

민동환이 픽 웃으며 걸음을 옮겼다.

"도대체 어떤 작자들이 그따위 소릴 지껄이는 거야?"

민동환의 옆으로 따라붙는 송가원의 목소리는 뜨거웠다.

"거 왜 있잖나, 탁상공론 좋아하고 말 만들어내기 잘하는 문필가니 뭐니 하는 사람들 말야."

"그런 한심한 인간들이 있나. 헌데, 왜 갑자기 그런 소릴 지껄여대는 거야?"

"이사람아, 갑자기가 아니야. 다 나름대로 근거와 이유가 있는 거지."

"근거와 이유? 그게 뭔데?"

"만주사변이지. 만주까지 왜놈들 손에 들어갔으니까 조선독립은 이제 가망 없이 됐다는 것 아닌가."

"이런 빌어먹을! 헌데, 왜 하필 200년인가. 그 근거는 또 뭐야?"

"인도가 그렇대나 어떻대나."

"인도? 좀 배웠다는 지식으로 잘도 꿰어맞추는군."

"그나저나 앞으로가 볼만할 거네."

"뭐가?"

"아, 생각해 보게. 그런 암담한 말 자꾸 퍼져나가면 이놈의 세상 돌아가는 게 어찌 되겠어. 그러잖아도 총독부에 굽히고 드는 자치론이 득세하는 판에 심약하고 약삭빠른 지식인들의 변심이 속출할 거 아닌가."

"그렇겠군……."

200년, 200년……, 송가원은 숨이 막히는 것을 느꼈다. 자신이 식민지와 왜놈들을 의식한 것을 소학교 들어갈 때부터 치더라도 15년 남짓이었다. 그런데 그 세월이 그리도 길고 지긋지긋했었다.

그런데 또 200년이라니. 도무지 상상이 되지 않았다. 한 세대가 바뀌는 것을 30년으로 잡으니 7대에 걸치는 세월이었다. 그렇게 되면 조선은 영영 없어지고 마는 것이 아닐까. 송가원은 좌절감을 느끼는 동시에 문득 한 가지 생각에 부딪혔다.

"이보게, 그게 혹시 총독부에서 의도적으로 지어낸 말 아닐까?"

"총독부……?"

"응, 총독부에서 지어낸 유언비어를 얼빠진 문필가라는 것들이 퍼뜨리고 있는 게 아니냔 말이야."

"글쎄, 왜 갑자기 총독부를 생각했나?"

"아, 200년이란 세월이 얼마나 긴지 생각하다 보니까 그만 좌절감이 생기지 않겠나. 헌데 나만 좌절감이 생기겠나? 그 말 들은 사람들은 거의가 그렇겠지. 그 말에 들어 있는 악의가 느껴지면서 직감적으로 총독부 소행인지도 모른다는 생각이 떠오른 거지. 그리고 그래도 생각이 있는 문필가들이 그런 악의가 담긴 말을 무책임하게 했을까 싶기도 하고 말야."

"음, 자네 말도 일리가 있네. 허지만 한 가지는 분명한 사실이 있지. 총독부가 어쨌는지 그건 모르겠고, 식자층들 사이에 그 말이 기세 좋게 퍼져나가고 있고, 문필가들이 한숨을 쉬어대며 의기소침해지고 있다는 사실이네. 난 글줄이나 쓴다는 선배들이 그러는 걸 직접 보았으니까. 그 말을 어디서 누가 시작했거나 간에 그런 고약한 말을 퍼뜨리고 있는 건 그 말을 조작해 낸 것하고 하나도 다를 것 없는 짓 아니겠나."

"빌어먹을, 그걸 무슨 수로 막지?"

"그물로 바람 막기지 뭘."

계동 가까이 이르렀을 때였다. 누더기를 걸친 늙은 여자가 삐쩍 마른 손을 내밀며 다가섰다. 등에 업힌 아이는 목을 늘인 채 자고 있었다.

송가원은 가방을 바꿔들며 돈을 꺼내려고 했다. 그런데 민동환 이 먼저 노인네의 손에 돈을 놓았다.

"고맙습네다. 복 많이 받으세요."

노인네는 깊이 고개를 숙였다.

"걸인들이 갈수록 느는군."

민동환이 혀를 찼다.

"왜 안 그렇겠나. 왜놈들 이주가 늘어나는 만큼 땅 뺏기는 사람 들이 늘어나고, 소작인들은 소작료가 올라갈수록 빚이 늘어나고, 농촌에서 견디지 못한 사람들이 도시로 몰려들어 걸인이 되는 것 아닌가."

"얼마 전에 신문에 난 걸 보니까 총독부에서 조사한 걸인들 수 가 전국적으로 5만여 명이야. 해마다 몇천 명씩 불어난 추센데, 총 독부에서 뭐랬는지 아나? 조선사람들은 게을러서 일을 하지 않고 편히 얻어먹고 살려고 해서 그런다는 분석이더군."

"죽일 놈들, 항상 그따위로 사실을 호도하고 제놈들 잘못을 조 선사람들 잘못으로 뒤집어씌우지."

송가원은 침을 내뱉었다.

낙원동 초입에 이르렀을 때는 남매로 보이는 두 아이가 그들 앞에 손을 내밀었다. 이번에는 송가원이가 돈을 주었다. 두 아이는 꾸벅 절을 하고는 긴 그림자를 끌며 석양빛 속으로 멀어져 갔다.

상춘관 앞은 도착하고 떠나는 인력거들로 분주했다. 꽃처럼 차린 기생들이 지분내음을 풍기며 내리고 있었다

"너무 일찍 왔나 보네."

송가원이 멋쩍어했다.

"일찍은 무슨. 술 많이 마셔서 좋지."

민동환이 눈짓하며 앞장섰다.

"어머 서방님, 오셨사와요."

인력거에서 막 내린 기생 하나가 민동환에게로 쪼르르 달려갔다.

"응, 경희 아닌가. 그간 잘 있었나?"

민동환이 기생을 보고 반가워했다. 그 기생과 짝이 되어 몇 번 술을 마셨던 것이다. 기생은 송가원에게는 가볍게 눈인사만을 했다.

경희라는 이름처럼 그 기생은 아주 앳돼 보였다. 나이 어린 기생들일수록 그전의 기생 냄새가 나는 이름이 적고 일반 처녀들의 이름과 구분이 안 되는 것들이 많았다. 그것도 새로 생기기 시작한 풍조였다.

"옥비 명창은 아직 안 왔사와요."

술상과 함께 들어온 경희가 송가원에게 말했다.

"안 오는 건 아니겠지?"

민동환이 물었다.

"좀 늦어지는 것입죠. 명창이 어디 우리 애송이 기생하고 같은 가요."

경희가 민동환 옆에 다붙어앉으며 꽃빛 웃음을 피워냈다.

민동환은 새삼스럽게 송가원에게 기생을 권하지 않았다. 송가원은 이 집을 찾아온 처음부터 기생을 옆에 앉히는 걸 완강히 사양했던 것이다. 그것이 옥비라는 여자를 향한 송가원의 마음이었다. 그렇다고 옥비라는 여자를 잠깐이라도 옆에 앉히는 것도 아니었다. 그러고 보면 송가원은 옥비라는 여자에게 무언의 경고를 하고 있는 셈이었다. 내가 이러니 너도 그 어떤 놈 옆에도 앉으면 안 된다 하고.

"자아, 술 드세."

민동환이가 잔을 들었고, 둘이는 잔을 부딪쳤다.

"자넨 인제 졸업인데 뭘 하려나?"

단숨에 비운 술잔을 민동환에게 건네며 송가원이 물었다.

"몰라, 뭐 할 만한 일이 있어야지."

"찾아보면 있겠지."

"자네처럼 의사로 딱 정해졌으면 좋겠는데 이놈의 영문학이란 죽도 밥도 아니니 원."

"글을 써도 좋고, 학문을 해도 좋고……."

"글쓸 재주는 애당초 없고, 학문이라는 것도 답답해서 싫고. 모르겠네. 아버지가 돌아가시면 잡지나 하나 하면 어떨지."

"참, 병환은 좀 어떠신가?"

"별 가망이 없다더군."

"심려가 크겠네."

"노환이시니까."

"잡지……, 그것도 괜찮겠지."

주량이 큰 송가원은 연상 술잔을 비워 민동환에게 넘기고 있었다.

"자넨 졸업하면 서울서 개업하려나?"

"나야말로 어쩔지 모르겠네."

"모르긴. 서울에서 하게. 내가 도울 테니까."

"말이라도 고맙네."

"이사람아, 빈말이 아니야."

민동환이 정색을 했다. 그는 여동생을 생각하며 하는 말이었다.

"고맙네, 고마워."

송가원은 말을 막듯이 빈 잔을 민동환에게 내밀었다.

"지금부터 난 반 잔씩만 따라라. 저 친구하고 똑같이 마셨다간 난 황천길이다."

민동환이 기생에게 일렀다.

송가원은 박정애를 생각하고 있었다. 박정애는 벌써부터 서울에서 개업하기를 은근히 종용하고 있었다. 그 의도 뒤에는 여동생 미애가 있었다. 그건 전혀 예상하지 못했던 부담이었다.

톡, 톡, 톡.

방문을 조심스럽게 두들기는 소리가 들렸다.

"옥비 명창일 거예요."

기생 경희가 발딱 일어났다.

방문이 열리면서 옥비의 모습이 드러났다. 옥비는 다소곳한 몸가짐으로 들어섰다.

"오셨구만요……."

옥비는 송가원에게 나부시 인사했다. 반가움 넘치는 얼굴이 붉게 물들고 있었다.

"잘 있었소?"

송가원이 옥비를 올려다보았다. 눈길이 마주치자 옥비는 당황스레 눈길을 떨구었다.

"옥비 명창, 나도 왔소."

민동환이 짓궂게 두 사람 사이를 헤집고 들었다.

"예에……."

옥비가 예를 갖추었다.

"고수가 없는 걸 보니까 소리하러 온 것 같지는 않은데, 어떠시오, 오늘은 특별한 날인데 예인 자격은 접어두고 우리한테 술 한잔씩 따르는 게."

민동환이 부드럽게 웃었다.

"오늘이 무슨 날인데요? 어느 분 생신이라도 되시나요?"

기생 경희가 민첩하게 말을 받았다.

"음 알고 있는지 모르겠는데, 상해에서 윤봉길이란 청년이 폭탄을 던져 왜군 대장 등 높은 벼슬아치들 10여 명을 폭살시킨 소식을 들었지."

"네, 알아요. 소문 들었는데, 아주 속시원한 일이에요."

경희가 총명하게 생긴 눈을 빛냈다.

"너도 속이 시원하더냐?"

민동환은 대견하다는 듯 경희를 바라보았다.

"저도 조선사람인걸요."

"그래, 조선풀도 기뻐할 일이다."

민동환이 경희의 어깨를 쓰다듬었다.

"예, 저도 술 따르겠구만요."

옥비가 나직하게 말했다.

"예에, 그래야지요."

민동환의 목소리에 흥이 넘쳤다.

옥비는 송가원의 옆에 살포시 자리잡고 앉았다. 송가원은 옥비 쪽의 몸에 찌르르 전기가 통하는 것을 느꼈다.

옥비는 먼저 민동환의 잔에 술을 따랐다. 그리고 송가원의 잔에 도 남실거리도록 술을 따랐다.

저 술이 한 방울이라도 흘러 허실이 되면 안 되는데…….

옥비는 송가원의 입으로 옮겨지고 있는 술잔을 보며 이런 주술 을 달고 있었다.

송가원은 역시 술을 단숨에 비웠다. 술잔을 지켜보고 있던 옥비 는 아무도 모르게 안도의 숨을 내쉬었다. 그러면서 가슴이 화끈 뜨거워지는 것을 느끼고 있었다.

내가 이래서는 안 되는데. 감히……

옥비는 자신의 가슴에 찬물을 끼얹었다. 그리고 방바닥에 붙으려는 몸을 떠밀어올렸다.

"이따가 뵙겠구만요."

옥비는 뒷걸음질로 방을 나갔다.

"자네 형님은 글쓰시나?"

민동환이 물었다.

"응, 몸이 많이 좋아져서 뭘 쓰긴 쓰는 눈치더군."

송가원이 덤덤하게 대꾸했다.

"서울로는 안 올라오시나?"

"글쎄, 그건 잘 모르겠네."

"글을 쓰시자면 어차피 서울생활을 하셔야 될 텐데."

"모르겠어. 차차 두고 봐야지."

송가원은 또 마음이 무거워졌다. 형만 생각하면 마음이 우울하고 착잡해졌다. 가산이라고는 세 조카들과 함께 다섯 식구가 한 해 먹고살기가 빠듯할 정도의 논밖에 없었다. 그런데 커나는 조카들을 가르치자면 형의 경제능력이란 너무나 허약했던 것이다.

"이보게, 내가 잡지를 하게 되면 말일세, 자네 형님을 모셔서 도움을 받는 게 어떨까?"

민동환은 그동안 심중에만 담아왔던 말을 꺼내놓았다.

"글쎄, 전에 잡지사에서 일했던 경험이 있긴 한데. 그나저나 잡지가 되긴 하겠나? 창간되었다 하면 두세 번 내고는 문을 닫는 잡지사들이 수두룩한데."

"그야 적은 자본으로 판매에만 의존하니까 그렇지. 난 이래봬도 만석꾼 재산 상속잘세. 해마다 만 석씩만 투자하면 본전인 농토는 그대로 있고 잡지는 평생 해나갈 수 있지 않겠나?"

민동환은 사뭇 진지해져 있었다.

"주먹구구로는 그런데 잡지사 경영내막을 전혀 모르니 뭐라고 할 수가 없군."

"그 문제 이전에 말야, 잡지를 내는 건 어떻게 생각하나?"

"그야 내용이 좋은 잡지라면 얼마든지 내는 게 좋지. 아무리 검열이 있다지만 잡지가 할 수 있는 일은 또 있으니까."

"그래, 왜놈들 몰아내자, 독립운동하자, 하는 소리를 직접 쓰지는 못하더라도 글이란 묘한 거니까. 그리고 잡지의 파급효과란 것도 무시할 수 없지. 아무래도 잡지를 하는 게 좋을 것 같네."

민동환은 결정을 내리듯이 말했다.

"더 신중히 생각해 보게."

"음, 오늘은 이모저모로 아주 의미 있는 날이네. 만석꾼 재산 보람되게 써볼 테니까 자넨 자네 형님한테 잘 권해주기나 하게."

민동환의 말은 아주 결정적이었다.

"두고 보세. 아아, 취하는군."

송가원은 두 팔을 쭉 뻗어올렸다.

"술만 많이 드시고 안주를 잘 안 드시니 취하시죠. 안주 좀 많이 드세요. 실은 술값보다 안주값이 훨씬 더 비싸니까 실속도 차리셔야지요. 몸 상하시면 옥비 명창이 서러워합니다."

경희는 눈을 핼끗하고는 고기 한 점을 집어 민동환의 입으로 가져갔다. 민동환이 소리내 웃으며 고기를 받아먹었다.

"네 눈에도 옥비 명창이 저 서방님을 사모하는 것으로 뵈느냐?"

"그러믄입죠. 척하면 삼천립지요. 어디 옥비 명창뿐인가요. 저 서방님께서도 옥비 명창을 사모하기는 매일반인걸요."

"어허, 못하는 소리가 없구나!"

송가원이 화난 척해 보였다. 그의 얼굴은 어색스러워져 있었다. 경희는 민동환의 뒤로 얼굴을 숨기는 척하고 있었다.

"허허허허…… 그러게 품행 조심해야 하는 게야."

민동환이 경희를 싸안으며 웃어댔다.

밖에서 소리하는 가락이 먼 울림으로 들려오고 있었다.

"저런, 우리보다 선수를 치지 않았나."

민동환이가 경희를 밀어내며 말했다.

"아니와요. 저쪽에서 먼저 목을 풀고 나야 이쪽에서 하는 소리가 진짜 진국이 되는 거예요."

경희가 냉큼 말을 받았다.

"요런 앙큼한 것. 그럼 어디 너부터 한가락 해봐라."

술취한 민동환이 귀여워죽겠다는 듯 경희의 엉덩이를 두들겼다.

"저는 소리 못하는걸요."

"누가 소리하랬느냐. 넌 쉬운 신식노래로 해."

"그래, 아리랑을 한번 불러봐라."

송가원이 술잔을 들며 말했다.

"아리랑이요?"

경희가 깜짝 놀랐다.

"왜, 여기서도 못 부르는 거냐?"

"그럼요. 얼마 전에 손님들이 합창을 해대다가 걸려서 다 잡혀가고, 쥔어른까지 혼쭐이 났는걸요."

"빌어먹을!"

송가원이 내뱉었다.

"됐어, 황성옛터나 불러봐. 아주 슬프게 불러라. 슬프디슬픈 세상이니까."

민동환이 취기 어린 소리로 말했다.

기생 경희가 앉음새를 가다듬고 노래를 하기 시작했다. 권번에서는 기생들에게 신식노래도 가르치고 있었다. 손님들의 요구가 자꾸 늘어나는 탓이었다. 그런 만큼 소리는 밀릴 수밖에 없었다. 세상은 그렇게 변해가고 있었다.

"옥비 명창, 거 슬픈 것 말고 힘차고 통쾌한 것 뭐 없소? 그런 것으로 좀 불러보시오."

술취한 송가원이 옥비에게 이렇게 소리를 청했다. 그러기는 처음 있는 일이었다. 그동안에는 그저 부르는 대로 듣기만 했던 것이다.

"……심차고 통쾌헌 것……."

너무 갑작스러운 청에 당황한 옥비는 아무 생각도 떠오르지 않아 고수를 쳐다보았다.

"적벽가 중에서 조조 군사 물리치는 대문으로 허먼 되덜 안컸어?"

고수가 얽힌 고리를 풀어주었다. 옥비는 밝게 웃으며 고개를 끄덕였다.

자정이 넘도록 술을 마셨다. 민동환은 물론이고 주량이 큰 송가원도 몸을 가누지 못하도록 만취했다.

"우리는 뭐야, 술이나 퍼마시는 우리는 뭐야. 빌어먹을, 우리는 뭐냐니까……."

눈이 개개풀린 송가원은 언제부턴가 이 말을 되풀이하고 또 되풀이했다.

손님들이 거의 다 가고 없어서 옥비는 처음으로 송가원의 술시중을 들고 있었다. 그 술시중이란 술 그만 마시라는 만류였다. 그런데 술에 너무 취한 송가원은 사람을 제대로 알아보는 것 같지도 않았다. 그러나 민동환이가 기생과 얼크러져 야하게 돌아가도 송가원은 옥비의 옷깃 하나 스치지 않았다.

1시가 다 되어 그들은 술자리에서 일어났다. 송가원도 민동환도 곧 넘어질 것처럼 비틀거리고 휘청거렸다. 그러면서도 송가원은 가방을 찾아 들었다. 옥비는 다소 안심하며 어떻게 할까 생각했다. 민동환은 기생의 부축을 받으며 앞서 걸어가고 있었다. 그런데 혼자 방을 나서는 송가원은 곧 넘어지거나 어디에 부딪힐 것처럼 불안하기 짝이 없었다.

다쳐서는 안 되지. 이런 때 안 붙들어보면 언제 붙들어봐.

옥비는 이런 생각과 함께 비틀거리는 송가원을 부축했다.

"으음, 누, 누구여? 아아, 옥비 명창…… 괜찮소, 나 안 취했소, 나……."

송가원은 잡힌 팔을 빼려고 했다.

"안 괜찮으시구만요. 너무 많이 취하셨는디요."

옥비는 송가원의 팔을 더 꼭 붙들었다. 그 순간이었다. 송가원이 가방을 떨어뜨리며 옥비를 와락 끌어안았다. 그리고 그의 입술이 옥비의 입술을 덮었다. 옥비는 정신이 하나도 없었다. 누가 볼까 무서웠던 것이다. 송가원을 떠밀며 빠져나오려고 했다. 그러나 뜻대로 되지 않았다.

진작 방에서 할 일이지…….

옥비는 송가원의 품을 벗어나려고 버둥거리면서 이런 생각을 하고 있었다.

술취한 송가원의 힘은 오래가지 않았다. 송가원의 품을 벗어난 옥비는 머리를 매만지며 마구 달아나고 있었다. 마음과는 반대로 남들의 눈을 피해야 했던 것이다.

혼자 비틀거리며 긴 마루를 걸어나온 송가원은 위태롭게 댓돌로 내려섰다. 그때 양복 차림의 지배인이 달려와 송가원을 부축했다. 몸을 숨긴 옥비는 그 광경을 지켜보고 있었다.

구두가 너무 헐었구나…….

옥비는 전등불빛 아래 드러난 송가원의 낡은 구두에 눈길을 박고 있었다.

송가원은 민동환이가 기다리고 있는 인력거에 올라갔다. 인력거가 떠나는 것까지 지켜본 옥비는 몸을 돌렸다. 그런데 그때서야 비로소 입술이 뜨겁게 달아오르는 것을 느꼈다. 그 뜨거움이 전신으로 퍼지고 있었다. 그 느닷없는 입맞춤과 보듬김이 마치 꿈결인 양 아득하고 소중스러웠다.

사나흘이 지나 송가원은 자취방에서 뜻밖의 손님을 맞이했다. 자정이 다 되어 명륜동 산비탈의 어두운 골목을 찾아든 사람은 허탁이었다.

"역시 의과생이라 늦게까지 공부를 하고 있었군."

방으로 들어서며 허탁이 한 말이었다.

송가원은 허탁이 쫓기는 몸이라는 것을 직감했다.

"또 일 터졌군요?"

자리를 권하는 송가원의 목소리는 낮고 빨랐다.

"이런, 내 몸에서 그런 냄새가 풍기나? 그건 좀 곤란한데. 자네가 그런 냄새를 맡으면 개들은 더 잘 맡을 것 아닌가."

허탁은 손가락으로 담배 피우는 시늉을 해 보이며 떨떠름하게 웃었다. 송가원은 얼른 담뱃갑을 건네주며 말했다.

"어디 몸에서 나나요. 형님이 이 시간에 이 빈민촌을 왜 찾아왔겠어요."

"그래, 또 들통이 났다."

허탁은 허기진 사람처럼 담배를 급히 빨아댔다.

"이번엔 무슨 일인데요?"

"음, 각 노동현장에 침투해서 혁명적인 적색노조를 조직하는 건데, 인쇄직공들을 상대로 일이 잘돼가다가 터졌다."

"왜 그렇지요? 또 끄나풀이 섞여들었나요?"

"아직 잘 모르겠다. 그놈들이 워낙 이중 삼중으로 거미줄을 쳐놓고 있으니까."

"빌어먹을, 그렇게 자꾸 당하기만 해서 어쩌지요?"

송가원은 담배를 빼들며 한숨을 쉬었다.

"괜찮아. 싸움이란 서로 잡고 잡히고 하는 거니까."

허탁은 여유만만하게 웃었다.

"괜찮긴요. 계속 이쪽이 잡히는 게 많으니까 문제지요. 참, 저녁은 드셨어요?"

"암, 아무리 똥줄이 타도 때는 안 거르지. 혁명은 곧 체력이니까." 허탁은 능청스럽게 웃고는, "자넨 걱정 안 해도 돼. 이쪽이 많이 잡히는 거야 당연한 거고, 아무리 많이 잡혀도 활동은 계속 이어지니까. 지금 러시아 만주 중국 등지에서 파견된 사람들까지 합세되어 지하운동이 맹렬하게 전개되고 있다." 그의 어조는 자신에 차 있었다.

"글쎄요, 그리 낙관할 일만은 아니잖아요? 경찰에서는 사회주의 냄새를 조금만 풍겨도 마구 잡아들이고, 식자층에서는 앞으로 200년 정도는 독립될 가망이 없다는 말이 퍼지고 있는 판인데요."

"다 알고 있어. 허나 친일파들이 아무리 많이 생겨나도 친일파 아닌 사람들이 훨씬 더 많은 법이지. 왜 그런지 아나? 근본적으로 저버릴 수 없는 민족적 양심이 살아 있기 때문이지. 쉽게 말하면 왜놈들에게 짓밟히며 사는 게 싫다 하는 생각 때문이란 말야. 우리의 운동은 그 점을 믿는 것이고, 그 바탕에 뿌리를 내리는 것 아닌가. 자넨 아무 걱정 말고 의술이나 열심히 익혀. 그래서 장안의 명의가 되어 부자놈들에게 비싸게 받고, 가난한 사람들한테는 싸게 받아 돈을 많이 버는 거야. 그리고 그 돈을 나 같은 사람한테 대주면 그보다 장한 독립운동이 어디 또 있겠나. 난 자네만 믿네."

허탁은 어깨를 들썩이며 흐흐거리고 웃었다. 그 느긋하고 태평스러움이 전혀 쫓기고 있는 사람 같지가 않았다.

"체, 언제 그런 날이 오겠어요. 왜놈의사들 등쌀에."

"이사람아, 체념하지 말어. 자네도 알지? 두들겨라 열릴 것이다!"

"아이고, 공산주의자가 왜 갑자기 예수님 말씀입니까?"

"진리는 만사형통 아닌가. 그건 그렇고, 나 곧 떠야겠는데 부탁 하나 해도 될까?"

"예, 말씀하세요."

"아침 일찍 말이야, 박정애 씨한테 전화 걸어서 만나가지고 정릉으로 좀 오라고 해주겠나?"

"정릉이요?"

"그렇게만 말하면 알아. 전화로 하지 말고 꼭 만나서 말해야 하네."

"예, 알겠어요."

"나 가네."

허탁이 벌떡 몸을 일으켰다.

"잠깐만, 돈 없으시죠?"

"됐네, 됐네. 벼룩에 간을 빼먹지."

허탁이 돌아서는 송가원의 팔을 붙들었다.

"이거나 가져가지."

허탁은 담뱃갑을 집어들고 방을 나갔다. 송가원은 급히 뒤를 따랐다.

허탁은 곧 어둠 속으로 자취를 감추었다. 송가원은 아무것도 보이는 것 없는 짙은 어둠을 응시하고 있었다.

늘 넉넉하고 느긋하며 어떤 충격이나 힘에도 꺾이거나 부러지지 않고 휘어지거나 구부러지는 유연성과 여유로 끈질기게 버티어 나아가는 사람, 외유내강의 표본 같은 허탁의 모습이 어둠 속에 뚜렷이 떠올라 있었다. 또 얼마나 많은 허탁이 이 어두운 밤에 쫓기고 있을 것인가⋯⋯. 나라를 찾으려는 저 외로운 발길⋯⋯ 없어진 나라는 밤에 저리도 맥박치고 있는 것이 아닌가. 송가원의 뇌리에는 불현듯 아버지가 떠올랐다. 아버지도 이 밤에 만주벌판 그 어디에서 쫓기고 있는 것은 아닐까⋯⋯. 송가원은 또 눈을 꼭 감았다. 그러나 아버지의 모습은 여전히 흐리기만 했다.

삼각산 줄기 그 어디선가 소쩍새가 밤 깊은 줄 모르고 구슬프게 울고 있었다. 망국의 한을 서러워하는 것처럼.

송가원은 수업을 제쳐놓고 9시에 종각 옆의 카페로 나갔다. 박정애는 아직 와 있지 않았다. 송가원은 초조한 마음으로 담배를 빨았다. 유성기에서는 알 수 없는 일본노래가 흘러나오고 있었다. 송가원은 그 일본노래가 몹시 신경에 거슬렸다.

주인이 왜놈의 새끼인가…….

송가원은 짜증스럽게 이런 생각을 했다. 일본상인들은 진고개와 명동에서 황금정으로 세력을 뻗치고, 이삼 년 전부터는 종로에까지 침투해 들어오고 있었다.

조선놈이 왜놈노래에 더 환장하기도 하니까…….

송가원은 자신이 너무 긴장해 있다는 것을 느꼈다. 그까짓 노래야 어쨌건 마음을 느긋하게 가지려고 했다. 노래 생각을 하다 보니 옥비 생각이 떠올랐다. 그날 밤 어떻게 집에까지 왔는지 전혀 기억이 없었다. 옥비의 소리를 들은 것까지는 기억이 어렴풋한데 그 다음부터는 기억이 까마득했다. 그런데 무언가 실수를 한 것 같은 느낌이 께름칙하게 남아 있었던 것이다. 술병이 난 것인지 어쩐지 민동환은 얼굴도 비치지 않고 있었다.

송가원이 담배를 끄려는데 박정애가 나타났다. 그런데 그 뒤에는 동생 미애가 따르고 있었다.

"어머, 오래 기다렸어요?"

박정애는 언제나처럼 밝고 활달했다.

"아닙니다……."

"학교 가는 길이라 함께 나왔어요."

박정애는 동생을 가리키며 말했다.

"아 예, 안녕하셨어요? 오랜만입니다."

송가원은 좀 어색하게 박미애에게 인사했다. 박미애는 언니 박정애가 그렇듯 화려한 양장 차림이었다.

"이런, 청춘남녀 인사가 그래서야 되겠어요? 오랜만이라니. 자아, 앉읍시다."

박정애가 환하게 웃으며 농담처럼 말했다. 그러나 그건 농담이 아니었다. 그 말이 송가원에게는 커다란 바윗덩이의 무게로 가슴에 얹혔다.

"언닌 참 무식하네. 거룩한 인술을 익히는 의학도한텐 공부할 시간도 모자라는 것 몰라?"

박미애가 끼고 있던 책 서너 권을 탁자 위에 놓고 앉으며 묘하게 비꼬았다.

"하긴 의학도들이 제일 공부하기 힘들다고 하더라."

박정애는 이렇게 눙치며 동생에게 재빨리 눈총을 쏘았다. 박미애는 언니의 눈길을 피하며 입을 삐쭉했다.

"근데 웬일이에요? 아침 일찍 만나자고 전화를 다 걸고."

커피를 시키고 나서 박정애가 먼저 입을 열었다.

"저어……, 그게 그러니까……."

송가원은 난처한 얼굴로 어물거렸다.

"이 자리선 말하기 곤란한 문젠가요?"

박정애가 눈치 빠르게 반응했다.

"거봐, 난 불청객이지."

박미애가 탁자 위의 책들을 와락 끌어안으며 곧 일어날 기세였다.

"왜 이래, 경박하게!"

박정애가 내쏘았다.

"아니 그게 아니고, 허 선배님……."

박정애의 말과 송가원의 말이 거의 겹쳐지고 있었다. 그리고 박정애의 얼굴이 금방 긴장되었다.

"알았어요, 조금 있다가 말하도록 해요." 박정애가 송가원에게 눈짓하고는, "넌 이렇게 아침 일찍 사람들 없는 카페에서 만나 모닝커피를 나누는 게 얼마나 로맨틱하고 센치멘탈한 아름다움인데 불청객이고 뭐고 따지고 그러니. 이 봄날 아침의 커피 한잔의 추억, 인생은 아름다운 추억 만들기니까 기분 좋게 커피 마시고 학교에 가." 그녀는 능란하게 말하며 동생의 등을 다독거렸다.

"치이, 난 가사과에서 요리나 재봉틀 기술 같은 것만 배워서 그런지 로맨틱이고 센치멘탈이고 그런 고상한 기분은 몰라."

박미애는 토라진 기분을 감추지 않고 그대로 드러냈다. 언니의 호들갑에 휘말려 경성제국대학 의대생 송가원을 만나는 기대에 부풀었던 것인데 나와서 보니 자신은 완전히 귀찮은 존재가 되고 있었던 것이다. 송가원보다도 더 괘씸한 것은 언니였다. 나가자고 호들갑을 떨 때는 언제고 이제는 적당히 발라맞춰 어서 쫓으려 하고 있었다. 송가원이 아니고 다른 남자라면 당장 자리를 박차고 나가고 싶었다.

커피잔이 세 사람 앞에 놓였다. 세 사람은 말없이 커피맛을 맞추느라고 손을 놀렸다. 박정애가 무슨 생각엔가 빠져 있으니 세 사람 사이에 침묵이 가로막힐 수밖에 없었다.

"가원 씨는 공일날도 공부하기에 그리 시간이 없어요?"

박정애가 언니 노릇을 해야 되겠다는 듯 커피잔을 들며 입을 열었다.

"예, 실은 일본학생들하고 경쟁하기가 힘에 벅찹니다. 똑같은 답안지라도 일본학생들에게 점수가 더 가고, 해부실에서도 좋은 위치는 일본학생들 우선이니까요. 공장이나 공사판에서만 임금 차별이 있는 게 아니니까요."

그건 사실이기도 했고 변명이기도 했다.

"아휴 분해, 못된 놈들."

박정애의 감정은 어느 때보다 격했다.

"그리 분하면 언니도 허탁 씨 따라나서."

박미애는 언니의 감정을 정통으로 찔렀다.

"너 정말……!"

박정애가 동생을 노려보았다. 박미애는 복수를 해서 통쾌하다는 듯 샐쭉 웃으며 커피를 마셨다.

박미애는 커피를 반쯤 마시고 일어섰다.

"또 뵙겠습니다."

송가원이 일어나며 인사했다.

"네에……"

반기는 웃음과 함께 박미애의 얼굴이 붉어졌다.

"뭐가 어떻게 됐지요?"

박정애는 동생이 문을 나가기도 전에 물었다.

"예, 쫓기고 있습니다. 어젯밤 늦게 찾아와서 정릉으로 와달라고 전하라 하시더군요. 다른 말은 없었구요."

"예, 커피 빨리 마시고 나가요."

송가원은 반쯤 남은 커피를 한 모금에 마시고 일어섰다.

"또 만나요."

카페를 나선 박정애는 이 한마디를 남기고 총총히 걸어갔다.

송가원은 뾰족구두 신은 박정애의 뒷모습을 물끄러미 바라보고 있었다. 사회주의와는 거리가 먼 최신식 멋쟁이가 경찰에 쫓기고 있는 사회주의자의 은신처를 거침없이 찾아가고 있었다. 저 여자를 저리도 급하게 끌어당기고 있는 힘은 무엇인가.

아아, 사랑의 위대한 힘이여…….

송가원은 이런 생각을 하며 5월의 눈부신 햇살 속에 더욱 화사한 박정애의 꽃무늬 원피스에 어리는 사랑의 외로움을 느끼고 있었다. 허탁은 아내가 있는 몸이었던 것이다.

이틀인가 지나 송가원은 옥비의 연락을 받았다. 달포가 되려면 아직 멀었는데 이상하다 싶었다.

"그날 밤 내가 무슨 실수를 하지 않았나 모르겠습니다. 술에 너무 취해 집에 어떻게 갔는지 통 기억이 없는데, 술을 깨고 나니 무슨 실수를 한 것같이 마음이 찜찜하고 영 이상합니다."

송가원은 옥비를 만나자마자 이 말부터 털어놓았다.

"아니구만요, 아무 실수도 안 허셨구만요."

옥비는 담담하게 대꾸했다. 그러나 가슴은 화끈거리고 두근거리고 있었다. 그날 밤의 입맞춤의 뜨거움이 그대로 되살아 오르고 있었다. 그 일을 기억하지 못하는 것이 더없이 다행이다 싶었다. 취중진언이라고 속마음을 보여준 것으로 더 바랄 것이 없었던 것이다.

"무슨 일 있습니까? 혹시 스님이……."

"아니구만요. 저어…… 구두럴 맞치러 가시자고……."

"구두요……?"

"그날 밤 봉게 너무 헐어서……."

"아닙니다. 물 새고 가죽 터질라면 아직 멀었어요."

"곧 그리되겠든디요. 가시제라."

"아니, 괜찮아요. 물 새기 전에 밑창 갈고, 가죽 터지면 꿰매고 해서 앞으로 5년은 더 신을 수 있어요."

"그리 궁싱시러서 되간디요. 가시제라."

"학생인데 궁상스러운 거 없어요."

"지 맘이 안 그렇게 가시제라."

"아니, 정말 괜찮아요. 어렵게 버는 돈 헤프게 쓰려고 하지 말아요."

두 사람의 기세는 팽팽하게 맞섰다.

"농사짓고 노동허는 것에 비허면 열 곱 쉽게 버는 돈이구만요. 천헌 돈이라고 피허시능게라?"

옥비는 억지소리로 기세를 꺾어야 된다고 생각했다.

"아, 아, 그게 아니고요……."

"안 가시면 앞으로 상종 안 허겠다는 뜻으로 알겠구만요."

"하, 이거 참, 그게 아니고……."

"공허 시님도 좋아허실 거구만요. 가시제라."

옥비는 마지막 수를 던졌다.

"이거 참……."

송가원은 지고 말았다.

옥비와 송가원은 나란히 걸어 종로로 나갔다. 옥비는 송가원과 함께 종로통을 걷는 것이 황홀할 만큼 기분이 좋았다. 몇 개의 양화점을 지나쳐 화신상회 가까이에 있는 제일 큰 양화점으로 들어갔다.

그런데 얼마 전부터 송가원과 옥비를 뒤따르는 여자가 있었다. 학교에서 관철동 집으로 돌아오던 박미애가 그들을 발견했던 것이다. 박미애는 그들이 양화점으로 들어가는 것까지 보고 발길을 돌렸다. 박미애의 얼굴은 하얗게 굳어져 있었다.

43

집단최면

"자아 여러분, 모두 주목해요, 주목! 지난 시간에 배운 걸 다 암기해 오라고 숙제 냈었지요? 지금부터 누가누가 암기를 잘하나 조사를 하겠어요. 이건 시험 보는 거니까 모두 정신 바짝 차리고 잘 암기해서 좋은 점수를 받도록 해야 해요. 자아 그럼, 대일본제국이 조선사람들을 개명시키고 편하게 살게 해주기 위해 여러 가지 시설을 했다. 그것이 어떤 것들인지 암기할 수 있는 사람!"

젊은 여선생은 막대기로 교탁을 탕 치며 왼쪽 팔을 반쯤 들어올렸다.

"저요, 저요!"

"선생님, 저요!"

50여 명의 아이들 중에서 기세 좋게 팔을 뻗어올리며 소리치고 있는 것은 열댓 명이었다. 선생은 일본여자였고 학생들은 조선아이들이었다.

고양이 상인 여선생은 얼굴을 찌푸리며 아이들을 휘둘러보았다.

"아니, 겨우 이것밖에 안 돼!"

여선생이 앙칼지게 내쏘았다.

손을 들지 못한 아이들이 기죽고 주눅들어 고개를 떨구었고, 손을 든 아이들은 주위를 둘러보느라고 바빴다.

"암기해 오지 않은 학생들은 이따가 매맞을 줄 알어!"

여선생의 목소리는 차고 날카로웠다. 아이들의 고개는 더 수그러들면서 어깨까지 움츠려졌다.

"어디 그럼 누구부터 암기해 볼까?"

여선생이 싹 웃으며 손 든 아이들을 둘러보았다.

"선생님, 저요!"

"저요, 저요!"

철없는 제비새끼들이 입 짝짝 벌리며 먹이를 다투듯 아이들은 엉덩이까지 들먹이며 다시 소리치기 시작했다.

"저어기, 김경일!"

여선생이 막대기끝으로 지목했다.

뒤쪽에서 한 아이가 벌떡 일어섰다. 몸집이 큰 아이는 혈색이 좋고 입성도 깨끗했다. 한눈에 행세깨나 하는 집안의 자식이라는 표가 금방 났다.

"예, 대일본제국은 조선사람들을 개명시키고 편히 살게 해주기 위해 철도를 놓아주었고, 에에…… 전등을 가설해 주었고, 으음…… 서당을 많이 지어……."

몇몇 아이들이 킥킥, 쿡쿡 웃었다.

"아니 저어, 서당이 아니고……, 서당을 없애고 저어……, 학교를 많이 지어 신식공부를 가르쳐주었고, 에에……."

"됐어, 그만해. 김경일, 그래 가지고는 안 되겠지? 좀더 열심히 하도록 해." 여선생은 치부책에다가 무엇인가를 간단히 적고는, "다음 누구?" 막대기로 교탁을 탕 치며 아이들을 휘둘러보았다.

"저요!"

"저요, 선생님!"

어찌 된 일인지 손을 든 아이들은 열 명 남짓으로 줄어 있었다.

"너, 박용화 해봐."

앞에서 두 번째 줄에서 한 아이가 발딱 일어섰다. 그 아이는 아까 아이보다 절반밖에 안 될 정도로 몸집이 작고 말랐으며, 가무잡잡한 얼굴에 입성도 구지레했다. 집안의 궁한 형편이 숨김없이 드러나고 있었다. 그런데 아이의 눈은 초롱초롱했고, 어딘가 다부져 보이는 인상이었다.

"옛, 대일본제국은 조선사람들을 개명시키고 편히 살게 해주기 위해 첫째, 방방곡곡에 철도를 놓아 천릿길을 하루에 다니게 해주었고, 둘째 사방팔방으로 신작로를 닦아 우마차 대신 자동차를 타고 다니게 해주었고, 셋째 도시마다 전등을 가설해 어두운 등잔불 대신 대낮같이 밝게 살게 해주었고, 넷째 구식 서당을 없애고 신식 학교를 수없이 많이 지어 누구에게나 균등하게 신식공부를 가르쳐주었고, 다섯째 우체국 시설을 완비해 어느 곳에서나 편지와 전보를 주고받을 수 있게 해주었고, 여섯째 여러 가지 공장들을 수없이 많이 세워 좋은 물건들을 값싸게 사서 사람답게 살게 해주었고, 그 외에도 대일본제국이 조선사람들을 위해 해주신 일들은 너무나 많아 일일이 다 셀 수가 없습니다. 그런 일들은 조선사람들의 힘으로는 100년이 걸려도 할 수가 없는 것인데 대일본제국과 천황폐하께오서 베풀어주신 은총으로 조선사람들은 만만세 행복을 누리게 되었습니다."

박용화라는 아이는 또랑또랑한 목소리로 단 한 군데 막힘이 없이 줄줄이 외워댔다.

"박용화, 잘했어요. 아주아주 잘했어요. 우리 다같이 박용화에게 박수!"

여선생은 더없이 흡족하게 웃으며 박수를 치기 시작했다. 아이들은 모두 선생을 따라 박수를 쳤다. 박용화는 부끄러운 척했지만 그 가무잡잡한 얼굴은 득의만면해져 있었다.

"자아, 모두 박용화처럼 암기해야만 당당한 황국신민이 되고 100점도 맞을 수 있어요. 그럼 이번엔 문답을 해보겠어요. 박용화 일어서!"

"옛!"

"일시동인(一視同仁)이란 누가 하신 유시지요?"

"예, 천황폐하께오서 하신 유십니다."

"맞았어요. 그 뜻이 뭐지요?"

"예, 모든 신민을 다 똑같이 사랑하신다 함입니다."

"예, 맞았어요. 모든 신민이란 누구누구를 가리키는 거지요?"

"예, 첫째 일본사람, 둘째 조선사람입니다."

"맞았어요. 그럼, 황공하옵게도 천황폐하의 크나큰 은총을 입은 조선사람들은 어떻게 해야 되지요?"

"예, 천황폐하를 하늘 높이 받들고 충성으로써 결사보은해야 합니다."

"그렇지요. 그 다음 문답, 조선사람들은 왜 가난하지요?"

"예, 게으르고 불평만 많이 하기 때문입니다."

"맞았어요. 그럼 잘살려면 어떻게 해야 하지요?"

"예, 일본사람을 본받아 불평하지 말고 부지런히 일해야 합니다."

"잘 맞혔어요. 조선사람들은 왜 병에 많이 걸리지요?"

"예, 더럽고 공동위생을 지킬 줄 모르기 때문입니다."

"맞았어요. 그럼 병이 안 걸리려면 어떻게 해야 하지요?"

"예, 일본사람을 본받아 언제나 깨끗하게 하고 공동위생을 잘 지켜야 합니다."

"좋아요, 100점이에요, 100점! 여러분, 다같이 100점 맞은 박용화에게 다시 박수."

아이들은 다시 선생을 따라 박수를 치기 시작했다.

"자아 그럼, 또다른 사람!"

여선생은 다시 막대기로 교탁을 치며 자세를 바로잡았다.

심상소학교 4학년 수신시간이었다. 손을 들었던 열 명 남짓한 아이들이 똑같은 내용을 반복해서 암기했지만 그 누구도 박용화만큼 막힘없이 잘하지는 못했다. 반복되는 내용에 지루해진 아이들은 한눈을 팔거나 졸고, 손장난을 하기도 했다. 그러나 여선생의 날카로운 눈은 그런 것을 놓치지 않았다. 눈에 띄는 쪽쪽 불러내 막대기로 두 손바닥을 사정없이 후려쳤다. 여선생은 할 일이 없어서 똑같은 내용을 반복해서 암기시키는 것이 아니었다. 그 반복을 통해서 학급 아동 전체가 암기하도록 하는 것이었고, 어린것들의 머릿속에 그런 사실들을 각인시켜 일본의 위대성과 조선의 열등성이 뼛속까지 스미게 하는 것이 교육 목표였다.

손을 든 아이들의 암기가 다 끝나자 나머지 아이들은 교탁에서부터 출석번호대로 줄을 섰다. 그리고 여선생 앞에 두 손바닥을 나란히 폈다. 얼굴에 살얼음이 낀 여선생은 아이들의 손바닥을 석 대씩 내리쳤다. 손바닥을 맞은 아이들은 두 손을 허공에 마구 털어대기도 했고, 입에 대고 불기도 했고, 맞비비며 뺑뺑이를 돌기도 했고, 사타구니 사이에 넣고 깡충거리기도 했다. 그러나 눈물이 맺히면서도 아프다고 소리치는 아이들은 하나도 없었다. 소리를 냈다가는 더 맞는다는 것을 잘 알고 있었던 것이다.

딸랑딸랑 종이 울리고 시간이 끝났다. 여선생이 나가고 조금 있다가 아이들은 환호성을 질렀다.

"아이고메, 인자 살았다!"

"아이고 징헌 눔에 수신시간."

"나넌 피가 다 보타부렀다."

"나넌 붕알이 뽀짝 쫄아부렀다. 히히……."

아이들은 비로소 조선말을 하며 키들거리는 여유를 찾았다.

"야 용화야 쓰발놈아, 니넌 어찌 그리 달달 잘도 외우냐?"

박용화를 에워싼 대여섯 명의 아이들 중에 하나가 물었다.

"요 좆만 새끼넌 외우는 디 선수 아니여."

"우리넌 돌대그빡이고 요새끼 대그빡언 금대그빡이랑게."

"아이고 니기미헐 놈덜아, 나 깝깝혀 죽겄다."

박용화는 소리치며 두 팔을 휘저었다.

공부가 다 끝나자 청소할 분단을 빼놓고 아이들이 우르르 밖으로 몰려나갔다. 열 명의 청소분단 아이들이 걸상이 올려진 책상을 뒤로 옮기기 시작했다. 그런데 박용화는 책상을 옮기지 않고 먼지 떨이개를 들고 빈둥거리고 있었다. 그리고 또 한 아이는 책상을 옮기느라고 애쓰고 있는 아이들에게 빨리빨리 하라고 소리치고 있었다. 그 아이는 분단장이었다.

"용화 저것언 순 좆겉은 놈이다."

"선생님헌티 신용받는다고 저 지랄이여."

"분단장 산수 숙제럴 다 해준게로."

"저새끼 꼴비기 싫어 똑 죽겄어."

"고 잘난 대그빡얼 팍 조사부러야 허는디."

"저 씨발놈이 쌈도 잘허덜 안혀."

책상을 맞들어 옮기는 아이들이 수군거리는 말이었다.

박용화는 청소가 다 끝날 때까지 비질은 물론이고 물걸레질 한

번 하지 않고 먼지 터는 시늉만 하고 다니다가 끝났다.

학교 운동장가로는 플라타너스 잎들이 가을빛으로 물들고 있었다. 아직 집으로 돌아가지 않은 아이들이 몇몇씩 모여 놀고 있었다.

"야, 용화야 항꾼에 가자."

구슬치기를 하고 있던 한 아이가 다급하게 달려왔다. 그 아이는 다른 애들과는 달리 가방을 메고 있었다. 거의 모든 아이들은 책보를 들거나 허리에 동이고 있었다. 박용화도 검정물 들인 무명책보를 허리에 질끈 묶고 있었다.

"멋났다고 쫓아오냐?"

박용화는 옆에 다가선 아이에게 퉁명스럽게 내질렀다. 그 얼굴이 거만스럽기 그지없었다.

"용화야, 나 산수 숙제 잠 해도라."

"얼매 낼라고?"

"나가 오늘은 돈이 없응께 꽃구실 다섯 개 주께."

"좆뽀는 소리 허고 자빠졌네. 꽃구실이 니 에미냐, 씨발눔아."

"꽃구실 다섯 개먼 돈이 얼맨지나 아냐?"

"요런 빙신 겉은 새끼, 꽃구실이야 구실치기로 얼매든지 딸 수 있당께."

박용화는 빽 소리를 질렀다.

"아 씨이, 글먼 외상으로 허자."

"잡소리 말고 연필 한 자리 내."

"잉, 그려."

"향나무연필로."

"그것언 얼매나 비싸다고."

"좆겉은 새끼, 나도 안 혀."

"아니, 아니여. 향나무연필로 줄께."

박용화는 멀리 삼학도가 바라보이는 공원 벤치에 자리잡고 앉아 한 시간 정도 산수문제를 풀었다. 그리고 향나무연필 한 자루를 받아챙겼다.

"요것 비밀이다 잉!"

그 아이가 가방을 메며 말했다.

"좆겉은 놈, 나가 애기냐?"

박용화는 코웃음을 치며 경멸스럽게 웃었다.

박용화는 혼자 걸으며 몹시 배가 고팠다. 점심을 굶어서 이맘때쯤이면 언제나 느끼는 배고픔이었다. 박용화는 형에게 슬쩍 들러볼까 하는 생각을 했다. 집으로 가자면 형네 직장을 지나게 되어 있었고, 어찌 재수가 좋으면 떡이나 고구마 한 개쯤 사먹을 수 있는 돈을 얻게 될지도 몰랐다. 그러나 형은 식구들이 직장에 찾아가는 것을 영 싫어했다. 동화 형은 나이 차이가 많이 나서 그런지 아버지만큼 무서웠다. 그리고 오늘 암기에서 100점 맞은 것을 자랑할 수도 없었다. 형은 이상하게도 일본사람들을 아주 싫어했다. 독립운동가도 아니면서 왜 그러는지 알 수가 없었다.

박용화는 속이 쓰리도록 배고픔을 느끼며 멀리 떠 있는 삼학도를 바라보았다. 그러나 그는 삼학도를 보는 것이 아니었다. 그 섬과

부두 사이에 떠 있는 일본기선들을 보고 있었다.

일본은 기선이 저리도 많은데 왜 우리는 하나도 없을까. 일본은 기선이 많은 것처럼 힘이 세다. 우리는 돛단배뿐이라서 힘이 약하다. 기선 한 척하고 돛단배 100척하고 싸워도 기선이 이긴다고 했다. 쇠로 된 기선한테 나무로 된 돛단배가 지는 것은 너무 당연했다. 왜 우리는 그 꼴이 되었을까. 게을러서 가난하다는데 그것도 게을러서 그런 게 아닐까?

"야, 이 과자는 맛없다."

"봐라, 그 상점 것 맛없지."

"이상하다. 전에는 안 그랬는데."

"딴 상점 것 사먹으러 가자."

"그래, 역전 상점이 맛있다."

일본아이들 셋이 앞다투어 뛰어갔다.

박용화는 그 아이들을 멍하니 바라보며 입에 고인 군침을 꿀떡 삼켰다. 그 아이들이 너무 부러웠다. 모두 가방을 멨고 반바지에 운동화를 신고 있었다. 그리고 먹고 싶은 것을 마음대로 사먹을 수 있는 것이었다. 어떻게 된 것이 일본사람들은 가난한 사람이 하나도 없었다. 일본아이들은 검정고무신 같은 것은 아예 신지를 않았다.

박용화는 무겁게 몸을 일으키며 또 그 생각을 했다. 어서어서 어른이 되고 싶었다. 어른만 되면 얼마든지 돈 벌 자신이 있었다. 지금도 산수 숙제를 해주고 돈을 벌고 고구마나 떡도 얻어먹었다. 돈을 많이 벌어서 쌀밥에 고깃국을 배가 터지도록 먹고, 돈을 맘껏 써보는 것이 소원이었다.

　박용화는 밑져봐야 본전이라고 생각하고 형에게 들러보기로 했다. 형에게 돈을 못 얻더라도 형이 일하는 사무실을 드나드는 것은 은근히 기분 좋은 일이었다. 형은 아버지에 비하면 쥐어박기 잘하고 무뚝뚝해서 좋을 것이 하나도 없었다. 그러나 아버지가 막노동을 하는 창피함에 비하면 형은 책상에 앉아 필을 놀리는 어엿한 사무원이라서 남들에게 자랑스러웠다. 아버지는 새로 생긴 고무신 공장에 잘 다니다가 2년 전에 쫓겨나고 말았다. 장사가 잘 안 되는 공황이라는 것으로 회사에서 임금을 깎아내리자 직공들이 전부 들고일어나 쟁의라는 것을 일으켰다. 300여 명이 사흘 동안 일을 안 하고 공장 앞에서 시위만 하자 경찰들이 총을 들고 나서게 되었다. 50여 명이 붙들려가고 공장은 다시 일을 시작했다. 그런데 아버지도 주동자로 50여 명 속에 끼여 있었다. 아버지는 닷새 만에 경찰서에서 풀려났는데 더는 공장에 다니지 못했다. 깎인 임금도 올라가지 않았다는 것이었다. 아버지가 왜 저렇게 미련할까 하는 생각을 그때 처음으로 했던 것이다. 아버지뿐만이 아니라 공장사람들 모두가 왜 그리 아무 이익도 없는 헛일을 하는 것인지 아무리 생각해도 알 수가 없었다. 그래서 형한테 그것을 따져 물어 보았다. 그랬더니 형은, "대갱이에 피도 안 모른 쥐좆만헌 새끼가 싸가지없는 주딩이 까고 자빠졌네. 요새끼, 담에 크면 머시가 될라고 이려" 하며 여지없이 머리통을 까는 것이었다. 눈에서 불이 번쩍하고 어찌나 아픈지 숨을 쉴 수가 없었다. 아버지는 딴 공장에 자리를 구한다고 나다녔지만 한 달을 그냥 보내고 결국 부두에서 막노동을 하게 되었다. 아버지가 하는 일은 목화짐을 배로 나르는 것이었다. 눈치를 보니 그것도 형이 구해준 자리 같았다. 왜냐하면 형이 필을 놀리는 사무실이 바로 목화 모아들이는 일을 보는 곳이었던 것이다.

형도 미련하기로 치자면 아버지보다 더했다. 형은 주판 잘 놓고 암산 잘하기로 소문나 있었다. 은행에 있는 행원들도 형을 못 당한다는 것이었다. 그런데도 형은 은행에 비하면 움막이나 다름없는 좁은 사무실에 박혀 있었다. 사무실 크기만이 아니라 월급도 서너 배는 차이가 난다고 했다. 형은 근사하게 양복을 입은 은행원이 될 수 있었는데도 아버지와 똑같이 시위 주동자가 되어 퇴학을 당하고 그리 볼품없이 된 것이었다.

그런데 그 대목에서 영 풀리지 않는 의문이 있었다. 시위는 형이 먼저 주동한 것인데 아버지가 그걸 보고 배운 것인지, 아니면 아버지가 그런 생각을 품고 있으면서 형에게 가르친 것인지 알 수가 없는 일이었다. 그걸 아버지나 형한테는 물을 수가 없고, 어머니나 누나들한테 물어보았자 알 것 같지가 않았다. 어머니는 일본글은커녕 한글도 알지를 못했고, 누나들은 자신이 구구법을 가르쳐주는 처지였던 것이다. 어쨌거나 아버지나 형은 똑똑한 것 같으면서도 미련했다. 손해만 보면서 시위를 주동하고 나서는 것은 기선하고 돛단배가 싸우는 것이나 마찬가지였다. 어른들이 왜 그 쉬운 이치를 모르는지 알 수가 없었다.

박용화는 형네 사무실 문을 살금살금 옆으로 밀었다. 문틈으로 보니 네댓 사람이 사무를 보고 있었고, 형은 어떤 사람하고 이야기를 하고 있었다.

"음마, 니 왔냐. 들오니라."

문이 확 밀리며 뒤에서 들린 여자 목소리였다.

박용화는 화들짝 놀라 뒤를 돌아보았다. 형을 최고라고 손꼽는 급사 순심이었다.

"박 서기님, 동상 용화 왔구만요."

사무실로 들어가며 순심이가 큰소리로 말했다. 박용화는 얼굴이 화끈해지는 것을 느꼈다. 사무실 사람들의 눈길이 다 자신에게로 쏠렸던 것이다.

"멀라고 또 왔냐. 싸게 집이나 가그라."

박동화의 얼굴이 찌푸려졌다.

박용화는 아따 뜨거라 싶어 후딱 돌아섰다. 사무를 보는 것이 아니라 누구와 이야기를 나누고 있어서 그러잖아도 그냥 돌아설까 하던 참이었는데 급사 순심이가 일을 저지른 것이었다.

기분이 잡친 박용화는 더 배고픔을 느끼며 집으로 터덕터덕 걷기 시작했다.

사공에 뱃노래 가물거리며
삼학도 파도 깊이 숨어드는데…….

박용화는 배고픔을 잊으려고 〈목포의 눈물〉을 흥얼거리며 걷고 있었다. 목포사람들치고 그 노래를 못 부르는 사람은 하나도 없었다. 이삼 년 동안에 어른들이 어찌나 불러댔던지 아이들까지도 다 배워 어디서나 청승스럽게 부르는 것이었다.

상공회의소 직원과 이야기를 다 끝낸 박동화는 마음이 께름칙해서 창밖을 내다보았다. 그러나 동생의 모습은 보이지 않았다. 동생에게 너무 면박을 준 것 같아 미안하고 안쓰러웠다. 상공회의소 직원의 설레발에 짜증이 나 있던 판에 동생은 괜히 덤터기를 쓴 것이었다.

총독부가 일본에서 필요로 하는 면화 10억 근을 모두 조선에서 생산해 내기 위해서 면화장려계획을 세운 것이 지난달 9월이었다. 그것은 이른바 남면북양(南綿北羊)정책의 일환이었다. 그 뜻은 남쪽에서는 면화를 생산해 내고, 북쪽에서는 양을 사육(1가구당 다섯 마리)하게 한다는 것이었다. 일본의 기후와 풍토에서는 면화 재배와 양 사육이 적당치 않아서 생긴 정책이었다. 면화는 쌀과 비슷하게 무덥고 찌는 기후 속에서 잘되는 까닭에 그동안에도 전라도 지방, 특히 전라남도에서는 거의 강압적으로 면화를 심어왔던 것이다. 군산항에 쌀이 집중되듯이 목포항이 목화더미로 뒤덮이는 것은 그런 연고 때문이었다. 그런데 내년부터 10억 근을 생산해 내야 한다니 그건 이만저만한 큰일이 아니었던 것이다. 그 계획을 차질 없이 실행하기 위해서 관계기관에서는 벌써부터 일대 소란이 벌어지고 있었다. 각 읍·면 직원들은 재배지 확대의 세부계획을 세우라, 농민들을 우격다짐으로 밀어붙이랴, 인심 잃기 딱 좋은 고약한 일을 새로 떠맡은 것이었다. 그런데 그 일과는 별로 상관도 없는 상공회의소에서 덩달아 뛰면서 사람을 귀찮게 하고 있었다. 상공회의소와 관계가 있어보았자 내년 가을에 목화를 따고 나서부터였다. 금년 1월에 설립인가를 받고 생겨난 상공회의소에서는 한가하니까 괜히 일거리를 찾아 바람을 일으키고 다녔다.

박동화는 그 정책을 어느 누구보다도 싫어했다. 면화 재배는 뽕나무심기와 마찬가지로 농민들만 괴롭힐 뿐 아무런 이득이 없는 농사였다. 값을 낮게 책정해서 빼앗듯이 해버리는 그 농사는 농민들의 피땀을 빠는 또 하나의 착취였다. 그런데 면화 재배가 확대되면 될수록 그 강압이 심해졌으면 심해졌지 약해질 리가 없었다. 그리고 자신의 일거리도 훨씬 불어나게 될 판이었다. 그렇다고 일이 불어난 만큼 보수를 올려줄 리 없었다.

박동화는 자리에 와 앉으며 담배에 불을 붙였다.

"와따 참, 3년 공딜에 소 키와났등마 우황 들어 죽어불드라고 나가 딱 그 짱이랑께."

"무신 일 났소?"

"나가 말얼 안 헐라고 혔는디, 말얼 참을랑께 천불이 일어 못살겄네. 나가 술 참어감서 돈 모타 산 자전거 말이시."

"고것이 워찌 됐간디요?"

"아 금메 어지께밤에 도적맞어 부렀당께로."

"웜메 아까와라!"

"고것 안되기넌 혔소마넌, 10년 수절 과부 재가혀서 고자 만낸 것보담언 나스요."

"누가 고런 재수 없는 일 당혔당가요?"

"아 저, 술도가 딸기코 지배인 안 있다고, 그 사람이 유성기럴 사 들고 집으로 척 들어갔는디, 그것얼 대청끝에 놓고 칙간에 간 새에 아, 금메 여섯 살 난 손지새끼가 밀어서 댓돌에 치고, 석대에 치고, 마당에 떡얼 쳐서 노래 한 곡조 못 들어보고 끝장나 부렀다드랑께."

"맞구만요, 유성기가 자전거보담 비싼께요."

"거 무신 서운헌 소리럴 그리헌당가. 나 돈 1원이면 그 사람 돈 10원허고 진배없단 것을 생각 안 혀?"

"잉, 그도 그렇구만요."

"고런 오살육시럴 헐 놈얼 어쩌크름 잡제. 사거리에서 망얼 볼 수도 읎고."

"그 자전거가 여그 목포바닥에 있겄소? 폴새 나주나 광주로 넘어갔제."

"아니 시방 누구 복장 질르는 것이여!"

퇴근시간이 다 되어 직원들이 잡담을 늘어놓고 있었다. 박동화는 듣기가 싫어서 일을 하는 척하고 있었다.

"박 서기님, 전화 왔는디요."

여급사의 목소리가 쨍하니 울렸다.

박동화는 전화통이 걸린 데로 천천히 걸어갔다. 일도 맘에 들지 않고 직원들도 맘에 차지 않아 오후만 되면 잔뜩 피곤했던 것이다.

"자네 동화여? 나 봉길이시."

박동화는 문득 긴장했다. 그러나 태연하게 응대했다.

"이, 자넨가?"

"오늘 밤 술 한잔허능 것이 워띠여?"

"잉, 좋제."

"글먼 이따 7시에 삼학도서 만내세."

"그려, 그리허세."

박동화는 아무 내색 없이 도로 자리에 와 앉았다. 그러나 속은 팽팽히 긴장되어 있었다. 봉길이란 이름은 조직원의 가명이었고, 술집 삼학도는 비밀접선처의 암호였다. 마음의 긴장 속에는 불길한 예감이 들어 있었다. 몇 개월에 걸쳐서 검거가 걷잡을 수 없이 심했던 것이다. 자신은 고정책으로 박혀서 현장활동에는 나서지 않고 있지만 불안감은 날로 커져가고 있었다. 지금도 전혀 시간 여유가 없이 만나자는 것이 아무래도 무슨 일이 터진 것만 같았다.

퇴근을 한 박동화는 국밥부터 사먹었다. 20리 길을 걸어가야 했던 것이다.

박동화는 사무실을 나서면서부터 시가지를 벗어날 때까지 뒤에다 신경을 곤두세웠다. 혹시 있을지 모를 미행을 알아채기 위해서였다.

야산자락의 외딴집에는 조직원이 기다리고 있었다.

"여그서 뜹시다. 행여 몰롱께로."

조직원이 앞장서 나섰다.

10월의 어둠은 빨리 내렸다. 다시 목포 쪽으로 야산 두 개를 거쳐 어느 집으로 들어갔다.

"광주 방직공장 조직이 들통나 부렀소. 바람이 되게 쳐서 총책이 상해로 떠야 허게 생겼응께 선편얼 물색해야 쓰겄소."

"글씨요……, 고것이 에롭게 되았는디요."

"무신 소리다요?"

"긍께 머시냐, 상해 뱃질이 맥힌 지가 너댓 달 되았구만요. 아시대끼 윤봉길 거사로 왜놈덜이 눈에 불 쓰고 나대는 통에 임정꺼정 항주로 이전허지 안했능가요. 그후로도 왜놈덜이 항구럴 철통겉이 지킴서 조선사람만 배에서 내렸다 허먼 잡아채고, 화물선얼 더 눈독 딜이는 판이라 아무도 일얼 안 맡을라고 손얼 끊었구만요. 들통이 나먼 자기덜도 크게 당헌께요."

"알 만허요. 그나저나 큰탈이시."

조직원이 한숨을 푹 내쉬었다.

"근디, 상해로 뜰라는 계획 자체럴 바꾸는 것이 어쩔랑가 싶구만요. 왜놈덜이 얼매나 난리판굿얼 지기면 임정이 이전얼 했겄능가요."

"나 생각도 그려요. 근디 참 난감허요. 조선팔도넌 이중 삼중으로 거무줄이 쳐지고, 만주에 상해꺼정 저 꼴이 되았시니 어디로 가야 쓰겄소."

"그려도 조선땅이 안 낫겄능가요?"

"고것이 그렇덜 않으요. 일단 저놈덜 수사선상에 올르면 옴치고 뛸 디가 없소. 봇씨요, 치안유지법이 개정되고 전번달 9월꺼정 우리 동지덜이 어찌서 3천 명이 넘게 체포되았겄소. 유치장이고 감옥이 모지래서 난린디, 운동얼 지속허자먼 노출된 사람덜언 중국땅으로 뜨는 질밖에 다른 수가 없소."

"그렇기도 허구만요."

박동화는 더 할 말이 없었다.

두 사람은 한동안 담배만 피웠다. 박동화는 지난달까지 체포된 사람들이 3천 명이 넘는다는 사실을 새삼스럽게 되짚고 있었다.

"오늘 수고혔소. 또 만냅시다."

조직원이 손을 내밀었다.

"예, 미안시럽구만요."

"아니오, 우리 뜻이 아닝께. 심냅시다."

박동화는 어둠 속을 걸으며 마음은 어둠만큼 어두웠다. 적색노조와 적색농조는 계속해서 파괴되고 있었다. 사회주의 독립운동이 어떻게 될 것인지 앞을 전망하기가 어려웠다. 목포의 공장들과 부두노동자들 속에도 조직이 침투되고 있을 거였다. 제발 아무 탈 없이 조직이 확장되어 나가기를 빌었다.

44

떨어진 별

칼바람 휘몰아치는 소리는 끊임없이 울리고 있었다. 시베리아의 끝없는 설원 위에 불어닥치는 그 바람소리는 날카롭고 예리하면서도 괴기스럽고 음산했다. 수많은 여자들이 멀리서 지르는 비명소리, 온갖 귀신들이 울어대는 울음소리, 그런 것들이 뒤섞여 있는 것 같았다. 그 바람은 영하 30도의 추위 속에 얼어붙은 눈벌판을 휩쓸며 몰아치고 있었다. 그 거친 바람은 녹지 못하고 쌓이기만 하는 설원의 눈가루를 날려올려 마치 눈이 내리는 것처럼 눈보라를 일으켰다. 얼굴을 찢고 째는 것처럼 날카롭고 매서운 그 바람은 아무리 모직옷이라 하더라도 두 겹 정도는 직선으로 뚫고 들어와 살을 찔렀다. 그 바람은 이름 그대로 '칼바람'일 수밖에 없었다. 벽난로에 통나무장작이 활활 타고 있는 방 안에서도 그 바람소리는 몸을 움츠러들게 했다.

그런데 바람소리에서 이상한 소리가 섞여 들리는 것 같았다. 지삼출은 문득 긴장하며 귀를 세웠다. 집주인은 벽난로의 따스한 불기운에 취해 꾸벅꾸벅 졸고 있었다. 지삼출의 귀에 잡힌 것은 무슨 짐승들이 떼지어 뛰고 있는 것 같은 소리였다. 그런데 이광민은 아무 낌새도 느끼지 못한 채 주인집 아이의 헌 책을 들여다보고 있었다.

지삼출은 계속 귀를 기울이고 있었다. 그런데 그 소리는 멀어지는 것이 아니라 차츰 가까워지고 있는 느낌이었다.

가만있거라, 저것이 무신 소리제……?

세찬 바람소리에 뒤섞이고 있는 그 소리를 알 듯 말 듯 해서 지삼출은 더 신경을 곤두세웠다. 그런데 지삼출은 잠시 후 깜짝 놀랐다. 그것은 말발굽소리들이었던 것이다.

마적 아닌가?

지삼출의 머리를 친 생각이었다. 그러나 다음 순간 여기는 중국이 아니라 러시아땅 연해주라는 것을 떠올렸다.

그런데 말발굽소리들은 점점 더 가까워지고 있었다. 지삼출은 아무래도 불안한 생각을 떼칠 수가 없었다. 자신이 맡고 있는 일 때문인지도 몰랐다.

"어이 이 동지, 저 소리 딛긴가?"

지삼출은 더 참지 못하고 이광민을 불렀다.

"예? 무, 무슨 소리요?"

이광민은 어리둥절한 얼굴이었다.

"저 소리 잘 들어보소. 말떼덜이 뛰오고 있덜 안혀?"

지삼출은 말보다 빠르게 밖을 향해 손짓했다.

이광민이 창가로 다가서서 유심히 귀를 기울였다.

"맞아요, 말발굽소립니다."

이광민의 얼굴이 싹 긴장되었다.

"저것이 멋이까?"

"마적떼 같은데요."

이광민의 입에서 지체없이 나온 말이었다.

"연해주에도 마적이 있능가?"

"그럼요. 국경이 가까우니까 털고 도망가는 겁니다."

"탈났네. 얼렁 쥔 깨우소."

지삼출이 벌떡 일어났다.

"아저씨, 쥔아저씨! 마적떼 습격 같은데요."

이광민이 집주인을 흔들었다.

"어, 뭐라구? 마, 마적떼!"

화들짝 놀라며 눈을 뜬 주인이 허둥거렸다.

"예, 저 말발굽소리들 들어보십시오."

말발굽소리들은 완연히 가깝고 분명하게 들리고 있었다.

"맞소, 마적떼요. 어서 그 중국옷 벗고 옷들 갈아입어요."

겁에 질린 집주인이 벽에 걸린 옷을 내려 이광민에게 던지고는 허둥지둥 옷장 쪽으로 달려갔다.

이광민과 지삼출은 정신없이 옷을 갈아입으며 주인이 왜 그러는

지를 알아차렸다. 중국에서 왔다는 것이 표가 나면 꼼짝없이 마적
떼의 표적이 될 거였다.

옷을 다 갈아입고 중국옷을 아무렇게나 뭉쳐 감추었을 즈음에
총소리들이 요란하게 울리기 시작했다.

"손들고 벽으로 돌아서요."

집주인이 외쳤다. 그리고 시범을 보이듯 두 팔을 번쩍 들어올리
며 벽으로 가서 몸을 찰싹 붙이듯이 했다. 그건 아주 숙달된 마적
맞이 동작이었다. 저항할 의사가 전혀 없으니 무엇이든 마음대로
가져가라는 뜻이었다. 지삼출과 이광민도 마적떼를 어떻게 대해야
하는지 잘 알고 있어서 집주인과 똑같이 벽에 다붙어섰다.

바깥에서는 총소리와 말발굽소리와 외침들이 뒤섞이며 바람소
리를 제압하고 있었다. 마적떼다운 위압적이고 소란스러운 분위기
였다. 마적떼들은 기습할 때는 언제나 총알 아까운 것 없이 마구
총질을 해댔다. 반항을 못하게 미리 기를 꺾고 드는 술책이었다. 그
러나 그건 결코 위협용의 공포만이 아니었다. 조금만 기미가 이상
하거나 의심스러운 짓을 하면 여지없이 총을 갈겨버렸다. 마적들은
말을 귀신같이 잘 타는 것만큼 총 쏘는 솜씨도 뛰어났다. 그들이
탐하는 것은 사람의 목숨이 아니라 재물이었으므로 누구나 반항
을 포기했다. 만약 몇 사람이라도 반항을 하면 그들은 살아날 수
없을 뿐만 아니라 동네마저 불바다를 면하기 어려웠다.

마적들의 외침과 뜀박질 소리가 요란하게 엉키고 있었다. 그런데
갑자기 문에 바른 두꺼운 기름종이가 북 찢어지는 소리가 났다. 그

리고 방 안으로 총구 하나가 쑥 들어왔다. 그 총구는 마치 눈이라도 달린 것처럼 빠르게 이리저리 움직이면서 방 안을 훑었다. 그리고 총구가 사라지는가 싶더니 거칠은 발길질과 함께 문이 벌컥 열렸다. 찬바람과 눈가루들이 왈칵 몰려들었다. 그리고 총을 겨눈 마적들이 뛰어들었다. 세 명은 민첩한 동작으로 각자의 방향을 찾아 경계를 폈다. 그들은 온통 털로 뒤덮여 있었다. 강추위와 강풍에 견딜 수 있도록 털모자에 털외투를 입은 것이었다. 강추위와 강풍을 막는 데는 역시 추운 지방의 짐승 모피가 제일이었던 것이다. 그들의 구두는 목이 긴 가죽장화였다. 그들의 치장은 그 어떤 군대보다도 추위를 잘 견뎌낼 수 있도록 되어 있었다.

전혀 반항의 기미가 없다는 것을 확인한 세 마적은 제각기 코를 큼큼거리며 큼직한 단칸방을 오락가락하고 있었다. 그들은 아편을 피웠는지 안 피웠는지 아편냄새를 맡는 것이었다. 그들이 노리고 있는 것은 바로 값비싼 아편이었다. 한참을 그러고 다니던 그들은 서로 쳐다보며 고개를 갸웃갸웃했다. 집주인이 아편을 피우지 않으니 집 안에 아편냄새가 배어 있을 리 없었던 것이다.

그들은 중국말로 지껄이기 시작했다.

"가자, 딴 집으로."

"아냐, 뒤져봐야지."

"냄새가 전혀 안 나잖아."

"그래, 뒤져봤자 헛일이야."

"그래도 혹시 알아?"

"이렇게 냄새 없는 집은 허탕이라니까."

"이러다간 딴 집도 다 놓친다."

"맞아, 빨리 가자."

다른 집으로 가자는 두 사람의 의견에 눌려 나머지 마적은 더 말을 하지 않았다.

그런데 그들은 다시 재빠른 동작으로 방 안을 설쳐대기 시작했다. 털모자며 털외투 같은 값나가는 물건들을 서로 다투어 거머잡고 있었다. 벽에 걸렸던 털로 된 모자나 옷들은 순식간에 그들의 품으로 옮겨졌다.

"이새끼들! 왜 아편도 안 피워."

마적 하나가 지삼출의 엉덩이를 냅다 걷어차고는 밖으로 뛰쳐나갔다.

"아쿠……!"

느닷없이 엉덩이를 차인 지삼출은 무릎이 꺾이며 반쯤 주저앉았다. 위기를 모면하게 되어 잔뜩 긴장해 있던 마음이 사르르 풀리고 있던 참이었다.

"에이 재수 없어!"

금방 배우기라도 한 듯 두 번째 마적이 집주인의 엉덩이를 걷어차고는 밖으로 뛰어나갔다.

"가난한 조선놈들, 똥이나 먹어라!"

세 번째 마적이 이광민의 엉덩이를 걷어차고는 후닥닥 밖으로 내달았다.

열려진 문 밖으로 마적들이 오락가락하는 것이 보였다. 말을 탄 마적이 총을 휘두르며 쏜살같이 달려가기도 했다. 총소리는 잠잠해졌지만 눈 위를 다급하게 뛰는 발자국소리나 외침들은 여전히 소란스러웠다.

문이 활짝 열린 채로 매운 바람과 눈가루들이 통째로 집 안으로 몰려들고 있었다. 그러나 벽에서 돌아선 그들 중에 그 누구도 문을 닫으려고 하지 않았다. 그건 일부러 그대로 두는 것이었다. 찢어진 종이창, 열려진 문, 그건 다른 마적들에게 이미 마적이 훑고 지나갔다는 것을 알리는 표식이었던 것이다.

마적떼는 한 시간 남짓 온 마을을 들쑤시고 분탕질을 해댔다. 다시 총소리와 함께 말발굽소리들이 울리기 시작했다. 마적떼가 마을을 떠나가는 것이었다. 세찬 바람이 일구는 눈보라 속으로 사라져가는 마적떼는 200여 명이었다.

"하이고야, 붕알 깨지는지 알았다."

지삼출이 샅을 훔치며 통나무로 된 투박스러운 의자에 주저앉았다.

"그 나이에 깨진들 대수요?"

집주인이 담배를 꺼내 물며 어이없다는 듯 픽 웃었다.

"아이고, 간이 콩알만해졌습니다."

이광민이 문을 닫으며 한숨을 토했다.

"흐흐흐…… 그놈덜 코에 바람 든 것이시."

지삼출이 어깨를 들썩이며 더없이 만족스럽게 웃었다.

"저런! 아편 안 피우는 내 공은 어디로 갔소?"

집주인이 장작개비를 벽난로에 넣으며 화가 난 척 말했다.

"그야 더 말헐 것이 머 있간디요? 그 공 치하허게 우리 뽀드깐지 먼지 한잔썩 헙시다."

지삼출이 의자를 벽난로 앞으로 끌고 가며 비위 좋게 받아넘기고 있었다.

"그럽시다. 그것 안 털렸으니 지씨가 보드카 한 병 사는 건 싼 거요."

집주인은 지삼출보다 한술 더 뜨고 나왔다.

지삼출과 이광민의 눈이 마주쳤다. 지삼출이 어이없는 얼굴이었다. 이광민이 웃으면서 눈을 깜박거렸다.

"좋소, 나가 한턱내겄소."

지삼출이 흔쾌하게 웃어넘겼다.

그들은 벽난롯가에 둘러앉아 보드카병을 땄다. 벽난로는 러시아 서민들의 집에서 흔히 볼 수 있는 난방과 취사 겸용이었다. 벽난로는 널찍한 한 칸짜리 방의 가운데쯤에 석 자가 넘는 두께의 벽으로 설치되어 있었다. 그리고 장작을 넣는 아궁이 위에는 두꺼운 철판이 깔려 있었다. 불길을 간접적으로 받아 언제나 달구어져 있는 그 철판이 취사용이었다. 물은 언제나 그 위에서 따끈하게 데워져 있었고, 다른 취사를 할 때는 장작불을 약간 앞으로 끌어내면 바로 철판에 불길이 닿게 되어 있었다. 그리고 두껍고 넓은 벽 양쪽은 온돌방보다도 더 뜨끈뜨끈했다. 그 벽이 난방용을 겸해 아이들과 어른들의 방을 구분짓고 있었다.

"요상허시, 저 마적떼덜언 어째 삼동도 없이 그리 난리판굿얼 꾸미는고?"

술잔을 기울이고 난 지삼출이 독한 보드카의 술기운을 얼굴에 그대로 드러내며 말했다.

"마적떼라고 다 똑같소? 그놈들이야 돈 따라서 다니는 놈들이니까 농사만 짓는 데하고 여기하고는 다르지요."

집주인의 대꾸였다.

마적떼들은 대부분 날이 풀리는 삼사월경에서부터 겨울이 닥치는 10월 11월경까지 극성스럽게 날뛰다가 혹한이 몰아닥치면 활동을 중지했다. 그동안 벌어들인 돈을 왕초한테 분배받아 각자의 고향으로 돌아가거나 겨울 나기 좋은 곳으로 숨어드는 것이었다. 짐승들이 겨울잠을 자듯 그렇게 겨울활동을 중지하는 것은 그 나름의 이유가 있었다. 무엇보다도 영하 삼사십 도를 오르내리는 혹한속에서 활동하기가 어려운 점이었다. 그리고 그들의 은신처는 거의가 산림 속이었다. 그런데 나뭇잎이 다 떨어져버린 겨울에는 발각되기가 쉬웠다. 그뿐만 아니라 눈 위에 말발자국을 남기게 되어 관헌들을 부르는 것이나 마찬가지였던 것이다. 한겨울을 편히 놀고먹은 마적들은 날이 풀리면 긴밀한 연락망을 통해 다시 떼를 이루는 것이었다.

그러나 아무르강이 꽁꽁 얼어붙는 겨울에 아편이 밀거래되는 소·만 국경지역에는 마적들이 겨울잠을 자지 않는 것이었다. 아편을 쫓아 오히려 겨울에 더 극성을 부렸다.

"참 사람 사는 건 묘해요. 혁명 후에는 아편이 뚝 끊어질 줄 알았는데 계속 나오고 있으니 말입니다."

이광민이 잔에 술을 따르며 말했다.

"아니오, 이젠 좋은 시절 다 지나갔소. 옛날에 비하면 이게 어디 아편 나오는 거요? 그저 병아리 눈물이지. 단속을 해대지만 땅이 워낙 넓으니까 눈 피해가면서 재배를 하다 보니 양은 적어지고 값만 치솟는 거지요. 그러니 마적들은 더 눈에 불을 켜고 덤비고. 한창때가 혁명 일어나기 10여 년 전부터 혁명전쟁이 끝날 임시까지였는데, 그땐 아편을 가진 농부들이 썰매를 타고 아무르강을 줄줄이 건너가고, 말 탄 러시아경찰들이 마적떼를 막아주느라고 호위를 하지 않았겠소. 연해주에서 지주 된 조선사람들치고 아편에 손안 댄 사람들 거의 없어요. 어쨌거나 그때가 돈 흔하고 살기 좋았어요. 이젠 공동농장 바람에다가 만주에는 왜놈들까지 진을 쳤으니 이래저래 이것도 파장이지요."

집주인은 회고조로 서글픈 듯 말하고는 바닥에 남은 술을 홀짝 마셨다.

"근디, 나가 만주에 태어났드람사 마적떼 왕초놀이럴 한바탕 해 묵었을 것인디."

지삼출이 뚜벅 내놓은 말이었다.

"예에?"

이광민이 놀라서 지삼출을 쳐다보았고, 집주인이 무슨 의미인지 모호한 웃음을 클클거리며 웃었다.

"어찌 그리 놀래고 그려? 죽은 장작림이 마적떼 왕초 출신인 것얼 몰라서 그러능가? 마적이란 것이 우리 조선사람덜헌티넌 벨라 안 좋아도 중국사람덜언 높이 보기도 허고, 또 아무나 마적단에 들어가도 못허덜 안혀?"

그때서야 이광민은 지삼출의 말뜻을 알아들었다. 사실 마적은 단순한 도둑떼만은 아닌 일면도 지니고 있었다. 땅 넓은 중국의 풍토에서 지역적으로 군벌들이 발호하고, 그 부패와 착취에 대항해서 무장조직을 갖춘 반골적 성격이 마적에게는 내포되어 있었다. 그 '마적'이라는 이름 자체도 그런 냄새가 짙게 풍겨났다. 마적은 말을 탄 적이란 뜻인데, '적'은 바로 집권자들의 입장에서 볼 때 그들 자신을 위협하는 적이었던 것이다. 만주벌판을 종횡으로 누비는 마적단들은 부지기수였지만, 그중에서도 열 손가락 안에 꼽히는 대장들은 부하들을 몇백 명에서 1천 명이 넘게 거느리고 있었고, 관청에서 오히려 그 위세를 두려워할 지경이었다.

"나가 허는 말언 말이여, 만주사변이 일어난 뒤로 왜놈덜얼 상대혀서 싸우고 나스는 마적단이 늘고 있다는 것이로구만. 그 얼매나 장헌 일이여."

이렇게 말하는 지삼출의 머리에는 흰머리가 더 많이 늘어나 있었다.

"예, 그거 참 장한 일이지요."

이광민은 고개를 끄덕이며 동의했다.

만주사변으로 만주 전체가 일본군의 손아귀에 장악당하자 중국 사람들은 항일의식을 갖기 시작했다. 그리고 중국군 부대들도 독립군 부대들과 연합군을 조직해 나갔다. 그런 기운에 발맞추듯 일본군에게 총부리를 돌려 싸움에 나서는 마적단들이 생겨나고 있었다. 그 대표적인 마적대장이 마점산이었다.

"마적이 밉고도 고마운 것언 재물은 뺏어가도 여자덜언 털끝 한나 안 다치는 것이여. 고것덜이 재물 탐허디끼 여자도 탐허는 막돼묵은 도적떼였으면 우리 조선여자덜이 남아나기나 혔겄어. 고것덜이 여자 손 안 대는 규율을 엄허니 지키는 것얼 보면 아조 신통방통허당게."

지삼출은 새삼스럽게 고마움을 느끼는 듯 담배를 빨며 고개를 끄덕였다.

"이, 그건 그렇고말고요. 마적들이 도적질을 하면서도 별로 인심을 잃지 않는 건 인명살상을 함부로 하지 않아서지요. 특히 여자들한테 손대지 않은 건 우리 조선사람들한테 큰 부조한 거지요. 여자들 잡아가고 강간하고 해댔으면 우리가 어찌 됐겠어요."

나이든 집주인이 동감을 표시했다.

마적들은 그들 나름의 엄격한 규율을 가지고 있었다. 첫째, 반항하거나 대항하지 않으면 인명손상을 입히지 않았다. 둘째, 여자들에게 절대로 손을 대지 않았다. 인질을 잡아갈 때도 남자만 잡아갔다. 셋째, 동네 단위로 돈을 요구할 뿐 가난한 사람들을 괴롭히는 일이 없었다. 넷째, 자기들이 요구한 돈은 반드시 받아냈다. 동네를 습격해서, 자기네가 책정한 일정액을 요구하고, 현장에서 그 액수가 다 안 차면 인질을 잡아갔다. 그리고 1차 예정일까지 돈을 바치지 않으면 인질의 양쪽 귀를 잘라 보냈고, 2차 예정일을 넘기면 손가락을 잘라 보냈고, 3차 예정일까지 넘기면 목을 잘라 보냈다. 그러니 동네사람들은 무슨 짓을 해서라도 나머지 돈을 갖다 바치지 않을 수가 없었다.

어쩌다가 여자를 겁탈하려고 드는 마적이 없지 않았다. 갓 마적이 된 젊은이들의 경우였다. 그러나 그 사실이 드러나면 두목은 사람들이 보는 앞에서 가차없이 총살을 시켜버렸다.

"으쩌겠소? 아까 그 마적떼가 우리가 기둘리는 것 채간 것은 아니겠제라?"

지삼출이 은근히 걱정스러운 듯 집주인에게 물었다.

"글쎄요, 내일 가보도록 하겠소."

집주인의 기색도 밝지가 못했다.

지삼출과 이광민은 아편덩이를 구하려고 모피장수로 변장해 국경을 넘었던 것이다. 그런데 예정한 양을 다 구하지 못해 나머지를 기다리고 있었다. 아까 집뒤짐을 면해서 그렇지 만약 집뒤짐을 당했더라면 아편덩이를 빼앗겼을지도 모를 일이었다. 이광민은 러시아말을 할 줄 알고 국경지리에 익숙해 지삼출을 호위할 겸 동행한 것이었다.

밤이 되자 바람소리는 더 거칠어졌다. 이광민은 침대에 누워 끊임없이 휘몰아치는 바람소리를 듣고 있었다. 광막한 설원을 휩쓸고 있는 그 바람소리는 한없이 외롭고 슬프게 느껴졌다. 그 바람소리는 무슨 외로운 절규 같기도 하고, 또 어떤 슬픈 울부짖음 같기도 했다. 잠은 오지 않고, 바람소리 저편에 있는 그 여자가 자꾸만 생각났다. 이제는 남의 사람이 된 여자 윤선숙. 왜 그리 간절하게 보고 싶어지는 것인가. 남의 사람이 되어서 더 그런가. 가까이 와 있어서 그런 것일까. 집주인의 말로는 우수리스크까지 200리 정도라고 했다. 마차를 타면 하루에 갈 수 있는 거리였다. 칼바람 부는 눈보라 속에서라도 윤선숙을 한 번만 만나보고 싶었다. 부둥켜안고 말하고 싶었다. 사랑했노라고. 사랑하고 있다고. 그러나 밤에는 줄달음쳐 가는 생각이 날이 밝으면 자취 없이 사라지고 마는 것이었다. 혼자였더라면 그렇지 않았을지도 모른다. 마지막 헤어지던 날의 그 눈물 맺혔던 서글서글한 눈망울은 세월이 흘러가도 안타깝기만 한 그리움이었다. 서로 마지막이라고 말하지 않았기에, 헤어지는 것이 아니었기에 그리움은 그대로 살아 있는 것인지도 몰랐다. 무사히 돌아오라는 말을 지키지 않은 것은 자신이었고, 사랑을 깬 것도 자신이었다. 그래 놓고 못 잊어 그리워하는 심사는 또 무엇인가. 윤철훈 그 사람 너무했어. 내가 있는 곳을 가르쳐줄 일이지. 이런 엉뚱한 생각이 떠오르기도 했다. 그러나 그것이야말로 망상이었다. 만약 윤철훈이가 자신이 있는 곳을 가르쳐주고 윤선숙이가 자신을 찾아 길을 떠났더라면 정말 큰일날 뻔했었다. 그때의 혼란스러운 상황 속에서 서로 만나기란 불가능했고, 윤선숙은 무슨 변을 당했을지 모를 일이었다. 역시 윤철훈은 현명했다. 그 침착하고 치밀하며 냉정하면서도 이해심이 많은 강건한 그 사나이는 지금 무엇을 하고 있는지. 지금도 국경을 넘어다니며 활동을 하고 있는 것인지. 아니면 당 사업에 나서고 있는 것인지. 이광민은 잠을 이루지 못하고 뒤척거렸다.

"안 되겠어요. 더 구하기가 어려워요."

다음날 집주인이 돌아와 한 말이었다.

"하, 그것 참 난리시. 일이 낭팬디."

지삼출의 얼굴이 어둡게 일그러졌다.

"미안하지만 딴 길을 찾아보도록 하시오. 내 힘으로는 더 어려우니까."

"알겠소. 그간 애 많이 쓰셨소."

지삼출은 곧 단념했다.

이광민은 순간적으로 윤철훈을 생각했다. 옛날에 자신이 아편을 운반했던 일과 함께 그를 찾아가면 일이 해결되지 않을까 싶었던 것이다. 그러나 그 생각을 곧 묵살했다. 그때와 지금은 완전히 달라진 세상이었다. 그리고 그 생각의 밑바닥에는 그 길에 윤선숙이를 만나고 싶은 엉뚱한 욕심이 깔려 있었던 것이다.

다음날 지삼출과 이광민은 얼어붙은 아무르강을 썰매마차로 건넜다. 2월이 저물고 있었지만 광막한 벌판은 눈으로 하얗게 덮여 있었다. 그 막막한 눈벌판을 바라보고 있으면 정신이 명해지고 두려움이 엄습해 왔다. 어디가 어디인지 방향을 알 수가 없고 그 눈바다에 파묻히고 말 것만 같은 것이다.

마차는 눈이 없는 계절에 비해 절반밖에 달리지 못했다. 날도 춥고 길도 미끄러운 탓이었다. 그러나 그건 눈이 안 오는 날의 경우이고 눈이 내리면 마차는 아예 떠나지를 않았다. 한겨울에 만주나 연해주에서는 함박눈이라는 건 내리지 않았다. 강풍에 휩쓸려 내리는 건 가루눈이었다. 날씨가 혹독하게 춥고 바람이 세차 눈송이들이 바스러지는 것이었다. 눈이 내리면서 바람이 몰아치면 눈은 하늘에서만 내리는 것이 아니었다. 거센 바람이 겹겹이 쌓인 눈을 불어올려 눈보라를 일으키기 때문에 눈은 하늘과 땅에서 동시에 오는 형국이었다. 하늘에서 내리는 눈과 땅에서 솟기는 눈이 뒤엉키는 속에서는 열 발짝 앞을 보기가 어려운 지경이었고, 숨을 쉬기조차 어려웠다. 그러니 말인들 제대로 달릴 리 만무했던 것이다.

마차역마다 새로 생긴 만주군과 일본관동군들이 합동으로 검문을 하고 있었다. 그런데 만주군은 일일이 일본군의 지시를 받고 있었다. 작년(1932년) 3월에 관동군의 힘으로 세워진 만주국의 실상을 여실히 보여주고 있었다. 그런데 검문은 그다지 심하지 않았다. 겨울과 함께 조선과 중국의 항일군들의 활동이 소강상태에 들어간 때문이었다. 그리고 지삼출과 이광민의 모피장수 변장은 겨울철에 딱 맞는 것이기도 했다. 농부로 변장하지 않았던 것은 겨울에 농부가 마차를 타고 다니는 것이 의심받기 쉬웠던 것이다.

"저어, 예정에서 3할쯤얼 못 채왔구만요. 거그도 인자 예전 겉지 안 히서……."

지삼출이 기름종이에 싼 아편덩이를 송수익 앞에 내놓으며 옹색해했다.

"혹한에 애쓰셨소. 그만하면 됐소."

송수익이 지삼출의 크고 거칠은 손을 감싸잡았다.

송수익은 그 아편을 방대근이 편에 장춘의 주장록에게 보냈다. 장춘은 신경으로 그 이름이 바뀌어 있었다. 관동군이 그곳에 총사령부를 정하고 만주국을 세우면서 '새로운 도읍지'라고 의미를 부여한 것이었다.

"탈 없이 전허고 왔구만요."

나흘 만에 돌아온 방대근이 송수익에게 보고했다.

"애썼네. 다른 말은 없고?"

"예, 예정대로 일얼 추진허겠다고……."

"음, 가서 쉬게."

송수익은 눈을 내리감았다. 이회영의 모습이 선하게 떠올랐다. 그분은 이제 세상을 떠나고 없었다. 만주사변이 일어나면서 만주의 상황은 돌변하고 있었다. 독립군들이 처한 입장도 완전히 달라져 있었다. 바로 후방이 전방으로 변해버린 것이었다. 무정부주의 투쟁도 새롭게 계획을 세워야 하는 상황이었다. 조직의 총력을 만주에 집중시킨다는 원칙을 세웠다. 그리고 구체적인 투쟁사업을 정했다. 그것을 실천하기 위해 이회영은 작년 11월에 만주를 향해 상해에서 배를 탔다. 그러나 대련에 내리자마자 수상경찰에게 체포되고 말았다. 상해에서 밀정에게 탐지되어 미리 연락이 취해져 있었다. 이회영은 고문을 못 이기고 다음달 눈을 감았다. 그의 나이 66세였다. 그분은 떠났지만 그분과 함께 세운 계획은 남아 있었다. 송수익은 그 계획을 추진하고 있었다.

며칠이 지나 송수익은 방대근을 데리고 장춘으로 떠났다. 중국옷에 모피장수 차림이었다. 조선옷을 입고 기차나 마차를 타면 몇 배나 조사가 심했던 것이다.

장춘은 만주사변 전의 장춘이 아니었다. 신경이란 이름답게 신장춘이 대대적으로 꾸며지고 있었다. 일본사람들이 주도하고 있는 신장춘의 건설은 그 길 폭부터가 달랐다. 넓은 만주땅을 맘껏 써야겠다는 듯 자동차 열 대가 오갈 수 있을 정도로 길이 넓었다. 그리고 가로수를 이중으로 심어 길을 치장하고 있었다. 길 양쪽에다가는 낙엽 지는 활엽수를 심었고, 다시 두 줄의 화단으로 길을 3등분해서는 그 화단에 사철 푸른 침엽수를 심어놓은 것이었다. 그 넓은 길들을 따라 양쪽으로 새 건물들이 지어지고 있었다. 그 건물들이 지니는 공통적인 특징은 모두가 서양식이라는 것과, 사오층에 이르는 고층이라는 점이었다. 그리고 건물마다 좁고 긴 창문들이 촘촘하게 나 있었다. 그건 통풍을 위해서가 아니라 만일의 사태에 대비한 시가전용이었다. 그러니까 신장춘은 시가지 전부를 요새화하고 있었던 것이다.

그런데 그 건물들을 좌우로 거느리듯 하고 있는 특이한 건물이 하나 있었다. 그 육중한 건물의 높게 휘어진 지붕에는 청색의 암수 기와로 치장되어 있었고, 둘레에는 드높은 돌담이 쳐져 있었다. 그 건물은 바로 만주국 위에 군림하면서 만주를 지배하고 있는 관동군 총사령부였다. 송수익은 먼발치에서 그 건물을 바라보고 있었다.

"그만 가시제라."

방대근이 등짐을 추스르며 속삭이듯 빠르게 말했다.

"음, 가세."

그 말뜻을 금방 알아들으며 송수익은 발길을 돌렸다. 그쪽을 오래 보고 있다가는 순찰병들에게 의심을 받을 수 있었던 것이다. 장춘에는 순찰병들이 유난히 많았다.

구장춘 쪽에 있는 주장록의 식당으로 갔다. 신장춘을 둘러본 것은 저녁밥때에 맞추어 식당에 들어서기 위해서였다. 사람들 사이에 섞이는 것이 안전한 방법이었다.

식당으로 들어서며 송수익은 주인 주장록에게 빠른 눈인사만 했다. 주장록도 다른 손님들을 대하듯 목청 높게 어서 오라는 소리를 외칠 뿐 아무 표도 내지 않았다. 사람들이 왁자하게 떠드는 속에서 간소하게 저녁을 먹었다.

"뒷문을 따놓을 테니 돌아서 오시오."

송수익이 내민 돈을 받으며 주장록이 빠르게 말했다.

"맛있게 잡수셨습니까?"

그리고 그 말을 지우듯 주장록이 큰소리로 외쳤다.

"예, 잘 먹었습니다."

송수익도 정말 중국사람처럼 응수했다.

송수익과 방대근은 어두워진 골목을 타고 돌았다. 뒷문이 빠끔하게 열려 있었다.

"자아, 저쪽 방으로 들어갑시다."

기다리고 있던 주장록이 앞장섰다. 그곳은 살림집이었다.

"그건 잘 처분됐소."

주장록이 자리잡고 앉으며 말했다.

"고맙소."

송수익이 눈인사를 보냈다.

"돈부터 드리지요."

"아니오. 간수하기도 어려우니 그대로 두시오. 어차피 또 드려야 할 건데요."

"언제 떠나시나요?"

"한 사오 일 머물러야 되겠소. 오늘내일 사이에 세 사람이 더 오기로 되어 있으니까요."

"예, 여기서 회합을 하기로 했군요."

"빨리 준비를 해야지요."

"예, 숙소는 정했나요?"

"아니, 아직……."

"잘했어요. 여관은 이제 틀렸어요. 여관마다 밀정들이 다 박혀 있다고 봐야 하고 검문도 심하니까요."

"밀정이……."

"우리 중국놈들도 쓸개 빠진 놈들이 한둘이 아닙니다. 일본놈들이 주는 돈 받아먹는 재미에 날이 갈수록 앞잡이들이 늘어나고 있어요."

"벌써 3년째니 그럴 만도 하지요. 그럼 숙소를……."

"예, 여기서 잠깐만 기다리세요. 바쁜 일 좀 끝내고 제가 안내하지요."

송수익은 담배에 불을 붙여 깊이 빨았다. 조선이나 중국이나 왜놈들에게 빌붙는 놈들 때문에 전도가 더 어두워지는 것이었다. 왜놈들보다 더 흉악하고 더러운 종자들. 체포당하는 모든 투사들의 뒤에는 어김없이 그놈들의 밀고가 있었다. 똥통의 구더기만도 못한 놈들. 생각할수록 분노와 증오는 커지기만 했다.

송수익은 주장록의 그런 세심한 배려에 큰 고마움을 느꼈다. 주장록은 같은 중국인 단원인 주양지의 조카였다. 주양지는 하얼빈에 가 있어서 이번 일에서는 빠지게 되었다.

"저어 선생님, 한중연합군이나 한중연합토일군(討日軍)인 공산당 유격대덜허고 재연합허는 방도는 없을랑가요?"

혼자 생각에 잠겨 있던 방대근이 입을 열었다.

"글쎄, 그게 만주땅에서 이루어져야 할 가장 중차대한 일이긴 하네만, 이념이 같은 세력들 사이에서도 어려웠는데 이념이 다르니 지난하지 않겠나."

송수익은 무거운 마음으로 대꾸했다. 모든 세력이 통일을 이루는 재연합을 꿈꾸는 방대근의 생각은 백번 옳은 것이었다. 그러나 현실적으로 그건 거의 불가능이었다.

방대근은 다시 입을 다물었다.

한중연합군은 신빈현을 중심으로 조선혁명당군과 중국의용군이 공동의 적인 일본군을 물리치자고 합작한 것이었다. 한중연합 토일군은 북만주 영안현에서 한국독립당과 중국군 제14사단이 같은 목적으로 결성한 것이었다. 그리고 중국공산당 조직들이 각처에서 유격대를 조직하고 나섰다. 만주사변을 계기로 그 세력들이 일본군과 맞서 싸우고 있었다.

다음날 점심 무렵까지 다른 세 사람이 다 도착했다는 연락이 왔다. 송수익은 손님이 없는 심야에 식당 2층에서 회합을 하기로 결정했다.

바람소리만 깨어 있는 깊은 밤에 네 사람은 2층 구석방에 모여 앉았다.

"자금은 다 준비됐습니다. 거사 방법과 거사 날짜를 정할 일이 남았습니다."

송수익이 회의를 시작했다.

"거사 방법이라면 상해에서 쓴 방법이 제일 효과가 크지 않겠습니까?"

"총보다는 그렇지요."

"예, 그게 좋겠습니다. 허나 불발을 막기 위해 여분을 준비하는 게 어떨까 합니다."

"물론 그런 대비는 해야지요."

"그런 대비도 대비지만 그보다 먼저 요원의 기술이 어떠냐가 더 중요한 것 아니겠습니까."

"예, 그 두 가지 문제는 염려들 안 하셔도 좋을 것입니다. 절대 실패해선 안 되니까 요원을 이중으로 배치하고, 각자가 폭탄을 두 개씩 휴대할 작정입니다."

송수익의 말이었다.

"아니, 그럼 두 사람이……?"

"예, 두 사람 다 의열단 출신이니 솜씨야 믿어도 좋을 것입니다."

"예, 그렇다면 든든합니다. 헌데, 의열단 출신을 어떻게 둘씩이나……."

"그건 차후에 말씀드리지요."

"폭탄 확보는 어떻게 됩니까?"

"그건 여기 주장록 씨가 맡을 것입니다."

"거사일은 언제가 좋을까요?"

"앞으로 무슨 행사가 없습니까?"

"그건 좀 곤란하겠는데요. 상해의 일이 있어서 행사날에는 검문 검색이 자심할 텐데요."

"예, 그것도……."

타앙!

느닷없이 총성이 울렸다.

"엉?"

"뭐야, 뭐!"

그들은 모두 튕기듯 일어났다.

타당, 탕!

바로 아래층에서 울리는 총소리였다.

"발각됐소. 피하시오!"

송수익이 절박하게 토해냈다.

세 사람이 후닥닥 밖으로 뛰쳐나갔다. 송수익은 커튼을 제치고 의자로 작은 창문을 부쉈다. 그리고 아래로 뛰어내렸다.

"꼼짝 마라, 쏜다!"

일본말 외침과 함께 송수익은 여기저기 난타를 당하며 고꾸라졌다. 식당 전체가 포위되어 있었던 것이다.

주장록이가!

송수익은 머리를 땅에 부딪히며 생각했다.

"이새끼, 일어나라!"

송수익은 심한 현기증 속에서 사진으로 본 관동군 총사령관의 얼굴을 떠올리고 있었다.

송수익의 팔이 뒤로 꺾이고 손목에 쇠고랑이 채워졌다.

그래, 내가 죽는 게 낫지…….

송수익은 어둠 속에 떠오르는 방대근과 이광민의 얼굴을 보고 있었다.

"가자, 빨리 걸어라!"

주먹이 송수익의 등을 갈겼다.

골목을 벗어난 송수익은 하늘을 우러러보았다. 어둠 저편의 하늘에는 무수한 별들이 차갑게 빛나고 있었다.

중원아, 가원아…….

매서운 칼바람이 송수익의 등을 떠밀고 있었다.

45

파도, 파도, 파도

"선생님, 인사드리러 왔습니다."

지만복은 글쓰던 것을 멈추고 고개를 들었다. 바로 앞에 김건오가 차려 자세로 서 있었다.

"응, 건오 왔구나. 이리 좀 앉아라."

지만복은 옆책상의 의자를 끌어당기려고 몸을 일으켰다.

"아닙니다, 곧 떠나야 합니다."

김건오가 한 발짝 물러나며 사양했다. 입고 있는 독립군복에 어울리도록 그 목소리는 절도 있고 힘이 넘쳤다.

"아니, 잠깐이라도 앉아라."

지만복은 굳이 의자를 끌어와 김건오를 앉혔다. 지만복은 김건오에 대한 인간적 애정과 헤어지는 아쉬움을 그렇게 표현하고 있었다.

"그래, 훈련은 힘들지 않더냐?"

지만복은 담배를 빼들며 물었다.

"아니, 재미있었습니다."

김건오는 씨익 웃었다. 건강미 넘치는 그 얼굴은 싱그러운 만큼 앳돼 보였다.

재미……!

지만복은 순간적인 충격을 받고 있었다. 그건 언제나 마음속에 담겨 있는 열등감과 죄의식이 또 고개를 든 것이었다.

"그래, 군복이 아주 잘 어울린다. 부모님이 아주 장해하시겠다."

지만복은 아버지에 대한 죄스러움을 생각하며 말했다. 지삼출은 아들이 독립군이 아닌 것을 사람들에게 부끄러워했고, 지만복은 아버지의 그런 심중을 잘 알고 있었던 것이다.

"뭐, 그렇지도 않습니다. 아버지는 좋아하시는데 어머니는 안 좋아하십니다. 어머니는 선생님처럼 선생이 되는 걸 바라시지만 저는 공부가 싫거든요. 선생님께서 절 가르치셨으니 잘 아시잖아요. 저 공부 잘 못하는 거."

김건오는 뒷머리를 긁으며 쑥스럽게 웃었다. 그는 김판술의 아들이었다.

"왜에, 그만하면 잘하는 편이지. 그래, 어느 집이나 아버지 마음과 어머니 마음은 다른 법이다. 부디 자중자애하거라. 가면 어디로 가는 거냐?"

"예, 아마 신빈현 근방으로 갈 것 같습니다."

"음, 양세봉 장군이 연전연승을 하는 명장이니 마음 든든하다. 네가 열아홉이던가?"

"예, 열아홉 살입니다."

"기운만 믿지 말고 상관 명령을 잘 따르도록 해라."

지만복은 주머니에 손을 넣었다.

"예, 그럼 이만 가보겠습니다."

김건오가 일어나며 거수경례를 했다.

"그래, 자 이것 받아라."

지만복은 돈을 김건오의 손에 쥐여주었다.

"아닙니다, 선생님."

"어른이 주는 건 받는 거야."

지만복은 어른들한테 들었던 말을 그대로 했다.

돈을 받아넣은 김건오는 다시 한 번 거수경례를 하고 돌아섰다.

지만복은 김건오가 운동장을 벗어나 사라질 때까지 그 당당하고 힘찬 뒷모습을 지켜보고 있었다. 천수동 아저씨의 아들 상길이도, 김판술 아저씨의 아들 건오도 독립군으로 나섰는데 자신만 학교에 뒤처져 있다는 열등감과 자괴감이 또 소용돌이치고 있었다. 나라 잃은 백성, 타국을 떠도는 삶, 남아로서 해야 할 가장 중대한 일이 총을 들고 적과 싸우는 것임을 너무나 잘 알고 있었다. 그러면서도 마음은 생각을 따라가지 못하고 있었다. 도저히 이겨낼 수 없는 총에 대한 공포감과 두려움……. 스스로의 병신스러움을 생각할수록 미칠 것만 같았다.

"총만 든다고 독립투쟁이 아닐세. 아동들을 내실 있게 잘 가르치는 것도 그와 똑같은 독립투쟁이야. 사람이 육신만 가지고 사람일 수 없고 정신이 있고서야 제대로 된 사람 노릇을 할 수 있지 않은가. 교육이란 정신을 기르는 숭엄한 일인즉 긍지와 책무감을 가지고 최선을 다하게. 자네가 가르친 아동들이 백이면 백, 천이면 천, 모두 독립투쟁에 나서게 한다면 그보다 더 큰 독립투쟁이 어디 있겠는가."

지만복은 또 송수익 선생의 말을 기둥으로 붙들 수밖에 없었다.

김건오네 신병대는 야간에만 행군해서 이틀 만에 흥경현에 머물고 있는 본대에 도착했다. 야간행군은 일본군과 만주군을 피하기 위한 것인 동시에 엄한 군사훈련이었다. 병사들은 행군 중에 물 한 방울 먹을 수가 없었고, 잠시 쉴 수도 없었다. 군관들도 똑같이 행동하기 때문에 아무도 불평을 하지 못했다. 3월 중순의 날씨는 많이 풀린 편이었지만 그래도 여전히 얼음이 얼어붙는 영하의 기온이었다. 그런데도 행군하는 병사들은 땀을 끈끈하게 흘렸다.

그러나 신병들은 본대에 도착하고 나서 발이 부르트고 배가 고팠던 고생의 보람을 느끼게 되었다. 연전연승의 전과를 올리고 있는 조선혁명당군의 구병들이 열렬히 환영해 주었던 것이다.

"신병 여러분들의 본대 합류를 구장병 여러분들과 함께 열렬히 환영하는 바이올시다. 여러분도 다 아다시피 이제 조선만이 아니라 만주까지 왜적들의 수중에 들어갔습니다. 그리고 날로 친일파와 밀정들은 늘어나고 있습니다. 이러한 시기에 여러분들이 나라를 되찾겠다는 일념으로 청죽 같은 청춘을 바치겠다고 나섰으니 그 높은 뜻에 하늘이 감읍할 일이요, 땅이 감읍할 일입니다. 그렇습니다. 조선의 남아, 대한의 장부로서 지금 제일 시급하게 해야 할 일이 무엇이겠습니까! 바로 신병 여러분들처럼 왜적을 쳐서 물리치려고 궐기하는 것입니다. 그럼에도 불구하고 친일파나 밀정들이 날로 늘어나고 있으니 이런 슬프고 통탄할 일이 어디 또 있겠습니까. 그런 놈들은 이완용을 필두로 하는 을사오적과 한 치도 다를 것 없는 매국 역적이며 민족 반역도배들입니다. 독립군을 밀고하고 독립지사를 팔아먹고 동포들을 이간시키는 그놈들은 왜놈들보다 더 나쁜 놈들입니다. 왜놈들과 함께 그런 놈들을 몰살시키는 것이 우리 조선혁명당군의 본분이며 사명입니다. 하나뿐인 목숨을 걸고 나선 여러분들의 용맹에 감읍하여 여러분의 장도를 하늘이 도울 것입니다. 앞으로 부대 규율을 잘 지키고, 동지들과 화목하면서 용맹스럽게 싸워주기를 바랍니다."

총사령관 양세봉 장군의 환영사였다.

어금니를 맞문 김건오는 말만 들었던 양세봉 장군을 우러러보고 있었다. 일본군과 싸워서 한 번도 진 적이 없는 장군, 소규모 전투는 꼽지 않더라도 신빈현전투, 1·2차 쌍성보전투를 모두 승리로 장식한 양세봉 장군이 바로 눈앞에 있었던 것이다.

흥경현의 성(城)에는 조선혁명당군과 연합한 이춘윤의 중국의용군도 함께 주둔해 있었다. 흥경성은 전략적 위치로도 중요할 뿐만 아니라 특히 조선사람들이 많이 살고 있었다. 그리고 10여 년 전에 독립군 근거지였던 뿌리 깊은 곳이었다.

신병들은 매일 사격과 구보 훈련을 받았다. 사격훈련은 총알을 아끼기 위해서 사격자세와 조준연습이 반복되었다. 그러나 그 누구 하나 힘들다고 불평을 할 수가 없었다. 고참병들도 신병들과 함께 훈련을 받기 때문이었다.

"총알 하나하나는 모두 동포들의 피요 살이다. 한 번의 연습이 총알 하나를 아끼고, 열 번의 연습이 왜놈들 심장을 꿰뚫게 된다. 다들 이를 악물어라."

가혹하리만큼 엄한 훈련조교들이 하는 말이었다.

김건오는 그 말에 정신을 가다듬고는 했다. 총알 하나하나는 모두 동포들의 피요 살이다. 그 말은 과장이 아니라 사실 그대로였던 것이다. 거의 모든 동포들이 중국인의 소작인으로 얼마나 고달프고 배주리고 살면서 독립자금을 만들어내고 있는지 너무 잘 알고 있었던 것이다. 어렸을 때부터 들어온 것이 학전(學田), 군전(軍田), 생전(生田)이라는 말이었다. 농사지어 자식을 가르치는 땅이 학전이었고, 군자금을 내는 땅이 군전이었고, 식구들이 먹고사는 땅이 생전이었다. 동포들은 소작농사를 짓는 궁한 속에서도 그렇게 농토를 3등분해서 군자금을 꼭꼭 냈던 것이다.

열흘쯤 지나 부대에 비상령이 내려졌다. 일본군과 만주군이 합세해서 쳐들어오고 있었던 것이다. 한중연합군은 중대별로 신속하게 배치되었다.

콰광! 쾅, 쾅!

일본군의 박격포 공격이었다. 폭음과 함께 여기저기서 포탄이 터지기 시작했다. 김건오는 성벽에 바짝 붙어서 전신이 울리는 것을 느끼고 있었다. 박격포탄들이 터지는 진동은 땅을 흔들어댔고, 그 흔들림에 정신이 흔들리고 있었던 것이다.

"어때, 무서운가?"

옆에 엎드린 고참병이 씨익 웃으며 물었다.

"예, 아니, 저어……."

김건오는 당황해서 코밑을 훔쳤다.

"겁먹을 것 없어. 처음엔 다 그렇지만 몇 번 겪어보면 배짱이 생기니까."

고참병이 등을 두들겨주었다.

한중연합군은 박격포탄이 잇따라 터지거나 말거나 총 한 방 쏘지 않고 죽은 듯이 도사리고 있었다. 적들이 가까이 오기를 기다리는 것이었다.

따다다다…….

한결 가까워진 적들의 기관총 공격이었다. 몰려오고 있는 적들의 수는 엄청나게 많았다. 공격의 기본대로 이쪽보다 서너 배는 더 많은 병력이었다.

박격포와 기관총 공격의 지원 아래 적들은 돌격을 감행해 오고 있었다.

"사겨억 개시!"

한중연합군에 사격 명령이 떨어졌다.

타앙!

김건오는 깜짝 놀랐다. 옆의 고참병이 쏜 총소리였다. 김건오는 숨을 몰아쉬며 개머리판을 어깨 깊이 끌어다 붙이며 총대에 옆볼을 밀착시켰다. 그리고 몰려오는 일본군을 향해 정조준을 하며 방아쇠를 당겼다.

한중연합군이 성안에서 일제히 퍼붓는 사격에 일본군과 만주군들은 아우성과 비명을 지르며 픽픽 쓰러지고 있었다. 희생자들이 속출하자 적들은 시체와 부상자들을 끌고 허겁지겁 사격권 밖으로 물러났다.

그러나 대오를 정비한 적들은 다시 박격포와 기관총 공격을 앞세우며 돌격을 감행해 왔다. 그러나 이쪽의 격렬한 반격으로 적들은 다시 물러나지 않을 수 없었다.

똑같은 공방전이 치열하게 반복되면서 한나절이 다 지나갔다. 서로가 점심은커녕 물 한 모금 마시지 못한 채 싸우고 있었다.

"저놈들이 우리 총알이 떨어지기를 기다리는 것이다. 모두 총알을 아끼도록 하라!"

각 중대장들이 부대에 하달한 명령이었다.

오후에도 공방전은 계속되었다. 적들의 사상자도 많았지만 이쪽에도 희생자들이 생기고 있었다. 박격포가 입히는 피해였다.

해가 서서히 기울고 있었다. 석양빛 속에 새들이 둥지를 찾아 날아가고 있었다. 적들도 더 이상의 공격을 포기한 채 퇴각하기 시작했다. 그들이 자동차에 싣고 부축하고 한 사상자들은 수백 명이었다.

"만세에!"

"만세에!"

"만세에!"

스산한 석양빛을 등지고 패퇴해 가는 적들을 바라보며 한중연합군 병사들은 목이 터져라 만세를 외치고 있었다. 1천여 명이 4천여 명을 상대로 끝끝내 전략요충지를 지켜낸 대승이었다.

다음날 동포들이 돼지를 잡고 떡을 하는 잔치가 벌어졌고, 양세봉 장군의 또 하나의 승리는 동포들 마을에서 마을로 빠르게 퍼져가고 있었다.

"전투에서의 지형지물의 활용은 대포 수백 문보다 더 효과를 발휘합니다. 청산리의 대승은 바로 그 본보기입니다. 병력은 산등성이에 펼칠 게 아니라 골짜기 양쪽으로 배치해야 하고, 별동대로 하여금 적을 유인해 들여야 합니다. 그리고 만일의 경우 퇴로를 확보하기 위해서도 병력배치는 골짜기가 필수적입니다."

노병갑의 힘찬 말이었다.

"예, 1중대장님의 의견입니다. 또다른 의견들 없으십니까?"

사령관이 간부들을 둘러보았다.

열서너 명의 간부들은 생각에 잠긴 얼굴일 뿐 아무도 말이 없었다.

"그러면 참모장과 1중대장의 의견을 놓고 어느 것 하나로 결정을 하는 게 좋을 것 같습니다. 그러면 먼저, 병력을 산등성이로 배치하자는 참모장의 의견에 동의하시는 분들 거수해 주십시오."

세 사람이 손을 들었다.

"예, 세 분입니다. 작전회의에 기권이란 있을 수 없으니까 나머지 분들은 모두 1중대장 의견에 동의하시는 것이 됩니다. 그럼 병력배치는 1중대장 의견대로 하겠습니다."

노병갑은 참모장과 눈이 마주치는 것을 피하려고 눈길을 떨구고 있었다. 그러나 내심으로는 참모장을 무시하고 있었다. 신팔균 장군이 훈련시킨 무관학교를 나왔다고는 하지만 작전이론이 부족했던 것이다. 다만 그가 참모장이 된 것은 사령관의 조직에 속해 있었기 때문이었다. 작년 12월 한중연합토일군을 결성할 때 자신의 조직은 너무 허약했던 것이다. 김좌진 장군이 세상을 떠나면서 조직이 분산되었고, 그나마 수습한 것이 몇십 명에 불과했던 것이다. 그 수로 한국독립당 세력 앞에서는 참모장자리를 포기할 수밖에 없었다.

노병갑은 그때 많이 고민했었다. 참모장에서 1중대장으로 밀려나느니 차라리 독립부대를 이끌면서 대장 노릇을 하는 게 낫지 않을까? 이름을 그럴듯하게 지어 붙이고 대원들은 차츰 모아들이면 될 거였다. 그러나 앞을 가로막는 것이 있었다. 바로 방대근이었다. 무언가 초연한 듯한 그의 모습과 함께 그가 남기고 간 말들이 쟁쟁히 되살아나는 것이었다. 세월은 이제 10년 전이 아니었다. 만주의 상황이 급변해 조선독립군과 중국군이 연합을 꾀하는 형세였다. 그런데 몇십 명을 데리고 대장 노릇을 하면 그건 골목대장 꼴일 뿐이었다. 자신의 그런 모습을 보면 방대근이 뭐라고 할 것인가. 사람

취급도 하지 않을 것은 너무나 뻔했다. 그리고 그건 대의에도 상황에도 어긋나는 일이었다. 결국 욕심도 죽이고 자존심도 죽이고 방대근의 말을 따르기로 했다.

방대근의 말을 받아들이고 나니 마음 무거웠던 고민은 스러졌다. 그러나 능력이 부족한 사람을 상관으로 인정해야 하는 괴로움이 새로 생겨났다. 가능하면 참모장과 무난하게 지내고 싶었다. 그러나 작전계획을 수립하다 보면 어쩔 수 없이 의견대립이 생기게 되었다. 작전계획은 전투의 승패만을 좌우하는 것이 아니었다. 귀한 목숨의 손상과 직결되는 문제였다. 그런데 허점과 약점을 뻔히 보면서도 그냥 넘길 수는 없는 일이었다. 그걸 지적하고 계획을 수정하다 보면 서로 사적 감정까지 상하게 되는 것이었다.

한중연합토일군은 낫처럼 휘어진 골짜기의 양쪽 비탈 중간지점에 집중 배치되었다. 봉우리에서 내려다보면 왼쪽에 조선독립군이 배치되고 오른쪽에 중국군 14사단 병력이 배치되었다. 적들이 진입하는 쪽에서 보자면 독립군 쪽이 먼저 눈에 띄게 되어 있었다. 불리하다면 불리한 위치였지만 독립군 간부들은 스스로 먼저 그쪽을 택했다. 그건 셋방살이하는 사람의 심리 같은 것이었다. 그리고 골짜기의 거의 끝부분에다 바위로 엄폐물을 만들고 병력을 배치해서 일시에 삼면공격을 할 수 있도록 했다.

4월은 북만주의 추위도 녹이고 있었다. 살을 에던 혹독한 바람은 간 곳이 없었고, 따스한 햇살은 쌓이고 쌓인 눈얼음을 녹이기에 바빴다. 골짜기의 눈은 다 녹아 큰비 온 것처럼 개울물이 불어나 있었다. 아직 썩지 않은 낙엽들 사이에서 초록빛 선연한 새싹들이 파릇파릇 돋고 있었다. 그런데 산비탈은 눈 녹은 물이 배어서 미끄럽기 그지없었다. 일본군들은 혹한의 겨울에는 잠잠했다가 추위가 풀리는 3월부터 '토벌'을 본격적으로 시작했던 것이다. 한중연합토일군 병사들은 바위며 고사목 같은 것을 은폐물 삼아 낙엽까지 뒤집어쓰고 있어서 20리가 넘는 긴 골짜기 그 어디에서도 사람의 흔적이라고는 찾을 수가 없었다.

"일본군이 진격해 오고 있습니다. 포병 기병까지 합해서 몇천 명은 되는 것 같습니다. 아마 사단병력이 출동한 게 아닌가 싶습니다."

척후대의 보고였다.

"그래, 사단병력은 와야겠지." 예상했다는 듯 사령관이 고개를 끄덕이고는, "1중대장, 별동대 출동시키시오!" 노병갑에게 명령했다.

"옛, 알겠습니다."

노병갑이 거수경례를 붙였다. 팽팽하게 긴장된 그의 얼굴은 긴 흉터와 함께 더없이 강인해 보였다.

노병갑은 부대원들이 대기하고 있는 골짜기 아래까지 말을 휘몰았다. 말이 뛰는 탄력을 받으며 그의 온몸에서는 새로운 힘이 뻗치고 있었다.

"별동대는 1중대장이 맡아 선임중대장으로서 한번 시범을 보이는 게 어떻겠소?"

참모장의 말이었다.

아주 그럴싸한 말이었다. 그러나 그 의도는 가장 위험한 궁지에 몰아넣겠다는 것이었다.

"예, 좋습니다. 제가 맡지요."

지체없이 대답했었다. 그건 피할 수 없고, 피해서도 안 되는 정면 공격이었다. 피하려고 하면 비겁이고 명령불복종이었다. 그러나 참모장은 자충수를 놓고 있다는 것을 모르고 있었다. 적을 유인하는 선발대가 꼭 위험한 것만은 아니었다. 지휘방법으로 위험을 얼마든지 차단할 수 있었다. 참모장은 유인작전의 위험만을 계산했지 그 일을 성공시키고 난 다음을 계산하지 않고 있었던 것이다. 유인작전을 성공시키면 그때 궁지에 몰리는 건 참모장이었다.

말에서 내린 노병갑은 부하들을 이끌고 골짜기가 양쪽으로 확 벌어지면서 산줄기가 낮아지고 있는 개활지로 나아갔다. 100명의 병력을 20명씩 나누고, 각기 100여 미터의 간격으로 배치시켰다. 한 조 20명의 병사들은 소대장들의 지시를 받아 서로의 간격을 넓게 벌리고 엎드려 있었다.

배치를 끝낸 노병갑은 맨 앞의 조에서 담배에 불을 붙였다. 담배를 피우고 싶어서가 아니라 부하들에게 여유를 보이자는 것이었다. 전장에서의 지휘관의 일거일동은 병사들의 사기에 직결되었다. 지휘관은 언제나 의연해야 하고 당당해야 했다.

작은 바위에 등을 기댄 노병갑은 담배연기를 후우 내뿜었다. 담배연기 흩어지는 저편으로 문득 푸른 하늘이 눈에 들어왔다. 구름 많은 겨울에 볼 수 없었던 맑고 푸른 하늘이었다.

아, 하늘 참 미치게 푸르구나!

고향산천이 불쑥 밀려들었다. 그리고 아버지의 얼굴이 떠올랐다. 아버지는 언제나 슬픔이었다. 평안북도 태천의 가난한 농부였던 아버지는 의병에 나섰다가 압록강을 건넜고, 배에서 돌이 크는 병을 얻어 만주땅에 뼈를 묻었다. 자신이 신흥무관학교를 졸업했을 때 아버지는 병색 짙은 얼굴에 환한 웃음을 담으며, 더 바랄 것이 없다고 했었다. 그리 환한 웃음을 본 것은 처음이고 마지막이었다.

"나를 만주땅에 두지 말아라."

아버지의 유언이었다. 아버지는 뼈만이라도 고향에 돌아가고 싶어했던 것이다. 그건 독립을 보지 못하고 눈을 감는 아버지의 한이었다.

아…… 독립…… 독립…….

노병갑은 하늘을 멍하니 바라보며 담배를 연거푸 빨고 있었다.

"중대장님, 적이 나타났습니다!"

부관의 보고였다.

"음……."

노병갑은 담배를 눌러 끄고 느리게 몸을 돌렸다.

기마대를 앞세운 적들의 모습이 저 멀리 보였다. 노병갑은 혁대 구멍을 두 개 조였다. 중국군과 연합하고 나서 대규모 전투는 처음 치르게 되는 것이었다. 그동안에는 추적부대를 떼치는 소규모 전투를 했을 뿐이다. 일본군은 추적대나 탐색대에도 언제나 만주군을 앞세우고 있었다. 소위 일·만연합군의 강화였는데, 청나라의 마지막 황제 부의가 관동군 총사령관 밑에서 꼴사납게 만주국의 황제 감투를 쓰고 있듯 만주군의 중국인들도 일본군의 통제를 받아가며 길잡이란 꼭두각시 노릇을 충실히 하고 있었다.

일·만연합군은 쥘부채를 펼친 모양새인 개활지의 넓은 초입을 가득 채울 만큼 많은 병력으로 몰려오고 있었다. 그 이름부터가 돼먹잖은 한중연합토일군을 완전히 토벌하기 위해 관동군 사령부에서는 1개 사단을 투입하고 있었다.

적의 선발대가 점점 가까워지고 있었다. 적의 사정거리 안에 들기 전에 노병갑은 외쳤다.

"사겨억 개시!"

맨 앞줄 20명이 일제히 사격을 개시했다. 적의 선발대가 즉각 전진을 중단하고 방어태세를 취했다. 이쪽에서는 위치를 알리기 위해 사격을 계속했다. 이쪽의 위치를 확인한 적들이 공격해 오기 시작했다.

"1조 이동 개시!"

노병갑이 명령했다.

20명이 사격을 중지하고 뒤로 달리기 시작했다. 적진에서 보기는 영락없이 도망가는 꼴이었다. 물러선 1조는 두 번째 줄 2조와 합류했다.

"사겨억 개시!"

1·2조는 적을 향해 다시 사격을 시작했다. 먹이를 본 배고픈 짐승들처럼 적들은 총을 갈겨대며 공격해 오고 있었다. 노병갑은 적의 사정권 안에 들지 않게 거리를 조정해 가며 다시 명령했다.

"1·2조 이동 개시!"

뒤로 물러선 1·2조는 3조와 합류했다. 적들의 전진속도는 점점 빨라지고 있었다. 도망치고 있는 적들이 많아지니 그럴 수밖에 없는 일이었다.

5조까지 노병갑의 중대가 전부 합해졌을 때는 적의 선발대는 골짜기의 초입에 이르러 있었다.

"잘 들어라! 1조 좌측 능선, 2조 우측 능선, 완전히 산개하여 후퇴하라. 3·4·5조, 골짜기로 후퇴한다. 작전 개시!"

노병갑은 마지막 명령을 내렸다. 모두 골짜기로 빠지지 않고 1·2조에게 좌우측 능선을 타게 한 것은 유인작전을 위장하기 위해서였다.

노병갑의 중대원들은 세 방향으로 분산되어 뛰기 시작했다. 적진에서 그걸 보기에는 완전히 겁먹고 혼비백산하는 꼴일 수밖에 없었다.

"부대 정지!"

골짜기 입구로 들어서며 노병갑이 명령했다.

"다들 잘 들어라. 적을 완전히 유인하기 위해서 지금부터 본격적인 전투를 시작한다. 후퇴 지점은 골짜기끝. 정조준 사격으로 적들을 사살하라!"

명령에 따라 병사들은 제각기 은폐물을 찾아 몸을 감추고 적들을 향해 총구를 겨누었다.

탕!

적 하나가 픽 쓰러졌다.

타앙!

적 하나가 벌렁 나자빠졌다.

땅!

적 하나가 픽 엎어졌다.

우와아아 ─.

적진에서 함성이 터져올랐다. 그건 환성이 아니라 분노의 소리였
다. 그리고 적들은 총을 난사해 대며 골짜기로 몰려들고 있었다.

노병갑의 부대원들은 조금씩 조금씩 물러서며 적들을 쓰러뜨리
고, 적들은 점점 더 거세게 골짜기로 파고들고 있었다. 적들이 쏘아
대는 총소리가 골짜기를 흔들며 어지러운 메아리를 만들고 있었다.

노병갑부대원들이 골짜기의 끝부분에 다다랐을 때 골짜기 깊이
까지 들어선 일본군은 수백 명을 헤아렸다. 그들을 향해 양쪽 산비
탈과 골짜기의 끝부분에서 일시에 사격이 시작되었다. 일시에 터지
는 수많은 총소리가 골짜기를 뒤흔들고, 적들의 비명소리와 외침
들이 뒤엉키고 있었다. 일본군 지휘관들은 도쓰게끼(돌격)!를 외쳐
대고, 일본군들은 수라장을 이룬 채 죽어가고 있었다.

삼면에서 총탄은 빗발치고, 삽시간에 사상자는 속출하고, 혼란
에 빠진 부대는 정비되지 않고, 일본군들은 마침내 시체와 중상자
들을 버려둔 채 도망치기 시작했다. 그러나 그들도 무사히 골짜기
를 빠져나가지 못했다. 매복조에게 걸려 또 한바탕 곤욕을 치러야
했다.

골짜기 일대에는 적막이 찾아왔다. 그 요란하던 총소리들이 그쳐

버리자 봄볕 화창한 대낮은 밤보다 더 깊은 적막으로 빠져들었다.

꽝!

꽈꽝! 쾅, 쾅!

느닷없는 폭음이 적막을 찢으며 산을 뒤흔들었다. 적의 박격포 공격이었다. 처음에 여기저기 질정없이 떨어지던 포탄은 점점 방향을 잡아가며 골짜기로 떨어지고 있었다.

긴급 작전회의가 열렸다. 사단병력인 적은 아직 너무 많이 남았고, 좌우회 공격을 할지 모르니 대비하자는 것이었다. 그리고 적이 다시 골짜기로 공격해 들어올 확률은 작고, 박격포 공격을 피하기 위해서라도 병력을 분산시키자는 것이었다.

박격포 공격이 계속되는 속에 병력 재배치를 끝냈을 즈음이었다. 적들은 기관총을 난사해 대며 골짜기로 다시 몰려들었다. 병력은 아까보다 두 배가 넘었다. 그런데 적들은 계속 골짜기를 타고 오지 않고 그물 치듯 양쪽 산비탈로 병력을 배치하고 있었다. 그물몰이를 하자는 것이었다.

이쪽에서도 신속하게 병력배치를 바꾸었다. 그러나 일본군들이 시도한 그 작전은 큰 착오였다. 산비탈에는 낙엽이 두껍게 쌓여 있는 데다 땅에는 눈 녹은 물이 흠뻑 배어 있었던 것이다. 지형은 비탈인 데다가 두껍게 쌓인 낙엽으로 행동은 굼뜨지, 물이 밴 땅은 미끄럽지, 지휘관들이 외쳐대는 도쓰게끼에 쫓기며 일본군들은 미끄러지고 넘어지면서 속절없이 날아오는 총알밥이 될 수밖에 없었다. 일본군들은 또 시체를 즐비하게 남겨둔 채 줄행랑을 칠 수밖에 없었다. 그 다음에 일본군들은 예상했던 대로 좌우측으로 우회공격을 감행해 왔다. 그러나 그 공격도 무모한 것이었다. 불리한 위치에서 산을 치오르는 돌격작전이었는데, 그 경과와 결과는 두 번째 공격과 마찬가지였다.

그러나 일본군은 그 무모한 작전을 포기하지 않았다. 하긴 지형상으로 더 이상 다른 작전이 없기도 했다. 골짜기로 파고들 수 없는 일본군은 그들 특유의 도쓰게끼작전을 세 번이고 네 번이고 감행했다. 그러나 그들로서도 물이 흠뻑 밴 산비탈은 어찌할 도리가 없는 일이었다.

잎 떨군 아름드리 나무들의 그림자가 산비탈에 길게길게 뻗치면서 일본군들은 퇴각하기 시작했다. 대패한 그들의 뒤를 석양의 어스름이 뒤쫓고 있었다.

"만세에—."

"만세에—."

"만세에—."

감격에 넘치는 만세소리가 사도하자(四道河子)의 산골에 메아리치고 있었다.

만주군 둘이 개울가에서 한가롭게 담배를 피우며 이야기를 나누고 있었다. 총은 파랗게 돋고 있는 풀섶에 뉘어져 있었다. 맞은편에서 바지게를 진 두 남자가 걸어오고 있었다. 바지게를 졌으니 보나마나 조선사람이었다. 군인들을 마주 보고 걷고 있는 그들은 벌써 주눅든 기색이 완연했다.

두 농부는 고개를 푹 떨군 채 개울의 징검다리를 건너 군인들 옆을 지나쳤다. 두 군인은 그들에게 아무런 관심도 없이 이야기하기에 정신을 팔고 있었다. 그런데 군인들 옆을 지나가는 듯했던 두 농부가 갑자기 돌아섰다. 그리고 지겟작대기로 두 군인의 머리를 후려쳤다. 한 사람의 작대기가 뚝 부러졌고, 두 군인은 비명을 토하며 나자빠졌다. 농부들은 바지게를 벗어던지고 각기 총을 집어들었다. 그리고 개머리판으로 사정없이 두 군인을 내리쳤다.

"되았어. 피 흘르먼 표난게 인자 목얼 졸라."

한 농부가 시범을 보이듯 정신 잃은 한 군인의 목을 밟고 올라섰다. 어서 자기처럼 하라는 듯 상대방을 똑바로 쳐다보고 있는 그 농부는 다름 아닌 천수동의 아들 천상길이었다. 상대방도 군인의 목을 밟고 올라섰다.

"우선 급헝게 저짝 땅 파서 묻어두드라고."

천상길의 나직한 말이었다. 그 목소리에서는 아무런 감정의 동요를 느낄 수 없었다.

바지게에서 삽과 괭이를 꺼낸 그들은 조금 떨어져 있는 빈터를 파헤치기 시작했다.

"너무 깊이 팔 것 없고, 흙이 남을 것잉게 바지게에 담아야 혀."

천상길의 말이었다.

기운 좋게 땅을 파헤쳐 두 구의 시체를 한 구덩이에 파묻는 시간은 별로 오래 걸리지 않았다.

"이 흙언 저 밭에 뿌려불먼 표 안 나제."

천상길이 바지게를 지며 말했다. 다른 사람은 천상길이가 하는 대로 묵묵히 따라 할 뿐이었다.

남은 흙까지 말끔하게 처리해 버린 천상길은 바지게에 총 두 자루를 넣고 아무 일도 없었던 것처럼 왔던 길을 되돌아가고 있었다. 벌건 대낮에 저지른 일이었다.

천상길은 밤에 마을 세포회의를 소집했다. 젊은 남녀 스물셋 전원이 모였다.

"동지덜, 보시오. 요것이 오늘 탈취투쟁에서 얻은 전과요. 여러분덜 중에선 어찌 맨손으로 무기럴 탈취허라 허냐고 생각혔을 것이오. 허나 맘만 굳으면 이 시상에 안 될 일이 아무것도 없소. 당이 무기탈취투쟁얼 지령헌 것언 바로 우리에 열렬헌 당성얼 믿었기 때문이오. 무기탈취투쟁언 이중 삼중으로 효과가 큰 사업이오. 첫째 돈 안 딜이고 무장얼 헐 수가 있고, 둘째 적들에 화력에 타격을 입히고, 셋째 적들을 제거허는 것이오. 시방 이 총언 두 자리뿐이지만 앞으로 열 자리, 시무 자리가 돼야 여러분덜이 유격대로 다 무장허게 될 것이오. 어찌 그리되느냐! 이 총으로 분주소를 습격허는 것이오. 앞으로 열흘 안에 총얼 열 자리 이상으로 불릴 것잉게 기둘리시오. 시방 만주 전역에선 무기탈취투쟁이 전개되고 있응게 여러분덜도 더욱 심얼 내고 각오럴 더 단단히 허시오. 유격대로 투쟁헐 날이 눈앞에 닥쳐왔소."

천상길은 조직원들에게 무기탈취투쟁의 시범을 보인 것이었다.

조직원들은 하나같이 놀라움과 감동 어린 얼굴로 천상길과 총을 번갈아 보아가며 말을 잃고 있었다.

광동에서 돌아온 천상길은 1국1당주의 시행과 함께 중국공산당에 입당했다. 그리고 그동안 당의 지시에 따라 인민들 속으로 잠입했다. 낮에는 농사짓는 농부였고, 밤에는 공산당 선전선동 공작원이었다. 몇 년에 걸쳐서 한 사람, 한 사람을 포섭해 나갔다. 사상교육으로 세뇌시키고, 그 다음에는 군사훈련을 시켰다. 물론 무기 없는 군사훈련이었다. 몽둥이로 총을 대신했고, 총을 쏠 수 있는 기초교육을 실시했다.

무기탈취투쟁과 유격대 활동 개시는 중국공산당 만주성위원회의 결정이었다. 유격대의 활동 개시 지령은 그동안 지하에 감추어져 있었던 인민조직을 투쟁세력으로 노출시키는 것이었다. 그것은 만주 전역에서 중국공산당이 항일투쟁을 본격적으로 전개한다는 것을 뜻했다.

46

먼 저쪽의 그대

"왜 이리 늦니? 순덕이 넌 여고보 시절 버릇 여태 못 고쳤구나?"

박미애가 톡 쏘아붙였다.

"어머 얘, 10분 늦은 걸 갖고 뭘 그러니? 네가 이런 으리으리한 데서 만나자니깐 옷 갈아입어 보다가 그런 거지."

최순덕은 미안한 기색 없이 눈을 흘겼다.

"괜찮아, 어서 앉기나 해."

"으응? 같이 화를 내야지 옥주 너 혼자 인심 얻기야? 요런 배신 자!"

박미애는 한옥주의 팔을 꼬집었다.

"얘, 니네들 어쩌자고 이런 델 막 출입하는 거니?"

최순덕이 서양식으로 화려하게 꾸며진 천장 높은 실내를 두리번 거렸다.

"얘, 챙피하게 촌닭처럼 굴지 말어. 여기 반도호떼루 말고 커피 제대로 마실 만한 데가 어디 있니?"

박미애가 눈길 싸늘하게 핀잔했다.

"너 여기 첨이니?"

한옥주가 물었다.

"그렇지 그럼. 넌 자주 왔어?"

"아니, 애 미애 따라서 몇 번 왔지 뭐."

"미애 넌 상급학교 가더니 막 신여성으로 활개질이구나?"

최순덕이 입을 삐죽했다.

"어머, 쟤 촌스러운 것 좀 봐. 이까짓 반도호떼루에서 커피 마시는 것 가지고 무슨 신여성 운운이냐. 옷은 번듯하게 입구선. 그거 어디 거냐?"

박미애는 최순덕의 연보랏빛 원피스에 눈길을 보냈다.

"응, 동경 긴자에서 사온 거야."

최순덕이 자기 옷을 힐끗 내려다보며 새침하게 대꾸했다.

"흠, 그럴 줄 알았어. 색깔은 괜찮은데 모양이 좀 어색하다 싶더라니."

박미애가 콧방귀를 뀌었다.

"어머, 쟤 말하는 것 좀 봐. 넌 어디 건데 그러니?"

최순덕이 박미애의 핑크빛 원피스에 눈길을 박았다.

"일본양장이 양장이니? 원숭이 흉내지. 양장을 안 할래믄 몰라도 양장을 하기로 나섰으면 본고장 것을 입어야 되는 것 아니니?"

박미애는 고개를 약간 틀어돌리며 말꼬리를 사렸다.

"본고장? 그게 어디니? 영국이야, 독일이야?"

"넌 망신당할 소리만 하고 앉았구나. 불란서래, 불란서."

한옥주가 입을 가리며 웃었다.

"쟨 전문학교를 다닌다는 애가 왜 저렇게 무식하니. 불란서가 아니면 이태리는 짚어야지. 그저 일본것이 제일인 줄 알고 있으니 원. 커피나 마시자."

박미애는 최순덕을 묵살하듯 나비넥타이를 맨 종업원에게 손을 까딱거렸다.

"값이 비쌀 텐데 꼭 이런 데서 마셔야 맛이니? 기집애, 어쩌다 겉멋만 잔뜩 들어가지구."

최순덕이 커피를 저으며 박미애에게 눈을 째지게 흘겼다.

"쟤 촌스럽게 굴어 정말 같이 못 놀겠네. 커피맛 좋구, 분위기 좋구, 상류사회 기분 만끽하게 해주는데 뭐가 비싸냐?"

박미애가 여지없이 튕겨버렸다.

"흥, 장사꾼 딸년들이 이런 데 모여앉아 커피 마신다고 상류사회 인간 되니? 우린 뼛속까지 중인이니까 괜히 군침 흘리지 말어."

최순덕이 싸늘하게 쏘아붙였다.

"하! 정말 넌 개명 못한 미개인이구나. 야, 지금이 고종황제 시절인 줄 아니? 개명세상 된 지가 25년이 다 돼가는데 무슨 새 까먹는 소리니, 소리가. 요새 세상은 돈 많은 게 양반이고 귀족이야. 화신상회 박흥식이를 봐라. 지물상회 하던 꼴에 지금은 장안에 둘도 없는 귀족으로 총독부관리들도 쩔쩔매잖니. 사람 대접 제대로 받고 살고 싶으면 넌 그놈의 고리타분한 생각부터 뜯어고쳐. 자기가 먼저 나 못났음네 하는데 누가 대접을 해주니?"

박미애는 숨도 쉬지 않고 공박했다.

"그건 미애 말이 맞다, 애. 우리들 집안 재력이면 어디다 내놔도 기죽을 게 없잖니? 우리 아버지들 대에서나 중인이지 이제 우린 당당해져야 한다구."

한옥주의 말이었다.

"흥, 우리 기분이야 백번 그렇지. 양반님네들이 안 받아주니까 탈이지."

최순덕이 코웃음 치며 쓰게 웃었다.

"모르는 소리 말어. 미애는 양반댁으로 시집간댄다."

"아니, 뭐라구?"

최순덕이 화들짝 놀랐다.

"애, 딴 얘기 그만하구 그 얘기 좀 듣자꾸나."

한옥주가 박미애를 툭 쳤다.

"그 얘기 헐 새가 어디 있니? 순덕이가 계속 트집이니."

"아냐, 아냐. 이제 안 그럴 테니 어디 그 얘기 좀 해봐라. 성씨가 뭔데?"

맞은편에 앉은 최순덕은 박미애에게 곧 다가앉듯이 앉은 자세를 고쳤다.

"송씨."

"어머, 송씨면 양반 좋지. 이름은?"

"가원이."

"어머, 송가원. 이름도 아주 멋지다. 뭘 하는 사람인데?"

"경성제대 의학부 금년 졸업."

"어머머, 세상에!"

그동안 눈이 반들거리며 물어대던 최순덕은 그만 맥이 탁 풀리며 안색까지 변했다.

"정말 넌 무슨 복이 그리 많니? 자유연애니?"

최순덕이와 별로 다를 것 없는 기색인 한옥주가 애써 웃음지으며 물었다.

"그럼, 요새 세상에."

박미애는 시침을 떼며 말했다.

"처음 어디서 어떻게 만났는데?"

"얘는, 별걸 다 알려고 하네."

박미애는 표독스럽다 싶게 쏘아붙여 버렸다.

"그래, 혼인은 언제 하니?"

최순덕이 부러운 기색을 감추지 못하고 물었다.

"졸업하면 곧."

"그럼 혼인 예물도 정해졌겠구나?"

"다이야반지."

"뭐야!"

최순덕은 커피잔을 칠 만큼 소스라치게 놀랐다.

"진주반지도 아니고 다이아반지라니 너무 기막히다, 얘. 작위라도 받은 귀족이니?"

한옥주가 하르르 한숨을 쉬며 물었다.

"너 정신 있니? 작위가 그리 영광으로 보여?"

"왜 갑자기 우국지사처럼 그러니?"

한옥주의 얼굴이 무색해졌다.

"장남이니?"

최순덕이 정신을 수습한 듯 물었다.

"아니, 차남."

"저걸 어쩌. 어찌 그리 알짜로 골랐니. 그만 묻자. 나 열통 터진다."

최순덕이 의자에 등을 부려버렸다.

"체, 물어볼 것 다 물어보고선 뭐. 마지막으로 한 가지만 더 묻자. 시집은 어디니?"

"응, 저기 전라북도 전준데, 개업은 서울서 해."

"옥주야, 우린 어떡허니?"

최순덕이가 울상을 지었다.

"순덕아, 우린 밥통들이다."

한옥주가 어깨를 들까불렀다.

그러나 박미애가 한 거의 모든 말은 사실이 아니었다. 다만 간절히 바라고 있는 희망사항일 뿐이었다.

한편, 졸업을 앞두고 송가원은 결혼문제로 심각한 고민에 빠져 있었다. 박정애와 민동환의 사이에 끼여 어찌해야 좋을지 알 수가 없었다. 박정애와 민동환은 서로 자기네 동생과 짝을 지으려고 너무 적극적으로 나서고 있었다.

한쪽부터 정리를 하려고 민동환에게 박정애네와 얽힌 사정 이야기를 털어놓았다.

"자네 그 여잘 사랑하나?"

민동환의 저돌적인 물음이었다.

"글쎄……."

"무슨 책임질 일 저질렀나?"

"아니."

"그럼 간단하잖은가. 조건대로 학비를 갚아버리면 되는 거지."

민동환은 이런 식으로 밀어붙이고 들었다. 혹 떼려다가 오히려 혹 붙이는 격이 되었다.

"우린 참 귀하고 멋진 인연이에요. 허탁 씨와 송중원 씨와 나, 그리고 그 인연으로 연결된 송가원 씨. 이건 아무리 생각해도 우연이 아니에요. 하늘이 내린 소중한 인연이에요. 서울 어디든 마음에 드는 곳에 병원을 차리도록 해요. 장소만 정하면 아주 멋들어지게 꾸며줄 테니까. 하얀 가운을 입은 가원병원 원장 송가원 씨, 생각만 해도 너무 근사해요. 우리 어서 그 모습을 보도록 합시다."

박정애는 그 성격답게 이렇게 노골적으로 말하며 몰아댔다.

생각다 못해서 피신하고 다니는 허탁을 만났다.

"박정애 씨가 자넬 동생 신랑감으로 탐내는 건 하나도 나쁠 게 없네. 그야 자유의사니까. 허나 자넨 그 문제를 놓고 조금치도 나를 의식하진 말게. 박정애 씨가 나나 자네 형을 연결시키는 것이야 박정애 씨가 구사하는 작전의 일환일 뿐일세. 또, 만약 자네가 그 뜻을 거부했을 때 박정애 씨와 나 사이가 틀어진다면 그거야 박정애 씨의 그만한 인품이니까 내 입장이 난처해지거나 서운할 건 없네. 여러 말 할 것 없이, 결혼문제는 일평생의 문제야. 모든 문제는 자네의 판단에 따라 자네가 결정하게."

허탁 선배의 말은 냉정할 만큼 분명했다.

이렇게 되고 보니 더 이상 의논할 사람도 없었다. 아니, 허탁 선배의 말마따나 자기 자신의 문제지 누구에게 의논해서 될 일이 아니었다. 결국 문제는 두 여자가 다 마음에 들지 않는다는 데 있었다. 박미애는 언니만큼도 못 되는 아주 곤란한 여자였다. 언니는 그래도 사회주의자를 짝사랑하며 위험을 무릅쓰고 돕는 헌신성을 가지고 있었다. 그런데 박미애는 어떻게 된 것이 사회문제에는 털끝만큼도 관심이 없고 보석이며 외제 옷 같은 것에만 온통 정신이 팔려 있는 천박한 속물이었다. 그 속물근성을 평생 겪어야 한다고 생각하면 소름이 끼쳤다. 그런데 민동환의 여동생은 두어 번 인사를 나누었을 뿐이니까 속마음이 어떤지 알 수가 없고, 그 인상이 전혀 마음에 끌리지 않았다. 못생긴 것도 아닌데 얼굴에 싸늘한 냉기가 흐르는 것이 영 정이 붙지 않았다. 두 여자를 젖히고 다가드는 얼굴이 있었다. 옥비였다.

송가원은 양쪽에 어물어물 미뤄가면서 졸업식날을 맞이할 수밖에 없었다.

졸업식장을 나오는 송가원에게 두 여자가 꽃다발을 안겼다.

"축하해요. 정말 멋있어요."

박정애가 꽃다발처럼 화려하게 웃으며 악수를 청했다.

"축하드립니다."

한껏 멋을 부린 박미애가 언니 옆에서 고개를 까딱했다.

"근데 어떻게 된 일이죠? 형님을 여기서 만나뵐 줄 알았는데 아무리 찾아도 안 보이니."

박정애가 의아스러워했다.

"며칠 전에 편지로 축하받았습니다."

"편지요? 왜, 또 더 아픈가요?"

"아니오. 보호조처 때문에요."

"보호조처?"

"경찰 말입니다."

"저런 못된 놈들. 아주 창살 없는 감옥을 만들었군."

"언니, 누가 듣겠어."

박미애가 언니를 쿡 찔렀다.

"예, 잊어버리세요."

송가원은 떨떠름하게 웃었다.

"송가원 씨, 형님 말고 이 졸업식을 누가 가장 축하하는지 아세요?"

"글쎄요……."

박정애 자기라고 해주기를 바라는 것 같아서 송가원은 대답을 어물거렸다.

"글쎄요라니, 본인이 알면 무척 섭섭해하겠는데요?"

"아, 허탁 선배 말씀입니까?"

"예에, 이제 맞혔으니 됐어요. 보고 싶지 않으세요? 허 선배는 보고 싶어하던데."

"왜요, 보고 싶지요."

"그럼 잘됐어요. 허 선배랑 함께 우리 축하파티 해요."

"그럴 수가 있습니까?"

"물론. 좋은 장소를 물색해 놨어요."

"아니, 아까부터 뭘 그리 찾으세요? 누구 또 올 사람 있어요?"

박미애가 쏘는 듯한 어조로 물었다.

"아, 아니, 아닙니다."

송가원이 당황스럽게 얼버무렸다.

박정애가 동생을 빠르게 쏘아보았다.

"갑시다, 어디 가서 차나 마시면서 얘기하다가 파티장소로 가게."

박정애가 발을 떼어놓았다.

"예, 그러지요."

송가원은 걸음을 옮기면서도 다시 한 번 사람들 쪽을 휘둘러보았다. 그러나 옥비는 보이지 않았다. 왔다면 옥비가 먼저 자신을 찾았을 거였다. 그저 웃기만 했을 뿐이지만 올 것 같은 기색이었는데 이상한 일이었다.

박미애는 그런 송가원에게 눈을 흘기며 입을 삐죽거리고 있었다.

송가원은 파티라는 것을 한 이후로 며칠째 참담한 기분에 빠져 자취방에만 박혀 있었다. 그런데 뜻밖에도 옥비가 찾아왔다.

"아니, 어쩐 일이오? 정작 졸업식날에는 오지도 않고."

송가원은 반가움과 당혹감이 엇갈리는 감정으로 옥비를 맞이했다.

"그럴 일이 좀 있어서……."

옥비는 슬픈 듯한 웃음을 희미하게 흘리며 치마를 모아잡고 앉았다. 계절에 어울리게 받쳐 입은 연한 유록색 치마저고리에서는 상큼하고 싱그러운 봄기운이 돋아나고 있었고, 쭉 곧은 흰 가리마와 탐스럽게 큰 쪽에 꽂힌 은비녀는 옷과 함께 어우러져 아리따운 옥비의 자태를 자아내고 있었다.

송가원은 옥비의 그 눈 시리고 가슴 저리는 모습을 옆눈길에 담으며 다시금 참담한 감정의 계곡으로 추락하고 있었다.

"공허 스님한테서는 아무 소식도 없으시오?"

송가원은 담뱃갑을 끌어당기며 손님 대접을 위한 말거리를 찾고 있었다.

"예……, 근디 다른 것이 아니고, 요것이 2천 원인디, 학비 빚진 것얼 갚으시라고…… 졸업 전에 해올라고 애썼는디……."

옥비는 손가방에서 한지에 싼 것을 내놓았다. 그녀의 목소리는 낮았고 고개는 수그러져 있었다.

"아니, 그게 무슨 소리요? 내가 학비 빚진 것을 어떻게 알았소?"

송가원의 목소리는 떨리고 격했다.

"그만 가겠구만요."

옥비는 서둘러 일어섰다.

"아니오, 도대체 그걸 어떻게 알았소?"

충격과 혼란에 빠진 송가원은 벌떡 일어나며 옥비의 앞을 가로막았다.

"암것도 묻지 마시고……."

옥비가 애원하듯 송가원을 쳐다보았다. 그 눈에 눈물이 핑그르 돌아 있었다.

송가원의 뇌리에 순간적으로 떠오른 것은 박정애와 박미애였다. 그러나 다시 혼란에 빠졌다. 그들과 옥비가 연관지어지지 않았던 것이다. 민동환이 떠올랐다. 그러나 민동환이 그럴 사람은 아니었다.

옥비가 방을 뛰쳐나갔다.

"옥비, 이것, 이것……."

송가원은 돈뭉치를 집어들며 다급하게 더듬거렸다.

송가원이 돈뭉치를 들고 밖으로 나갔을 때는 옥비는 비탈길을 마구 뛰어 내려가고 있었다. 큰길과 만나는 비탈길 어귀에는 인력거가 머물러 있었다.

다 틀렸어……, 다 틀렸어…….

비탈길을 위태롭게 뛰어 내려가고 있는 옥비의 뒷모습을 송가원은 멍하니 바라본 채 그 말을 질정없이 뇌고 있었다.

옥비를 붙들어 돈을 가져가게 해야 한다는 생각은 너무나 뚜렷했다. 그러나 눈 하나 가득 찼던 눈물이 그 생각을 허물어버렸다.

그 눈물 앞에서 차마 그 이야기를 털어놓을 수가 없었다.

옥비는 기다리던 인력거를 타고 떠나갔다. 송가원은 그날 밤을, 아니 그 다음날 아침을 생각하며 짙은 한숨을 토해냈다.

방으로 들어선 송가원은 돈뭉치를 떨어뜨리며 쓰러지듯 벌렁 누웠다. 두 손으로 얼굴을 가리며 눈을 질끈 감았다. 그날 아침의 기억은 떼치려고 하면 할수록 더 강하게 밀려들었다.

이미 엎질러진 물이고 깨진 항아리였다. 벗어날 수 없는 족쇄였고 빠져나올 수 없는 함정이었다. 그것은 계획적인 일이었다. 그 인가가 먼 별장, 그 독한 양주, 허탁 선배까지 동원한 것은 완벽한 음모였다. 그럼 허탁 선배도 음모에 가담한 것일까……? 아니다, 그럴 사람이 아니다. 허탁 선배는 이용당한 것일 뿐이다. 허탁 선배는 내 졸업을 진심으로 축하한 것뿐이고, 그 들뜬 분위기를 박정애와 박미애는 빈틈없이 이용한 것이었다. 아침에 정신을 차려보니 발가벗은 박미애가 옆에 누워서 자고 있었다.

"허 선배님은 새벽에 떠났어요. 가원 씨 술이 풋술이라고 흉보던데요?"

목적을 달성해 통쾌하다는 듯 박정애가 깔깔대고 웃었다.

풋술……, 그 말을 되씹고 되씹었다. 거기서 또렷하게 씹히는 알맹이가 두 가지 있었다. 이놈아, 술을 아무리 많이 마셔도 정신을 차려야지 하는 힐책이었다. 그리고 또 하나는, 허 선배는 자신과 같은 실수를 하지 않았다는 점이었다.

"……여러 말 할 것 없이, 결혼문제는 일평생의 문제야. 모든 문제는 자네의 판단에 따라 자네가 결정하게."

허탁 선배의 말이 쟁쟁하게 떠오르고 있었다.

결국 졸업식에 피붙이 하나 오지 못했다는 감상에 빠져 술을 마셔대기 시작했던 것도, 시국 이야기로 허탁 선배와 함께 감정이 고조되어 가면서 더욱 폭음을 해댄 것도, 술을 이겨내지 못하고 정신을 놓쳐 일을 저지른 것도 모두 자신의 책임일 수밖에 없었다.

그따위로 일을 망쳐놓고 학비빚을 갚으라고 돈을 가져온 옥비에게 도저히 그 이야기를 꺼낼 수가 없었다. 그런데…… 옥비가 어떻게 학비빚을 알게 되었는지 종잡을 수가 없었다.

한편, 옥비는 인력거 안에서 줄곧 눈물짓고 있었다. 그날을 생각할수록 서러움이 사무쳤다.

"흥, 내가 하루이틀 뒤를 밟은 줄 알아요? 둘이 양화점에 들어간 날 이후로 뒤를 밟느라고 학교공부도 다 망칠 지경이 됐어요. 그분하고 나하곤 어떤 사인 줄이나 알아요? 우린 혼약한 사이예요. 그래서 우리 집에서 의학부의 비싼 학비며 생활비를 전부 대고 있어요. 기생술판에서 창을 해먹으면 고이 창이나 해먹고 살 일이지 주제넘게 어디다 대고 꼬리를 치고 덤벼, 덤비길. 한 번만 더 그분 만났다간 가만두지 않을 테니까 똑똑히 명심해."

박미애라고 했다. 학비를 도움받고 있다는 것을 의심하지 않았다. 집안이 내려앉았다는 말과 함께 공허 스님은 용돈 부탁을 했었던 것이다. 그러나 학비를 대주는 조건으로 혼약을 했다는 것은 믿을 수가 없었다. 그건 박미애라는 범절 모르고 천스럽고 야한 상대한테서 느낀 여자로서의 직감이었다.

창이나 해먹는 것? 꼬리를 쳐? 가만두지 않는다고?

옥비는 이를 앙다물었다. 학비를 갚게 해서 박미애의 음흉한 속셈을 깨뜨려버리고 싶었다. 아니, 송가원을 그 못된 여자의 올가미에서 벗어나게 해주고 싶었다. 야하게 양멋이나 냈지 그리도 상스럽고 보배운 데 없는 여자가 그분의 아내가 된다는 것을 그냥 보아넘길 수가 없었다. 그렇다고 자신이 그 자리를 넘보거나 탐할 생각은 털끝만치도 없었다. 첫 대면에서 마음이 휘둘리고 사로잡혔지만 담담하게 감정을 다스렸던 것이다. 자신은 이미 몸이 망쳐진 처지였던 것이다. 몸이 더럽혀지지 않았더라도 감히 오르려고 하지 않을 나무였는데 몸까지 더럽혀 스스로 댕기머리를 걷어올린 신세였으니 가슴 뒤흔드는 뜨거운 감정도 어렵지 않게 쓰다듬어 숨죽일 수 있었다. 그러나 응달에서 피움하는 사모의 정까지 포기한 것은 아니었다. 그분이 마음 열고 팔 벌려주기만 한다면 응달의 연정이나마 달게 꽃피우리라 했었다.

박미애에게 당한 수모를 사리물고 큰돈 구하는 데 눈독을 들이기 시작했다. 소리 속을 알고, 재산 많고, 마음이 후한 사람을 찾아야 했다. 고급 기생술판에서 노니는 남자들 중에 재산 많은 사람들은 적지 않았다. 그러나 재산이 많은 사람들은 색탐이 크기는 했지만 마음이 후하지를 못했고, 소리 속을 아는 사람은 더 드물었다. 재산이 많으면서 소리 속을 알면 자연히 소리꾼에게 마음이 후해질 수밖에 없었다. 그 세 가지가 어우러진 사람을 찾으려고 긴

날들이 조바심 속에서 타들어갔다. 경상도 진주 부자 이병연을 만날 때까지 몇 달 동안 속병이 생길 지경이었다.

송가원은 돈을 은행에 저금해 놓고 막연하게 공허 스님 나타나기만을 고대할 수밖에 없었다. 스스로는 도저히 돈을 돌려줄 용기도 체면도 없었던 것이다. 옥비의 처지에서 그런 거액을 어떻게 구했을까를 생각하면 더 만나기가 어려워졌다.

박미애 쪽에서는 아주 마음 놓고 혼인준비를 추진해 나아가고 있었다. 박미애는 이제 언니를 젖혀놓고 병원 자리부터 보러 다니자고 성화였다. 마치 개선장군처럼 당당해지고 도도해진 박미애의 꼴을 보기가 역겨워 송가원은 그녀를 만나는 것을 될 수 있는 대로 피했다. 박미애는 혼전에 정조를 망친 것에 대해 조그만치의 부끄러움이나 쑥스러움 없이 오히려 위협적인 무기로 휘두르고 있었다. 그 뻔뻔스러움이 함정을 판 음모와 겹쳐지면서 얼굴 대하기가 싫었던 것이다.

혼인날은 가까워오고, 송가원은 더 미룰 수가 없어 민동환에게 연락을 했다. 싸구려 술집에서 술기운을 빌려 혼인할 수밖에 없게 된 사연을 털어놓았다.

"참, 그러게 내가 뭐래던가. 빨리빨리 처리하랬지. 어쩔 수 없지. 서로 인연이 안 닿는 거니까. 허나, 형님 모시고 잡지 하려는 일까지 이런 식으로 망치진 마세. 그땐 나도 안 참을 거니까."

민동환은 억지로 웃는 모습을 보였다.

송가원은 박미애와 건건이 의견충돌을 일으켰다.

"집에서 다이야반지를 해주기로 했으니까 가원 씨는 우리 친구들 만나면 가원 씨가 해준 것으로 해야 돼요."

"뭐요? 그리 못하겠소."

"아니, 해주지도 못하면서 무슨 오기예요?"

"오기가 아니라 그따위 거짓말은 하기 싫다 그거요."

"그게 무슨 거짓말이에요. 서로 체면을 세우자는 거지."

"아직까지 거짓말 뜻이 뭔지도 모르고 있소? 사실이 아닌 걸 사실인 것처럼 꾸며대는 건 모두 거짓말이오. 그리고 그따위로 체면 세우는 가식은 나는 죽어도 싫소."

"참 잘나기도 했군요. 그럼 어쩔 거예요?"

"금반지를 끼시오. 나도 금반지 정도는 해줄 수 있으니까."

"몰라요, 나 가겠어요."

박미애는 부르르 성질을 내며 돌아섰다. 그러나 송가원은 붙들지 않았다. 그 못돼먹은 속물근성을 뜯어고치고야 말겠다고 생각하며.

"빨리 병원 자리 보러 다녀요."

"필요 없소. 아직 수련과정이 남았으니까."

"미리 자리를 잡아두면 될 거 아니에요."

"그럴 필요 없소."

"왜요? 혼인시키는 기분에 들떠 있을 때 받아야 한푼이라도 더 많이 받는단 말예요."

"글쎄, 난 개업을 해도 서울에서 할 생각이 없고, 처가 덕을 보고 싶지 않소."

"뭐, 뭐라구요? 그럼 어디서 개업할 건데요? 개업은 무슨 돈으로 하구요?"

"개업은 고향 쪽으로 가서 할 거고, 돈이야 취직해서 벌어가지고 하겠소."

"아이고 엄마, 나 미치겠네. 가원 씨, 똑똑히 들어요. 그건 처가 덕이 아니라 내가 당당히 받을 상속분이라구요."

"흥, 여자한테 상속도 하고 인심 좋은 집안이군. 그럼 미애 씨가 받아 쓰면 될 거 아니오."

"나한텐 직접 안 준단 말예요."

"내가 말해 주겠소."

"누굴 놀려요, 지금? 나 가요."

결국 박정애가 나서서 병원 자리 얻기를 종용했다. 그러나 송가원은 끝까지 뜻을 굽히지 않았다. 처가 덕을 본다는 것 자체가 몹시 비위에 거슬렸고, 그런 조건으로 얽어 자신을 함정에 빠뜨린 박정애와 박미애에게 보복을 하고 싶었던 것이다.

"남자다워서 좋아요. 허지만 고생하면 후회할 거예요."

박정애가 쓰게 웃었다.

"의사 월급이 얼마나 많은지 아십니까? 자취생활에 비하면 너무 호화롭게 살게 될 겁니다."

송가원은 쥐어박듯이 말해 버렸다.

"미애가 고생될 건 안 생각해요?"

"허영과 사치를 버리면 고생될 게 없지요."

"고집불통에 푸로레타리아적 사고방식까지 가졌군요. 그럼 뜻대로 해요."

앞서 나가는 박정애를 보며 송가원은 속으로 통쾌하게 웃어제쳤다.

공허 스님은 혼례식이 지난 다음에야 나타났다. 송가원은 그동안 일어났던 일들을 다 털어놓고 돈을 옥비에게 좀 전해달라고 부탁했다.

"그려, 자네도 짐작했능가 모르겠네만, 옥비가 그 큰돈얼 맨글자면 어떤 한량헌티 신세럴 맽긴 것인디, 일이 다 삐그러지기넌 혔어도 옥비으 그 깊은 맘언 자네가 잊어부러서넌 안 될 것이네 잉."

"예⋯⋯."

송가원은 고개를 떨구었다. 돈을 두고 나가는 옥비의 눈에 그렁거렸던 눈물의 의미가 가슴을 치고 있었다.

얼마쯤 지나 송가원은 민동환의 만나자는 연락을 받았다.

"다른 게 아니고 자네가 앞장서 형님을 좀 뵈러 가게 해주게."

민동환의 말이었다.

"자네 정말 잡지를 하려나?"

송가원은 조금 걱정스러운 마음으로 민동환을 바라보았다.

"나도 뭔가를 해야 될 것 아닌가. 만석꾼 자식 그냥 놀고먹으면 그 갈 길이 주색잡기에 패가망신이란 걸 잘 알지?"

"뜻은 좋은데 돈 없애고 고생하고 그럴까 봐 걱정이군."

"그런 걱정일랑 말게. 나 솔직하게 하는 말인데 말야, 잡지사 발행인이면 사회명사 아닌가? 사회명사 명함 갖는 데 그만한 돈 없애는 거야 아까울 것 없잖은가. 그리고 형님께서 편집을 책임지시고 내용을 알차게 만들어나가면 사회에 공헌도 하고 말야. 양수겸장이 바로 그거 아니겠어?"

민동환은 솔직하게 말한 만큼 구김살 없이 웃었다. 거창하게 말을 꾸며대고, 되지 않게 큰일이나 하는 것처럼 으스대는 것보다는 그 솔직함이 송가원은 더 든든하게 느껴졌다.

"잡지 성격이나 내용은 정했나?"

"글쎄, 문학을 중심으로 해서 종합잡지를 만들면 어떨까 싶은데 이건 그저 막연한 생각이고, 구체적인 것이야 형님하고 상의해서 결정해야지."

"헌데, 서울에도 능력자들이 얼마든지 많을 텐데 왜 하필 우리 형님이지?"

"그건 자네가 모를 대목이지. 물론 서울에 문필가 문학가 편집경력자들 많지. 그런데 자네 형님하고 그 사람들하고 다른 점이 뭔지 아나? 자네 형님은 두 번씩이나 감옥생활을 한 투쟁경력의 소유자야. 그 사람들 대부분은 그런 경력이 없고, 한 번쯤 겪은 사람이 몇 명 있을지 모르지. 난 형님이 가진 그런 의지가 편집책임자로서 적임이라고 생각하네. 자네와 나와의 관계는 1퍼센트 정도 작용했을 거네. 이해가 되나?"

"그 잡지 잘못하다간 매냥 판금당하겠군."

이렇게 말을 하면서도 송가원은 민동환에게 고마움을 느끼고 있었다. 형의 그런 경력은 현실적으로 기피사항이면 기피사항이었지 환영받기 어려웠고, 형은 정신적인 회복을 위해서도 생활환경을 바꿀 필요가 있었던 것이다.

　"이사람아, 형님이나 나나 잡혀 들어가지 않을 선에서 판금을 당해야 잡지가 유명해져."

　"아이고, 벌써 경영자 다 되셨네. 그래, 월급은 많이 주려나?"

　송가원은 농담조로 물었다.

　"당연하지. 생활보장을 시켜드려야지."

　"고맙군."

　"이사람아, 정떨어지게 그런 말 말어. 언제 가려는가?"

　"자네 좋은 날에."

　"그래, 그럼 모레가 어떤가?"

　"그러세."

　"청은 들어주시겠지?"

　"그건 염려 말게. 내가 강제로라도 움직이게 할 테니까."

　"고맙네."

　"이사람아, 정떨어지게 그런 말 말어."

　둘이는 마주 보며 소리내서 웃었다.

47

혁명은 외로운 것

땡볕이 쏟아지고 있는 푸른 들녘을 자동차가 달리고 있었다. 그건 덩치 큰 짐차가 아니라 고급 승용차였다. 들녘의 초록빛 물결 속에서 그 검정 승용차의 모습은 유난히 도드라져 보였다.

"하이고, 우리넌 숨맥혀 죽겄는디 저 잡것언 얼매나 시언헐고 이."

논에서 피를 뽑고 있던 여자가 땀을 훔치며 멀리 달리고 있는 승용차를 바라보았다.

"빌어묵을 놈, 간이 사리살살 녹겄제."

"간만 녹아? 매가리없이 처진 늙은 붕알도 신선놀음이제."

"저사람 헛소리허는 것 잠 보소. 저놈 붕알이 누가 매가리없이 처졌다고 그려? 요분참에 열다섯 살 묵은 첩얼 시 번찌로 딜였단 말 듣지도 못했능감?"

"갸럴 50원 빚에 뺏어왔담서?"

"이자꺼정 치면 80원이라데."

"이자야 고것이 무신 빚이여? 있는 놈덜이 없는 사람덜 등치고 간 꺼내묵을라고 즈그 멋대로 정헌 것인디."

"갸가 영판 이쁘담서?"

"춘향이 찜쪄묵게 생겼다등마."

"근디 날이 날마동 울어쌌는다데."

"어찌 안 그렇겄어. 그 나이에 시집얼 간 것도 아니고 억지로 붙들려 와갖고 밤마동 늙은 왜놈헌티 못헐 일 당허자니 고것이 사람 살 일이여."

"갸도 갸고, 그 부모 맴이 얼매나 씨리고 에리겄어."

"그 부모네년 만주로 떴다등마."

"으쩌끄나! 그렇게 더 울어쌓능구마."

"하여튼지 간에 저놈이 쳐죽일 놈이여."

"저런 껍데기럴 뒤집을 놈이 천벌얼 안 받고 사니."

"시장시런 소리 말소. 어느 시상이고 악독헌 놈덜만 잘사는 것이 시상사 아니드라고."

"저 오살헐 놈이 타고 댕기는 저 자동차 하로 지름값이 얼맨지나 아능가, 자네덜. 하로에 대두 한 말 값이여, 대두 한 말!"

"머시여? 대두 한 말! 누가 그려?"

"누구년 누구여. 그 도리우찌 삐까닥허니 쓰고 댕기는 싹수없는 운전수놈이 까바시는 주딩이제."

"아이고메, 저런 사지럴 찢어죽일 놈이 우리 피 다 빨고, 우리 등골 다 빼묵네."

"저놈 누가 칵 안 죽이는가!"

"아이고, 그런 꿈도 꾸지 말소. 그간에 그런 맘 묵은 사람덜 다 경찰에 잽혀갔응게."

"아이고, 천불이야. 차나 꽉 엎어져 뿌러라."

품앗이하고 있는 다섯 여자는 해도해도 분이 풀리지 않아 또 험담과 욕 들을 한바탕 해대며 더위를 이겨낼 기운을 차리고 있었다.

여자들이 바라는 것과는 달리 자동차는 들판길을 잘도 굴러 죽동마을 앞에 이르렀다. 차가 멈추자 누군가가 잽싸게 뒷문을 열었다. 차에서 거드름을 피우며 내린 것은 하시모토였다. 그가 내리자마자 도열하듯 서 있던 예닐곱 명이 허리를 반으로 꺾는 일본식 인사를 했다. 턱끝으로 인사를 받은 하시모토는 마을 쪽으로 날카로운 눈길을 돌렸다.

"예, 예, 가시지요."

농감이 연상 허리를 굽히며 길을 안내했다.

당산나무 아래에는 열 명쯤의 젊은 남녀들이 서성거리고 있었다. 그들 옆 한쪽으로는 여행가방 같은 것들이 수북하게 쌓여 있었다.

"에에 또, 자네들이 농촌계몽 나온 학생들인가?"

하시모토가 지팡이끝을 휘저으며 젊은이들에게 물었다. 땅을 짚는 지팡이끝으로 사람들을 싸잡아 지목하는 태도는 더없이 오만하고 방자해 보였다.

"예, 그렇습니다."

남학생 하나가 앞으로 나서며 대답했다.

"나는 이곳 농장의 경영주다. 내 농장에서는 여하한 일이 있어도 계몽활동을 할 수가 없다. 절대 용납할 수 없으니 당장 물러가라!"

하시모토는 살벌하게 명령했다.

"예, 그 말 들었습니다만 저희들은 순수한 뜻에서 농민들을 돕고자 합니다."

"잔소리 마라. 내 소작인들은 다 내가 알아서 한다. 당장 내 농토에서 떠나라."

"그렇지만 농민들은 바라고 있습니다."

"귀가 먹었나! 내 소작인들은 내가 알아서 한다니까."

하시모토는 버럭 소리쳤다.

"죄송합니다만, 농토는 선생님 소유일지 모르나 소작인들까지 선생님 소유는 아니지 않습니까."

"건방진 놈, 어디다 대고 그따위 소리야. 너 경찰서 유치장 맛을 봐야 정신 차리겠어? 네놈들 아니라도 총독부에서 실시하는 농촌진흥운동으로 족해. 이봐, 저놈들을 몰아내!"

하시모토는 고개를 돌리며 명령했다.

"예, 알겠습니다." 농감은 허리를 굽히고는, "얘들아, 저놈들 몰아내라." 자기 옆에 둘러선 젊은이들에게 일렀다.

불량기 띤 젊은이들이 학생들을 향해 우르르 몰려갔다.

"이거 이러지 말아요. 우리 발로 걸어갈 테니까!"

학생이 젊은 패거리에게 내질렀다.

젊은 패거리는 주춤 멈춰섰다.

"여러분, 다들 떠납시다."

대표의 말에 다른 학생들이 가방을 집어들기 시작했다.

"세상에, 이런 데가 다 있네."

여학생이 한숨을 푹 쉬었다.

"그러니 소작인들이 얼마나 고달프겠어."

다른 여학생이 혀를 찼다.

"저놈 차 타고 다니는 것 보시오. 얼마나 지독하게 착취를 했으면."

남학생이 침을 내뱉었다.

"농촌에 저런 고급 차가 굴러다니다니, 도저히 믿을 수가 없어."

다른 남학생이 고개를 내둘렀다.

학생들은 뙤약볕 속을 걸어 마을을 떠나갔다.

그들은 하기방학을 이용해서 농촌계몽활동을 나온 것이었다. 농촌계몽활동은 3년째를 맞고 있는 사회운동이었다.

"저놈들이 딴 부락으로 가면 안 되니까 따라가서 우리 땅에서 완전히 몰아내도록 해. 저것들이 공산주의자들하고는 다르지만, 그래도 저것들이 거쳐가면 어디서고 소작쟁의가 더 일어난단 말야. 무슨 소린지 알겠나?"

하시모토는 농감을 노려보았다.

"예, 깨끗하게 몰아내겠습니다."

농감이 돌아서며 젊은 패거리에게 따라오라고 손짓했다. 그들이 우르르 몰려갔다.

"이 더러운 조센징새끼들! 가라, 가라!"

운전수가 자동차 옆에 모여든 아이들을 향해 일본말로 내뱉으며 잎 달린 나뭇가지를 휘두르고 있었다.

열댓 명의 아이들은 회초리질을 요리조리 피해가며 차 옆을 떠날 기색을 전혀 보이지 않았다. 그도 그럴 것이 그 신기한 자동차라는 것을 먼발치로만 보았지 그렇게 가까이에서 보기는 처음이었던 것이다.

"봐라, 봐라, 니 얼굴이 개떡맨치로 납짝허니 퍼졌다. 히히히……."

"그려, 니 얼굴도 안 그러냐, 킥킥킥……."

아이들은 번들번들 윤기 나는 차체에 비치는 자기네 얼굴을 보며 그리 즐거운 것이었다.

"저것 타먼 호시가 기맥히게 좋담시로?"

"하면, 인력거고 자전거넌 댈 것이 아니랴."

"나넌 후제 커서 운전수 될란다. 글면 얼매든지 호시 탈 수 있응게."

"나도!"

"나도!"

"좆만 새끼덜아, 나가 맡은 것이여!"

"아무나 먼첨 되는 것이 임자제."

"씨발놈, 까불래."

"좋아, 붙어볼래?"

두 아이는 곧 싸움이 붙을 기세였다.

그런데 아이들은 운전수를 놓고 다투었을 뿐 자동차를 가질 생각은 못하고 있었다. 하시모토 같은 부자, 그건 너무 어마어마하고 까마득하게 높아 그들은 아예 꿈조차 꾸지 못하는 모양이었다.

삼베옷을 걸친 아이들의 모습은 남루하기 이를 데 없었다. 감물 얼룩이 든 삼베옷이나마 위아래 갖추어 입은 아이들은 몇이 안 되고, 나머지 아이들은 갈비뼈 드러나고 배만 불룩한 윗몸을 맨살 그 대로 드러내놓고 있었다. 그리고 검정고무신이나마 신은 아이는 하나도 없고 거의가 맨발이었다. 그 가난한 모습과 번들거리는 자동차는 좋은 대조를 이루고 있었다.

하시모토는 당산나무 그늘에서 쥘부채를 하늘거리며 가늘게 뜬 눈으로 들녘을 바라보고 있었다. 그의 머리카락은 희끗희끗했고, 살도 많이 불어나 있었다. 그에게도 세월은 어김없이 얹힌 것이었다. 그는 말을 쏘아죽인 다음에 차를 사들였던 것이다. 옛날에는 요시다에게 지고 싶지 않았던 것이지만 기왕 말을 없앤 마당에 그 대상을 바짝 올려잡기로 했던 것이다. 그 일대에서 고급 승용차를 타는 것은 단 한 사람, 군산부윤이었다. 그와 똑같은 차종을 사들였다. 재력으로 보나 나이로 보나 그와 맞먹지 못할 것이 없었던 것이다.

"면사무소로."

하시모토는 차에 오르며 운전수에게 일렀다.

면사무소를 찾아가 농촌진흥운동의 강연회를 강화시킬 작정이었다. 학생들을 쫓아냈다고는 하지만 안심이 되지 않았다. 그것들이 주변에서 설쳐대며 그놈의 계몽바람을 일으키면 그 영향이 자신의 소작인들에게 안 미칠 수 없었다. 학생놈들이 야학을 열어 한글을 가르친다 어쩐다 하는 것도 문제인데, 더 문제는 그놈들이 팔다리를 걷어붙이고 나서서 농사일을 거드는 것이었다. 농사지어 보지 않은 놈들이 거들어봐야 오죽할까마는 그게 소작인들의 마음을 사는 효과를 발휘했다. 자신의 소작인들이 그걸 부러워하며 마음이 흔들리게 방치해서는 안 되었다. 말은 채찍질을 할수록 잘 달리듯 아랫것들은 딴생각을 못하도록 그저 조이고 닦달하는 것이 최고였다. 학생놈들의 바람을 막자면 매일 밤 동네마다 강연회를 열게 할 수밖에 없었다.

다음날 밤부터 하시모토의 논을 소작 부치고 있는 사람들은 남녀 가릴 것 없이 동네 단위로 마을회관이나 타작마당에 모여 강연을 들어야 했다. 강연에 나선 사람들은 면사무소 주재소 금융조합의 간부급과 보통학교 교사들이었다. 농촌진흥운동은 금년 3월부터 총독부에서 전국에 걸쳐 본격적으로 추진하는 사업이었으므로 하시모토는 그야말로 손 안 대고 코 푸는 셈이었다.

"우가키 총독각하께서는 농민들이 잘살게 하기 위해서 농촌진흥정책을 세우시고 그 운동을 적극 전개토록 하셨습니다. 총독각하께서는 잘사는 농촌, 굶는 사람이 없는 농촌을 만들기 위해 다음 세 가지 목표를 세우셨습니다. 첫째 춘궁퇴치입니다. 다시 말해 봄철에 굶는 보릿고개를 없앤다 그겁니다. 둘째 차금퇴치(借金退治)입니다. 이건 돈을 빚내 쓰는 것을 없앤다 그런 말입니다. 셋째 차금예방입니다. 돈을 빌려쓰는 것을 미리 막는다 그런 뜻입니다. 그럼 이 세 가지 목표를 어떻게 이룰 수 있느냐 하는 것입니다. 그것은 바로 자력갱생으로 이룰 수 있습니다. 자력갱생이란 농민들 스스로가 힘쓰고 노력해서 생활을 새롭게 일으켜야 한다 그런 말입니다. 그럼, 지금까지의 조선사람들은 어땠는지를 살펴볼 필요가 있습니다. 조선사람들의 가장 나쁜 점은, 첫째 부지런하지 못하고 게으른 것입니다. 둘째 미개하고 무지하여 머리를 쓸 줄도 모르고 아는 것이 모자랍니다. 셋째 나라를 위하여 한마음 한뜻으로 뭉치지를 못합니다. 이 세 가지 점만 고치면 여러분들은 금방 배곯지 않고 잘살 수 있게 됩니다. 그럼 그것을 어떻게 고칠 것인가. 그건 간단합니다. 일본사람들을 보고 일본정신과 일본풍습을 익히고 본받으면 됩니다. 그건, 첫째 대일본제국의 신민임을 자각하고 국기 게양을 잘해야 합니다. 둘째 신사참배를 열성으로 잘해야 합니다. 셋째 무슨 일에나 불평불만이나 앞세우고, 남의 험담이나 하면서 게으름을 피우지 말고 일을 부지런히 해야 합니다. 넷째 나라를 위한 세금을 즐거운 마음으로 남보다 먼저 내는 습관을 기르고, 모든 약속을 잘 지켜야 합니다. 다섯째 빨래하는 시간을 절약하고 괜히 힘들게 고생하지 말고 흰옷에 모두 검정물을 들여 입어야 합니다. 이러한 것들을 앞으로 5년 동안 적극적으로 실행하게 되면 여러분들은 빚도 지지 않고 밥도 굶지 않고 잘살게 될 것입니다."

하루종일 불볕 속에서 일에 시달리고 지친 농부들은 모기에 뜯겨가며 그런 강연을 들어야 했다. 그들은 파김치가 된 몸을 가누지 못하고 하품하기에 바빴고, 꾸벅꾸벅 졸다가 혼쭐이 나기도 했다.

그러나 농민들은 일에 지쳐서만 하품을 하고 조는 것이 아니었다. 강연 내용 그 어디에도 귀가 솔깃해지거나 마음을 사로잡는 대목이라곤 없었던 것이다. 그런데 매일 밤 사람을 바꿔가며 똑같은 내용을 되풀이해 대니 자장가가 되지 않을 수 없었다.

1931년 6월에 조선총독이 된 우가키는 '조선 2천만 민심의 향배 거취는 제국의 장래에 있어서 흥망 그 자체라 해도 좋을 것'이라고 결론을 내리고 조선사람들을 확고하게 장악하는 정책을 시작했다. 그 방법은 '조선인들에게 적당히 빵을 제공'하고 '조선인에 대한 일본인의 경멸적 태도를 고쳐서' 내선융화를 도모해 나아가는 것이라고 생각했다. 그 내선융화를 실현하기 위해 내놓은 방안이 농촌진흥운동이었다.

그 5개년계획은 전국의 각 도·군·읍·면 단위로 농촌진흥위원회를 조직하고, 경찰관과 관리들을 동시에 동원하면서 시작되었다. 경찰관과 관리들의 동원은 치안정책과 농업정책을 일치시키자는 것이었고, 그 시도는 바로 해마다 극심해지고 있는 소작쟁의를 사전에 차단하고 근절시키자는 것이었다. 조선사람들의 절대 다수를 차지하는 농민들을 장악하고 길들이지 않고서는 조선지배 자체가 위험하다는 판단에 근거한 것이었다.

그런데 경찰관과 관리들만이 아니라 학교 교사와 금융조합 직원들까지 농민지도자로 동원되었다. 그들은 일장기를 게양해라, 신사에 참배하라, 일찍 일어나고 늦게 자라, 집 안과 골목의 청소를 깨끗이 하라, 여자들도 남자들하고 똑같이 일을 하라, 술을 적게 마서라, 부업을 하라, 옷에 검정물을 들여라, 가락이 느린 조선노래를 부르지 마라, 큰 것에서부터 작은 것까지 하라는 것도 많고 간섭도 많았다.

그러나 조선 전체의 토지 중 60퍼센트를 인구 3.5퍼센트에 불과한 지주들이 차지하고 있었다. 그 땅을 전부 빼앗아 재분배하지 않는 한 총독부가 내세운 춘궁퇴치며 부채정리 그리고 적당한 빵을 제공하는 일이란 애시당초 공염불이고 거짓말이었다.

한편, 정상규도 눈에 불을 켜고 다니며 학생계몽대를 몰아내고 있었다.

"머시여? 아는 것이 심이다, 배와야 산다? 고것이 어떤 시러베아덜놈이 떠드는 소리여. 농새 지묵는 것덜이 일이나 열성으로 허먼 되았제 다 늦게 언문자 배와서 과거급제럴 헐 것이여, 면서기럴 해묵을 것이여. 학상놈덜이 밥 처묵고 배지가 뜨뜻허먼 그늘서 낮잠이나 자빠져 잘 일이제 무신 초친 맛으로 촌에넌 몰켜와 갖고 설레발이여, 설레발이. 야학인지 놀이턴지 벌래놓고 밤잠 못 자게 히서 낮에 낮잠 퍼자 농새일 망치고, 못된 생각이나 귓구멍에 쏘삭쏘삭 혀서 소작쟁의나 허게 맨글고, 요런 빌어묵을 놈덜, 썩 나가그라, 내 땅서 썩 나가!"

정상규는 학생들에게 삿대질을 해대며 고래고래 소리를 질러댔다.

학생들은 어떻게 해서든 버티려고 했지만 농부들이 학생들에게 떠나주기를 바랐다.

"학상덜 고마운 맘 잘 아는디, 학상덜이 저 말 안 들으면 내년에…… 내년에…… 우리 소작이…….”

학생들은 농부들이 차마 입 밖에 내지 못하고 얼버무리는 말을
금방 알아들었다. 계몽한다고 소작인들의 소작이 떼이게 할 수는
없었다. 학생들은 정상규의 농토에서 떠나야 했다.

여름밤의 은하수가 기울 만큼 밤이 깊어져 있었다. 모기들도 풀
벌레들도 잠이 들었는지 밤은 깊은 정적 속에 잠겨 있었다. 저편
어둠 속에서 별똥별이 순간적으로 긴 꼬리를 그리며 반짝했다가
사라졌다.

그림자 하나가 담에서 뛰어내렸다. 담이 꽤 높은데도 아무 소리
가 나지 않았다. 그림자는 안채 쪽으로 빠르게 이동했다. 안방으로
접근한 그림자가 대청마루에 엎드리듯 했다.

“정형, 정도규 형!”

그림자의 낮고 빠른 목소리였다.

방 안에서는 아무 기척이 없었다.

“정형, 정도규 형!”

그림자는 방문까지 찔벅거렸다.

“누, 누구요?”

방 안에서 놀란 목소리가 울렸다.

“정형, 나 안종화요.”

“아니, 안형!”

벌떡 몸을 일으키는 느낌이 밖에서도 여실히 느껴졌다.

"아니, 이 밤중에 누가 왔당가요?"

잠에 취한 여자 목소리였다.

"서울서 친구가 찾아왔소. 당신은 마음쓰지 말고 그대로 자시오. 난 사랑으로 나갈 테니."

낮은 정도규의 목소리가 밖으로 흘러나왔다.

안종화와 정도규는 어둠 속에서 서로 손을 마주 잡았다.

"이게 어쩐 일이오?"

정도규가 물었다.

"쫓기다 보니⋯⋯."

"갑시다, 사랑으로."

정도규가 앞장섰다.

"불은 안 켜는 게 좋겠소. 경찰 감시로 여기도 창살 없는 감옥이니까."

사랑방으로 들어서며 정도규가 말했다.

"여기도요?"

안종화의 목소리에 놀라움이 묻어났다.

"앉읍시다. 출감 이후로 가택연금 상태로 계속 감시당하고 사는 형편이오."

"아, 그래서 서울 걸음을 한 번도 못했군요. 이건 서울보다 더 형편이 고약한데요."

"그럴지도 모르죠. 바닥이 좁고 감시하기가 쉬우니까요."

"그럼 곧 떠야 되겠는데요."

"너무 염려 마세요. 안 동지 피할 데야 제가 마련하지요. 헌데, 어떻게 된 일입니까?"

"서울고무회사와 경성제사공장을 대상으로 공작을 진행했는데 노출되고 말았어요."

"고무회사와 제사공장이면 건실한데……."

정도규의 말은 조직 노출이 아쉽다는 것 같기도 하고, 왜 그리됐느냐고 묻는 것 같기도 했다.

"왜놈들 경찰망은 지독스럽기도 하고 놀랍기도 해요. 물론 막강한 재력이 힘을 발휘하는 것이기도 하지만."

"그래요, 폭력과 금력으로 동시에 공략해 대니까 폭력이 두렵고 가난한 사람들은 마음이 흔들리고 변하게 되겠지요."

"그럼 그동안 생활이 감옥살이 연장이었겠군요?"

안종화는 말머리를 돌렸다.

"그럴 수야 없지요. 밤을 이용해 세포들을 움직이면서 조직구축을 꾀해왔어요. 실효도 있고요."

"헌데 말입니다, 이렇게 연금상태에 있을 게 아니라 이번 기회에 저와 함께 서울로 잠입하는 게 어떻겠습니까. 실은 피신만을 위해서 정형을 찾아온 게 아니고 무슨 중병을 앓고 있는 게 아닌가 걱정도 됐거든요. 계속되는 검거로 조직일꾼들은 고갈상태에 빠지고, 노동자가 선봉이 되고 중심이 돼야 하는데 정형 같은 사람이 농민들을 상대로 시골에 있어서야 되겠어요?"

정도규는 그때서야 너무나 뜻밖인 안종화의 행보에서 느꼈던 미심쩍음이 풀리면서 그의 논리에 거부감을 느끼고 있었다.

"글쎄요…… 노동자 선봉, 노동자 주체, 노동자 무산자성, 그에 반해서 농민들의 소소유자(小所有者)의식, 고립·분산성, 그것은 많은 논란의 여지가 있는 문제가 아닌가 합니다. 노동자를 절대시하고 농민을 부차시하는 것은 쏘련혁명의 원칙이고, 그 원칙은 우리 조선에서도 그대로 수용되고 적용되어 왔습니다. 그러나 감방에서 곰곰이 생각해 보니 거기에 문제가 있다는 것이 발견되었습니다. 우선 결론부터 말하면 그건 쏘련사회, 아니 정확히 말해서 러시아사회에 적응될 수 있는 원칙이지 조선사회에 적용되는 원칙이 아니라는 점입니다. 왜냐하면 혁명 직전의 러시아사회의 구조와 형태와, 현재 조선사회의 구조와 형태는 많이 다르기 때문입니다. 다시 말하면 혁명 직전의 러시아사회는 구라파 강국들보다 한발 늦기는 했지만 엄연히 도시산업 노동자계층이 형성되어 있었습니다. 그리고 그들은 자본주의적 모순을 체득하고 있었고요. 또한 러시아는 땅이 방대하게 넓어 농민들의 경작지도 그만큼 넓을 수밖에 없고, 그러다 보니 서로 멀리 떨어져 살게 되는 고립성과 분산성을 갖게 될 수밖에 없지요. 그리고 소작농보다는 자작농이 훨씬 많으니까 자기 땅을 지키려는 소소유자의식도 강할 수밖에 없지요. 그런데 조선은 어떻습니까. 도시산업적 노동자계층이 형성된 것은 길게 잡아야 10년이 조금 넘을 겁니다. 그리고 현재도 그 수가 100만을 넘지 못합니다. 그런데 농민들을 봅시다. 우리나라는 땅이 좁아 경작면적도 작으니까 멀리 떨어져 살고 싶어도 그러지를 못하고 올

망졸망 마을을 이루다 보니 고립·분산이 아니라 연계·집합의 현상을 보이고 있습니다. 또한 농민층의 경작지 실태를 보더라도 조선시대부터 소작농이 전체 농민들의 70퍼센트를 차지했습니다. 그런데 왜놈들 세상이 되면서 85퍼센트 이상 치솟은 거지요. 그러니까 현재 농민은 전체 조선백성 중에 90퍼센트이고 그중에 85퍼센트가 소작농들이라는 사실입니다. 재론할 필요도 없이 그들은 진짜배기 무산계급이지 소소유자의식을 가질 수나 있습니까? 물론 그들의 절대소망은 어서 자기들 땅을 가져 소작농 신세를 면하는 것입니다. 그걸 혁명에 반하는 소소유자의식이라고 할 수 있습니까. 만약 그렇게 판단한다면 그건 오류가 아니라 이론과 논리의 기본 식별력도 못 갖춘 아둔입니다. 소작인들의 땅에 대한 갈망은 바로 노동자들을 앞지르고 압도하는 혁명요소고 혁명성입니다. 그리고, 그보다 더 중요한 특질과 역사체험을 조선농민들은 가지고 있다는 사실입니다. 그게 무엇인가 하면, 조선농민들은 저 고려시대부터 흉년이 들면 나라를 상대로 감세를 요구했고, 토호들의 횡포나 관리들의 착취가 심해지면 대규모 민란을 일으켰고, 악질지주들의 만행에는 언제나 집단적으로 방어하고 대항해 왔습니다. 다시 말하면 조선농민들은 긴 투쟁의 역사를 가지고 있고, 또 투쟁의 방법과 기술도 다양하게 가지고 있다 그겁니다. 그건 바로 무엇입니까? 혁명적 잠재력입니다. 총독부가 발표한 것을 보면 지난 10년 동안에 노동쟁의보다 소작쟁의가 세 배 네 배로 많이 일어났던 것은 무엇을 의미합니까. 바로 그 혁명적 잠재력의 폭발인 동시에 우리의 운동을 그만큼 빨리 흡수했다는 증거입니다. 그런데 우리는 그동안 어떻게 해왔습니까? 그저 무조건적으로 쏘련의 이론을 우리에게 적응시키려고 급급하면서 노동자 우선, 농민 경시의 운동을 해왔습니다. 그건 우리가 저지른 큰 불찰이고 오류입니다. 물론 운동지도층이 도시 중심의 지식인들이었으니까 농민들의 그런 특질을 잘 모르고 소홀히 했을 수도 있지요. 그러나 지금까지도 쏘련 이론의 맹목적인 추종과 무조건적인 대입은 심각한 문제가 아닐 수 없습니다. 안형은 어떻게 생각하십니까?"

"이거 참…… 저야말로 농촌이나 농민에 대해선 아무것도 모르는 사람 아닙니까. 허나 정형의 이론에 심한 충격을 받고 있습니다. 쏘련이론의 맹목적인 추종과 절대 신뢰는 분명 문제가 있습니다."

"지금부터라도 우리의 현실에 맞게 방향을 세워야 합니다. 그런데 당이 없으니……."

정도규는 어둠 속에서 긴 한숨을 내쉬었다.

"정형은 앞으로의 전망을 어떻게 보십니까?"

"글쎄요…… 갈수록 어려워지겠지요. 만주사변 이후로 경찰력만 강화하는 것이 아니라 군대까지 증강되고 있지 않습니까. 그건 만주를 안정시키려면 반드시 조선이 안정돼야 하기 때문인데, 그 안정 추구가 우리를 궁지로 몰아넣겠지요."

"예, 그건 틀림없습니다. 서울에서는 벌써 운동을 포기하는 사람들이 나타나고 있습니다."

"그야 어쩔 수 없는 일이겠지요. 당이 없으니 통제력이 없고, 분파별로 지하활동을 하니 효과는 작고, 탄압이 심해지니 불안감은 커지고, 독립은 요원하다는 사회풍조가 생겨나니 의식은 동요를 일으키고, 그러는 것 아니겠습니까."

꼭꼭꼬오오옥—.

장닭의 목청 뽑아대는 소리가 청결하고도 장쾌하게 울려퍼지고 있었다.

"이거 어느새 밤이 다 갔군요. 더 밝아지기 전에 머슴을 따라가십시오. 그 포교당은 안심할 수 있으니 푹 쉬세요. 만나는 건 밤에 밖에 안 되니까 그리 아시고요."

"이거 폐가 너무 많습니다."

"무슨 말씀을……."

두 사람은 사랑방을 나섰다.

머슴을 따라 묽은 어둠 속으로 사라져가는 안종화를 정도규는 오래도록 지켜보고 있었다. 그러나 그의 의식을 채우고 있는 것은 고서완이었다. 운동을 포기하는 사람들이 나타나고 있다는 안종화의 말 때문인지도 몰랐다.

고서완이 그렇게 생각을 바꾸리라고는 전혀 예상하지 못했던 일이었다. 아니, 어쩌면 지극히 자연스러운 일인지도 몰랐다. 그는 애초에 기독교 신자였고, 결국 종교의 틀을 벗어나지 못한 채 소극적 방법으로 전환한 것이었다. 굳이 이름을 붙이자면 기독교 사회주의자. 그는 변절하지는 않았지만 사회주의 운동은 분명 포기한 것이었다.

고서완은 진실하고 성실한 사람이었다. 그동안 사회주의 운동으로 해낸 일도 많았고, 감옥살이까지 한 극단의 고생도 했다. 그런데 상황의 변화에 따른 관점의 설정이 잘못되었던 것이다. 그건 기회주의는 아니었다. 그는 방법을 바꾸는 것이라고 했지만, 결국 혁명에 대한 확신의 부족이었고 의지의 부족이었다.

"26년부터 작년까지 7년 동안에 감옥에 간힌 사람이 3,500을 넘습니다."

"알고 있소."

"단속은 자꾸 심해지는데 앞으로 더 많은 사람들이 잡혀 들어갈 것 아닙니까."

"당연하오."

"그럼 결과는 뭡니까? 왜놈들은 뿌리를 뽑겠다는데, 이런 식으로 검거되다간 결국 뿌리가 뽑힐 건 자명한 거 아닙니까. 그런 무모한 대응이 어디 있습니까?"

"절대 뿌리뽑히지 않소."

"무슨 말씀입니까?"

"우린 그동안 고보 1학년한테까지 교육했소. 그들은 자라나고 있고, 그들은 또 아랫세대를 교육시킬 것이오. 그리고 출감하는 사람들이 또 운동을 계속하는 거요."

"그건 지나친 낙관이고 망상일 수도 있습니다."

"어차피 낙관 없이 혁명은 꿈꿀 수 없고 망상 없이 혁명은 설계되지 않소."

"망상은 과학이 아니지 않습니까. 막시즘은 과학인데."

"망상은 과학의 모체요. 또한 과학에 대한 확신이 없는 자에게 과학은 망상으로 보이는 법이오."

"확신이 망상일 수도 있지 않습니까."

"미래에 대한 확신이 없는 현실주의자들은 미래에 대한 확신을 가진 사람들을 언제나 망상가라 비웃었소. 그러나 인류 역사는 결국 그 망상가들의 의지대로 변화하고 발전해 왔소."

"저는 잘 모르겠습니다. 이 상태에서 방법을 바꾸지 않는 건 무모한 자살행윕니다."

"방법전환은 변질이고, 변질은 혁명의 살해행위요. 무모한 길을 가는 것, 그것이 혁명의 길이고, 그래서 혁명은 고통스럽고 외로운 것이오. 괴로워할 것 없소. 마음먹은 일이 소극적일 뿐 변절은 아니니까 잘해나가도록 하시오."

"죄송합니다⋯⋯."

고서완에게 했던 말은 꼭 그에게 한 것만이 아니었다. 자기 자신의 마음을 다지기 위해 한 말이기도 했다.

48

고난

열서너 평의 비좁은 공장 안에는 재봉틀 돌아가는 소리가 가득했다. 두 남자가 마치 경쟁이라도 하듯이 재봉틀 발판을 밟아대고 있었다. 재봉틀 두 대는 공장을 절반 가까이나 차지하고 있었다. 재봉일을 할 때는 옆으로 펴져 일감 받침대 역할을 하는 재봉틀 뚜껑이 차지하는 면적 때문이었다. 그 맞은편 벽에는 1인용 침대 같은 두꺼운 나무판이 책상 높이로 다붙어 있었다. 그건 양복 재단대였다. 재단대 옆으로는 폭 좁은 문이 달려 있었다. 그건 양복점으로 통하는 문이었다. 그리고 대각선으로 또 하나의 문이 달려 있었다. 그 문은 직공들이 뒷골목으로 통행하는 문이었다. 두 대의 재봉틀과 재단대가 차지하는 면적과 두 개의 문으로 오가는 통로를 빼면 열서너 평의 공장 안에 남는 공간이라고는 거의 없었다. 그런데 일하는 사람들이 다섯이니 공장은 발디딜 틈이 없이 비좁았다. 재단사 하나, 재봉사 둘, 시다(보조원)가 둘이었다.

비좁은 공간을 최대한 활용하려고 사방의 벽에는 2층선반이 매어져 있었고, 그 아래로는 옷이나 모자가 걸린 못들이 박혀 있었다. 그리고 재단사 쪽으로 치우쳐 소형 무쇠난로가 놓여 있었다. 그 무쇠난로의 위치가 바로 이 공장에서 누가 제일 높은 위치에 있는가를 나타내고 있었다. 정육점에서 칼 든 자가 제일이듯 양복점 공장에서는 가위 든 재단사가 제일이었다. 그 다음이 재봉사인데, 재봉사라고 다 같은 재봉사가 아니었다. 재단사가 일감을 넘겨주는 오른쪽 재봉사가 상급이었고, 그 옆의 왼쪽 재봉사가 하급이었다. 그 등급은 두 명의 시다도 마찬가지였다. 구석지에 쪼그리고 앉아 하급 재봉사한테 일감을 넘겨받고 있는 시다가 상급이었고, 앉지도 못하고 허둥지둥 잡일을 하고 있는 것이 하급 시다였다.

"야 이새끼야, 불 꺼지는 것 안 보여!"

재단사가 가위를 던지며 버럭 소리쳤다.

"예, 예, 알겠습니다."

두루마리 옷감통을 간추리고 있던 시다가 화들짝 놀라며 뒷문으로 뛰어나갔다.

"저 조센징새끼 저거, 손이 곱아 가위질이 제대로 되나 말야."

재단사는 혀를 차고 돌아서며 담배를 빼물었다.

"조센징들 설인가 뭔가 때문에 우리들만 죽어나는 거지요, 뭐."

쉴 기회를 잡았다는 듯 상급 재봉사가 재봉틀을 멈춰잡으며 말을 걸었다.

"그러게 말야. 조센징새끼들은 왜 꼭 구정을 쇠느라고 지랄이야, 지랄이."

재단사는 작고 마른 생김대로 신경질적으로 담배연기를 내뿜었다.

"총독부에선 왜 그걸 콱 틀어막지 못하지요?"

상급 재봉사도 담배에 불을 붙였다.

"구정 쇠지 말고 신정 쇠라고 한 지가 벌써 언제야. 헌데 조센징 새끼들이 말을 들어먹어야 말이지. 그렇다고 만세 부르는 것도 아 니고 한데 총독부로서도 더 어쩔 수가 없겠지."

재단사는 제법 아는 척을 했다.

"저어…… 그 말 해보셨어요?"

하던 일을 매듭지은 하급 재봉사도 일손을 놓으며 조심스레 입을 열었다.

"거 말하나마나 아니냐. 먼산만 바라보고 들은 척도 안 하더라."

재단사가 양복점 문 쪽에다 대고 눈을 흘기며 담배연기를 내뿜었다.

그때 하급 시다가 석탄 담은 양철통을 들고 다급하게 난로 앞으로 다가섰다.

"밤일까지 시켜 사장님은 떼돈을 벌면서 이거 너무하는 것 아닌 가요?"

하급 재봉사는 얼굴이 구겨지며 투덜거렸다.

"이새끼야, 상여금도 못 받고 골빠지는데 석탄이나 제때제때 퍼 넣으란 말야!"

재단사가 허리를 구부리고 있는 하급 시다의 엉덩이를 걷어찼다.

"아이고메!"

석탄을 넣고 있던 하급 시다의 몸이 난로 쪽으로 쏠리며 질겁을 하고 소리쳤다. 그의 얼굴이 난로에 달 듯 말 듯 하며 피해갔다.

"이새끼야, 조센징 말 씨부리지 말어."

재단사가 또 그의 엉덩이를 걷어찼다.

"예, 잘못했습니다."

하급 시다는 굳이 몸을 돌려 고개를 꾸벅하고는 다시 돌아섰다. 그 하는 품이 그렇게 길들여진 것이었다.

씨부랄 놈에 쪽바리새끼, 지 에미 꾸묵게 불이 이리 존디 공연시 사람 못 잡아묵어 달달 볶아대는 것이제.

하급 시다는 이글거리는 불덩이 위에 석탄을 퍼넣으며 화풀이를 하고 있었다. 난로의 불빛에 비친 그 얼굴은 꺼칠하게 메마르고 잔뜩 지쳐 있었다. 그 젊은이는 다름 아닌 손판석의 아들 손일남이었다.

"야 이새끼야, 석탄재를 빨리빨리 치워야 바람이 잘 통한단 말야."

재단사가 내쏘았다.

"예, 곧 치우겠습니다."

손일남은 그저 말이 떨어지기 바쁘게 복종의 뜻을 표시했다. 마치 군대의 상급자와 하급자 사이 같았다.

난로에 석탄을 다 넣은 손일남은 부지런히 밖으로 나가 쓰레받기를 가지고 들어왔다. 그는 바닥에 무릎을 꿇고 고개를 틀어 돌려가며 석탄재를 끌어내고 있었다.

석탄재를 내다 버린 손일남은 다시 아까 하던 일을 시작했다.

"이새끼야, 너 정말 볼딱지를 얻어터져야 정신 차리겠어? 이 바닥 이거 말끔하게 못 치워?"

재단사가 담배꽁초를 발끝으로 잉끄려대며 손일남을 사납게 노려보았다. 평소에 비하면 바닥에 널려 있는 헝겊쪼가리들은 반의 반도 되지 않았다. 그런데 상여금을 받을 가망이 없게 되자 그는 괜히 손일남에게 성깔을 부리며 못살게 굴고 있었다.

"예에, 잘못했습니다."

손일남은 또 부리나케 밖으로 나가 빗자루와 쓰레받기를 가지고 들어왔다.

"이새끼야, 먼지 안 나게 살살 쓸어, 살살!"

재단사는 그저 말머리마다 '이새끼'를 붙이며 또 손일남의 엉덩이를 걷어찼다.

"예, 알겠습니다."

손일남도 그저 한결같이 복종의 태도를 취했다.

니 딸년허고 붙어묵다가 좆대감지 못 빼고 뒤질 놈아! 오늘 얼음판에 엎어져 손모가지나 작씬 뿐질러져 부러라.

손일남은 분을 참아내며 이렇게 저주를 퍼붓고 있었다. 재단사가 손목이 부러져버리면 어찌 될 것인가.

공장 안에는 다시 재봉틀 돌아가는 소리가 바빠졌다. 그리고 재단사도 다시 돌아서 가위질을 하기 시작했다.

손일남은 옷감이 주름지지 않게 옷감통에 감는 일을 다시 계속

했다. 재단하기 위해 마구 풀어 잘라낸 다음 다시 감는 것이었다. 옷감통을 한쪽 무릎 위에 올려놓고 옷감을 감는 그의 손놀림은 무슨 기계처럼 민첩하고 정확했다. 옷감은 그 어디에도 주름지는 일 없이 착착 감겨나갔다.

옷감 감기를 끝낸 손일남은 옷감통을 두 개씩 들어 양복점으로 옮기기 시작했다. 그는 비좁은 통로를 지나가면서 양쪽 어디에도 부딪히지 않으려고 온 신경을 썼다. 만약 어느 쪽에나 부딪혔다가는 엉덩이 정도를 차이는 것이 아니었다. 코피가 터지거나 어디가 멍이 들도록 얻어맞게 되어 있었다. 가위질이고 바느질이고 신경을 곤두세우지 않으면 안 되는 일인데 방해를 했다가는 그 분풀이야 말로 가혹했다.

손일남은 양복점으로 통하는 문을 빠끔하게 밀었다. 양복점에 손님이 있나 없나 확인하는 것이었다. 손님이 있을 때는 양복점에 나가지 못하도록 되어 있었다. 그럴 수밖에 없는 것이 검정고무신에 학생복 비슷한 검은 옷을 입은 손일남의 꼴은 너무 구질스러웠던 것이다. 그 꼴이 번드르르하게 꾸며놓은 양복점과 어울릴 리 없었고, 더구나 손님들 앞에 나서게 되면 양복점 망신이었던 것이다. 사장이 그렇게 정하지 않았더라도 손일남은 자기가 먼저 그리했을 거였다. 돈 많고 거드름 피우는 손님들 앞에 자신의 거지 같은 꼴을 보이고 싶지 않았던 것이다.

날이 춥고 오전이라서 그런지 양복점에는 손님이 없었다. 손일남은 문을 열고 양복점으로 나가 빠른 동작으로 옷감통을 제자리에 밀어넣었다. 그리고 이내 공장으로 들어섰다.

아…… 나는 언제 저리되나…….

손일남은 또 속으로 깊은 한숨을 내쉬었다. 양복점에서 공장으로 들어서면 꼭 재단대를 볼 수밖에 없었다. 그럴 때마다 어김없이 일어나는 슬픔 같은 부러움이고 서러움 같은 회한이었다. 양복기술을 배우겠다고 집을 떠나온 후로 몇 년 동안에 수천 번도 더 한 생각이었다. 너무 분하고 서러운 꼴이 많아 서울에 온 것을 후회도 많이 했고, 집으로 돌아갈 생각도 얼마나 했는지 몰랐다. 그러나 그때마다 떠오른 것은 어머니 얼굴이었다.

"일남아, 이 에미년 니만 믿겄다. 일본사람덜 밑이서 기술 배운다는 것이 얼매나 심이 들고 에롭겄냐. 왜놈덜이 쿠세가 씨다든디. 그려도 참고 또 참음서 그저 기술만 배와내라. 니넌 손재주가 있응게 금세 배울 것이여. 아부지넌 몸 부실허제, 성제간언 많으제, 장자인 니가 실해야 안 헐것이냐. 이 에미년 니만 믿응게 잘혀라 잉."

역에까지 따라나온 어머니가 울면서 한 말이었다.

서울에 온 것이 후회스러울 때마다, 얻어맞고 구박을 당할 때마다 손일남은 어머니를 생각하며 참고 견디어냈다.

옷감통 여섯 개를 다 옮긴 손일남은 가봉이 끝난 바지를 들고 앉았다. 바지 안쪽에 박음질이 끝난 부분을 감치기 위해서였다. 양복점 직공생활 몇 년 동안에 가까스로 익힌 기술이 바지속 감치기, 바지 단추달기, 바지 단춧구멍엮기였다. 일감으로 바지나마 손대게 된 것이 미처 1년도 못 되었다. 그전에는 수많은 잡일뿐 옷에는 손도 얼씬거리지 못하게 했다. 양복을 거치고, 재봉틀을 거치고, 재단대에서 가위를 놀릴 수 있게 되려면 그 세월이 언제일지 까마득하기만 했다. 공장에서 기술을 배운다고 했는데 정작 기술을 가르쳐주는 사람은 아무도 없었다.

"이새끼야, 누군 기술을 가르쳐줘서 배운 줄 알어? 다 제 알아서 하는 거지."

기술을 가르쳐달라는 말을 입 밖에 내지도 못하는데 재단사가 발로 툭툭 차면서 지껄이는 말이었다.

그러나 서당개 3년이라고 했다. 잡일을 하는 구멍구멍 눈치껏 요령껏 살피고 익혀서 바지나마 차지하게 되었던 것이다. 옷감통에서 좌르르 옷감을 풀고, 도르르 옷감을 감는 것 같은 것은 기술 축에도 들지 못했다. 그래도 기술의 초보는 바늘과 실을 다루는 것부터였다. 이빨로 단 한 번에 실 끊기, 실끝을 위아래 앞니 사이에 넣고 다듬으며 살짝 침 발라 바늘에 꿰기, 그것이 익숙해지는 데도 이삼 년이 걸렸다. 처음에는 그리도 작기만 하던 바늘구멍이 점점 커 보이게 되고, 두 번 세 번 다듬어도 갈라지고 침이 많이 묻어 처지던 실끝이 한 번으로 다듬어지면서 꼿꼿하게 서게 되자 실꿰기는 단 한 번으로 이루어지게 되었다. 그 다음부터가 바늘다루기였다. 감치든 뜨든 박든 바늘끝이 마음먹은 대로 박히고 솟고 하기까지는 왼쪽 엄지손가락을 얼마나 많이 찔렸는지 모른다. 바늘끝에 눈이 달리고 발이 달린 것처럼 되고, 아무리 작은 단추라도 단한 번 바늘을 찔러 두 개나 네 개인 구멍 중에 마음먹은 구멍을 찾아내면서도 단추를 낙낙하게 달 수 있게 되면서 속감과 겉감의 성질을 터득하게 되었고, 옷감을 만져만 보고도 그것이 어떤 종류인지 식별할 수 있게 되었다. 그리고 저녁마다 재봉틀 청소를 하면서 슬쩍슬쩍 발판을 굴려보아 그 요령과 속내도 어지간히 익혔던 것이다. 그러나 눈치로만 익히고 있는 것이 재단이었다. 옷의 모양새와 멋을 만들어내는 것은 결국 재단솜씨에서 나오는 것이었고, 그러니 재단사는 공장 안의 왕일 수밖에 없었다. 재단도 흉내를 내보고 싶었지만 가위질을 할 것이 없었다. 옷감은 아예 바라지도 않고, 커다란 종이가 있었으면 그려보고 잘라보고 하겠는데 종이 살 돈이 없었다. 머릿속에 본을 그려놓고 그저 빈 가위질로 자르는 시늉을 해볼 뿐이었다. 주인은 먹여주고 재워주고 입혀주면서 기술까지 가르쳐주는 거라며 굉장한 은혜라도 베푸는 것처럼 수시로 목청을 높이면서 땡전 한 닢 주지 않았다. 먹여주는 것은 잡곡밥을 손수 해먹는 것이었고, 재워주는 것은 공장의 재단대에서 자는 것이었고, 입혀주는 것은 싸구려 천으로 공장에서 적당히 박음질한 것이었다.

"이새끼 이거 제법이네. 오늘부터 바지를 줄 테니까 큰절하고 받어. 그렇다고 시건방 떨면 내쫓기는 거야. 알겠어!"

바지를 들고 재단사가 한 말이었다.

손일남은 바닥에 무릎 꿇어 큰절을 하며 눈물을 씹었던 것이다. 그때도 눈앞에 떠오른 것이 어머니였다.

"야 이새끼야, 배고프다."

상급 재봉사가 소리쳤다.

"예, 알겠습니다."

손일남은 일손을 멈추고 후닥닥 일어났다.

한참 만에 들어온 손일남의 손에는 낡아빠진 냄비가 들려 있었다. 그는 난로에서 주전자를 내리고 냄비를 올려놓았다. 점심밥을 짓는 것이었다. 찬물을 만진 그의 손이 벌겋게 얼었고, 손등은 터서 갈라져 있었다.

"재단사님, 상여금을 안 주겠으면 반찬값이라도 좀 올려달라고 해주세요. 이거 원 맨날 간장에 다꾸앙만 먹고 어찌 일을 하겠어요."

상급 재봉사가 담배를 꺼내며 불만스럽게 말했다.

"글쎄, 말을 해서 들을까?"

재단사가 얼굴을 찌푸리며 돌아섰다.

"말을 안 듣다니요. 일을 이렇게 많이 부려먹으면서 그게 말이 됩니까? 우리도 조센징들처럼 쟁의를 벌여야 말을 들어줄래나요?"

"이봐, 말조심해. 아랫것들 앞에서."

재단사가 눈꼬리를 세웠다.

"뭐 크게 바라지도 않는다구요. 겨울인데 김이라도 한 장씩은 먹게 해줘야지요."

기가 꺾인 상급 재봉사는 어물거리는 투로 말했다.

"알았어, 기다려봐."

재단사가 혀를 차며 담배를 꺼냈다.

그때 양복점 쪽의 문이 열리며 쿠렁한 소리가 울렸다.

"옷감 왔다, 빨리 나와라."

"예에!"

다시 일감을 잡고 있던 손일남이 튕기듯 일어나 양복점으로 나갔다.

"자알한다, 옷감만 밀어닥치고."

담배를 끈 재단사가 어슬렁거리며 손일남의 뒤를 따랐다. 공장에서 양복점으로 자유롭게 드나들 수 있는 건 그 사람 하나뿐이었다. 그래서 그런지 그는 말끔한 양복 차림이었다.

손일남은 마차에 실려온 옷감뭉치를 나르기 시작했다. 둥글게 말린 옷감뭉치들은 열두어 살 먹은 아이들의 몸집만큼씩 컸다. 그것을 하나씩 어깨에 올리고 뛰듯이 하는 횟수가 늘어갈수록 손일남의 숨결은 거칠어지고 있었다. 열다섯 행보를 넘겨 그는 곧 쓰러질 듯이 비틀거렸다. 눈앞이 샛노랗게 변하면서 현기증이 일어났던 것이다. 손일남은 정신을 차리려고 이를 앙다물었다. 주인과 재단사가 보고 있는 앞에서 쓰러졌다가는 모든 것이 끝장날 판이었다. 손일남은 가까스로 정신을 모아잡고 숨길을 가다듬었다.

스무 뭉치를 다 옮기고 났을 때는 손일남의 이마에는 식은땀이 내배 있었다. 그는 또 난로에 올려놓은 밥이 걱정되어 부랴부랴 공장으로 들어갔다. 상급 시다가 밥을 푸고 있는 중이었다.

"빌어먹을, 많았던 모양이지?"

누런색 단무지인 다꾸앙을 썹으며 상급 재봉사가 물었다.

"예, 스무 뭉칩니다."

손일남은 숨을 몰아쉬며 대답했다.

"씨팔, 사장만 살판났구나. 야 이새끼야, 밥이나 빨리빨리 올려."

손일남은 그의 밥그릇을 일감받침대에다 얼른 올려놓았다. 재단사가 없는 공장에서 이제 그가 왕이었다.

상급 시다가 자기 밥까지 푸고는 냄비를 던지듯 해버렸다. 손일남은 밥이 밑에 깔린 냄비를 집어들었다. 그게 솥이면서 자신의 밥그릇이었다. 상급 시다도 같은 조선사람이었다. 그런데 그는 냉정하고 매몰차기가 다른 일본기술자들하고 조금도 다를 것이 없었다. 그는 그저 상급자들의 눈치를 보고 비위를 맞추기에 급급하는 것과는 반대로 손일남에게는 바늘 한 땀 뜨는 요령도 가르쳐주지 않았다. 시집살이 맵게 치른 며느리가 독한 시어머니 된다는 격이었다.

오후가 되면서 재단사는 양복점으로 뻔질나게 오갔다. 양복을 맞추는 손님이 있을 때마다 불려나가는 것이었다. 사장을 거들어 손님이 양복을 맞추게 꾀고, 양복 기지와 색깔을 정하고, 손님의 의향을 들어가며 양복 모양새를 정하고, 줄자로 치수를 재고 하는 것이 그의 일이었다. 그 일이 중한 만큼 그는 월급도 많이 받았다. 그러나 그의 월급이 얼마인지 아는 사람은 공장 안에 아무도 없었다. 그 어떤 재단사든 보수는 사장하고 단둘이만 아는 비밀이라고 했다. 그런데 그 액수가 다른 종업원들에 비해 엄청나다는 것이었다.

손일남은 그런 재단사가 하늘 높이 부럽기만 했다. 재단사는 가위 하나만 들면 이 세상 어디를 가나 떠받들려진다고 했다. 운전수가 돈을 많이 벌고, 기생들이 줄줄이 따른다고 했지만 운전수도 재단사에 비하면 하품 나온다는 것이었다. 그래서 그런지 재단사가 제일 소중하게 여기는 것이 가위였다. 재단사는 자기 가위는 그 누구도 손을 대지 못하게 했고, 무슨 일이든지 부려먹지 못해 안달이면서도 가위를 가는 것만큼은 반드시 자기 손수 했다. 손일남은 밤마다 재단사의 가위를 남몰래 꺼내보는 것이 재미고 위안이었다. 나도 재단사가 될 때까지……, 그때마다 다짐하는 말이었다.

월급은 상급 시다까지 받았다. 그런데 재봉사와 시다의 월급 차이는 엄청나게 컸다. 손일남은 그 차이에 신경쓸 겨를이 없었다. 얼마가 되어도 좋으니까 어서 월급을 탈 수 있기만을 바랐다. 월급을 받으면 제일 먼저 사고 싶은 것이 큰 종이와 연필이었다. 거기다 온갖 모양의 본을 그려가며 재단연습을 할 작정이었다. 지금까지는 얼핏얼핏 눈에 익힌 것을 뒷골목 땅바닥에다 막대기로 그려보곤 했었다. 참 희한한 것은 건성으로 보기에는 다 그것이 그것인 것 같은데 신경써서 보면 사람의 체형에 따라 조금씩 달라지는 것이 기묘하지 않을 수 없었다.

다른 직공들은 밤일을 지겨워했지만 손일남은 밤일할 때가 좋았다. 몸은 고달프지만 맛있는 저녁을 얻어먹을 수 있었던 것이다. 사장은 밤일을 시키는 대신 저녁을 사주었는데, 짜장면이며 생선탕 같은 별미를 맛볼 수 있는 더없이 좋은 기회였다.

한 달 이상 야근을 하게 만든 음력 설 경기도 설을 며칠 앞두고 사그라들었다. 설에 맞춰 입으려고 사람들이 양복을 다 찾아간 것이었다.

야근에서 벗어난 손일남은 밤이면 한 집 건너 양화점의 시다인 배춘복이와 다시 얼굴을 대할 수 있게 되었다. 배춘복은 서로 같은 처지라서 친하게 된 유일한 친구였다.

"일남아, 내다. 문 잠 열그라."

"니 손언 뒀다 엿 사묵을래?"

손일남은 재봉틀을 청소하며 대꾸했다.

"와 그리 말이 많노. 사람이 눈치가 그리 없어갖고 어데 밥 빌어 묵고 살겠나."

손일남은 그때서야 눈치가 이상해 문 쪽으로 달려갔다.

"손에 멀 들었간디 그리 큰소리여?"

손일남은 고개를 갸웃거리며 문을 열었다.

"보래, 요래 갖고 문 열게 생겼나."

기세당당하게 말하는 배춘복은 투가리를 받쳐들고 있었다.

"고것이 머시여?"

"딱 보먼 모르나? 해장국 아이가, 해장국."

"아니, 돈이 어디서 생게서?"

"사람이 어데 돈만 갖고 사나. 삐떡 숟갈이나 갖고 온나."

"아니, 돈 아니먼 고것이 어디서 나?"

숟가락을 챙기려고 돌아서는 손일남의 어금니 사이사이에서는 신침이 지르르 흘러내리고 있었다.

"저그 청진동식당 안 있나. 거그 황해도 가스나가 살짝 빼준기라."

"황해도 가시네가? 고것이 어쩐 일이여? 니허고 그렇고 그런 새가 된겨?"

"내사 마 팍 떡얼 쳤삐맀능기라. 흐흐흐흐……."

"머시여? 고것이 은제여?"

손일남이 소스라쳤다.

"머 그리 시끕헐 것 없는 기라. 그기 아무리 황해도 촌가스나라 캐도 서울바닥서 짜드락 보고 들은 기 있는데 우리겉이 쌩붕알만 찬 놈덜이 올라타고 재미 보그로 해주겄나. 택도 없는 일이니께네 안심 푹 놓그라."

배춘복은 과장되게 한숨을 푹 내쉬었다.

"얼랴? 옆었다 뒤집었다 사람 정신없이 맹그네? 대체 무신 연고 여?"

손일남은 재단대 위에 배춘복과 마주 보고 걸터앉으며 숟가락 을 내밀었다.

"머 연고랄 것꺼지야 없고, 그놈으 가스나 구두럴 고쳐줬능기라."

"그 가시네가 구두럴 다 신어?"

"어데, 쥔집 딸년 헌 구두럴 얻어갖고 뒷굽얼 고쳐달라 안카나. 설에 집에 신고 가겄다꼬. 그래 우짜노, 그 가스나도 우리허고 다 를 기 없는 불쌍헌 신세고, 헌 구두라도 얻어신고 설에 집 찾아갈 끼라 쿠는데."

"그려, 잘헌 일이구마."

"그러이 그 가스나가 인사 채린다꼬 요거럴 살짝 빼돌려준 거 아 이가."

"그 가시네 맘 곱네."

"무신 소리 하노. 퀀딜이 보먼 그 가스나나 나나 생짜 도적년 도적놈인기라. 안 글나? 흐흐흐흐……."

"크크크크……."

그들은 서로 마주 보고 어깨를 들썩이며 웃었다.

"뻐떡 묵자, 식는다."

"그려, 맛나겄다."

그들은 정신없이 해장국밥을 퍼넣기 시작했다.

"선지에 괴기꺼정 많이도 들었네."

국밥이 반쯤 줄었을 때 손일남이 코를 들이마시며 말했다.

"그러이 순 도적년 아이가."

그들은 다시 큭큭대고 웃었다.

국물 한 방울 남기지 않고 그릇을 깨끗하게 비웠다. 그들은 번갈아가며 트림을 해댔다. 배가 불러 자연히 솟는 트림이 아니라 마음이 흡족해 일부러 하는 트림이었다.

"그나저나 그 황해도 큰애기 신세가 부럽네. 헌 구두라도 신고 집 찾아간게."

손일남이 혀를 찼다.

"하모, 우리에 비하믄 상전 아이가."

"참, 시상언 공평허지도 못허다. 설이라고 비싼 양복 해입는 사람덜이 그리도 많은디, 그 양복 해대니라고 밤일험서 죽사리치고도 집이도 못 가니."

손일남이 가느다란 한숨을 내쉬었다.

"참 좆겉은 시상인기라. 우예 된 놈으기 구두 해신는 놈덜도 해마동 그리 느노 말이다. 백지 야근허는 날만 질어지고, 속 뒤비져 몬살겄능기라."

"조선사람덜이 자꼬 신식 멋쟁이덜이 돼가고, 돈도 많이 벌고 그리되는 판잉게."

"맞다, 조선사람덜언 와덜 그리 양치장에 사죽을 몬 쓰고 미치노 말이다. 알다가도 모릴 일이라."

"그야 풍조도 그렇고, 관공서고 어디고 왜놈덜허고 상대헐라면 한복 입어갖고넌 사람 취급을 안 해준다는 것 아니여."

"지랄, 망쫀기라. 좌우간 그기넌 그기고, 니넌 꼬붕 안 생기나?"

배춘복의 말에 손일남은 그만 가슴이 철렁해졌다. 배춘복의 말투가 자기는 꼬붕(부하)이 생기는 모양이었다. 그건 바로 월급을 받는 자리로 한 등급 올라가는 것이었다.

"니넌 꼬붕 생기는갑제?"

"안죽 모리겄다. 나태호가 어디로 옮길라카는 눈친데, 자리가 비믄 올래준다 캤는데 그기 우예 될란지……."

"나태호넌 어찌서 옮길라는디?"

"거 왜놈 히로세허고 등급은 같으믄서도 월급은 절반밖에 안 되니께네 뜰라카는 것 아이가."

"그야 어디 거그만 그려? 방직공장이고 고무공장이고 솥공장이고 우리 양복점이고, 왜놈덜허고 똑겉은 일 허고도 월급 절반밖에 못 받는 것이야 조선천지가 다 똑겉덜 안혀?"

"이놈마야, 그기 아닌기라. 왜놈덜이 쥔이고 사장인 디야 그기 맞지마는도 조선사람이 쥔인 디넌 그기 아닌기라. 조선사람이 개업허는 디로 착 옮깄다 카믄 등급도 올르고 월급도 지대로 딱 받아묵는다 아이가. 양복점도 그란다카든데, 니 그것 모리나?"

"그것이야 아는디, 니나 나나 그보담도 더 중헌 것이 있어."

손일남이 한숨을 쉬며 몸을 부르르 떨었다. 난로의 석탄불이 사그라들고 있었다.

"그기 머꼬?"

배춘복이 주머니를 부스럭거리더니 담배꽁초를 꺼냈다.

"아니, 니 그간에 담배 배운기여?"

손일남이 깜짝 놀랐다.

"와, 나넌 담배 피먼 안 되나?"

배춘복이 눈을 흘겼다.

"담뱃값언 하늘서 떨어지냐 땅에서 솟냐? 땡전 한 닢 못 버는 신세에."

"누가 돈 내고 담배 피나? 요 꽁초 보래이. 반도 안 태우고 내삐리능기라. 돈 많은 놈덜이라 담배도 고급 아이가. 그냥 내삐리기도 아깝고, 속터지는 일도 많고, 그래저래 담배 피기로 안 했나. 니도 담배 배와라. 우리도 남자고, 속터지는 일에 질인기라."

배춘복은 꽁초 하나를 더 꺼내 쑥 내밀었다.

"아니여, 나넌 담에 돈 벌어서 필기여."

손일남은 고개를 저었다. 조선놈이고 일본놈이고 돈 많은 놈들의 꼴이 더러워서도 그 짓은 하고 싶지 않았다.

"그래, 그것도 존기고. 아까 머가 더 중허다 할라캤드노?"

"이, 우리 기술 배우는 것 말이여. 왜놈덜이 고급 기술은 아무리 세월이 가도 안 갤차준다는디, 니나 나나 요 길얼 잘못 든 것 아니겄어?"

손일남의 목소리는 침울했다.

"와 아이라. 큰 공장에 기계기술 같은 거넌 더 말헐 것도 엄고 시장시런 인쇄기술이다, 선반기술이다, 미쟁이기술꺼정도 조선사람이 다 알게넌 안 갤차준다 카데. 그기 다 무신 자리서고 즈그놈덜이 왕 노리 해묵을락카는 왜놈덜 곤조통 아이겄나. 그라이 인자 와서 우짜겄노"

배춘복도 담배연기와 함께 한숨을 내쉬었다.

"공장에 백혀 20년이 넘어도 조선사람덜언 가우 못 잡아보고 재봉틀만 돌려대야 헌다는디, 참 땁땁헐 일이제."

"우짜겄노, 조선놈으로 태인 기 죄 아이가. 니나 나나 그리만 돼도 소작질허는 것보담이야 안 낫겄나. 그리 걱정 말그래이."

"……"

손일남은 속으로 고개를 젓고 있었다. 단지 재봉사로 끝나려고 그 고생을 참고 견디어온 것이 아니었다. 무슨 수를 써서든 재단사까지 올라가야 했다. 그러나 그 길도 보이지 않았고, 앞으로의 세월도 까마득하고 암담하기만 했다.

"보래, 니 양복 기지 쪼가리 모타둔 것 있지러?"

"워째, 또 양말 구멍 났간디?"

"묵자 것도 없이 하도 싸대니께네 빵꾸 나는 것언 양말뿐인기라."

배춘복이는 멋쩍은 듯 히히 웃었다.

"그 쪼가리야 많제." 손일남은 선반 구석지에서 그동안 모아둔 천쪼가리들을 한 움큼 꺼내리고는, "어디 양말 벗어보드라고." 배춘복을 쳐다보았다.

"와?"

"잘못 꾸매서 잘 떨어지기도 헝게."

"그라믄 니가 꾸매주겄다 그기가?"

"그것이야 니보담 솜씨가 나슨게."

"치아라, 꼬린내 나는 양말이구마는."

"얼렁 벗어. 해장국 얻어묵었응게 나도 인사 채래얄 것 아니여?"

"니 미쳤나? 섭하구로."

배춘복이가 눈을 부라렸다.

"그야 농이고, 나가 지대로 한분 꾸매주고 잡은게 얼렁 벗어."

"우정이다 그 말이가?"

"그려, 우정에 표시여."

"화아 이거 살맛난다 아이가. 꼬린내 숭보지 말그래이."

"피장파장잉게 그런 걱정 말어."

배춘복은 좋아서 벙글거리며 양말을 벗었다. 양말을 건네는 그의 손도 양말을 받는 손일남의 손만큼 거칠고 터 있었다. 그런데 손일남과는 달리 그의 손톱에는 퍼런 멍들이 잡혀 있었다. 구두틀에 잔못질을 하느라고 얇은 쇠망치끝이 빗나가 친 자리들이었다.

배춘복의 양말바닥은 본살을 찾아볼 수 없을 정도로 여러 가지 천으로 덧기워져 있었다. 그런데 그 바느질 솜씨가 서툴러 박음자리가 들쑥날쑥이었고, 실이 얽힌 데도 있었고 늘어진 데도 있었다.

딱 책상다리를 하고 앉은 손일남은 날렵하고 빠른 솜씨로 양말을 꿰매나가기 시작했다.

"화아, 니 솜씨 기맥히데이. 그간에 헛고상헌 것 아이구마."

배춘복은 손일남의 바느질 솜씨를 들여다보며 감탄하고 있었다. 손일남이가 바느질하는 것은 처음 보는 것이었다.

"체, 호시 태우덜 말어. 요것 갖고넌 안직도 멀었응게."

손일남은 말을 하면서도 손은 마찬가지로 놀리고 있었다.

"호시 태우는 기 아이라. 내사 마 그리 쪼맨헌 바늘 갖고 죽었다 깨난다 캐도 그리 몬하겄다."

배춘복은 또 담배꽁초를 꺼내 불을 붙였다.

"느그 상점도 신문 보지야?"

"하모. 신문 안 보는 상점도 있능강."

"신문 다 보고 그 신문지넌 어찌허고 있는 것이제?"

"신문지? 그야 직공딜이 담배도 말아 피고, 칙간도 가고 안 그라나."

"고것 사나흘에 한두 장썩 빼다줄 수 있을랑가? 안 찢어지게 혀서."

"헌 신문지 머할라꼬?"

"글씨, 쓸 디가 있응게."

"느그 상점언 신문 안 보나?"

"쥔이 차곡차곡 모타서 고물장시헌티 되판게 그러제."

"머시라꼬? 우리 쥔보담도 더 지독시럽구나. 참말로 앉은 자리에 풀도 안 날 인종 아이가."

"딴말 말고, 그리허겄어 못허겄어?"

"그기야 와 못허겄노. 낼 당장 줄 낀께 걱정 말그라."

"자아, 다 되았다. 그짝 것도 벗어라."

손일남이가 양말을 건네주었다.

"이짝은 기얀타."

"아, 얼렁 벗어. 기왕 손댄 짐에 떨어진 디 있능가 보게."

"이거 나 너무 호사허능구마는."

배춘복은 고맙고 미안해하는 기색으로 나머지 한쪽을 벗었다.

"요것 봐. 여그도 낼모레면 구멍 나게 생겼제."

손일남은 다시 천조각을 골라 가위질을 했다.

"우따, 추버지네. 돈 있는 놈덜이 우쩨 그리 지독하노."

배춘복은 부르르 떨며 불기 다 사그라든 난로에 대고 눈을 흘겼다.

"본시 지독헝게 부자가 되았겄제."

손일남이 한숨 실린 가락을 붙여 중얼거리듯 말했다.

배춘복이 돌아가고 손일남은 문단속을 했다. 그리고 선반에서 담요를 꺼내리며 몸을 부르르 떨었다. 공장 안에는 냉기가 돌기 시작했다. 일과가 끝나고 난 다음부터는 석탄을 땔 수가 없게 되어 있었다. 사장이 내세운 이유는 화재 위험 때문이었다.

손일남은 재단대 위에 담요 한 자락을 깔고 나머지로 덮고 누웠다. 진작에 신문지를 생각해 내지 못했던 것이 이상했다. 신문지를 펼쳐서 두 장을 붙이면 큰 종이의 크기였다. 연습인데 신문지인들 안 될 것이 없었다. 연필은 재단사가 쓰다 버린 몽당연필이라도 어디 있을 거였다. 그게 없으면 숯으로라도 그릴 수 있는 일이었다. 신문지가 생기면 당장 시작해야 했다. 손일남은 가슴이 두근거리는 것을 느꼈다. 몸을 바짝 오그려 붙이고 떨면서도 그는 다른 날처럼 추위를 느끼지 못했다. 온갖 모양의 본을 그리며 잠이 들고 있었다.

이튿날 밤에 배춘복은 신문지를 말아들고 왔다.

"니 신문지 머할라꼬 그라노?"

"다 쓸 디가 있응게 묻덜 말어."

손일남은 배춘복에게도 발설을 하고 싶지가 않았다.

"이놈마야, 니하고 내하고 못헐 말이 머꼬? 똥딱기 헐라는 눈치는 아이고. 답답타, 뻐뜩 말해 보그라."

배춘복은 무슨 색다른 눈치를 챘는지 그냥 지나칠 기세가 아니었다.

"글먼 니허고 나허고만 아는 비밀이다 잉?"

손일남은 다짐부터 놓았다.

"그기야 걱정 말그라. 나도 마 다 여문 붕알 안 달렸나."

배춘복은 샅을 쓸어 보이며 고개를 끄덕였다.

"긍게 말이여, 고급 기술은 안 갤차주는디 그냥 당험서 허송세월만 헐 수야 없는 일 아니겄어? 그저 눈치코치로 어깨너머로 배운다고 히도 재단기술은 그것으로 다 안 된단 말이여. 그려서 그날그날 본 뿐얼 여그다 그려감서 연습허고 익힐라는 것이제."

손일남은 자신도 모르게 목소리가 낮아졌다.

"이놈마야, 그리 존 생각얼 우찌 해냈노!" 배춘복은 손일남의 손을 덥석 잡으며, "구두도 재단이 질 에롭고 고급 기술 아이가. 나도 그카먼 되겄다." 그는 눈을 빛냈다.

"그려, 인자 생각헝게 구두도 그런갑네. 글먼 니도 눈치껏 그리혀라."

손일남은 참으로 오랜만에 환한 웃음을 지었다.

"맞다, 즈가 그런다꼬 우리가 당허고만 있을까가. 그캐서 우리도 멋떨어진 재단사가 돼야 이 고상헌 뒤끝얼 볼 것 아이가."

배춘복도 활기가 넘치고 있었다.

"근디, 아무도 몰르게 조심히야 혀!"

손일남은 배춘복을 응시하며 다짐을 놓았다.

"그기야 두말허면 잔소리라. 보래, 니캉 나캉 상점 나란히 채리 놓고 나넌 니 구두 해주고, 니넌 나 양복 해주고 하믄 얼매나 좋겄노. 손님도 서로 보내주고, 받고 말이다."

무슨 눈부신 광경을 바라보는 듯 천장으로 향한 배춘복의 눈은 가늘어지고 있었다.

"그려, 그리만 됨사 더 바랠 것이 없겄제."

손일남은 목이 메며 고개를 주억거리고 있었다.

다음날부터 손일남은 재단사가 기본본을 대고 옷감 위에 그려나가는 변형본을 순간순간 눈독을 들이고 살폈다. 그리고 밤에는 신문지를 펴놓고 몽당연필로 그것을 그려나갔다. 어깨가 넓은 사람, 좁은 사람, 가슴이 두꺼운 사람, 얇은 사람, 배가 나온 사람, 홀쭉한 사람, 등이 굽은 사람, 뻣뻣한 사람, 구구각색인 체형에 따라 본은 조금씩 달라졌던 것이다. 본을 다 그리고 나서는 그것을 가위질까지 해보았다. 가위질을 해보아야 모양새가 확실해지고 기억에도 분명히 박이는 것이었다. 그런 다음에는 신문지를 갈기갈기 찢어 난로 속에 태워버렸다.

한 달쯤 본 그리기를 하게 되자 어느 정도 체형에 따른 윤곽이 잡히기 시작했다. 그리고 그림의 선도 떨림이 줄어들고 부드럽게 흘러 내려갔다. 그런 변화를 스스로 확인하며 손일남은 그 일에 더욱 열심히 매달렸다. 몸에서는 새로운 기운이 솟으며 잡일도 힘드는 줄을 몰랐다.

그날 밤도 손일남은 배불뚝이의 본을 뜨느라고 정신을 팔고 있었다.

"야 이새끼야, 너 지금 뭘 하고 자빠졌어!"

느닷없이 터진 일본말 고함이었다.

손일남은 소스라쳐 고개를 들었다.

"어!"

바로 눈앞에는 두 재봉사가 버티고 서 있었다. 너무 일에 빠져 그들이 들어오는 것을 몰랐던 것이다. 손일남은 딱 굳어지고 말았다.

"이새끼가 감히!"

상급 재봉사가 손일남의 얼굴을 후려쳤다.

"윽!"

손일남이 비틀거렸다.

"뭘 해! 이새낄 죽여!"

상급 재봉사가 옆에 서 있는 하급 재봉사에게 소리쳤다.

"예, 알겠습니다."

하급 재봉사가 윗도리를 벗어제쳤다. 그들은 술냄새를 풀풀 풍기고 있었다.

"이새끼, 건방지게!"

하급 재봉사가 손일남의 배를 걷어찼다.

"아이쿠!"

손일남은 배를 싸잡고 휘청거렸다. 그는 쓰러지지 않으려고 이를 앙다물었다. '이새낄 죽여!' 하는 외침대로 그들이 정말 자기를 죽일 것만 같았던 것이다. 그는 여기서 도망쳐야 한다는 생각뿐이었다.

"요런 조센징!"

상급 재봉사가 또 발길질을 했다.

"아구구구……."

손일남은 곧 쓰러질 듯 쓰러질 듯 하면서도 쓰러지지 않으려고 이를 뿌득뿌득 갈았다.

"이새끼가 이거!"

하급 재봉사가 의자를 번쩍 치켜들었다. 그리고 사정없이 내려쳤다.

그러나 손일남은 의자를 비켜섰다. 의자가 빗나가면서 하급 재봉사는 제 기운에 쓸려 나뒹굴어졌다.

"아니, 이새끼 좀 봐! 넌 정말 죽었다!"

상급 재봉사가 소리치며 또 의자를 치켜들었다.

공장 안이 좁아 더 이상 어디로 피할 데가 없었다. 손일남은 그 의자에 머리를 맞으면 죽을 거라는 생각을 퍼뜩 했다. 그 순간 그의 눈에 띄는 것이 있었다. 재단대에 놓인 가위였다. 그는 재빨리 가위에 손을 뻗쳤다. 그 순간 상급 재봉사가 내려친 의자가 그의 등을 후려쳤다.

손일남은 숨이 컥 막히고 눈앞이 캄캄해지는 걸 느꼈다. 그러나 손일남은 다시 이를 갈아붙이며 가위를 틀어잡았다.

"비켜요, 저놈은 내가 죽이겠어요!"

이런 외침에 손일남은 급히 고개를 돌렸다. 하급 재봉사가 치켜든 의자를 막 내려치려는 순간이었다. 손일남은 그에게 달려들며 가위를 내질렀다.

"아아아……!"

숨넘어가는 비명을 지르며 하급 재봉사가 쓰러졌다.

"너도, 너도 죽이고 말 거야!"

손일남은 이를 뿌득뿌득 갈며 가위로 상급 재봉사를 겨누었다.

"살인이야! 사람 살려, 살인이야아!"

상급 재봉사가 밖으로 뛰쳐나가며 소리치고 있었다.

보름쯤 지나 손판석은 경찰서의 호출 명령을 받았다.

"그 일 말고 나 몰르는 무신 일이 또 있소?"

부안댁은 불안에 떠는 얼굴로 남편을 쳐다보았다.

"어허, 실답잖은 소리 말어."

손판석은 퉁명스럽게 내쏘았다. 그러나 그의 얼굴에도 불안한 기색이 비치고 있었다.

"근디 경찰서서 불르먼 존 일언 아닐 것 아닝게라?"

"그야 그렇제. 나 댕게올랑게 너무 걱정 말소. 벨일 아닐 것이네."

손판석은 이렇게 말하고 집을 나섰지만 마음은 무겁기만 했다. 그나마 직장을 잃어 생계가 막연해진 지 두 달째인 데다가 호출을 당한 불안감까지 겹치고 있었던 것이다.

창고지기에서 떨려난 것은 부두노동자들의 쟁의를 방관했다는 것이었다. 언제나 그랬듯 쟁의가 잘되기를 바랐지 저지에 협조하지 않은 것은 사실이었다. 전혀 몰랐던 일이라고 잡아뗐고 그 일로 일자리를 뺏는 것은 부당하다고 따졌지만 전혀 통하지 않았다.

"인자 나이도 있고 헝게 더 맘에 두지 않는 것이 좋겄구만이라. 몸도 성허지 않은디 그만허먼 오래 해묵은 것 아니겄소. 산 입에 거무줄 치는 법 없응게 맘 편허니 묵고 기둘려봇시요."

서무룡이가 건들거리며 한 말이었다.

손판석은 아무 말도 못하고 말았다. 서무룡의 말이 버릇없기는 하지만 틀린 말은 아니었던 것이다. 성하지도 못한 몸으로 오래 버틴 것이었고, 그 일 하기에는 나이도 너무 많이 먹은 게 사실이었다. 그동안에도 버텨온 것은 두 가지 끈이었다. 협조하는 척만 했던 경찰의 끄나풀 노릇이었고, 서무룡이와 가까운 사이라는 것이었다.

서무룡이에게 무슨 기대를 건 것은 아니었다. 그런데 모아놓은 돈 없이 두 달째 놀고먹자니 가끔 그의 생각이 날 만큼 초조하고 불안했다. 그렇다고 차마 찾아가 볼 수는 없었다. 아무리 형편이 다급하다 한들 나이 먹은 체면에 말이 아니었고, 서무룡이가 하는 짓은 주먹패 왕초만이 아니었던 것이다.

손판석이 유일하게 기다리고 있는 사람은 공허였다. 무슨 뾰족한 수가 생기지 않는다 하더라도 공허 스님을 만나보면 그래도 마음의 위안이라도 될 것 같았던 것이다. 언제 온다는 예정이 없는 분이었지만 만난 지가 오래되어 행여나 행여나 하며 밤마다 기다려지는 것이었다.

손판석은 그동안 여러 가지 궁리를 해보았다. 그러나 앞으로 먹고살 일이 막막하기만 했다. 나이는 먹고, 몸은 부실하고, 자식들은 많고, 말년이 한심스럽기만 했다. 앞날이 캄캄하니까 생각나는 것은 지난날이었다. 지삼출이며 송수익 장군 같은 분이 못내 그리웠다. 특히나 지삼출에 대한 그리움은 생각할수록 절절해졌다. 그 나이에 총을 들고 나서기는 어려울 것이고, 어쩌고 사는지……, 그와 함께 의병으로 보냈던 세월이 꿈만 같기도 하고 눈물겹기도 했다. 그 젊었던 세월이 덧없이 흘러가고 세상은 달라진 것 없이 나이만 먹었으니 그 허망하고 서러움 또한 가슴에 사무쳤다.

손판석은 쭈뼛거리며 경찰서 사찰과를 찾아갔다.

"당신이 손판석이라고?"

"예에……."

"나가서 기다리고 있어."

형사는 턱짓을 했다.

"저어……, 무슨 일인지……."

손판석은 손을 모아잡았다

"말이 많아. 나가 있다가 부르면 들어오라니까!"

일본형사는 싸늘하게 내쏘았다.

"예에, 예……."

손판석은 허둥지둥 복도로 쫓겨나왔다. 아무리 생각해도 무슨 일인지 종잡을 수가 없었다.

손판석은 복도에서 서성거렸다. 담배를 피우고 싶었지만 그러지도 못했다. 오가는 사람들의 싸늘한 눈초리와 살벌한 분위기가 그것마저 흠을 잡을 것 같았던 것이다.

지루하고 초조한 시간이 흘러갔다. 손판석은 언제부턴가 소변이 보고 싶었지만 변소도 가지 못하고 있었다. 변소 간 사이에 부를지도 몰랐던 것이다.

"손판석!"

"예에……."

손판석은 가슴이 쿵 울리는 것을 느끼며 사무실로 들어갔다.

"당신 아들이 손일남이야?"

"예에⋯⋯."

손판석의 가슴은 더 크게 울렸다.

"당신 아들이 사람을 죽였어!"

"예에?"

손판석은 정신이 아찔해졌다. 그의 불편한 다리가 휘청 꺾였다. 그러면서 그는 털퍽 주저앉고 있었다.

〈제4부 「동트는 광야」, 10권에 계속〉

아리랑 9

제1판 1쇄 / 1995년 2월 20일
제1판 33쇄 / 2001년 7월 25일
제2판 1쇄 / 2001년 10월 10일
제2판 24쇄 / 2006년 10월 10일
제3판 1쇄 / 2007년 1월 30일
제3판 36쇄 / 2019년 8월 15일
제4판 1쇄 / 2020년 10월 15일
제4판 4쇄 / 2023년 12월 31일

저자 / 조정래
발행인 / 송영석

발행처 / (株)해냄출판사
등록번호 / 제10-229호
등록일자 / 1988년 5월 11일(설립일자 | 1983년 6월 24일)

04042 서울시 마포구 잔다리로 30 해냄빌딩 5·6층
대표전화 / 326-1600 팩스 / 326-1624
홈페이지 / www.hainaim.com

ISBN 978-89-6574-939-4
ISBN 978-89-6574-943-1(세트)

파본은 본사나 구입하신 서점에서 교환하여 드립니다.